U0686116

瞳文社
TONGWENSHE

原来

圣保罗
不悲伤

SO SAO PAVLO IS NOT SAD

峦 著

天津出版传媒集团

天津人民出版社

图书在版编目（CIP）数据

原来圣保罗不悲伤 / 峦著. —— 天津：
天津人民出版社, 2014.12（2020.3重印）
ISBN 978-7-201-08993-5-01

Ⅰ.①原… Ⅱ.①峦… Ⅲ.①长篇小说 – 中国 – 当代
Ⅳ.①I247.5

中国版本图书馆CIP数据核字(2014)第271284号

原来圣保罗不悲伤
YUANLAI SHENGBAOLUO BUBEISHANG
峦 著

出　　版	天津人民出版社
出 版 人	刘　庆
地　　址	天津市和平区西康路35号康岳大厦
邮政编码	300051
邮购电话	（022）23332469
网　　址	http：//www.tjrmcbs.com
电子信箱	reader@tjrmcbs.com
责任编辑	玮丽斯
装帧设计	KimiKo尚洁
制版印刷	三河市华东印刷有限公司印刷
经　　销	新华书店
开　　本	880毫米×1230毫米　1/32
印　　张	10.25
字　　数	341千字
版权印次	2014年12月第1版　2020年3月第2次印刷
定　　价	45.80元

版权所有 侵权必究
图书如出现印装质量问题，请致电联系调换（022-23332469）

目 录

目 录

01 阴差阳错
C H A P T E R

（1）

接到李若芸的电话时，栾欢正在俄罗斯和乌克兰交界处的一个小镇酒馆听歌喝小酒。确切地说，李若芸的电话是打给她哥的，只是那会儿李若斯和他的女朋友不知道去哪里了，李若芸在电话那头大喊道："救命啊……欢，你快来救我啊！"

天不怕地不怕的李若芸遇到麻烦事了。

从栾欢所在的小镇到李若芸所指定的地点需要一个多小时的车程，一个多小时之后，栾欢看到了李若芸的车。

正值夜幕降临，如浓墨般的天空下是白茫茫的雪地，李若芸的车就停在路边，车顶上已经覆盖了一层薄薄的雪。

这里荒无人烟，李若芸到底是怎么把车子开到这里的，栾欢有点儿好奇。

李若斯是这样形容自己妹妹的：不需要问李若芸为什么这么干，只需要知道她干了些什么。

栾欢停了车，带着食物、水，还有李若芸所指定的药品下了车。

栾欢和李若芸的车子约有几十步的距离，走完那几十步，栾欢敲了敲车窗，得到车里人的回应之后，栾欢的手放在车门把手上。

在栾欢的手触到车门把手后的三个小时里，发生在俄罗斯边境的这件事情改变了三个人的命运。

这件事说大不大，说小不小，李若芸救了一名陌生的青年男子。

后来，对于那三个小时内发生的事情，每个人都有每个人的想法和说法。

容允桢说："小美人鱼，如果你那个时候不逃跑的话，故事的结局就不一样了。"

李若芸说："欢，如果那个时候你不接那通电话就好了。"

李若斯说："小欢，我只是出去一会儿，就那么一会儿，故事就改变了，如果那时候我不离开，也许会好点儿。"

每一个"如果"的背后都藏有遗憾的心情，那遗憾或大或小，但都是过去式。

在南美洲的那只蝴蝶扇动它的翅膀时，命运已经无法逆转了。

栾欢打开车门，几分钟后，她被车里的状况吓了一跳。

李若芸从一大堆衣服下探出头来，披头散发地看着栾欢，说道："栾欢，亲爱的栾欢，你一定猜不到我都做了些什么。"

栾欢没有理她，径直把袋子里的东西拿出来——面包、水，还有一些退烧、止血、止疼、消炎的药品。

"你受伤了？哪里受伤了？你需要什么药？"

栾欢把头转向车后座。

李若芸在电话里没有提到她受伤的事情，她只是可怜兮兮地告诉栾欢，她的车子汽油耗尽，现在又冷又饿，她需要食物、汽油、毯子，还有药品。

把自己藏在一大堆衣服下的李若芸指了指一旁放着的面包，栾欢立刻把面包递给她。

看来她真的是饿极了，两口就把面包解决了。

吃完面包，李若芸这才说道："欢，我可没有受伤，受伤的人其实是……"

其实受伤的是一个男人，现在这个男人就藏在那堆衣服下面。

李若芸遇到的事情还真有点儿不同寻常。

她莫名其妙地在雪地里救了一个受伤昏迷的男人，送男人去医院的路上，车子的油耗尽了。之后，本着人道主义精神的李若芸采用最原始的方法，拯救了发高烧的陌生男人。

于是，就变成了现在这种状况。

素不相识的男女躲在一大堆衣服下，在俄罗斯的冰天雪地中分享着彼此的体温来相互取暖，这样的事情听起来很符合爱情剧的剧情，或许也很浪漫，可当事人并不是这样想的。

"栾欢，你说，这个男人醒来之后会不会要以身相许？"李若芸的身体还贴在男人身上，她歪着头思考着，"这可不行，已经有一个男人需要我嫁给他了，我不能脚踏两条船。"

彼时，她和她都还年少，两个黄毛丫头偷偷来到旧金山又老又旧的澡堂，一边喝着红茶，一边和一群大妈大爷挤在一起看老掉牙的电影。

李若芸喜欢看《大话西游》。

紫霞仙子说要嫁给那个第一次拔出紫青宝剑的男人。

李若芸说要嫁给买走她的第一幅画的男人。

想买走李家孙女的画的男人很多，但想买走李若芸的画的男人很少。

带着她的第一幅画，李若芸开始了毕业旅行。她从美洲到欧洲，从烈日炎炎的巴西来到了冰天雪地的俄罗斯，却一直卖不出她的画。

在栾欢看来，那幅画看起来更像是孩子随性的涂鸦，可那幅画李若芸画了整整一个秋季。

终于，在俄罗斯和乌克兰交界处的小镇集市上，李若芸卖掉了她的画。遗憾的是，她去了一趟洗手间，她的画就被一位男人买走了。

据集市的那位大妈描述，那是一位年轻的东方男人，戴着大墨镜和帽子，看不清长相。

那位大妈发誓，从男人递给她钱的那双白皙修长的手可以断定，男人是一个大帅哥，大帅哥还有让人流口水的背影。

李若芸的画卖出一百欧元，这让那位大妈疯狂了。要知道在这个偏僻的小镇，几十欧元就可以买到一麻袋东西，一百欧元的画绝对是奢侈品。

因为一直卖不出画而沮丧到临近崩溃的李若芸就像被打了一针强心剂，于是一路上，他们沿着俄罗斯和乌克兰的边境线找那个男人。

两天一夜之后，一群人筋疲力尽，李若斯发话了："李若芸，你的男人你自己去追。"

之后，栾欢和李若斯还有他的女朋友留在旅店里，李若芸继续去追那个男人。

现在，李若芸没有追到那个男人，倒是救下了另一个男人。

栾欢把带来的衣服、毛毯一一丢给她。

李若芸穿好衣服后，看着那个依然昏迷不醒的男人，装模作样地叹息道："这位老兄要是长得好看一点儿，我也许会考虑让他以身相许。"

栾欢开始打量起那个男人来。

如果她没有猜错的话，那个男人应该是一个中东人，还是那种在街上一抓一大把的普通中东人。

小胡子、五官平淡无奇，唯一出彩的应该是他的脸形，栾欢觉得那般美好的下巴长在那男人的脸上可惜了。

李若芸找出退烧药和消炎药，她和栾欢说了男人的状况，男人身上有伤，不仅受伤，还发高烧，应该是高烧导致他昏倒在雪地上。

"我觉得这个男人肯定是我生命中的扫把星，不然怎么会发生汽车没油、迷路这样的倒霉事？那个时候，我真想把他扔回雪地里，可一想到如果我把他扔回雪地里，我一定会做噩梦。于是我又想，与其让他奄奄一息等死，不如好人做到底，我便豁出去了。"李若芸解释着她的行为，恶狠狠地瞪了后座的男人一眼，"倒是让他占了便宜。"

诉完苦，李若芸的心情变得雀跃起来，说道："大家不是说好人有好报吗？栾欢，说不定上帝给我的嘉奖就是让我很快找到我的男人。"

话音刚落，李若芸的手机响了。

之后，李若芸高举双手，开始欢呼。

李若芸离开了，她开走了栾欢的车去找她那位命定的男人。帮她寻找那个男人的人告诉她，她要找的男人在距离她现在所在的地方十几公里的一个小镇旅店里。

临走前，李若芸把那个男人交到了栾欢手上。

"欢，你得负责把他弄醒，在他醒来之后，你什么也不能让他知道，我不想惹上一丁点儿麻烦。"她如是强调道。

好了，李若芸走了，车厢里也安静了。

栾欢深深地呼出一口气，目光落在车后座上。

恐怕李若芸刚刚的警告也是有一定原因的，在俄罗斯和乌克兰边境，带着伤出现在这儿的陌生男人，对于身在旅途的她们来说，怎么都像是一个麻烦。

好吧，麻烦早解决早安心。

栾欢把手贴在男人的额头上，李若芸的土办法看来效果不错。栾欢很快在只穿了一条内裤的男人身上找到了伤口。

伤口在臂膀上，两只手都有，一看就像是擦伤。那是从高处翻滚下来所形成的伤口，也许在滚下来的途中男人用手臂把自己抱住，缩成球状，因此伤口都集中在手臂上。

栾欢用带来的药为男人清理伤口。

上完药之后，栾欢忍不住打量起那个男人来，是标准的模特身材。

栾欢看着男人的脸发呆，渐渐地，目光集中在男人的耳朵后面。男人的耳朵后面有一层很奇怪的东西，类似于硅胶，如果不仔细看的话，绝对不会发现。

栾欢心念一动，手不由自主地放在那东西上面。

拍电影时会有这样的情况，因为角色需要，一些演员要借助精妙的化装术，来扮演该角色不同的年龄阶段。在民间，人们把这种化装术称为"易容术"。

不知道为什么，栾欢的心开始"怦怦"的跳动，捏住那东西的手也在发抖。

会发生什么呢？

这张脸下面会不会藏着另外一张脸？

魔鬼，还是天使？

她的手指轻轻地摸索着男人耳朵边的东西，微微一扯，就看到男人真正的肤色，那是和她一样的黄色皮肤。

一分钟后，那张类似于人皮的东西被栾欢牢牢地抓在手里。

命运总是有出乎意料的安排，救了容允桢的人是李若芸，真正接触到容允桢的人却是栾欢。

看清楚男人的脸后，栾欢心想：可惜了，李若芸不在，不然她会为这张脸着迷的。

一位插画家热爱世界上所有美丽的事物。

男人的脸已经超出了美丽的范围，与美丽无关，与精致无关，一旦你的目光落在男人的脸上，你得需要很大的力气才能转移你的目光。

这是栾欢第一次见到容允桢。

栾欢再一次把手贴在男人的额头上，男人的额头还是很烫。

栾欢拿着水，对男人"喂"了一声。

正在她发呆的时候，男人嚅动着嘴唇，栾欢低下头，把耳朵凑到男人的嘴边，集中注意力倾听。

听清楚男人说的是什么之后，栾欢想离开，突然意识到什么，她抬起头，两张脸离得很近。

就那样猝不及防地，栾欢看到了一双漆黑如夜的眼眸。

几秒的呆滞之后，栾欢居高临下地看着男人，男人也在看着她。

差不多五分钟后，栾欢让他靠在自己的怀里，拿着水，让他一小口一小口地喝掉了整杯水。

等男人吃完药，栾欢又让他吃了一点儿面包和牛奶，等他喝完牛奶之后，栾欢把衣服丢给了他。

男人费了很大的劲才穿上衣服，穿好衣服，男人看着她，说了第一句话，声音沙哑，用很纯正的英文发音："你是亚洲人？"

栾欢没有回答。

"或许，你是中国人？我好像一直听到一个女人在用中文说话。"

那个一直在用中文说话的女人应该是李若芸吧。

"谢谢，我知道你为我做了些什么。"男人说这话的时候，声音压得很低，因为发高烧，他的声音透着蛊惑人心的魅力。

男人的手放在她的刘海上，说道："如果没有你，我想我会死在这片雪地里，我感激你，特别是……"

接下来的话男人没有继续说下去，但是从男人脸上泛起的潮红大约也猜到了一些，想必他是知道的，一个女人曾经用她的体温把他从死亡边缘拽回来了。

"听着，先生。"栾欢转过头，避开男人的触碰，说道，"把这件事情忘掉，没有人愿意和一个连脸都需要隐藏的人做朋友，我这样说，你明白吗？"

栾欢清了清嗓子，尽量让自己的声音听起来不显得那么烦躁。

"或者换一种说法，先生，你是一位落难的王子，在你遇到危险的时候，人鱼公主救了你。只是救了你的人鱼公主很酷，她不喜欢和人类做朋友，她更喜欢海洋，所以先生，你就把今晚遇到的事情当成是你人生中一段美丽的插曲，这样行吗？"

男人沉默着。

栾欢揉了揉自己的脸，让自己的表情看上去不那么咄咄逼人："先生，难道你不觉得这样好一点儿吗？"

终于，男人淡淡地应了一声。

随着男人的那声"嗯"响起，车厢里的照明电源耗尽，车厢陷入黑暗中。

两个人坐在车后座，谁也没有动，谁也没有说话。

过了一会儿，男人轻声说道："我想，你应该是最酷的小美人鱼，刚刚你说的那些还不错。"

栾欢抱着胳膊，闭上眼睛。

她有点儿困了，照目前这个状况来看，男人对她没有半点儿威胁，等天一亮，拖车过来，她就可以摆脱这个男人了。

很快，疲倦伴随着睡意缓缓袭来。

敲车窗的声音响起，栾欢睁开眼睛，李若芸的脸出现在车窗外，雪光天光所形成的强烈光线让栾欢下意识地眯起了眼睛。

天已经透亮。

她转过头，只见她的身边空荡荡的，车后座上只剩下她一个人。男人在她呼呼大睡的时候已经离开，他带走了所有和他有关的东西。

栾欢看着男人的座位发呆，李若芸进来时，她还在发呆。

李若芸坐在一边，垂头丧气的，她还是没有找到那个男人，那些人所说的人压根就没有买过什么画，所以她这会儿有点儿多愁善感。

多愁善感之后，李若芸马上意识到情况不对，问道："栾欢，那个男人呢？"

雪地里有其他车子的轮胎碾过的痕迹，看来在栾欢熟睡的时候有别的车子来过这里，也许是那些车接走了男人。

没有等栾欢回答，她再次叫了起来："栾欢，这是什么？你的手里怎么会有这样的玩意儿？"

栾欢低下头看自己的手，空荡荡的手腕上不知什么时候多了一条手链。那是一条用红色绳子编织的手链，在东方，红色绳子的手链代表的是辟邪、保平安。

栾欢抚摸着手链，心里有一丝淡淡的惆怅。

那个男人更像是偶然出现的人鱼，手腕上戴着的手链更像是人鱼身上掉落的鱼鳞，如此鲜艳夺目。

俄罗斯和乌克兰边境白茫茫的一片，清晨斜斜的日光落在雪地上，把这个小镇渲染得像一个童话王国。

这个早晨，容允桢把他的手链戴在栾欢的手腕上，然后离开了。

（2）

容允桢离开十五分钟之后，李若芸敲开车窗，他和她的车子曾经擦肩而过。

李若斯和拖车一起出现，一打开车门，就把热乎乎的奶酒递给栾欢。他一打开车门就开始数落李若芸，他说："小芸，你一个人头脑发热就好，不要把小欢拉下水，要是那个男人是危险分子怎么办？"

劈头盖脸的数落使得李若芸说话也毫无遮拦起来。

"哥，你有本事就让栾欢真正成为我们李家的人，把她变成我的嫂子！"李若芸大声喊道。

她的话仿佛魔咒，车厢里立刻安静得出奇。

栾欢拿着杯子的手微微颤抖，她拼命地想着该如何打破此时此刻那对兄妹所形成的压抑气氛。

李若芸的话听在别人的耳中是禁忌。

"李若芸，不要胡说八道，你现在已经不小了，你需要知道什么话应该讲什么话不应该讲。你要牢牢地记住，小欢是我的妹妹，是年长你一岁的姐姐。"李若斯一字一句地说道。

李若芸的目光落在栾欢的脸上，只见栾欢的眼里带着乞求，她的目光再次转向自己的哥哥。

俊朗的青年眼里有着挥之不去的压抑。

在外人的眼里，栾欢和李若斯是兄妹，是法律上的那种兄妹。

李若芸十三岁那年，爸爸带回一个和她年龄相仿的少女。少女亭亭玉立，梳着黑人发辫，穿着破破烂烂的衬衫和短裙，短裙下是一双修长匀称的腿。少女站在爸爸的身边，表情冷漠。爸爸宣布，从今以后，他带来的女孩将成为李家的一分子。

少女叫栾欢，是爸爸的初恋情人和别的男人生的女儿，和李若芸同岁。

爸爸不顾爷爷奶奶的反对，让律师介入，更改了栾欢的年龄，让她从十三岁变成了十四岁。就这样，爸爸把栾欢收养为他的二女儿，在盛大的舞会上，他把她推到世人的面前。

所有人都知道，那个叫栾欢的女孩是李俊凯收养的女儿，他们举起双手去欢迎那个叫栾欢的女孩。

李若芸十三岁这年过得很不开心，她替妈妈感到难过，在她眼里，妈妈是和善隐忍的。

她已经尽最大的努力去欢迎新来的家庭成员，可那位新来的家庭成员仿佛不领情，每天穿着那些奇奇怪怪的衣服，逃课、离家出走，对他们冷嘲热讽，恶言相向。

十三岁的栾欢是叛逆、尖锐、敏感、喜欢发脾气的。

当然，十三岁的李若芸也不是吃素的，她联合自己的哥哥，在爷爷奶奶的默许下孤立栾欢。

十四岁，栾欢闯下大祸，她偷偷从旧金山回到她以前居住的地方。离家出走的第二天，栾欢在纽约臭名昭著的皇后街被警察带走。她被带走的原因是她参与了纽约某所中学的校园枪击案，那一起校园枪击案中有两名无辜者被枪射死，纽约的警察在栾欢的书包里搜出了枪支。

李俊凯率领着强大的律师团从旧金山来到纽约，一个月后，负责枪击案的法官宣布栾欢无罪释放。经过调查，栾欢书包里的枪是她的朋友在慌乱中放进她的书包里的。

那时，李若芸通过电视看到很多人高举抗议牌子守在法院门口。

那些人是死者的亲属，栾欢走出法院时，抗议的民众朝栾欢扔鸡蛋，对她破口大骂。

李俊凯再次把栾欢从纽约带回旧金山，栾欢清秀的脸上布满了瘀青，显然是在少年感化院里被人打的。她顶着那样一张脸，冷漠地从李若芸和李若斯的面前走过。

那天晚上，李俊凯让栾欢到他的书房去，栾欢在他的书房待了很久。第二天，栾欢把金黄色的头发染回黑色，乱七八糟的辫子变成了马尾辫，铆钉鞋换回中规中矩的皮鞋。

从这一天起，栾欢不再逃课，不再离家出走，她在他们家安静地生活。

一天天过去，栾欢的面容越来越好看，她的身材也越来越凹凸有致。

一天天过去，不知不觉中，李若芸和栾欢越走越近。栾欢是一个聪明的女孩，她有一套和人相处的技巧。渐渐地，李若芸发现她和栾欢变得热络起来，她们形影不离，她的口头禅变成了"欢，你觉得……"

欢，你觉得我身上的这套衣服好看吗？

欢，你觉得这部电影好看吗？

欢，你觉得那个男生帅吗？

一天天过去，李若芸还发现了一件有趣的事，李若斯的目光总是若有似无地落在栾欢身上。最初只是偷偷摸摸的，到了最后，他开始无法掩饰了，他的目光长久地停留在她的身上。

李若芸一直以为李若斯迟早会把栾欢变成她的嫂子，她也无比欢迎李若斯把栾欢变成自己的嫂子。

谁知两个月前，李若斯对外公开自己的女朋友，并且表明他和他的女朋友是那种以结婚为目的的交往关系。

李若斯的女朋友叫许秋，是小他一届的学妹，很多人都知道许秋追了李若斯三年，很多人都说许秋和李若斯是郎才女貌。

犹记得，那天李若芸听到这个消息之后，气冲冲地找到她的哥哥，指着他的鼻子说道："李若斯，你会后悔的。"

那天，李若斯摸着她的头，用一种让她觉得陌生的声音说道："小丫头，你什么都不懂。"

"哥，你明明很喜欢栾欢。"她对他说道，"你喜欢她，就要和她在一起啊，不是吗？哥，你知道你在做什么吗？你知不知道你这样做了，栾欢有一天会被别的男人带走，变成别人的妻子，你舍得吗？"

他转过身，声音低沉地说道："小芸，如果我把小欢变成自己的妻子，那么在世人的眼里我们便是乱伦。如果我把小欢变成我的妻子，那么妈妈会很难过。爸爸已经让她很难过了，有一大堆人躲在暗处，他们在等着我们家发生一些什么。只要我们有一点儿风吹草动，他们就有本事让一点儿风吹草动变成满城风雨。所以我不能，小芸，你懂吗？"

李若芸似懂非懂，她的世界是黑白分明的，是就是，不是就不是，她讨厌太过复杂的东西。

或许是李若斯不够爱栾欢吧，所以他没有那份永不妥协的力量。

那么栾欢呢？栾欢爱李若斯吗？

"欢，你喜欢我的哥哥吗？"李若芸问道。

"你是妹妹，他是哥哥，一直都是这样，以后也会是这样。"栾欢平静地说道。

回旅店后，三个人回到自己的房间。

深夜，李若斯敲响栾欢的房门。

栾欢打开门，迎面而来的是酒精的气息。顿了顿，栾欢走出了自己的房间，顺手把房门关上。

李若斯靠在房间的外墙上，重重地喘气，说道："栾欢，哪怕你勇敢一点点，也不至于变成现在这样。"

"你喝醉了，回去吧。"

栾欢扯了扯他的衣袖。

李若斯甩开她，反握住她的手，紧接着他的身体贴在她的身上，他的手捏住她的下巴："这么想甩开我，那么你当初就不该接近我。"

"我没有接近你，我只是听叔叔的话，把我跟你和若芸的关系处理好。"

"是吗？你真的是那样吗？"李若斯的手加大了力道，他恨不得捏碎眼前这个女人的下巴。

栾欢闭上眼睛，谁知道呢？也许像她自己说的那样，也许不是。她偶尔会有点儿坏念头——或许她表现得好点儿，说不定李若斯就在李若芸和栾欢之间选择喜欢栾欢多一点儿。

这个世界上有一种人，他们不需要有多出色的表现，就会得到很多的爱，李若芸就是那种人。

她只是想偶尔分走李若芸的一些爱而已。

夹带着酒味的气息越靠越近，眼看……

栾欢闭着眼睛，模仿着一位老太太说话的口气，慢悠悠地说道："若斯，也不知道从什么时候开始，奶奶会和你说一些话。"她的口气听着就像是在聊天，"若斯啊，你和栾欢那丫头是法律上的兄妹；若斯啊，你的爸爸已经让你妈妈伤心了，你可不能再让你妈妈伤心。如果连你都这样，你妈妈会崩溃的，你的妈妈已经够可怜了。"

李若斯顿了顿，唇贴在栾欢的锁骨上，没有离开，也没有继续。

栾欢把手搭在李若斯的肩膀上，说道："最初，你听到这些话的时候没有什么感觉，但是渐渐地，这些话开始像针一样扎在你的心上，让你觉得难受，是的，妈妈已经够可怜了。"

放在她腰间的手加大了力道，他喘着粗气说道："不要胡说八道，栾欢，也不要自以为是。"

李若斯的手没有停顿一秒，一直往下。

栾欢的心里住着一头小狮子，那头小狮子已经沉睡许久，李若斯在等着她心里的小狮子醒来，对他进行反击。

这样也好，起码可以痛痛快快的。

可是她没有，没有甩他巴掌，没有咬他，没有嘶声大喊。

她只是淡淡地说道："李若斯，你只是在喝醉的时候才会做出这样的事情，我想等明天太阳升起的时候，你会后悔，你会自责，你会发现你什么也干不了。"

本来想握紧的手却松开了，即使是那么诱人。

"刚刚的事情我会当成什么也没有发生过，若斯，你现在要做的事情是从我的房间离开，回到你的房间。住在你隔壁的那位叫许秋的女孩可以胜任李若斯妻子的这个角色。你一直很欣赏她，把欣赏转化成爱，我想并不是难事，只是时间问题而已。明天太阳会照常升起，而你来我的房间只是你做的一场梦，这样好吗，哥哥？"

他的手缓缓地从她的身上移开，点了点头。

栾欢靠在墙上，闭上了眼睛，等到脚步声远了，才回到自己的床上。

刚刚她模仿那位老太太的声音模仿得真像，她得称呼那位老太太为"奶奶"。

每次她叫那位老太太时，老太太总是很欢快地答应着，对她亲切地笑着，嘴角上扬着，眼里装的却是北极的冰川。

每隔一段时间，老太太会眉开眼笑地叫着她的名字，说："小欢啊，我的儿子被你妈妈伤透了心，你可不能再伤他的心了，你要乖乖的，知道吗？"

是的，她得乖乖的。

妈妈已经让那位叫李俊凯的男人伤透了心。

栾欢的妈妈叫栾诺阿，爱过很多男人，谈过很多恋爱，在这过程中不小心出了一点儿意外，而栾欢就是那个意外。

让栾欢记忆深刻的是她们一直在搬家，有时候是因为栾诺阿的工作需要，有时候是在逃避某个男人的妻子。

她的妈妈喜欢在喝得醉醺醺的时候说这样的话——小欢，你的妈妈爱过很多人，你的妈妈谈过很多恋爱。

最后，在栾欢九岁那年，爱过很多人、谈过很多恋爱的栾诺阿死在一个男人的床上，死于酒精中毒。

栾诺阿死后，她的朋友收留了栾欢。她叫索菲亚，是另一个可怜女人，非洲裔背景和低学历让她的生活举步维艰。

和索菲亚一起生活比栾欢想象中的还好，即使生活困窘，她也觉得快乐。索菲亚有很高的音乐天赋，夜幕降临的时候，她跟着索菲亚到纽约的地铁站去卖唱。索菲亚总是有办法逗她笑，她们住在皇后街不足五十平方米的地下室里相依为命。

遗憾的是，栾欢十二岁这年，在一个雨夜，索菲亚说要去买包烟，之后就再也没有回来过。

在纽约，一位一直生活在底层的非洲裔女人不见了是最平常不过的事情，没有人去理会，倒是一些义工善意地提出可以帮助栾欢。

福利院的人来到栾欢的面前，说可以让她的生活好点儿。栾欢没有跟福利院的人离开，她留在皇后街的地下室等着索菲亚回来。在索菲亚没有回来的半年里，栾欢靠着救济、靠着偷偷摸摸打零工换来一日两餐。

栾欢十三岁这年，自称是妈妈的朋友的李俊凯出现，把她从纽约带到旧金山。

"如果你能帮我找索菲亚，我就跟你走！"

十三岁的她和那个男人谈条件。

到了今天，栾欢还是没有找到索菲亚，她已经忘记索菲亚的脸了，不仅忘了索菲亚的脸，她也忘了妈妈的脸。

她记住了索菲亚天籁般的声音。索菲亚的歌唱得比谁都好，可一首歌唱下来，她只得到几个一美元硬币，有时候会多点儿，有时候什么都没有。

她也记住了妈妈醉醺醺的模样，摸着她的脸和她说过的那些话——

欢，妈妈爱过很多人，谈过很多恋爱。

她不想当索菲亚，也不想变成另一个栾诺阿，所以她要乖乖的，好好地活着。

李俊凯把她从少年感化院领回来，告诉她一句话：好好活着，因为你会死去很久。

简单的一句话，让她的心有些钝痛。

当太阳照常升起时，李若芸一一敲响他们房间的门。这一天，是她二十四岁的生日，她穿着传统的旗袍宣布，她不再疯了，她放弃去追那个男人了，她要当一名真正的淑女。

（3）

次日，他们往回走，从莫斯科来到西班牙的南部城市科尔多瓦。

2009年的达喀尔拉力赛，倒数第二站将来到这座欧洲最古老的城市之一。公司总部设在底特律，在北美拥有一百多家汽车零件制造厂的李氏实业集团，一直是这项赛事的赞助商之一，今年，李若斯取代了李俊凯，来到科尔多瓦为获胜车手颁奖。

他们一行四人来到了科尔多瓦。科尔多瓦也可以说是李若芸和栾欢毕业旅行的终点站，明天，李若斯会回到底特律上班，许秋会回到纽约，李若芸会去马德里，而栾欢会回到旧金山。

达喀尔拉力赛被喻为勇敢者的游戏，达喀尔拉力赛的倒数第二站在车手们的眼中意味着终点站，代表着向所有的艰苦赛程告别。

一般主办方会在这一天的晚上举行狂欢派对，让一路追随而来的车迷们和他们喜欢的车手近距离接触。

这一晚，科尔多瓦全城狂欢，派对在车手们所钟爱的红色土地举行。开香槟的声响，取之不尽的啤酒，熊熊燃烧的篝火下是一望无际的旷野，摇滚乐队玩命地嘶吼，远处射来的灯光让远道而来的车迷们尖叫着。他们素不相识，但在这样的夜晚，他们亲吻、拥抱。

如果说几天前在乌克兰边境发生的事只是阴差阳错，那么，科尔多瓦的狂欢夜更像是一场精心布置的测试，是不怀好意的测试题。

上帝躲在云端偷偷地窥视着，看谁才是那个捡到宝物偷偷藏起来的坏孩子。

几年后，2009年的科尔多瓦狂欢夜在李若芸的回忆里是一个开始，一个关于背叛的开始。

具体是因为什么，是出于什么样的心思，她不想知道，她唯一知道的是，由于栾欢的隐瞒，她和容允桢一直在错过彼此。

在科尔多瓦的狂欢夜，一些事情在悄悄地发生着。

夜幕降临，西班牙女郎们穿着特色服装，为远道而来的客人跳舞。她们的裙子在火堆旁边就像是盛开的太阳花，李若芸看得心里痒痒的，于是她向主办方要来两套西班牙裙子，一套穿在自己的身上，一套给了栾欢。

换好了衣服，她们站在那里，就像是双生花。

等到栾欢穿着色彩鲜艳的鱼尾裙出来的时候，李若斯的目光就再也没有从栾欢的身上移开过。

看到自家哥哥的模样，李若芸在心里叹气，正牌女友还紧紧地挨着他坐着呢，还好有兄妹这层关系的掩饰，不然脑子再迟钝的人也看得出来。

李若芸拉着栾欢的手，跟着那些女孩转圈，一边转圈一边在她的耳边问道："栾欢，你真的不考虑我哥哥？我的哥哥像我，英俊、潇洒，我保证在这个场子里，我哥哥的相貌绝对可以挤进前三甲。"

李若芸环顾四周，她的哥哥真的很不错，高大英俊，混在一大群帅哥里，存在感十足，在这里应该不会有哪个男人比李若斯帅吧。

渐渐地，李若芸觉得有点儿不对劲，今晚用面巾蒙得只剩下一双眼睛的阿拉伯男人好像很多。

李若芸一边围着篝火堆转圈，一边对他们扮鬼脸。

突然，她想起自己夸下的海口，她现在已经是一名二十四岁的淑女了，于是……

没有"于是",因为李若芸看到了一位身材超棒的阿拉伯男人。那个男人戴着阿拉伯帽子,从阿拉伯帽子上垂落下一条褐色围巾,褐色的围巾把他的脸遮得只剩下一双眼睛。

那是一双特别漂亮的眼睛,红红的篝火映在他的眼里,那双眼睛看着她们这个方向,好像在看她,又好像不是。

那双眼睛就像是印在脑海里的画,像森林,像烈焰,有着某种魔力,李若芸不由自主地停下了脚步。

或许她应该走向那个男人,她应该揭开男人脸上的面巾,问他愿不愿意当自己的模特。

只需要走六七步,她便可以做到。

突然停下的脚步使得跳舞的队伍混乱,栾欢拉着她的手,在她耳边大喊:"李若芸,现在不是发呆的时候。"

她又被拉着手重新转动起来,转了一圈,发现那个男人已经不见了。男人刚刚站着的位置被一个胖男人所取代,大胖子的身边站着李若斯。李若斯的目光依然落在栾欢身上,宛如着了魔一般。

"栾欢,你考虑一下我刚刚和你说的话,我哥哥一整晚都在看你,你们再这样下去会出事的。"

栾欢知道,她知道李若斯一直在看她。

转得头昏脑涨的西班牙舞终于结束,接下来是乐队演奏,栾欢走到李若斯面前,说道:"哥,我有点儿不舒服,你送我回去休息。"

大家都去参加派对了,帐篷里静悄悄的,栾欢和李若斯站在帐篷外。

栾欢从李若斯的外套兜里拿出手机,紧紧地握着手机,轻声问道:"李若斯,你真的很喜欢我吗?也许我们可以试一试。"

"小欢。"唤着她名字的声音是颤抖的。

这一刻,栾欢不想否认,这个被她称为哥哥的人曾经在某一刻让她悸动过,她依恋着他。

李若斯伸出手想触摸她的脸颊,栾欢向后退一步,李若斯的手停在半空中。

栾欢低下头，在李若斯的手机里找出两个人的电话号码。

"在我们开始之前，我想你必须先做一件事。"栾欢没有去看李若斯的脸，她径直拨了两个号码中的一个。

电话接通了，栾欢把手机放到李若斯的手上，说道："这就是我要你做的事情，你告诉你的妈妈，你想和我在一起。等告诉你妈妈之后，再和奶奶说。等你打完了这两通电话，我就是你的，到死的时候都会是你的，不管你去哪里，我都会跟着你。"

拿着手机的李若斯动作缓慢，很久之后他才把手机放到耳边，他盯着栾欢，栾欢回望着他。

帐篷里的灯光让他们的身影一半隐在黑暗里，一半在灯光中，如同鬼魅一般。

"妈妈。"他说道。

栾欢的手心在冒汗，可是迟迟没有等到李若斯开口，他的嘴唇一直在嚅动，可什么话也没有说。

最后，他只是说了一句："好的，我会小心的，妈妈晚安！"

握着手机的手垂下来，李若斯暴露在灯光中的半边脸一片灰败。

手机掉落在地上，他擦着她的肩膀离开了。

栾欢出神地望着李若斯离去的方向，看着他的身影慢慢地远去，变小，直至消失。

她弯下腰，拉起裙摆，进入帐篷，躺在床上，睁大眼睛盯着顶棚上炫目的图案。

她的心情比想象中的还要失落，半个小时过去，一个小时过去，一个半小时过去，两个小时过去，那种失落在空无一人的帐篷里一直蔓延着，无可遁形。

栾欢从床上起来，离开帐篷，想找一点儿酒喝，或许口感香醇的葡萄酒会帮她驱赶那些失落。

栾欢找到他们开的车子，她记得车里有酒。她站在车旁，想打开车门，还没有等她打开车门，车门就从里面打开了。

在微光里，栾欢看到女人白花花的大腿，一抹身影挡住了栾欢的视线，那是男人的身影。

男人从车上下来，拉着她的手。

木然的栾欢任由李若斯拉着她的手。

他们停在一辆车旁。

她看到他的衬衫扣子扣错了。

她的手指往扣子扣错的地方指了指，说道："李若斯，你衣服的扣子扣错了。"

"嗯。"他淡淡地应答着，没有去理会他扣错的扣子，"栾欢，我和许秋在一起了。"

"嗯。"

这次轮到栾欢淡淡地应答。

李若斯笑道："你知道刚刚那样的事情意味着什么吗？"

知道，栾欢怎么可能不知道？

"亲爱的妹妹。"李若斯的声音带着嘲讽，"你是不是早就猜到我不会打那两通电话？"

栾欢沉默着。

嘲讽的笑容在李若斯的脸上扩大，见等不到她的回答，他笑出声来，笑声越来越大："我好像没有资格指责你，对吧？先退缩的人是我。"他点了点头，重复道，"是的，是我！"

李若斯弯下腰，仔细地打量着她的脸，捏住她的下巴，强行让她的目光落在他的脸上，一字一句地说道："栾欢，我想你现在一定在心里嘲笑我，你一定无比乐意看见事情变成现在这样。"

"没有，不是！"栾欢动了动嘴唇，"李若斯，在那五分钟里，我给过你机会，也给了我自己机会。"

李若斯松开她的下巴，他的手轻触她的脸颊，然后颓然地垂下，说道："我情愿你没有给我那个机会。"

那么李若斯就不会知道自己竟然如此怯弱。

这个夜晚，栾欢第二次目送李若斯离开。

走了几步，他停下来，没有回头，说道："栾欢，我讨厌你，因为你活得比谁都清醒。"

"栾欢，我诅咒你，我诅咒你有一天深深地爱着一个男人，而你的爱永远得不到回应。"

说完这些话，李若斯抬起脚，加快脚步朝那辆车走去。许秋在车里等着他，回美国之后，他应该会宣布他们订婚的消息。

李若斯知道栾欢没有离开，她一直在目送着他。

那可是一个狠绝的丫头。

人生若只是初见，那么李若斯不会对栾欢好奇，不会有好奇就不会有怜悯，不会有怜悯就不会悸动，也不会爱上。

"栾欢，我讨厌你，因为你活得比谁都清醒。"

"栾欢，我诅咒你，我诅咒你有一天深深地爱着一个男人，而你的爱永远得不到回应。"

这个夜晚，李若斯对栾欢说了这样的话，这是让栾欢觉得特别悲伤的话。

站在旷野中，暮色深沉，栾欢伸出手去触碰自己的眼角，眼角干干的。明明李若斯没有打电话，让她觉得悲伤，他不仅没有打电话，还用恶毒的话诅咒她，最让她悲伤的是车里女人白皙的大腿。

这么多的悲伤，为什么眼角还是干干的？

栾欢有一个秘密，她的眼睛不会流出眼泪。自她懂事以来，她就从未尝过眼泪的滋味。

妈妈告诉她，小时候她由于贪玩，导致眼睛受伤，那次受伤使她的眼泪分泌功能受到严重损坏，这种症状叫"角结膜干燥症"。

也就是说，即使很悲伤，她的眼睛里也不会有眼泪流出来，她永远也不会尝到传说中像海水的眼泪味道。

栾欢呆呆地站在那里，仰望着星空。

不远处传来的声音惊醒了她，细微的声音传达出来的讯息在这样的夜里显得十分诡异。

声音是从不远处的车子传来的，那辆车独自停在一边，车子是深色的，是极为普通的房车，栾欢不由自主地朝房车靠近。

循着越来越清晰可辨的声音，栾欢找到声音的出处。她低下头，看到蒙着面巾的阿拉伯男人躺在车底下。

想躲开已然来不及了，男人也看到了她，一双眼睛在车底下显得幽深、神秘，他的手朝腰间移动。

或许他是在拿家伙。

栾欢捂着嘴后退，朝火光的所在地奔跑。

当那双手从后面搭上她的肩膀时，栾欢尖叫起来。一出声，她的嘴就被捂住了，下一秒，她的身体像货物般被撂倒在地上。

"嘘，不要害怕，小美人鱼，是我。"

这个声音再加上那句"小美人鱼"，栾欢就知道压在自己身上的人是谁了，是那天李若芸救的男人。

栾欢稍稍放松神经，缓缓地伸手拿下遮住男人脸颊的面巾。栾欢也不知道为什么听到男人的声音后就不害怕了，她也不清楚她怎么会去掀开男人脸上的面巾。

不是应该逃跑吗？

她拉下他的面巾时，"砰"的一声，灿烂的烟火点亮了科尔多瓦的夜空。

烟火的光芒在男人的眼里闪烁着，像一个梦，人类的孩子邂逅了森林的孩子。

两个人维持着刚刚的姿势对望着。

男人微笑道："我今晚发现了一件事，小美人鱼，你长得挺漂亮的，舞也跳得好。"

"你刚刚做了什么？"栾欢没有理会他，开口问道。

男人没有回答，而是反问道："那你刚刚又做了什么？"

栾欢微微侧过脸，仰望着夜空："我刚刚在看星星，你相信人死去后会幻化成星星吗？"

"是的，每个人死后都会变成星星，那些星星在默默地关注着他们的亲人、爱人、朋友，星星用自己的方式守候着他们。"他回答道。

栾欢呆呆地望着男人。

男人从她的身上挪开，用和她一模一样的姿势躺在地上，说道："我妈妈是一个中国人，我爸爸有二分之一的中国血统，所以，我的身上有四分之三的中国血统。我会说流利的中文，但是我认识的汉字少得可怜。我见到我爸爸的时间很少，很小的时候，我总是换地方住，从这个家搬到那个家，今天是这个国度这个城市，明天是那个国度那个城市。我好不容易和我的朋友混熟，我们约好在周末去打球，可是没有等到周末我就离开了，因为我又要搬家了，我特别讨厌这样。"

他像是在说给她听，又像是说给他自己听。

"后来……"栾欢喃喃地说着，也像是在说给自己听，"你每到一个地方，不再和别的孩子玩，也不再去认识新的朋友。你总是躲在家里，电视和漫画成为你最好的朋友，有时候，你还会自己和自己说话。冬天的夜里，当风刮过屋顶发出奇怪的声响时，你就大声歌唱，只有大声歌唱，你才不会感到害怕。你总是把眼睛凑到猫眼上，等待着一个人的到来，因为你已经在鞋柜下摆好了拖鞋，你等着有人穿上那双拖鞋，这样一来，房间里就会多一些响声，你希望那响声最好可以保持一整天。"

世界仿佛在这一刻安静下来，栾欢侧过头，男人也侧过头来。

他的手覆盖在她的手上。

科尔多瓦平原上的风自由张扬，科尔多瓦的夜空被烟花渲染得五彩缤纷，巨大的烟花在他们的头顶上盛开，灿烂得让她忘了很多事。

他和她都没有说话，他们用很奇怪的方式看着夜空中盛开的烟花。

烟花临近尾声，男人说了句"我该走了"。

栾欢点了点头。

男人临走时抚摸了一下她左手腕上的红色手链，说了一句"真乖，还戴着呢"。

男人离开前，嘱咐栾欢不要回到原来的地方。

男人走了，栾欢依旧躺在地上。

刚刚她和男人说了"谢谢"。

栾欢感激男人在那样特殊的时刻出现，他的出现驱走了这个夜晚来势汹汹的悲伤。

最后那声烟花的绽放声特别大，就像爆炸声一样。

爆炸声？

栾欢猛地从地上坐起来。

（4）

几百米远的地方浓烟滚滚，红红的烈焰吞噬着停在一旁的车子。不久前，那个男人就躺在那辆车子下面，不久前，男人就是朝着那个方向走的。

火焰所带动的气流让车子的周围变得宛如海市蜃楼，车子的对面依稀有一个身影。渐渐地，身影变得清晰——长发、穿着色彩艳丽的鱼尾裙站在那里，在一波波气流中，那个身影就像是水面上抖动的倒影。

她和那个身影隔着熊熊燃烧的车子。

栾欢呆呆地站着，有那么一瞬间，她感觉自己在照镜子，站在对面的人是她自己。

远处传来警笛声，栾欢拔腿就跑，绕过车子来到那个身影面前。

和她穿着一模一样的西班牙民俗裙的李若芸呆呆地站着，她的手半举着，就像一座雕像。

确认李若芸没有受伤之后，栾欢松了一口气。

"喂！"栾欢的手在李若芸的眼前晃动着，"小芸，原来你胆子就这么一点儿。"

晃动的手被一把抓住，李若芸突然冒出一句："小欢，就差一点，就差一点，我就可以揭开他的面巾，看清楚他的模样了。"

五分钟前，有一个蒙着面巾的男人救了李若芸。

用李若芸的话说，在她以为自己即将香消玉殒的时候，超级英雄腾空出世，上演了英雄救美的戏码。汽车爆炸声响起，她被蒙着面巾的男人扑倒在地上。知道她没事后，男人很快离开了，男人留下了一句话，不是"我会回来的"，而是"不是让你不要到这里来吗"。

听到李若芸说的那句"不是让你不要到这里来吗"，栾欢便知道救下李若芸的男人是谁了。

在爆炸现场，警察简单地问了李若芸几个问题。作为现场唯一的目击者，李若芸表现出了恰到好处的慌张，她说她什么也没有看到，在爆炸声响起的时候，她下意识地往地上卧倒。

在李若芸的阐述中，对那个蒙着面巾突然出现的男人只字未提，她的回答让警察无可奈何。

李家的人说起他们三小姐的时候，都会带着溺爱说那是一位爱犯迷糊的姑娘。

可栾欢知道，李若芸比谁都聪明，李若芸只是懒，因为她讨厌那些复杂的东西。

折腾到了凌晨两点，栾欢和李若芸这才回到帐篷休息。她们躺在同一张床上，李若芸的手在半空中展开着，状若梦呓。

"栾欢，我知道他是谁。"

栾欢的睡意被李若芸的话赶跑了一些，她可以这样告诉李若芸，其实救下她的那个男人几天前她们见过，在乌克兰边境的雪夜里，她曾用她的体温去温暖那个男人。

之所以没有告诉她，是因为事情发生得太突然了，栾欢不知道该从什么地方说起。

栾欢找出这些理由来解释为什么没有告诉她，可真的是那样吗？

一定不是那样的，否则此时此刻她不会感到心虚。

"那么，他是谁？"栾欢不动声色地问道。

"我不知道他是谁，但是他的眼睛我认识，不久前，那个人就站在我面前，那个男人在看我跳舞。"

不久前，男人说过这样的话——

你长得挺漂亮的，舞也跳得好。

所以，栾欢心里有小小的窃喜，她确定男人不是在看李若芸跳舞。

"栾欢，你说将来我们会遇到什么样的男人？"

"谁知道呢。"

"栾欢，你说，会不会有一天我们爱上同一个男人？"

"然后我们为了同一个男人大打出手，你死我亡，我在你身上插刀，你在我身上插刀。"

"为了防止我们为了男人彼此插刀，我想到了一个好的法子。"李若芸一本正经地建议，"男人要是脸蛋漂亮，就归我；男人要是性格稳重，就归你。欢，你说这样好不好？"

"好。"

回答的声音透露出浓浓的睡意。

很久以后，李若芸再回想起这番类似玩笑的话时，只觉得刺耳。

很久以后，栾欢并没有把有漂亮脸蛋的男人让给她，不，是还给她。

次日，参加达喀尔拉力赛的车手们开着他们的赛车离开了科尔多瓦，凌晨燃烧的那辆车惹来了很多媒体。

李若斯和许秋先行离开科尔多瓦，他们连招呼都没有打就离开了。

中午，栾欢和李若芸也离开了科尔多瓦。在离开前，她们听到这样一个消息，据说，警方在爆炸现场发现了一具被烧焦的尸体，初步判断，那是一位阿拉伯男人。很快，阿拉伯男人的身份得到证实，该阿拉伯男人为中东一家保全公司的高级将领，最近他的任务是接受法国某军火公司的雇佣工作。

离开科尔多瓦后，李若芸去了马德里，栾欢回到了旧金山。

回到旧金山，栾欢并没有按照原计划三天后前往底特律，因为李家最有权威的女人发话了。

"不行，我好不容易等到小欢毕业，先不要急着让小欢工作，让小欢多陪陪我，陪我说说话。"

李家最有权威的女人叫方漫，栾欢称她为奶奶，大家在说起方漫的时候，都说那是一位性格极好、没有半点儿架子的老太太。

就是这样一个身材娇小、看起来弱不禁风的女人，和自己的丈夫一起创造了李氏商业王国。方漫五十九岁时，丈夫因病去世，她六十二岁从公司退休，退休之后就一直住在卡梅尔的庄园里。

隔着电话，老太太和栾欢撒娇道："小欢，来陪陪奶奶，奶奶老了，奶奶怕寂寞，小欢来了，奶奶就开心了。"

栾欢握着电话，点了点头，当着李俊凯的面轻声答道："好的，奶奶。"

挂断电话后，李俊凯无可奈何地摇头，说道："奶奶越来越孩子气了，这样也好，小芸没有和她商量就去马德里，让她大动肝火，小欢就多陪陪她，安慰安慰她，奶奶很好哄的。"

不，那位老太太一点儿也不好哄。其实老太太让她去卡梅尔，无非是怕她出什么幺蛾子，让她留在卡梅尔比去底特律安全得多。

因为卡梅尔没有李若斯，李若斯在底特律。

见她没有回答，李俊凯压低声音，用讨好的口气说道："小欢，爸爸告诉你一个秘密，爸爸留给小欢的嫁妆比小芸多得多，谁让小芸没有小欢漂亮呢！"

李若斯也曾这样说过。

栾欢垂下眼帘，心里有些难过。

她的沉默让李俊凯急了，他竖起手指发誓："小欢，爸爸没有骗你。"

栾欢在心里叹气，自己的笨妈妈啊，怎么会舍弃眼前的男人呢？

她勾起嘴角，对李俊凯笑道："谢谢叔叔。"

不久之后，栾欢知道李俊凯真的为她准备了很多嫁妆。

不久之后，她带着李俊凯为她准备的嫁妆，嫁给了一个名叫容允桢的男人。

栾欢来到卡梅尔是二月中旬。

卡梅尔是一座海滨小镇，从洛杉矶通往旧金山的一号公路让这座小镇名噪一时。加州的一号公路是被公认的世界上最美的公路，一号公路有很浪漫的广告语："那是每一个人必须去十次的好地方，当你走完那十次，你就会邂逅你的挚爱。"

曾经李若斯傻傻地把她按坐在副驾驶座上，用一个月的时间跑完十次一号公路，或许那个时候她的心便开始悸动了。

可那悸动抵不过现实。

后来，另一个男人沿着一号公路来到了她的面前，娶走了她。

卡梅尔有古老的修道院，李家的庄园就在修道院旁边。庄园采用丹麦式的建筑风格，红色的尖房顶，白色的墙，大片的绿树环绕着庄园，远远看着，宛如来到了童话王国。

栾欢打开车门就看到方漫站在大门前，一如既往笑得慈爱亲和。她吩咐用人把栾欢的行李放到已经准备好的房间里，告诉栾欢，她今晚会亲自下厨煮栾欢喜欢的东西，她挽着栾欢的手说"小欢又变漂亮了"。

栾欢扶着老太太小心翼翼地上台阶，一边听着老太太的唠叨。

这样的画面在别人眼里，大概代表着浓浓的亲情。

就这样，栾欢在卡梅尔住下来，她每天做的最多的事情是陪伴方漫，陪她散步，陪她看电视，陪她去教堂，陪她在周末的时候去听一场音乐会，开车送她去拜访她的朋友。方漫总是拉着她的手，对朋友笑眯眯地说，小欢是比谁都乖巧的好姑娘。

很快，三月到了。

三月的卡梅尔被大片花海包围着，随着鲜花盛开，很多人开车来到卡梅尔。这个时候是方漫最忙的时候，她的朋友们会在这个时间段来看她。

这个周末，李家庄园外停着的车比以前多了一倍。从车上的那些灰尘来看，这些客人应该是远道而来的，在这些车子中，栾欢也看到了李俊凯的车。

这个周末对于栾欢来说，是滑稽可笑又充满悲凉的过家家游戏。在教堂做完礼拜之后，方漫并没有急着回家，而是让栾欢陪她坐一会儿。

她们坐在教堂的长椅上。

"小欢，你叔叔的公司遭遇有史以来最糟糕的状况。"没有一句煽情的开场白，方漫开门见山道。

栾欢隐约猜到了这些。

2008年，美国经历了一场突如其来的房地产泡沫。这场房地产泡沫如同旋风一般蔓延到整个西方，很多工薪阶层发现他们不仅养不起他们的房子，也养不起他们的车子。

2009年初，底特律的多家汽车公司倒闭，在这股汽车公司倒闭的风潮中，最先受到重创的是汽车零件制造商。

在全球拥有数几百家零件制造工厂和数十万工人的李氏实业，其面临的困境可想而知。

"小欢，如果你可以帮助你叔叔，你会帮助他吗？"方漫是这样问栾欢的。

"说吧，需要我做些什么？"

方漫紧紧地盯着栾欢的脸，表情依然是温和的，但眼神里透着若有似无的厌恶："小欢长得真像你的妈妈。"

这个栾欢知道，因为李俊凯偶尔会用悲伤的目光看着她。

"小欢，我说一点儿你妈妈和你叔叔的事情给你听吧。"

方漫说的可不仅仅是一点点，她事无巨细地说着，那位长期接受李家资助的名叫栾诺阿的穷困女学生是怎么和李家少爷走到一起的。

老太太是一位语言艺术家，她没有指责那位女学生，更多的是讲述了李家少爷被抛弃之后的痛苦。

栾欢木然地听着，老太太口中的栾诺阿倒是符合栾欢心目中妈妈的形象，尖锐敏感，偶尔很可爱，偶尔会很神经质。

栾诺阿会离开李俊凯，应该是两个人的性格使然，让栾欢想不到的是，李俊凯曾一度因为痛苦割过腕。

听到这里，栾欢的心狠狠一抽，她想起李俊凯手腕上永不离身的手表，原来是这样。

"好了，奶奶，接下来的您不需要说了，您只要告诉我我需要做些什么。"老太太煽情的演讲让栾欢觉得烦。

"栾欢，等会儿会有一个人来见你，这个人是一个男人，奶奶需要你在最短的时间内接受他，还需要你得到他的信任。"

方漫走了，临走时把一对象征着李家信物的耳环戴在她的耳朵上。

栾欢一动不动地坐着，她保持那个姿势已经很久了。她出神地望着前方，前方是小小的坡丘，坡丘被绿色的草覆盖着，不远处是高尔夫球场，再不远处是蔚蓝的大海。午后的海平面波光粼粼，日光和那些波光让栾欢眩晕，看得她大脑一片空白。

层层叠叠的波光中，有一个修长的身影逆光而来。栾欢眯着眼睛，懒得去看那个人的长相。

坊间有那么一句话：什么是豪门，豪门永远是一些法则的无限循环。

不久前她和方漫的对话犹在耳边。

"奶奶，为什么不是小芸？"

"因为凡事总是先来后到，你是二小姐，小芸是三小姐。"

听着很有道理，栾欢扯了扯嘴角。

"你笑什么呢，小美人鱼？"无懈可击的男声用纯正的中文如是问道，近在咫尺。

你笑什么呢？

栾欢抬起头。

只一眼，栾欢就认出了男人。

这是他们第三次见面，栾欢知道男人长得很好看，可她没有想到的是，男人会长得这么好看。

融融的春光里，那张脸美好得让人不敢轻易触碰。

02 时空恋人
C H A P T E R

（1）

据说每一个女生的心里都藏着一位时空恋人。

当我是女孩时，他是男孩，清澈、明亮、皎洁，就像月光一样温柔。

当我变成女人时，他是男人，英俊、魅惑、深情，有着如森林一般的胸怀。

眼前的男人一定会是很多女性心中的那位时空恋人。

如果不是方漫，那么栾欢会那么想，这位时空恋人来找寻用身体温暖他的小美人鱼了。

男人在她的身边坐下来，温柔地说道："你看，我找到你了。"

栾欢还是被男人的话逗笑了。

"我好像没有向你做自我介绍。"男人的声音带着一丝腼腆，他侧过脸，伸出手，手指白皙修长，"我叫容允桢。"

栾欢知道他叫容允桢。

方漫离开时给了她一叠关于容允桢的资料，他是亚东重工的唯一继承人。亚东重工是一家资产雄厚的能源公司，关于这家能源公司有很多传言，那些传言大多都是说亚东重工富可敌国的资金大多属于不义之财，至于是真是假，人们不得而知。

目前，亚东重工在筹备进军地产业，所以，这个时候找一位名声好的合作伙伴，对于亚东重工来说是一种修复形象的最佳选择，而联姻成了这种合作关系的利益纽带。

栾欢站起来，向方老太太请来的贵客展示了社交礼仪，微笑，贴面。

关于容允桢，媒体掌握的资料少得可怜：容允桢，二十六岁，亚东重工集团唯一继承人。除此之外，再无其他。容允桢唯一一次被媒体拍到，是在他十几岁那年和自己的父亲出现在某场冰球比赛的看台上，那时他戴着棒球帽，给人的印象是一个眉清目秀的少年。

"上两次我们的见面有点儿糟糕，所以对于我们的第三次见面，我可是经过了精心准备。"

这种带着暗示性的话从容允桢口中说出自有一番风味。

可以看出来，容允桢是经过精心准备的，暗格衬衫配炭灰色手工毛衣开衫，发型整齐。乍一看，更像是某个午后在晒着太阳听着音乐的常青藤学子，那种懒洋洋的样子，让人忍不住想靠近。

"怎么办？容先生，我觉得第三次见面远远比我们前两次见面还要糟糕。"栾欢懒懒地说道，"不，应该是糟糕透顶，容先生怎么敢在我们第三次见面的时候就提出结婚要求？"

"不，是请求。"容允桢表现得深情款款，"我是来请求小美人鱼嫁给我的。"

栾欢被容允桢的话逗笑了："容先生不去演莎士比亚剧可惜了。"

显然，容允桢之所以来到卡梅尔，不是因为那尾小美人鱼，而是因为小美人鱼的"父亲"叫李俊凯。

"你也许会觉得我接下来说的话很可笑，但是，我真的是因为你在这里才来的。这主意是我提出的没错，可正是因为对方是你，我才有这样的想法。"容允桢唐突地抓住栾欢的手，轻声说道，"用另外一种方式说，这是没有谈过一场恋爱的新手所能想出的土法子，当你用你的身体温暖我的时候，那时我心里的想法是，等我醒来后，我一定要把这姑娘娶回家。"

听到这里，栾欢微微一愣，迅速抽出手。

栾欢匆匆忙忙地离开，踩在草地上的脚步是混乱的。那紧紧跟在她身后的脚步让栾欢心烦，脚即将踩空的时候跌入一个怀抱里。

容允桢没有放开她，而是轻轻地揽着她。

"你看，你没有挣开我，这说明你并不讨厌我。"

是啊，为什么没有挣脱？她很讨厌异性的触碰，可这个男人想娶的是用身体温暖他的小美人鱼。

栾欢推开了容允桢。

"容先生，李俊凯还有一个女儿，她叫李若芸，有很多人喜欢她。"

"可小美人鱼不是她。"

栾欢张了张嘴。

不，小美人鱼就是她，只有她才会做出用自己的体温去温暖一位长相没有半点儿看头的陌生男人这样的蠢事。

这句话几乎要脱口而出了。

栾欢握紧拳头，闭上嘴，有很多人喜欢的李若芸已经让她够嫉妒了。

书房外，数十个身材强壮的男人分别站在两边，一字排开。书房内和书房外的气氛截然不同，书房内一派诗情画意，两名穿着便服的中年男人谈笑风生，看起来十分融洽。

李俊凯微微弯着腰，在为另一个男人磨墨，动作笨拙。那样的李俊凯看得栾欢心里泛酸，一直以来，这样的事情都是别人为他做。

为了祖上留下的产业，他在做着讨好另一个男人的事情。

栾欢走到李俊凯的身边，接过他手中的墨，轻声说道："爸，我来吧。"

握着毛笔的手停顿了，正专注于写字的人侧过头对着栾欢微笑，眼前的人有着和容允桢相似的眉目。

容耀辉，亚东重工的主席，容允桢的父亲。在容耀辉极少被媒体捕捉到的画面里，他永远戴着墨镜，天生的领袖——一些和他有过接触的人如是评价他。

现在的容耀辉更像是一位学者。

容家和李家是世交，这样的一层关系又让容李联姻变得更加顺其自然。容家父子来之前必然做了大量功课，他们接洽了李家最聪明的那个人，一切在暗暗进行着。

现在，书房里的两个中年男人，一个是心知肚明，而另外一个则是被自己的母亲蒙在鼓里。

李俊凯还以为凭着两家的渊源和真诚，可以说服容耀辉和他合作。

这不，李俊凯又和容耀辉谈起了多年前的那次相聚，他们那两个小孩的嬉闹，容家那个叫允桢的小男孩喜欢欺负李家那个叫若芸的小女孩。

说的人和听的人都在笑，其乐融融的气氛中，一个清亮的声音响起："这样说来，我和奕欢就是传说中的欢喜冤家了。"

容允桢不知道什么时候也到了书房，他站在奕欢的身边，表情有点儿懊恼。

"奕欢？"

李俊凯问了一句，目光转向奕欢。

容耀辉也一愣，他把毛笔递给容允桢，说道："允桢，把奕欢的名字写下来，让爸爸看看你的汉字有没有进步。"

听到这里，奕欢基本猜到会发生一些什么了。

在科尔多瓦的平原上，容允桢曾说过，他可以说一口流利的中文，但他认识的汉字少得可怜。

果不其然，容允桢在白纸上歪歪斜斜地写下"奕欢"后，还煞有介事地念起来。

"奕欢。"

容允桢指着那两个字念道，他的目光落在奕欢的脸上，就像一个邀功的孩子。

先笑的人是李俊凯，容耀辉也忍俊不禁。

"难道我又写错字了？"容允桢小心翼翼地问道。

容家父子在方漫的极力挽留下用了晚餐，晚餐在类似这样真真假假的氛围中结束。容允桢也没有在晚餐过程中大献殷勤，他只是偶尔为她倒水。

晚餐结束后，容允桢提出让奕欢带他出去走走。

李家庄园有修剪得像美人鱼的盆栽，容允桢用手指临摹着美人鱼的曲线，说道："那晚，你穿着西班牙裙子跳舞的时候，我一眼就认出了你。那时我特别高兴，小美人鱼从俄罗斯跟着我来到了西班牙。"

奕欢很讨厌容允桢和她谈论关于小美人鱼的话题。

"容允桢，你不是一直强调我……"奕欢顿了顿，喉咙有些干涩，"我救了你吗？那么帮帮……"

真拗口！短短的一句话就藏着两个大谎言。

"如果你真的感激我的话，那么就说服你爸爸，让他和我爸合作。至于结婚的话题，我们到此为止，没有哪个姑娘会愿意和只见过三次面的陌生男人结婚，还有，容先生，你好像忘了我们前两次是在什么样的状况下见面的。"奕欢一口气把话讲完了。

容允桢看向栾欢，缓缓地伸出手。

栾欢下意识地往后退了一步。

"你在害怕我吗？"他轻声问道。

栾欢别过脸，冷冷地说道："难道我不应该害怕你吗？"

"嗯，是应该害怕我。"他点点头，自嘲道，"很多人都害怕我，那些人有多害怕我，我不在乎，但是，我希望你不要害怕我。我没有办法和你解释我的行为，但是我可以保证我不会做任何伤害你的事情，因为你是我唯一想要搭讪的女孩。在来之前我做过一些功课，我看了一些参考书，可好像没有什么用，那些讨女孩子喜欢的话我说不来。"

这个男人说的话好像都是真的，但又好像都是假的，但那声线、那说话的嗓音都让人入迷。仿佛走进了属于语言所调动出来的那个世界，当真相信了他是为了那个穿着西班牙舞裙的女孩才来这里的。

等风掀起了她的披肩，等那股冷意把她惊醒，栾欢才发现，不知不觉中容允桢的手正落在她的鬓角上，为她整理被风吹乱的发丝。

栾欢打了一个寒战，只因为那双悄无声息的手。

"我们回去，这里风大。"他为栾欢拉拢刚刚披在她身上的衣服，"我会给你一点儿时间考虑。"

容允桢不由分说地揽着栾欢的肩膀离开了。

他们停在庄园长廊尽头，十几名保镖站在长廊上，容耀辉和李俊凯站在车前。

栾欢把衣服还给容允桢。

这一天，栾欢觉得自己的脑子特别不好使，在这位号称从来没有谈过恋爱的新手面前一直落于下风，她拼命想着如何组织犀利的语言进行反击，并且让容允桢收起和她结婚的念头。

没有等栾欢反击，容允桢倒先开口了："刚刚我说过给你时间考虑，我希望期限是一个星期，你的爸爸就能尽快和我们合作。"顿了顿，容允桢的目光落在不远处的两个男人身上，"我可以实话告诉你，你爸爸只是四名合作者之一，在你们之前，已经有另外三家公司提出和我们合作。他们的实力并不在你们之下，其中还有一家有特殊背景，我爸爸倾向于和那家有政府背景的公司合作，可那家公司没有你。"

栾欢顺着容允桢的目光看去，不远处那两个男人不经意间的肢体语言，透露出谁是比较被动的一方——

李俊凯为容耀辉打开车门，等容耀辉进入车子，他弯下腰，或许在说再见，或许是再一次表明合作愿望。

栾欢把目光移到面前的男人脸上，长廊的天花板上有一盏欧洲旧时代那种有着精致花纹的吊灯，暖色的灯光落在他的发梢上、鼻尖上，即使她穿着高跟鞋，他还是高出她半个头。

他低下头，微微一笑。

两张脸在一条平行线上，慢慢地，他的脸朝她靠近。

不要闭上眼睛，这个男人和你才见过三次面。

栾欢睁大眼睛，紧紧地握着拳，漠然地看着渐渐靠近自己的脸。

他的唇瓣擦过她的脸颊，落在她的鬓角，唇瓣和头发经过短暂的触碰之后，在她的耳边停下。

"不要让我等太久，我是无所谓，问题是我爸爸，我爸爸是出了名的急性子，要是让他不耐烦了，我想我会很难说服他的。小美人鱼，你也不需要害怕我，我有自信，很快你就会拿着电吹风，让我帮你吹干你的头发。"

等到他说完，等到他转身离开，栾欢的手才渐渐松开，如梦初醒。

栾欢冲着容允桢的背影喊道："容允桢，我不是你的小美人鱼，不是！"

他没有回头，只是举起手做出"再见"的手势。

这一刻，栾欢没有嫁给容允桢的念头，而真正让她改变主意是在几天之后。

（2）

容允桢离开后的几天里，方漫给了栾欢充分的思考时间，她没有让栾欢陪着她。那是一个周四，距离容允桢说的一个星期期限还有两天。那个时候，栾欢压根没有考虑和容允桢结婚的可能，她只是在绞尽脑汁地想着如何让容允桢说服他的爸爸成为李氏实业的合伙人。

周四，栾欢记得很清楚，她早上起床就看到方漫一边喝着茶，一边听管家读报。

她对栾欢做手势，示意坐到她身边。栾欢刚在方漫身边坐下，恰巧管家念到李若斯被拍到在女友闺中独处了十几个小时，之后两个人一起回到旧金山，期间许秋被拍到颈部上有可疑的印记。

栾欢喝着水，安静地听着管家念报纸，上面写了关于许秋和李若斯相处的细节，以及媒体对这对情侣无限看好。

早餐过后，方漫把一篮草莓交给栾欢，老太太看着色泽鲜艳的草莓，很高兴地表示，想让李若斯尝尝庄园里用有机肥料培育出来的第一批草莓。

栾欢到达旧金山时差不多中午了，手中那篮草莓变得沉重起来。李若斯应该是带女友回来见家长了，上个周末他在自己的个人社交网站上暗示近期会向女友求婚。

李家的用人叫她二小姐，资历较老的和她亲切地打招呼，说"小欢回来了"。

李家的餐厅就建在游泳池的旁边，整个餐厅大部分墙都用钢化玻璃建成。栾欢站在游泳池的阳伞下，透过玻璃看着餐厅里的一切。李家的厨子为李家未来的媳妇大费周章准备了丰盛的午餐，那些人谈笑风生，许秋笑得很甜，李若斯低着头，体贴地往她的碟子里放食物。李俊凯在和自己的妻子谈话，他们谁也没有看到已经在外面站了很久的她。

或许她应该和以前一样，挺直脊梁一步步越过游泳池，走进餐厅，把草莓交给管家，用不会出任何差错的声音说"爸爸，妈妈，我回来了"，然后在餐桌旁属于她的位子坐下，等着用人为她拿来碗筷，加入他们的话题。只要她抬脚，她就可以做到。

叛逆的年少时光已然过去许久，她再也找不回十几岁时离家出走的勇气，安逸的生活让她变得懒惰了。

栾欢向前走了一步。

下一秒，她看到李若斯靠近许秋，在她的耳边窃窃私语，惹得许秋娇笑连连。

她向前迈进的那一步退了回来，然后转过身。

栾欢比谁都明白，那个地方即使再像她的家，也不是她的家，她叫着的爸爸妈妈也永远不会真的变成她的爸爸妈妈。

栾欢把草莓交给了用人，开着车在大街小巷逛着，一边听着震耳欲聋的音乐，一边冷冷地看着车窗外的世界。

逛累了，栾欢在夜幕降临的时候回到了卡梅尔。

庄园的角落里传来窃窃私语的声音。

栾欢静静地站在原地，听着方漫和她的朋友聊天，那是一位从洛杉矶来的老太太。

洛杉矶老太太的语气里带着一丝遗憾："那位叫容允桢的男人那么出色，你怎么把他推给栾欢呢？小心以后小芸找你算账。"

"容允桢不适合小芸，这个男人脑子里藏的东西多着呢，一不小心就会让我们小芸吃苦的。"方漫说起小芸时，语气充满着溺爱，"那丫头太能折腾了，她更适合简单一点儿的男人。"

方漫很喜欢李若芸，那个女孩曾经用她纯真的笑容陪伴着方漫度过那段有着丧夫之痛的日子。

"让栾欢嫁给容允桢，可以一次性解决所有问题。"方漫娓娓道来，"一来可以促成容李两家的合作，二来可以让若斯真正死心。我总觉得让栾欢留在家里等于埋下了一枚定时炸弹，她一日不离开，我就一日不安心。我总觉得她会像她妈那样毁了若斯，让她嫁给容允桢，等于拿掉了这枚定时炸弹。"

定时炸弹？

栾欢勾了勾嘴角，方老太太高估了她，她早已被李家衣来伸手饭来张口的生活养娇气了。

栾欢从角落里走出来，笑吟吟地叫着奶奶。

对于她的突然出现，两位受过高等教育的老太太表情截然不同，方老太太的朋友是尴尬中带着一点点羞愧，而方老太太的表情在经过短暂的呆滞之后，恢复到平日的模样。

方老太太的表情栾欢看得很明白，没有任何不好意思，只是讶异她会选择在这个时候走出来，不是应该装作没有听见吗？

方漫笑眯眯的，要多亲切就有多亲切，她说："小欢回来了，开了那么久的车，也累了吧，让管家给你放热水，好好地泡个澡，泡完澡之后好好地睡一觉。"

这位老太太！

栾欢闭上眼睛，笑容僵在她的唇边。这位老太太凭什么这么淡定地和她说这些话？

或许那种淡定来源于她的心态——施舍者和被施舍者。

小可怜，我已经把硬币丢到那个可怜的孩子面前了，没有必要为她浪费一丝一毫的感情。

栾欢握着拳，缓缓地弯下腰，低下头。

她重新睁开眼睛，对着方漫笑，一番话就这样脱口而出："奶奶，接下来我说的话您一定要好好地听。奶奶，以后您一定要听医生的话，该吃饭的时候就吃饭，该锻炼的时候就锻炼，一定要把身体养得好好的。把身体养好了，您才能活得久，奶奶，我每天都会给佛祖烧香，我每天都会向上帝祈祷，祈祷您长命百岁。我想要奶奶长命百岁，因为我要让您看到我嫁得有多好，我要让您当我幸福生活的见证者。"

"当然，我还会向您证明，我不是一枚定时炸弹，我要让您看到我的能力。我会用我的能力帮助我的丈夫，我要我的丈夫比您的孙子好上一千倍、一万倍。"

"不仅这样，我还会让小芸哭鼻子，埋怨您没有征求她的意见就做了这么一件蠢事。"

囤积多年的情绪在这一刻再也无法隐藏，没有任何停顿，栾欢一口气把那些话说了出来。

最后，栾欢直起腰，抱着双臂，观察着方漫的表情。方漫温和地回望着她，那张脸看不出喜怒哀乐。

"奶奶，您信不信，让我嫁给容允桢会是你这辈子做的最吃力不讨好的事情？"

方漫点了点头，一字一句地说道："拭目以待。"

栾欢慢慢地将整个身体沉入水中，温热的水让她的脑子变得清醒，刚刚在楼下的几分钟就像一场浑浑噩噩的梦。

栾欢在浴缸里待了很久，她的手机响了，是李若斯打来的，一声一声固执地响着。

突然，栾欢想离开那个家了。

栾欢给容允桢打电话，和他说她可以嫁给他。

她说婚礼越快举行越好，她说她有一个附加条件，就是必须做到让她短时间内受到全世界的女人羡慕。当然，不是光靠他那张脸，意思就是说他必须成为成功男人，是那种不经意中说的玩笑话在次日变成各大报纸的头版头条，即使是很无聊的话，那些评论家也会争先恐后地叫好的成功男人。

电话那头有片刻的沉默，沉默过后，容允桢问道："你需要那些吗？"

"是的。"栾欢低声说道，"我需要那些，当然，我会尽我的能力帮助你的。"

她需要那些，因为方老太太说了要拭目以待。

电话那边没有回应。

栾欢往杯子里倒了一点儿红酒，等到舌尖被酒香诱惑得飘飘然，栾欢咯咯地笑起来，一边笑着一边说道："容允桢，小美人鱼说出这样的话，让你难以忍受了？或许，没有谈过一场恋爱的新手心里在想，这会不会是一通恶作剧电话？"

"我没有那么认为。"他轻声说道，"其实我想说的是，不用你说我也会让你变成世界上女人都羡慕的人。"

"那么，祝我们合作愉快。"

栾欢放下酒杯，挂断了电话。

从打通容允桢的电话起，栾欢就知道自己再无退路了。

星期六，容允桢来到卡梅尔接她。

栾欢坐着容允桢的车回到了旧金山。

站在那扇有着精致花纹的白色大门前，栾欢深深地呼出一口气，缓缓地把手伸到容允桢的臂弯里，头微微向他靠拢。

等到立于灯光下的那两个影子看起来亲密无间，栾欢这才按下门铃。

六点半，离晚餐还有五分钟左右，李俊凯坐在客厅的沙发上，见到栾欢时，一如既往地展开亲切的笑容，之后目光转到她的右边，笑容僵住了。

这是栾欢第一次带男孩子回家，还是在没有打招呼的情况下把男孩子带回家。而且，如果他没有弄错的话，站在他面前手挽着手的男女刚刚见过一次面。

晚餐的气氛有些沉闷，李俊凯一直保持着沉默，倒是他的妻子和容允桢显得很投机的样子。

李俊凯的妻子叫元姚媛，中韩混血儿，名门之后，是那种有着良好教养、从不出差错的女人。她对栾欢很好，她能准确地记住她的生日，永远不会漏掉生日礼物，但凡李若芸有的，栾欢必然也有。

那年，全家人一起去登山，栾欢和李若芸双双跌倒，她们一起滚落了十几米，元姚媛扑向的是李若芸。那时，元姚媛会做那样的事情，栾欢是理解的，她相信换成栾诺阿，也会先扑向自己的。

等元姚媛确定李若芸没有事情之后，她让李若芸先走。等到李若芸的身影消失不见了，那个平日里看起来端庄得体的女人对栾欢说："栾欢，我知道小芸不是你的对手，我对你唯一的要求是不要害小芸。"

因为是栾欢建议李若芸站在石头上拍照的，如果不是因为站在石头上拍照，想必她们是不会跌倒的，所以这在元姚媛眼里就变成了栾欢要害她的小芸。

听了元姚媛的话，栾欢在心里嘲笑，原来受过高等教育的女人也会有被害妄想症。

只是，元姚媛那天说的话栾欢至今都还记得，想忘都忘不掉。

想必元姚媛也知道她丈夫初恋情人的女儿带回来的男人是贵客，这位夫人在不动声色地讨好着他。

极为别扭的晚餐过后，栾欢和容允桢被李俊凯叫到偏厅。

他一手叉着腰站着，目光在他们两个人之间来回扫视："说吧，你们到底是怎么回事。"

在李俊凯的目光下，容允桢的手触了触栾欢的手，然后握住，淡淡地说道："李叔叔，这应该很好猜的，您的女儿让我一见钟情，我一天给她发了一百多条短信，我在短信中告诉她我被她迷住了。"

李俊凯深深地蹙眉，说道："不要以为我是那么好糊弄的，你们只见过一次面，我了解小欢的性格，她不会爱上只见过一次面的男人。"

"不是的，爸爸，我和他早就见过面了，您知道的那次是我们第四次见面。我们第一次见面在乌克兰的边境，那次我救了他。"很神奇的，最后那句话栾欢说得很顺口。

"爸爸，我也以为自己像您说的那样，不会爱上只见过一次面的男人，可是爸爸······"栾欢喃喃地说着，"我真的爱他，第一次见到就爱上了。"

容允桢被李俊凯请到外边的客厅了，偏厅里就只剩下栾欢和李俊凯两个人。

李俊凯看着栾欢，欲言又止："小欢，或许······你是为了公司？"

栾欢微笑着摇头。

"不是的，爸爸！"

这是在私底下栾欢对这位叫李俊凯的男人第一次改变称谓，她知道李俊凯希望在私底下听到自己叫他"爸爸"。

他等待这一刻很久了。

她说出的那声"爸爸"让李俊凯的眼里泛起泪光。

栾欢垂下头，说道："爸爸，是真的！"

栾欢拉着李俊凯的手来到窗前，指向站在窗外的容允桢，说道："我想不需要我的解释，您看那个人就会明白了。那样的男人，您觉得不发生一见钟情的概率是多少？"

顺着栾欢的手指看去，只见容允桢站在古香古色的回廊上，在逗着挂在回廊下的鹦鹉。

对故土念念不忘的管家在院子里种满了属于家乡的茴香，茴香的绿是郁郁葱葱的，一院子的绿倒映在院子里的人工湖上，泛起的湖光反射在回廊上的青年身上，十分动人。

或许诗人们会嗟叹：那是一位集万般美好于一身的青年。

那样的男人，不发生一见钟情的概率是多少？这一刻，李俊凯有点儿了解栾欢的这句话了。

"爸爸，我也和很多女孩一样。"

李俊凯又听到栾欢这么说。

他回过神来，看向脸颊微微泛红的栾欢，她的目光落在窗外，也不知道是在看容允桢，还是在看院子里的茴香。

他的小欢正值妙龄呢。

李俊凯微笑起来，手放在她的头发上。

"小欢，爸爸很高兴你也和别的女孩一样。"

栾欢从偏厅走出来，一步一步地走到容允桢身边，和他肩并肩看着笼子里的鹦鹉。

"你爸答应把你嫁给我了？"

"是的，他答应了。"

容允桢点了点头。

"栾欢，不要怀疑我刚刚说的话，要是我知道你的手机号码，我一定会每天给你发一百条短信。我要是知道你的邮箱地址，也会给你发很多讨你欢心的邮件。"

栾欢点了点头。

这个在一周之后就会和她步入礼堂的男人，好像还不大明白她名字的深意。"栾"只是比"奕"多了一竖，人们总是先入为主，先前的那一个总是会印象深刻。

虽然"栾"和"奕"长得像，可栾不是奕，永远不可能是。

不过那又有什么关系呢？她会用妻子的身份，倾尽所有帮助他，让他站在最高的殿堂上，闪闪发亮。

（3）

周一，几百位记者涌入了坎城，他们都收到了亚东重工的邀请函，邀请函上说亚东重工有重大消息发布。

这个周一，亚东重工的最高领导者摘掉了他的墨镜，穿着看起来很随意的衬衫。面对来自世界各地的媒体，他微笑地宣布重工会进军房地产业，还用很高兴的口气告知媒体，他的独生子将和李氏实业的二千金喜结良缘。

李若斯知道这场婚礼时是在周三，他在印度的一个电信业极不发达的城市，是李若芸打电话告诉他的。

那时他在印度南部，李若芸在东非，初次去东非的她一到那里就患上流感，是那种传染性需要被隔离的流感。

李若芸在知道那场婚礼五分钟后偷走了照顾她的那名医护人员的手机，拨打了李若斯的手机号。当时手机信号极为微弱，断断续续的，李若斯听了四遍之后才听明白。

消息来得太突然，他的第一反应是有点儿懵，之后是乱。

李若斯跌跌撞撞地来到酒店的柜台，找了一台电脑上网。

所有的人都知道那场婚礼，所有的人都在谈论着那场婚礼。

准新娘李栾欢，准新郎容允桢，这对即将在周末举行婚礼的新人背景是亚东重工和李氏实业。

这场婚礼千真万确。

李若斯站在柜台前想了一会儿，哈哈大笑起来。

怪不得他会被派到这里，怪不得他在酒店的房间里找不到他的电脑，怪不得他这几天忙得就像一只陀螺，怪不得……

想必这些都是拜他那聪明的奶奶所赐。

在不久前李若芸就说过这样的话："李若斯，有一天会有别的男人领走栾欢。"

耳闻永远比不上眼见有震撼力。

有一天别的男人领走栾欢……

李若斯喃喃地念叨着，一字一句重重地捶打在他的心上，他开始在长长的走廊上狂奔起来。

李若芸给自己的哥哥打完电话之后，握着手机发呆。

栾欢要出嫁了，她要嫁给谁？

反应过来后，李若芸拨打了栾欢的电话。

很久之后，电话才接通。

电话彼端那声"小芸"让李若芸有些茫然，之后有一种说不清道不明的情绪，好像一切变得很遥远了。

她曾经因为好奇挤过公交车，混入地下酒吧，她做这些事情的时候都拉上了栾欢。

彼时，她得意扬扬地说："欢，你看，很好玩吧？"

"不，一点儿都不好玩。"栾欢如是回答。

她做的类似这样的事情有很多，大多时候栾欢都是安静地看着，她叽叽喳喳说个不停的时候，栾欢都是安静地听着。

她习惯了这样，只是这会儿，栾欢要出嫁了，而那个总是安静地看着、安静地听着的女孩好像也变得遥远了。

那遥远不是因为距离。

"欢，你要嫁人了，是真的吗？"李若芸嚅动着嘴唇。

"嗯，是真的！"

"欢……"李若芸艰难地开口，"会不会是因为爸爸的公司……爸爸公司的事情我也知道一点儿，具体也不大清楚，但是我猜，你是不是为了公司才答应嫁给那个男人的，如果是这样的话，我觉得应该是我嫁……"

"小芸，如果是那样的话，你会嫁吗？"

李若芸张了张嘴，就是说不出那句"会"。她狠狠地往自己的腿上一掐，在心里命令自己。

李若芸，快说"会"！

没等那句"会"说出口，栾欢在电话那边笑了起来，说道："看把你吓得，就算你愿意，我也不干。"

李若芸悬着的心缓缓地落下，任由栾欢在电话那头笑着。等她笑完，李若芸轻轻地问道："欢，那男人长得好看吗？是你喜欢的那种类型吗？对你好吗？"

"是的，那男人长得很好，是我喜欢的类型，也对我很好。"那边的栾欢应答着。

李若芸点点头，在心里对自己说，那就好。

是啊，那就好！只有李若芸知道那句"那就好"说得有多么心虚。

栾欢放下手机，此时此刻她正在试衣间试婚纱，很漂亮的款式。

栾欢站在镜子前，感觉自己就像一尾人鱼，只是这尾人鱼太过苍白。

这是栾欢最后一次试婚纱，容允桢一次也没有来过，他说他太忙了。

容允桢没有来也没关系，只要他上进就好。

试衣间有约八十平方米的空间，栾欢一手拿着长长的裙摆，一手搁在背后，背后的那只手拿着刚刚和李若芸通过话的手机，在女服务员羡慕的目光中踩着米白色的地毯走向试衣间的门。

假的人鱼要牵走王子的手了。

李若斯用了四十八个小时从印度赶到旧金山，他的奶奶在这条回家的路上给他设置了很多障碍，比如说，他出差的那座城市没有机场，他坐了差不多十个小时的车才买到一张中转机票。

回到旧金山时，美国时间，周五的黄昏，家里很热闹，都是李家的世交，他的奶奶也在，看到他时表情复杂，有怜悯，有庆幸。

怜悯很少，庆幸很多。

李若斯跌倒在地上，他在心里猜想，或许他来得太晚了。

的确，李若斯晚到了三个小时，栾欢在两个小时之前和那个叫容允桢的男人在旧金山登记结婚。三个小时之后，栾欢坐着容家的私人飞机飞往奥地利，明天，他们的婚礼将在奥地利著名的古堡群举行。

李俊凯夫妻和一些亲朋好友也乘坐李家的私人飞机前往奥地利，离开时留下话，让他回家后马上动身前往奥地利参加婚礼。

参加婚礼，用哥哥的身份吗？

当然是！

偌大的客厅就只剩下了两个人，李若斯接过那杯水，惨然地看着递水给自己的人，说道："奶奶，您现在放心了，现在应该很高兴，对吧？"

方漫站在那里，居高临下地看着他，冷冷地说道："若斯，起来！"

李若斯一动也不动，这是他第一次没有听她的话。

"若斯，你把那杯水喝了，喝完那杯水之后，马上去你的房间。你的房间里放着准备好的礼服，你需要做的就是穿着那套礼服出现在婚礼上，是以兄长的身份。"

方漫弯下腰，手轻轻地落在他的头上。

"若斯，你只是失去了一样东西，但你保住了更多的东西。"

最终，李若斯用一种连他也无法了解的心情来到奥地利，带着那套准备好的礼服，他和所有的人说："我的妹妹今天要出嫁了。"

栾欢要出嫁了！

奥地利的古堡群举世闻名，一直都是游客的聚集地，但因为这场婚礼，当地政府发出这周内谢绝所有游客参观的通知。

李若斯脚下踩着的是鲜翠欲滴的草坪，放眼望去，绿色的草地、绿色的藤蔓、白色的花朵。此时北半球依然沉浸在隆冬里，仿佛只有这里得到了春天的眷顾，据说，容家把全欧洲的草皮都搬到这里来了。

婚礼还有几个小时才举行，穿着制服的工作人员有条不紊地布置着现场。他们的动作小心翼翼，周遭的气氛不像是在举行婚礼，这里更像是即将举行某场神圣的仪式。

早有人等候在那里，那是李家的管家。

李若斯跟在管家后面，听他说了一些在婚礼上必须注意的事情。李若斯一直安静地听着，直到进入古堡，直到站在金碧辉煌的大厅里，听到自己的父亲带着一丝庆幸地说："若斯，你来了。"

他抬起头，李家的亲友笑吟吟地看着他，他一一回以他们微笑。

"李若斯，去看看小欢吧，你一定猜不到小欢有多漂亮。"李俊凯的表情很骄傲，仿佛那个叫栾欢的女孩的基因和他们一模一样。

李若斯点了点头。

他拉开酒红色的幔帐，只见她坐在化妆镜前，她的身边没有一个人，好像这一刻是特意为他留的。

李若斯调整好表情，艰难地勾起嘴角，笑道："小欢，爸爸说你很漂亮，你站起来，让我看看爸爸有没有说大话。"

她站在他的面前，近在咫尺，穿了八厘米的高跟鞋，额头刚好到他的下颚。

很美，正如父亲所说——

你一定猜不到她有多美。

李若斯的手紧紧地握着，拖着长长裙摆的礼服刺得他的眼睛发疼。

复古的马车被象征着爱情的白色玫瑰包围着，他把她后面的白纱拉了下来，薄薄的白纱盖住了她的脸，正是他梦里的模样。

那白色的纱宛如薄薄的雾气罩住她，罩住她的眉眼。

马车接走了她。

那辆马车将把她带到另一个男人面前，那个男人叫容允桢，那是他连长相都不知道的陌生男人。

李若斯在没有见到容允桢之前就先听到了他的声音。

距离婚礼开始还有一个小时，李若斯穿过一道又一道长廊，毫无头绪的他知道自己迷路了，但他希望自己找不到前往婚礼现场的路。

他站在那里，他左边的那个房间有人在说话。这些古堡有几百年的历史，古堡的房间大多采用空旷的格局，一旦有人压低声音说话，就会变得像古堡的公爵在暗夜里来到心上人的房间诉说衷肠。

李若斯不由自主地走了进去。

这里很安静，只需要静静地站在圆柱边就可以听清楚。

压低嗓音的男子说道："我要结婚了，和你说的那样的女孩结婚。"

要结婚的人真多，李若斯心想。

"你会很喜欢她的，当然，我也会很喜欢她，不，是在第一次知道她的时候就已经喜欢她了。"

李若斯可以确定男人是在通电话，这里就只有他和那个男人，男人说话的口气更像是在和自己的妈妈报备。

李若斯移动脚步，也不知道自己为什么会对一个陌生男人的窃窃私语感到好奇。离开之前，他忍不住向里挪了半步，之后，他清楚地看到了那个男人。光一个侧脸，他就知道那是一个特别英俊的男人，就像这里的古堡一样有让人着迷的韵味。

那个时候，李若斯不知道的是，这个男人的名字叫容允桢。

李若斯在很多相似的长廊上游荡着，和他擦肩的人越来越多，那些人有的是嘉宾，有的是筹备婚礼的工作人员，还有唱诗班的孩子们……

他们在等待着婚礼举行的那一个时刻。

装扮得特别漂亮的房间外，金色的地毯上长长的裙摆露出一角，李若斯听到熟悉的声音在说话，声音是他喜欢的。

他下意识地想进入那个房间，工作人员挡住了他，他微笑着解释："我是新娘的哥哥，我想和我妹妹说几句话。"

进入那个房间时，李若斯和那些穿着伴娘礼服的女郎说了同样的话："我是新娘的哥哥，我想和我妹妹说几句话，你们能出去一会儿吗？"

因为他是她哥哥，那些人没有怀疑，离开的时候还很体贴地把房门带上了。

终于，她搞定了李若芸，挂断电话，顿了顿，看了他一眼，声音有那么一点不自然："刚刚是若芸来的电话。"

"嗯。"

"她又偷了医生的手机。"

"嗯。"

"她怕我怪她，之前我们约好不能缺席彼此的婚礼。"

"小欢，现在还来得及吗？"李若斯握着拳头说道。

她一愣，张了张嘴。

李若斯上前一步，成功地握住了她的手，他听到自己说着："栾欢，现在我带你离开这里，还来得及吗？"

栾欢低下头，看着那双握在一起的手。

"若斯，刚刚你说的话只是在和自己较劲。若斯，我不相信你会拉着我的手离开这里，如果你真的想带我走，那么就不会大费周章地和他们解释你是我哥哥，我不能把我的幸福交到一个优柔寡断的男人手上。"

栾欢再一次让李若斯狼狈地离开。

这一步棋已经没有回头路了，或许会有东窗事发的一天，到时人们会这样说——李俊凯养虎为患。

栾欢用手去触摸镜子里自己的脸，喃喃地说着："到那个时候，栾欢，看你要怎么办。"

容允桢进来时看到的是站在镜子前发呆的新娘，那些看着他长大的长辈、老师都告诉他，允桢，你的新娘很美。

这是容允桢第一次有时间打量自己的新娘。

此时此刻，他的新娘更像是一位中世纪时期深居简出的绝代佳人，有点儿冷冽，有点儿疏离，有点儿不谙世事。

不过打动他的不是她美丽的容貌，而是在还没有见到她的容貌时，这个女人身上所传达出来的那种温暖。

就是那种温暖把他一步步从冰窖里拉出来。

他走过去，停在她面前，手一举，"嘿"了一声。

他的那声"嘿"把她从茫然中拉回来，看着眼前即将成为自己妻子的女人，容允桢突然有些不忍。

这么年轻，这么美丽，他和她的童年都是在颠沛流离中度过的。

容允桢看了看自己的腕表，现在离婚礼开始还有三十分钟。

这一刻，他决定做一件事。

容允桢把栾欢按坐在化妆镜前的椅子上，自己坐在化妆台上，他们面对着面。

"栾欢，你现在还有二十分钟，在这二十分钟里，我要让你知道一些事情。"他的手掌贴在她的脸颊上，大拇指抚着她的眉，"你所听到的关于我们的流言并不是无中生有，我妈妈死于撕票，因为我爸爸没有给绑匪任何谈判的机会，我这样说，你明白吗？"

栾欢呆呆地望着容允桢，脑子一片混沌。

近在咫尺的脸没有任何表情波动。

"小美人鱼，也请你不要对我抱有任何幻想，很小的时候，我父亲总是和我说这样的话，'允桢，如果有一天子弹洞穿你的脑壳，你不要觉得死得无辜，那只是你自食其果而已'。很久以前，我对死亡就看得很淡，所以，不要对我抱有任何幻想。如果有一天我接到谈判电话，我一定会毫不犹豫地对那些人说出和我爸爸同样的话——那是一个美丽的女人，不要让她死得太难看。"

栾欢还是呆呆的，她的反应有点儿慢，容允桢的声音有点儿像是磁带卡带，程序滞缓。她看着他再次抬手看表，她听着他说"栾欢，你还有五分钟的时间"。

五分钟？哦，对了，刚刚容允桢说给她二十分钟，也就是说二十分钟已经过了十五分钟，还有五分钟，李俊凯就会来这里，那个时候，就真的没有任何机会了。

和一大堆动物尸体死在一块儿的感觉确实挺糟糕的，要离开吗？

要离开吗？

当然不！

栾欢在心里这样大声应答着。

另外一个想法冒了出来。

眼前的男人如方漫所说，是危险且冷血的，还好李若芸没有嫁给这个男人，嫁给他的是栾欢，是在皇后街住过整整四个年头的栾欢。

假如李若芸有一天被抓走了，或许傻乎乎的她会以为这是娱乐至上的美国媒体的一次恶搞节目，她或许还会配合他们表演。直到子弹洞穿她的脑袋，那时出现在她脑海里的是——搞了半天原来是真的。假如这样的事情落在栾欢身上，起码她有百分之二十的机会逃脱。

这个想法让栾欢笑了出来。

看吧，李俊凯很珍惜的那个女孩没有大家想象中的那么没良心。

于是，栾欢笑着从椅子上站起来，把头靠在即将成为自己丈夫的男人的肩膀上，对男人说了些甜言蜜语。

"容允桢，如果现在有巧克力的话，我想我会奖励你一块巧克力。我会把巧克力送到你口中，说'嘿，同学，你做得很棒'。"

"怎么说？"

栾欢嘴角的笑容加深了："容允桢，你刚刚叫了五次'栾欢'，没有一次把'栾欢'叫成'奕欢'，这一点让我很高兴。怎么办？现在我没有巧克力，所以我只好把自己当成巧克力奖励给你。"

虽然栾欢看不到容允桢的脸，可栾欢知道容允桢在笑，温热的气息落在她的颈上，有点儿像挠痒痒。

（4）

带着岁月印记的古堡，身穿复古礼服的新郎新娘，戴着小圆帽主持婚礼的大主教，不敢放松表情的观礼嘉宾，那些被勒令停在用警戒线圈着的区域的车辆，以及古堡外被阻拦的只能用文字滚动报道婚礼的记者，还有穿着节日迎宾礼服的奥地利哨兵，让这场婚礼像极了国王加冕仪式。

没有人敢大声呼吸。

当天，只有新娘的哥哥有点儿不在状态。

李若斯坐在李俊凯身边，整场婚礼下来，他都浑浑噩噩的。在过去的三天里，他一直在赶路，没有停歇的旅程让他疲倦，更为疲惫的是心。

一切发生得太快了，小欢怎么说嫁人就嫁人了？

李若斯还怀疑此时此刻或许是一场梦，直到那个清脆的女声响起："Yes，I do！"

Yes，I do！

李若斯的目光开始有了聚焦，他看着殿堂上的那个女人，戴在她无名指上的钻戒刺痛了他的眼。

俨然已经尘埃落定。

他侧过头，指着腕表，低声和自己的父亲说："爸爸，我先出去一下，我现在必须去打一通很重要的电话。"

他的父亲皱了皱眉。

没有等李俊凯回答，李若斯就移动脚步。

主教的声音在他的身后响起，安宁，祥和，说着祝福的话语，唱诗班的孩子声音宛如天籁。李若斯加快脚步，让那些声音离自己远点儿。

终于，声音听不见了，他也逃出了婚礼现场，或许那些人会嘲笑他的不得体，会那样的，那些人的嘴巴有时候臭得像茅坑。

他伸出手去摸口袋，没有烟。

李若斯大口地喘着气，小欢要嫁人了，不，小欢已经嫁了，嫁给一位比他英俊的男人。

栾欢的运气好像不错，居然嫁给了那样有着出色外表的男人。

在不久前他见过那男人，他给他的亲人打电话，他和电话那头的亲人说他要结婚了，口气很平淡，就像是在说今天天气还行。

那家伙凭什么用那么平淡的口气说他要结婚了，他娶走的新娘可是小欢，要是自己来说的话，会发疯似的说出口。

最重要的是，男人的口气听不出一丝开心。

和栾欢结婚并没有让男人感到高兴，这个念头堵在他的心里。

一种直觉促使李若斯奔跑起来，但愿他能找到那间房间，但愿他能在那个房间里找到手机。

在奔跑的过程中，李若斯不住地回想自己曾经说过的话，一遍一遍地循环着。

"栾欢，我诅咒你，我诅咒你有一天深深爱着一个男人，而你的爱永远得不到回应。"

汗水从他的额头上掉落，他脱掉了礼服。

李若斯不仅找到了那间房间，他还找到了那部手机。房间门是紧紧锁着的，他费了很大力气才从隔壁房间的阳台上爬到这个房间。

拿着手机的手在发抖，手机很旧，是老一代美国人喜欢的黑莓机。李若斯按下重播键，电话那头传来的是一阵"嘟嘟"声。

"嘟……"不厌其烦地响着，期间还夹杂着一些噪音，那噪音让李若斯心烦意乱。

没有人接电话，拨打第二遍时依然没有人接，李若斯记下了那个电话号码，和手机放在一起的还有一包拆开的烟，看来男人不久前在这里抽过烟。

李若斯把手机放回原处，顺手拿走了几根烟，翻过了阳台，躲在隔壁房间，迫不及待地点燃。

来自巴西的上等烟草，辛辣，苦涩，很原味，留在舌尖的尼古丁让人飘飘然。

李若斯一边抽烟一边数着时间。

三点半婚礼会结束，四点整，容家的飞机将载着那对新人前往蜜月地，他们的蜜月地是哪里来着……

哦，好像是瑞士，他们的蜜月只有三天，所以选近一点儿的地方，这个时候可以在瑞士滑雪。

已经过了三点半，李若斯看着表。

三点四十五分，隔壁有开门的声音。

三点五十分，李若斯看见容允桢拿着那部手机离开。

夜色逐渐深沉，李若斯在酒店的房间里来来回回地走着，他没有随着他的父母出席容耀辉举办的晚宴，他借口身体不舒服留在房间里，他在等着一个电话。

酒店房间采用古堡式的设计，复古、封闭，这样的设计在这样的时刻显得压抑。

终于他等来了那个电话，来电的是美国一家私人侦探公司，他让他们帮他查一个电话号码。

那个电话号码是他今天下午在容允桢的手机上找到的。

握着手机的李若斯屏住呼吸，一个字一个字地听着。

等到那通电话结束，李若斯紧紧地握着手机，又开始在房间里走来走去，他的心里是慌乱的。

那种慌乱来自于刚刚得到的讯息，容允桢下午拨打的那个手机号码的主人早已不存在了。

也就是说，在那个房间里，李若斯所看到的那一幕是容允桢在和一位死者对话。李若斯努力回想容允桢说话的语气，那么温柔，好像在和自己最亲密的人呢喃。

那个不存在的人是谁？私家侦探给出的答案是无能为力，他们能查出来的就只有这么一点儿。

这才是最可怕的地方，那家私人侦探公司在美国可是呼风唤雨。

李若斯的第一个念头是，栾欢要怎么办？

那个叫容允桢的男人到底有着怎样的精神世界，让他可以和一位死人进行长达十几分钟的通话。

李若斯在酒店房间来回走动的同一时间，栾欢正在被三十三座海拔四千米以上的高峰围绕着的采尔马特小镇。在旅店的房间里，她对着浴室的镜子发呆，她在这里已经待了差不多一个小时。

就因为一个赌气的决定，她度过了让她头昏脑涨的七天，决定结婚，说服李俊凯，筹备婚礼，举行婚礼。在这七天里她没有一刻停下来，她刻意不去想一些事情，只有不去想，才可以一路向前。

即使不去想，即使是刻意回避，她还是走到了这里，走到了这一步。

今晚是她和容允桢的新婚之夜。

新婚之夜意味着什么，栾欢怎么可能不懂。

刚刚成为她丈夫的人显得很坦然，一进入房间，他就问她："是你先洗，还是我先洗？"

"你先！"她迅速回答，并且不着痕迹地让两个人保持距离。

容允桢大概用了十五分钟的时间洗完澡，浅咖啡色的浴袍，头发湿漉漉的，在全原木地板和壁炉燃烧的火焰的映衬下，有着别样的诱惑，让栾欢心慌意乱。特别是隔着很近的距离，他看似无意地说了一句"要不要我陪你再洗一次"。

她逃命一般地钻进浴室里，这一钻就近一个小时，慢吞吞地洗澡，慢吞吞地洗头，慢吞吞地刷牙，慢吞吞地把所有的事情做完，然后望着镜子发呆。

她的同学问她，她的第一次是在几岁，面对这样的提问，栾欢总是一笑置之。如果她告诉她的同学，说她不知道，因为压根没有过，他们大概会用看外星人的目光看着她吧。

在"性"这个话题上，栾欢有着固执的洁癖，很小的时候，她就看到不同时期有不同的男人从栾诺阿的床上离开。他们很晚的时候来，很早的时候离开，无一例外，来的时候风度翩翩，离开的时候双眼赤红、衣衫不整，鞋子穿错了，衬衫纽扣扣错了，有时候还一边提着裤子一边伸出手拿走她为妈妈准备的牛奶和面包。

栾欢也不想自己变成像妈妈那样的人，爱过很多人，谈过很多恋爱，一个人的心明明只有一颗，哪能爱过很多人、谈过很多恋爱。

她呆呆地望着镜子里的自己，也不知道过了多久，浴室外响起容允桢的声音："栾欢，你要咖啡吗？"

"要！要的！"栾欢急忙应答。

应完话，栾欢深深地吸了一口气，指着镜子里的自己，说道："栾欢，不要装胆小。"

那么大的谎言说出来眼睛都不眨一下，现在居然像老鼠一样躲在这里，栾欢穿上了放在一旁的浴袍，打开浴室的门，一步步朝容允桢走去。

旅店模仿原生态部落设计，每一个房间都是毫无规律地散落着，独门独户，约一百坪的空间，中间用堆砌起来的木材把房间隔成两个空间。木材的那边是床，木材的这边是用动物毛发制作的地毯。地毯的正对面是壁炉，现在壁炉的火不大也不小，容允桢坐在地毯上煮着咖啡。他的身边放着几本俄语书，俄语书旁边放着若干地松饼和可爱的小熊饼干。

咖啡壶冒出的热气在容允桢的眉宇间萦绕着，壁炉里燃着艳丽的火焰，男人低着头很认真地在煮咖啡，咖啡香气浓郁。

栾欢呆呆地站在那里，她想，若李若芸在的话，一定会说这样的话——欢，我要把这一幕画下了，你看，色有了，香也有了。

是啊，坐在那里的容允桢是"色"，这"色"在周围环境的衬托下便成为绝色。

这绝色让她发慌、发愣。

直到……

"你还傻站在那里干什么？"他头也没抬地说了一句。

栾欢机械地向前走一步。

"奕欢，等等，不要踩到地毯上。"

急急的声音阻止了她的脚步。

奕欢？

这个认识很少汉字的男人又叫错了她的名字。

她伸出去的脚停在半空中，容允桢走过来，蹲下，脱下了栾欢停在半空中的那只脚上的拖鞋，手轻轻地握住她的脚腕，让她的脚踩在地毯上，再脱下她还踩在地板上的那只拖鞋，手再次握住她的脚腕，轻轻地把她的脚放在地毯上。

两只脚都踩在地毯上后，他把她的两只拖鞋整整齐齐地放在一边。

在容允桢做这些事情的时候，栾欢也不知道着了什么魔，她任由容允桢拉着她的手坐在地毯上。他们面对面坐着，中间放着咖啡壶。

容允桢的手摸着地毯，说道："这地毯是用海豹皮制作的，看不出来吧。"

的确看不出来，栾欢伸出手去触摸地毯，很柔软，看起来像是哪位女士肩上的皮草。

"如果没有猜错的话，我想这地毯应该是由格陵兰岛的海豹皮制作而成。"容允桢说起格陵兰岛的时候，声音带着若有似无的眷恋，"女人最喜欢格陵兰岛的海豹皮，格陵兰岛没有污染，那里的海豹皮最纯，也最值钱，最值钱的就数一周岁左右的海豹皮。"

没有来由地，栾欢觉得手中柔软的地毯变得冰冷起来。

"每年会有一群人来到格陵兰岛，因为巴黎时装周和米兰时装周再过不久就举行了。他们收到女人们下的订单，她们需要海豹皮制作的披肩、帽子、手袋。于是，他们来到了格陵兰岛，数十个小时的工夫，格陵兰岛上白色的冰川被染成了红色。"

栾欢的手下意识地缩回。

"害怕了？"容允桢浅浅地笑着询问道，"我想，你一定不是那些下订单的女人，你有海豹皮制作的披肩、手袋、手套吗？"

栾欢摇头。

容允桢的笑意加深了，他凝望着咖啡炉发出的热气，说道："我在格陵兰岛住过一段时间。"

"嗯！"栾欢逼着自己应了一声。

"我给你讲一段发生在格陵兰岛的故事，好吗？"

"好。"栾欢很乐意地应答着，也可以说是求之不得，刚刚在浴室里的壮志豪情到了这会儿已经烟消云散。

她还是害怕慌张的。

"在格陵兰岛有两只海豹，一只一岁半，一只半岁，有一天它们认识了，一岁半的小海豹说'我来当哥哥吧'，半岁的小海豹就当了妹妹。它们相依为命，在雪地上生活着，妹妹很胆小，很依赖年长一岁的哥哥，哥哥发誓一定要保护妹妹。

"这年春天，冰雪开始融化，冰雪一融化，格陵兰岛的人就多了起来。有一天，来了一群人，他们拿着电棒、麻药枪、刺刀。雪地上，海豹们艰难地移动着短小的后腿，四处逃窜着，但是没有逃几步就瘫倒在地上，那些笨笨的家伙倒下的时候还不知道自己是怎么中招的。"

说到这里，容允桢停顿了片刻，艰难地往下说着："在那些中招的家伙中，也包括一岁半的哥哥。它躺在雪地上，看着同伴的鲜血从它的身边流过。它四处寻找妹妹的身影，希望那个爱偷懒的小家伙躲在某个大家找不到、那些人也找不到的地方晒太阳、睡懒觉。"

"遗憾的是，它看到了那个小家伙，平日里总是慢吞吞的小家伙现在动作迅速，正在朝它的方向移动。哥哥想示意小家伙快离开，无奈它的身体软得就像一滩水，哥哥不明白妹妹是怎么了。在它努力思考时，妹妹的身体向它扑了过来，妹妹用自己的身体压在哥哥的身体上，一声闷响……"

栾欢手一抖，似乎听到刺刀在风中扬起的声响，还有小小的海豹发出凄厉的声音，她下意识地往那个男人的怀里一躲。

被皑皑白雪覆盖的冰川上满目鲜红，小海豹在雪地上艰难地挪动它的后腿。造物者给它们的腿小得可怜，它们不能像别的动物那样奔跑，它们只能艰难地挪动着它们短小的后腿。即使是这样，那个小小的身影还是凭借它的努力，用自己的身体挡住刺向哥哥的刀。

栾欢仿佛看到那个冰雪融化的初春，格陵兰岛上的天空比任何一方的天空都要湛蓝，格陵兰岛上空的白云比任何地方的白云都要雪亮。

半岁的海豹躺在一岁半的海豹身上，半岁的小海豹很高兴的样子，因为它发现自己并不是胆小鬼。

蓝天白云下，它闭上眼睛，世界安静下来。

那个叫容允桢的男人的怀抱也很安静，安静得就像那座大部分时间里被世人所遗忘的格陵兰岛。

她的手轻轻地抓住他的衣襟，把头靠在他的肩上。

"它们现在一定还在格陵兰岛上嬉闹，对吗？"栾欢轻声问道。

容允桢并没有回答栾欢的话，手在她的背上拍了拍，笑了笑，说道："格陵兰岛的老人们和我说，如果想知道和你在一起的姑娘是不是一位善良的姑娘，可以给她讲格陵兰岛上两只小海豹的故事。如果是善良的姑娘，会扑入你的怀里；如果是冷漠的姑娘，则会无动于衷地听你讲完整段故事；如果是冷血又爱慕虚荣的姑娘，则会没心没肺地问你，格陵兰岛上的海豹皮真的很漂亮吗？"

"老人们说千万不要把第三种姑娘娶回家，如果是遇到故事还没有讲完就扑到你怀里的姑娘，赶紧把她娶回家。栾欢，我很高兴，我娶对人了。"

容允桢把头靠在她的肩上，栾欢的身体开始变得僵硬。

不对，不对！她是冷漠的姑娘，只是恰好她修了动物语言这个课程，而在所有的动物中，她最喜欢的恰恰是憨憨的海豹。如果容允桢讲的故事的主角不是海豹，那么，她会面无表情地听完整段故事。

她是第二种姑娘，李若芸才是第一种姑娘。

李若芸才是。

当她们一起看感人的电影时，李若芸总是哭得稀里哗啦，而她只是在一旁递纸巾。

栾欢不明白为什么李若芸会傻哭，电影明明是假的。

栾欢缓缓地将脑袋从容允桢的肩膀上移开。

容允桢低头看着她，嘴角是扬起的："格陵兰岛的老人们还说，这可是占姑娘便宜的好时机。栾欢，你刚刚对我投怀送抱了。"

明明容允桢的眉目带着笑意，可他的眼里承载的是苦楚，就好像他曾经亲临现场见证了那场杀戮。

想到这里，栾欢的胸口闷闷的，有点儿喘不过气来。

这个时候，咖啡煮好了。

　　容允桢把咖啡推到栾欢面前，把小熊饼干放在她面前的碟子上，抱着胳膊看着她："栾欢，我今天发现了一件事，你的身材很棒。"

　　栾欢没有给予容允桢任何回应，她低头去看那杯咖啡。

　　这一低头，让栾欢的脸开始发热，刚刚由于自己投怀送抱，浴袍的领口开了些许，露出白花花的一片。

　　是的，她的浴袍里没有穿胸衣。

　　她希望能快点儿，速战速决，脱掉那玩意儿得花一点儿时间，于是索性没有穿。

　　栾欢不自在地拉好衣领，在容允桢的注视下拿起咖啡。

　　"烫……"

　　容允桢叫了起来，伸出手来接栾欢手中的咖啡。

　　栾欢的舌头被烫得发麻，她下意识地把舌头伸出来，用手掌扇了扇风。等她做完这一系列的动作，发现容允桢正目光灼灼地盯着她。

　　那种目光让栾欢慌乱，也让她烦躁。

　　栾欢清了清嗓子，冷冷地说道："容允桢，你弄错了，我不是你刚刚说的第一种姑娘。这么快你就忘了我一周前提出的结婚条件，我是你说的第三种姑娘，正因为爱慕虚荣，所以才会提出那样的条件，而且……"栾欢挺直脊背说道，"而且，我最希望得到的是李若芸羡慕的目光。容允桢，你知道李若芸是谁吗？"

　　栾欢直勾勾地盯着他。

　　其实那个时候救你的人是李若芸，是李家真正的女儿，你娶的只是冒牌货。

　　"我知道。"他点点头，"我见过她，她也很漂亮。"

　　栾欢心里一惊。

　　"我见过你们一起照的照片，她很漂亮，你也很漂亮。我不知道她具体哪里漂亮，可我知道你的漂亮具体在哪里。"容允桢的手就这样伸过来，手指很自然地触摸着栾欢的脸，"你的眼睛最漂亮，但总是很骄傲的样子。"

　　他的手指往下，停在她的唇瓣上，声音就像是在哄孩子一样："你的唇形也很好，只是，你总喜欢紧紧地抿着嘴，好像对这个世界很不满意的样子。栾欢，你在不满意什么呢，你长得这么漂亮。"

他的目光往下，停留在她的胸部："而且你的身材也性感，我想一定有很多男孩子绞尽脑汁逗你开心，对吧？嗯？"

那声"嗯"很轻，随着容允桢的身体一点点地向她靠近，呼出的气息落在栾欢的颈部。

这个男人在某些方面收放自如，上一秒有格陵兰岛的悲凉，下一秒变成了细雨润物的温存。

就像是嗅到了某种气息，在容允桢的唇即将触到栾欢的唇时，栾欢别过脸，他的唇落在她的嘴边。

轻轻一触，然后离开。

"原来小美人鱼还没有准备好啊。"他看似认真地说道。

"不……是。"

栾欢摇头，只是那句"是"连她自己听着也觉得心虚。

速战速决变成了临阵脱逃。

终究她还是放弃了。

容允桢把她扯开的浴袍很认真地拉拢，等到把她捂得严严实实的，他的手搁在她的腰侧，稍稍一用力，让栾欢的头靠在他的肩上。

"不要紧，我等你，我等你准备好，多久都等。"

栾欢望着北侧，壁炉的火焰不停地窜动着，看着很温暖。在这一刻，栾欢是感激容允桢的。

只是这一刻，栾欢所不知道的是，容允桢是一位技巧大师，他总是能把握住最为精确的技巧，来得到他所想要的。新婚夜，容允桢所运用的技巧在栾欢日后的了解里是以退为进。

新婚夜，阿尔卑斯山脚下的那个旅店里，新郎抱着被子讨好地对新娘说，如果新郎主动申请睡沙发，会不会得到新娘的好感。

栾欢的手不自然地扯着睡衣衣角，很矫情地说道："要不我睡沙发？"

他摇头让她先睡，并且表示他会在她睡着之后才会睡，因为说不定阿尔卑斯山的雪妖会来抓走美丽的新娘。

栾欢最初以为容允桢是在开玩笑，好几次偷偷地睁开眼睛，都看到容允桢躺在沙发上看书，看一会儿，眼睛就往她这里瞧。他的眼睛一往她这里看，栾欢就赶紧闭上眼睛。

闭上眼睛后，栾欢在心里偷笑，好像容允桢真的以为阿尔卑斯山脚下有雪妖。

阿尔卑斯山脚下，原木制作的旅店房间，一灯如豆，男人在灯下看书，这画面让栾欢有种莫名的安心，让她觉得睡觉是一件再美好不过的事情。

睡觉美好，但不代表睡梦美好，这晚，栾欢梦到了格陵兰岛，梦到那两只小海豹，半岁的小海豹死了，一岁半的小海豹悲鸣着，声音凄厉，栾欢被那凄厉的声音惊醒了。

醒来后，依然一灯如豆，男人在灯下拿着手机说着话，具体说些什么，栾欢听不清楚，但栾欢知道男人的声音很温柔。

（5）

新婚第二天，栾欢很早就起来了，容允桢比栾欢起得更早。栾欢当然不会像一般的妻子那样问起自己的丈夫昨晚和谁通电话。

给谁打电话？真的是没有谈过恋爱的新手吗？以前喜欢过女孩吗？栾欢认为这些问题不是她要关心的。

窗外白茫茫的一片，由于采尔马特里是一座高海拔的小镇，再加上交通不方便，只有极少数的人会来这里。这里安静的环境，还有新鲜的空气让很多新婚夫妇会把他们的蜜月安排在采尔马特里小镇。

能到采尔马特里来的新婚夫妻并不多，由于怕破坏生态环境，每个月采尔马特里镇只会接受十对新婚夫妻。采尔马特里的公关还会列出一些条件，他们希望来到这里的新婚夫妻可以按照他们列出的条件去做。

其中有一条规定是新郎必须给新娘做早餐。

栾欢醒来时还真的看到容允桢在为她做早餐。

让栾欢没有想到的是，容允桢丝毫没有敷衍的想法，不仅做了早餐，还来了一个中西式的，更有像模像样的日本料理。

戴着塑料手套的他对栾欢露出了一个大大的笑容。

厨房里，做饭的男人头发微乱，浓浓的牛奶香味，这与世隔绝的小镇以及刚刚起床的那种放松心情，使得栾欢很自然地坐在餐桌边。她甚至指着那块煎蛋发了一下牢骚："煎蛋看着还行，如果在边上加绿色食物的话，会让人胃口大开。"

"下次一定放。"容允桢好脾气地说着。

那一刻，栾欢觉得她和他好像认识很久了。

她和他单独相处不到一百个小时，他们的交流少得可怜，或许是因为这样，容允桢把他们的蜜月安排在了采尔马特里。

不管是出于什么样的心态来到这里，栾欢还是感激容允桢这样的安排。和另外九对新婚夫妻混在一起，再加上这里公关的细心安排，她和容允桢相处时没有什么问题。

她一直待在他身边，被动接过他给她烤的肉，给她倒的水。

她和他在另外九对新婚夫妻眼里，应该是那种浓情蜜意和充满默契的。

他们是第一个钓到鱼的，搞突然袭击时，容允桢很好地把她护在怀里。

制作得像雪球一样的礼花突然炸开时，容允桢是第一个做出反应的人。他把栾欢护在身后，其他新郎有的是直挺挺地站在那里，有的是在发呆几秒后才去抱住他的新娘，有的则是躲到新娘的背后。

躲在新娘背后的是一个日本新郎，日本女人用日语呱呱叫着，栾欢躲在容允桢的怀里偷笑。

起码这一刻，她觉得她的蜜月比想象的还要好一点儿。

都说雪地是孩子和大人共同的游乐场，这个早上栾欢都在滑雪。纯白的雪世界里，快乐好像来得很容易。栾欢做出漂亮的横向漂移时，她快乐地笑出声来。她回过头，想对滑雪场上的任何一个人做一个她从来没有做过的"V"字形手势。

在穿得五颜六色的滑雪者中，栾欢一眼就看到了容允桢，最先找到的是他——比采尔马特里的天空还要蓝的滑雪服，没有滑雪帽，只戴了滑雪镜，周遭的一切都在动着，只有他和这里的山脉一样静默着。

只是找到他的那一刻，快乐悄悄地从栾欢的心上溜走了。

她不是用身体温暖了他的那条小美人鱼，不是的！

一刹那的失神导致她没有注意到那个陡坡，手一伸，身体朝着那个陡坡摔落，眼睛还死死地盯着那个身影。

那个身影站在不远处，突然动起来。

当那个人跑动起来时，周围便开始静默，就像是画风诡异的抽象画，在不停地向人们暗示一些什么。

栾欢不再去看他，她抬头望着天空，冰雪铸造出来的世界真纯洁。

栾欢丢掉了雪杖，张开双手，接下来会发生什么呢？

会不会是屁股着地，只是摔一个大跟头，还是粉身碎骨？

可是，栾欢很怕死。

"容允桢，救我！"

出于对死亡的恐惧，栾欢大声呼喊。

那个身影扑向她，她的腰被搂住。

栾欢知道扑向她的人是谁，她伸展的双臂合拢，抱住了他。下一秒，两具贴在一起的身体落在地上，仅仅一个回旋间，她就被护在他怀里，两人就这样一直往下滚。

滚了一会儿，终于停了。

一切很安静，安静得仿佛可以听到雪花飘落的声响。

栾欢睁开眼睛，她在下面，容允桢在上面，他的身上满是雪花，雪地眼镜掉落在一边。

他的眼眸在纯白的世界里黑如子夜，眼底的关怀是真切的。

栾欢终于明白，李若芸说女人总是会轻易对那个舍命相救的男人一见倾心。

他们就这样静静地待着。

先动的人是容允桢，他拂去她头发上的雪花，细细地瞧着她的脸。

"这是我第二次救你了，小美人鱼，我们来做数学题，你救我一次，我救你两次，这样一来，就等于我救你比你救我多一次。"

以前容允桢叫"小美人鱼"的时候，栾欢是心虚的，此时此刻，容允桢的那句"小美人鱼"让栾欢觉得烦躁，包括那个救了几次的话题。

栾欢移动身体，说道："容允桢，不要把每一个女孩子都理所当然地想成是浪漫主义者。容允桢，以后也不要叫我什么小美人鱼，我现在已经不是那种相信童话的小姑娘，你每次那样叫我的时候，我都觉得自己像一个白痴。"

新婚第二天，在工作人员的安排下，栾欢和容允桢一天下来相安无事，这个晚上他们延续着前一晚的模式——

她睡床，容允桢睡沙发。

第三个夜晚来临，容允桢穿着浅色的毛衣坐在灯光下，对刚从浴室走出来的栾欢说："教我写汉字，我要把'栾欢'写好，最好写得像你一样漂亮。"

夜晚，容允桢让栾欢觉得慌张，她会想起在科尔多瓦的狂欢夜。那个时候的容允桢给她的印象是美好的，那份美好让她忍不住想偷偷地藏起来，不让李若芸知道。

可是现在，他是她的丈夫，是合作伙伴。

栾欢停下脚步，觉得她应该用刻薄的表情和语气警告他——

容允桢，你不需要做那种奇怪的事情，你把我的名字写得漂不漂亮，我并不关心。

心里是那么想的，可视线没有从容允桢的身上移开。

柔和的灯光下，他的头发有点儿蓬松，刘海垂落在他的额前，看着很柔软的样子。

栾欢心想，如果她的手指去触碰他的头发，会不会像她想象中的那般柔软？会不会像几年前她偷偷养的长毛狗一样，一触碰，他就会亲昵地蹭她的手呢？

就这样，栾欢鬼使神差地走了过去。

第四个早晨醒来，栾欢呆呆地望着天花板，一如既往听到来自厨房的声响。

这是他们蜜月的最后一天，今晚就会有人来接他们，他们会离开这里。

栾欢知道，昨晚是容允桢把她抱回床上的。她教容允桢写她的名字，容允桢学得很认真，认真到忽略了她这位老师。

不知不觉中，她靠在容允桢的肩膀上睡着了，是那种思绪混乱、似睡非睡的状态。

容允桢把她抱到床上来，她是有意识的，她知道自己把手搭在了他的肩上，或许她还往他怀里蹭了一下。

不过几天的时间，栾欢就习惯站在容允桢的身后，注视着他不亦乐乎的背影。

不能再这样下去了，总有东窗事发的一天，到时候，容允桢要是知道她不是他的小美人鱼，就会和她翻脸的。

栾欢知道容允桢翻起脸来会很可怕。

至于爱情会不会发生在他们身上，这种说法她不相信，就像他现在一门心思做的早餐只是想做给他的小美人鱼吃。

"早，容允桢。"

栾欢摆好姿势，等待容允桢回头。

容允桢回过头，栾欢立刻别过脸，她知道此时此刻他肯定在微笑，因为他的小美人鱼醒来了。

栾欢指着摆在餐桌上的东西，说道："容允桢，如果你把每天做早餐的热情投入到事业上的话，我想我会很高兴的。比起你现在弄的这些东西，事业会让我高兴一百倍，不，应该说是一千倍。"

容允桢停下了动作。

栾欢拿着报纸，一步一步走向容允桢，指着手中的报纸说道："容允桢，我希望你在一年后，成为这则报道中的五十名嘉宾中的一位，还是关注度极高的那位。"

容允桢接过报纸.

看完报纸后，他深深地看着她，栾欢很久以后都记得那个表情，就像是想从她的脸上找到遗失许久的东西。

栾欢勾起嘴角，抱着胳膊，说道："容允桢，现在是不是很失望？当初你的小美人鱼提出和你结婚的条件并不是和你闹着玩的，是实实在在、明码标价的。"

栾欢更喜欢这样的相处方式，起码她觉得自在。

容允桢把报纸叠好，他的手掌压在报纸的头版头条上，垂下眼帘，沉声说道："你希望我那样做吗？"

"当然！"

栾欢无比肯定。

"那好！"容允桢抬起头，紧紧地盯着她，眼里没有任何波澜，"如果我在一年后成为玫瑰园的客人，那么你也要做到一件事，就是你在叫我的名字时得把'容'字去掉。一年后，我要听你叫我允桢。"

03 情之所至

C H A P T E R

（1）

一年后，栾欢拿着高脚酒杯站在阳台上，脚下是洛杉矶顶级的住宅区——比弗利山庄，从这里可以清楚地看到好莱坞著名的地标——悬挂在半山腰巨大的"HOLLYWOOD"。

阳台下是圆形的游泳池，游泳池里有比爱琴海还要湛蓝的水源，游泳池左边是在阳光下会发亮的白色沙滩，这些白色细沙都是从东南亚的无人岛屿几吨几吨地搬运来的，椰子树、棕榈树、白色的贝壳，在这里都有。

游泳池的右边是一条小径，小径通向塑胶跑道。塑胶跑道上有网球场、篮球场，有各种西方人所喜欢、推崇的玩意儿，一个人即使在这里住一个星期也不会觉得闷。

这里是她和容允桢的家。

来到这山顶的大都是一些名人名流，他们个个都是玩家，他们在周末的时候都会来这里，举行各种各样的派对。

栾欢也只有周末才有空回到他们的家，她到这里来是为了休息。这里对栾欢来说不是豪华，而是安静，只要把门关上，这里就仿佛成了一个独立的世界，没有人会来打扰她，她不需要在很多人面前微笑。

栾欢比谁都了解，在什么样的人面前需要什么样的笑容。她收集了很多情报，比如说在那位脾气温柔的某政要夫人面前要笑得充满欣赏之意；比如在脾气坏点儿又爱显摆的另一位夫人面前，笑容要保持适当的羡慕；比如要对那位一直很宠爱小千金的夫人露出很亲切的微笑，在恰当的时机说一些恰到好处的赞美之词……

到目前为止，栾欢把那些社交技巧运用得都不错，起码她得到了她想要的，更确切地说，是得到了容允桢想要的。

栾欢在比弗利山庄的黄金地段开了两家画廊，当然她可不是卖画的。画廊里的画大多数用于送人，送一些应该送的人。

栾欢一个星期有五天需要过那样的生活，了解那些夫人的品味、时下最热门的画家，在见到某位夫人的前一晚努力做功课，力图把一切做到完美、万无一失。

栾欢除了打理画廊，她还是拍卖会的常客。妆容精致的她坐在VIP座位上，拍卖会每每来到最紧要的关头，所有人都屏住呼吸，她云淡风轻地举手，仿佛价值几千万的拍卖品对她来说不过是一颗糖果、一块巧克力。

那只举在半空中的手，在一些人的眼里就像另外一件艺术品，有时候戴着精致的手套，有时候是格调恰到好处的蔻丹甲。因为这样的事情经常发生，一些人称她为"佳士得小姐"。

于是，大家就会记得她是"佳士得小姐"，而忘了她是容允桢的太太，因为"佳士得小姐"比"容允桢太太"更有话题性。

即使很多人都在谈论那个叫容允桢的年轻商人，谈论他在这一年里做的那些事有多么了不起。和一年来容允桢做的那些事情截然不同的是，他在私生活上保持着低调、神秘。

这个男人擅长和媒体玩捉迷藏，所以，媒体手里所掌握的也仅仅是他偶尔的一张侧面照，还有知道他和李家的二小姐一年前在奥地利举行婚礼。这两个年轻人的结合是一种利益关系，在举行婚礼之后两人就开始各过各的生活，他们从来没有一起出现在任何公共场合。

他们结婚一年后，容允桢成了青年榜样。在这一年里，次贷危机导致美国大量高档商品房空置，容允桢收购了一部分商品房。

他对这些商品房进行了重新改造，把这些让普通人望而却步的高级住宅改建成只需要交一千美元就可以拿到钥匙的实用性商品房。在这个计划实施过程中，也间接带来了很多工作岗位，他鼓励那些失业人员，和他们像朋友一样相处着。

这个计划为容允桢赚来了好名声，让大家对容允桢刮目相看的是，就是这样一个没有半点儿架子的年轻人，半年里在一部分经济不是很发达但很有潜力的国家购买了几十块地皮。这些地皮大都是上亿元起价，巧合的是，容允桢买到的地皮都是国家的重点开发区。

所有人都在猜测容允桢的背后拥有强大的智囊团，容允桢的名字越来越响亮。随着一个月前玫瑰园的五十名嘉宾名单爆出，容允桢的名字频繁出现在各大主流报纸上。

让人们兴奋的是容允桢那位叫安琪的得力助手的一席话：容先生会在晚宴结束后接受电视访问。

电视访问，也就是说，大家可以一睹容允桢的真实面貌了。

人们都在猜，那个男人会长着一张什么样的脸？

哦，对了，这里不得不提一下容允桢那位叫安琪的得力助手。坊间流传那位助手才是容允桢喜欢的人，真正在打理容允桢日常生活的是那位叫安琪的女人，而不是穿着华服定期出现在拍卖行的"佳士得小姐"。

鉴于容允桢的好名声，大家不大乐意把这位作风正派的青年和花枝招展的"佳士得小姐"联系在一起。在他们的印象中，那是一个玩物丧志的女人，他们还不时把她和某位画家一起出入餐厅的照片放在版面上。

他们总是说"佳士得小姐"不惜花费重金捧红某位青年画家，当然，这位画家必须有一张小白脸。

今晚是一个重要的日子，容允桢以客人的身份进入了玫瑰园，也是栾欢和容允桢结婚一周年的纪念日。

为了这一天，栾欢准备了很多。

等到容允桢离开玫瑰园接受现场电视采访时，栾欢打一通电话到卡梅尔，她会一边喝着酒一边和那位老太太通电话。

她会说："奶奶，您现在有没有在看电视？奶奶，您看，电视上的那位小伙子一点儿都不危险，您看，他有多么受欢迎。"

为了这个，栾欢还特地为容允桢挑选了今晚穿的礼服，这是她第一次为他挑衣服。

现在两个足球场大的房子里就只有栾欢一个人，不过她不在乎，她在乎的是她的第一个胜利时刻。

整点，容允桢准时出现在电视上。

或许容允桢的长相让那些等候在外面的记者疑惑，以至于他来到现场时惹得记者们面面相觑。

眼前的男人具备了一夜成名的先天条件，年轻、高大、英俊，这样的男人不需要说话，就会引来无数女孩的尖叫。

几秒钟之后，容允桢和记者打招呼。

"您是容允桢先生吗？"一位记者小心翼翼地询问。

"当然。"

那句"当然"让他的嘴角到了最佳弧度，这个时候，近距离镜头把容允桢左边脸颊的酒窝很清楚地呈现出来。是那种长酒窝，红酒商人最喜欢的那种长酒窝，他们乐此不疲地在世界各地找寻那种有长酒窝、笑起来迷死人不偿命的男人为他们的红酒做广告模特，他们称那种男人笑起来有红酒的味道。

栾欢别开脸，她不需要去关注容允桢脸上的长酒窝有多么迷人，她只需要知道容允桢今晚的表现能让她几分。容允桢的表现直接关乎她待会儿给方漫打电话的口气可以得意到什么程度。

这个时候，栾欢没有想到的是，在大洋洲的某一个酒馆里，有人打开了电视机，不经意间把电视调到了某个频道。

"您是容允桢先生吗？"纯正的英语通过电视的扬声器发出。

"当然！"低沉的噪音响起。

背对着电视和朋友低声谈话的女人回过头来，第一眼看到的是男人迷人的长酒窝。

洛杉矶这边，记者终于把话题引向了更为私人的地方。

"知道自己成为玫瑰园的客人时，容先生最先给谁打电话？"

略微的停顿之后，容允桢的声音响起。

"我最先打的那通电话当然打给我最重要的人，那个人一直在背后默默地支持我、帮助我，我很庆幸自己没有让她失望。"

正在看电视的栾欢很高兴，她听到了她想听的，这话很俗气、很官方吧？这话没有半点儿幽默感吧？嗯，老人家不需要幽默感，老人家需要俗气的话，因为俗气的话易懂。

栾欢拿着手机，躺在阳台的躺椅上，慢条斯理地拨打那个电话号码。

拨通了，一，二，三！

电话接通了，是方漫亲自接的电话。

"奶奶，您现在在看电视吗？"

"是的，奶奶现在在看电视，那个记者的问题很逗，把我和管家都逗乐了。"

"可是奶奶，现在参加完玫瑰园晚宴接受记者采访的人不是若斯。"

"若斯还年轻！"

"容允桢比若斯晚半年出生啊，还有，奶奶，您看，容允桢一点儿都不危险，很多人都喜欢他。如果容允桢明年去参选州长的话，我觉得搞不好会出现一个最年轻的州长。奶奶，刚刚他的话您听明白了吗？他嘴里说的那个最重要的人是我，是我让他说那样的话，不管真不真诚，最重要的是他听我的话，奶……"

栾欢一直说着她准备已久的话，电话那头的方漫一直在听着。

先挂掉电话的人是栾欢，到了最后，她也不知道自己说了些什么，有没有按照她原来准备的那些来说。

她的话说得越多，脑子里就越空，手里的红酒杯映着她茫然的样子，涂着口红的嘴唇一张一合。

栾欢和方漫说再见："奶奶，等着吧，我会把他变得更了不起的。"

挂断了电话，栾欢一动也不动，电视已经换成了广告，容允桢十分钟的采访已经结束。

栾欢摸了摸自己的脸颊，缓缓地把脸上的肌肉往上推，以此来驱散脸上的茫然。

她好像没有收到预期中的快乐，起码那种吐了一口气的快感没有，取而代之的是一种烦闷，周围除了电视的声音，什么声音都没有。

栾欢低下头，突然拨打了容允桢的号码。她是那样想的，容允桢已经实现了对她的承诺，那么她也应该实现她的承诺了。

"我要听到你叫我允桢。"

这是一年前容允桢说的，现在想想，这话在这个时刻听着没有那么讨厌了。这话在这个时刻咀嚼起来，心里还有一点点闹腾，那一点点闹腾刚好可以驱散她心里那种说不清道不明的烦闷。

这是栾欢真正意义上第一次拨打容允桢的私人手机号，容允桢给过他的私人手机号，只是她一直没有打，有事的话她会把电话打到他的办公室，由他的秘书转接。

手机铃声响了很久才接通，谁也没有说话。

从这里看下去，可以看到游泳池那边放着一大一中的冲浪板，从这里开车只需要半个小时就可以到达海边。

当屹立在海岸上的风车欢快地转动起来时，南加州海就会有大卷的浪头，容允桢喜欢冲浪，他说他要教会她冲浪。

他们太忙了，冲浪板买回来之后一直静静地躺在那里，也许改天他们可以把它们带到海滩去。

栾欢站起来，目光落在冲浪板上。

"允桢，改天你教我冲浪。"

这话很自然地说出来了。

电话那边依旧是沉默的。

"允桢？"

栾欢试探性地再叫了一句。

片刻后，电话那头传来一个女声。

"是我，您是容太太吗？"

如果栾欢没有猜错的话，代替容允桢接电话的是安琪，说起来很可笑，据说这个安琪留在容允桢身边是要报恩的。

"我是祝安琪，容先生现在不在，我们……"

栾欢听到那句"我们"时挂断了电话，重新躺回椅子上，她很生气、很恼火。

洛杉矶的媒体在形容栾欢、容允桢和祝安琪之间的三角关系时如此暗示着——成功男人都会有两个女人，高贵典雅的女人更适合放在眼前，让世人观看；会哭、会闹、会笑的那位放在心上，只让自己看到。

握在手中的手机很突兀地响起，栾欢接了电话，出乎意料的是打电话来的不是容允桢，而是李若斯。

"他很好，好得让我嫉妒。"李若斯说道。

"谢谢！"栾欢淡淡地说道。

"谢谢？你为什么要和我说谢谢？你是你，他是他。"

李若斯的声音不见了平日的沉稳，歇斯底里的音乐和着他的声音，让栾欢很烦。

"我和你说谢谢是因为你赞美了我的丈夫。"

短暂的沉默之后，李若斯笑了起来，是那种让栾欢很难受的笑声。她想起了李俊凯，想起了方漫的话——你的妈妈已经毁了我的儿子，我不能让你再毁了我的孙子。

"若斯，回去吧，不要和许秋吵架了，也不要让记者们说三道四，爸爸……"顿了顿，栾欢说道，"爸爸会伤心的。"

半年前，李若斯和许秋订婚，最近，关于这两个人的分手传闻被炒得沸沸扬扬。前几天，媒体直接把这样的问题抛给了李俊凯，一向不擅长和媒体打交道的男人一脸的尴尬。

喧闹的音乐停了下来，李若斯叫了一声"小欢"。

自从栾欢和容允桢结婚之后，李若斯就没有叫过她"小欢"。

"嗯。"

栾欢的声音软下来，轻声应答着。

"小欢，我等你，并且我坚信自己最终会等到你。"

（2）

栾欢挂断了电话，闭上眼睛，紧紧地握着手机，她的太阳穴突突跳着，手机再次响起。

接通电话后，栾欢冲着手机喊道："李若斯，你是不是病了？你难道不明白你刚刚和我说这样的话很可笑吗？你现在要做的事情不是和我谈论这个问题，你马上回去，好好地睡一觉，该干吗干吗去！"

吼完，栾欢等来了一阵沉默。

今晚这是怎么了，怎么大家都阴阳怪气的，包括自己，明明今晚是属于栾欢的胜利时刻，不是应该狂欢吗？

"李若斯，你说话。"栾欢想爆粗口了。

半晌，那边才传来声音。

"是我。"

这次是容允桢，不是李若斯。

"刚刚你打电话给我时，我正在接听另外的电话。"这话听着像是在解释，又像是在交代。

"知道了。"栾欢淡淡地应道。

"对不起，栾欢，今天是我们结婚一周年的纪念日，我……"容允桢欲言又止地说道，"我想和你说我记得。"

"知道了。"栾欢再次淡淡地应道，顿了顿，说了些官方的话，"容允桢，我刚刚看了你的电视采访，你做得很好。"

一如既往的冷场。

还没等容允桢说话，栾欢就说："那么我挂了。"

栾欢挂断电话后觉得疲惫，这个属于胜利的夜晚好像耗费了她太多的精力。李若斯说要等她，还说相信会等到她，这让她很生气，她也不知道为什么这话会让自己这么生气。

栾欢伸了一个懒腰，这一觉比平日里睡得还要沉，柔软的被褥、类似麦田在秋日里散出来的气息，让栾欢眉头舒展。

她睁开眼睛，天已经大亮，一侧过头，她就看到靠在休闲椅上睡觉的容允桢，他十个小时之前还在华盛顿。

他还穿着昨晚的礼服，头发凌乱，眉头微微皱着，左边脸颊上的长酒窝不见了，手里还拿着摘下来的领结。或许是应付那些记者以及几个小时的飞行让他疲倦，他拿下领结之后，眼皮就再也撑不开了。

为什么容允桢会出现在这里？累了的话，不是应该先回他的房间休息吗？

容允桢有自己的房间，刚来这里时，他就主动把他的东西放在另一个房间里。

栾欢从床上起来，在容允桢的面前站了一会儿，弯下腰，小心翼翼地拿走他手中快要掉落的领结。

容允桢是那种警戒性很强的人，栾欢打赌，那个领结掉落后，容允桢立马会醒来。

领结刚拿到手，近在咫尺的睫毛颤动着，栾欢心里一慌，下意识地把领结丢在地上。

还没等她收拾好表情，容允桢的眼睫毛颤动了几下，缓缓地睁开眼睛。栾欢仿佛猝不及防地掉落到了某个深潭里。

他的长酒窝若隐若现，刚刚睡醒的男人声音有些暗哑："小美人鱼，你刚刚在做什么呢？或者你想做什么呢？"

小美人鱼，小美人鱼！在她的刻意强调下，容允桢已经很久没有这样叫她了。

栾欢直起腰和容允桢拉开距离："容允桢，你为什么会在这里？"

"第一个结婚纪念日没有在你身边，我觉得挺遗憾的，我把明天和后天的行程空下来，想陪陪你。"

栾欢盯着地上的领结，说道："容允桢，我不需要那些，也不在乎那些。"

容允桢站起来，低下头，轻轻地握住她的手："可我需要那些，也在乎那些。"

轻轻的笑声响起，带着温热的气息，气息落在她的脸上，和她的气息交融着。

她任由容允桢的手捏住她的脸颊。他说："你现在的脸颊看起来红扑扑的，就像是一个大苹果，让人忍不住想咬一口。栾欢，你说我要不要咬一口呢？"

咬一口……

咬一口吗？

栾欢张了张嘴，想说"容允桢，不要说那些奇怪的话，也不要对我做那些奇怪的事情"。

可她就是说不出来，就这样瞪着容允桢。

想必她现在的样子看起来挺凶的，心猿意马的男人改变了口风："看把你吓成这样了。"

她没有吓到啊，她只是表情有些不自然而已，这一点栾欢知道。

他叹着气说道："把画廊关掉吧，栾欢，画廊我们不要了，好吗？"

开画廊的事情是等一切妥当了栾欢才告诉容允桢的，从画廊里送出的第一幅画是给某国经济部部长夫人的。在她送完那幅画之后，容允桢顺利地拿到该国那块竞争激烈的地皮。容允桢知道后很生气，栾欢却淡淡地告诉他，她只是想更快得到人们羡慕的目光。

栾欢摇头说道："不好，我说过要帮你的。"

"栾欢，我保证我会让你得到你想要的。"容允桢像是没听到她的话，"把画廊关掉，你也许就不会做那些乱七八糟的梦了，好吗？"

容允桢还以为她做那些乱七八糟的梦是因为画廊的事情。

画廊的事情她做得得心应手，让她做那些梦的是李若芸，那尾真正的小美人鱼。

"容允桢，你应该回你的房间了。"栾欢说道，表情很平淡，语气也很平淡。

因为她这句话，房间里温馨的气氛荡然无存。容允桢看了她一眼，拿起搁在一边的外套，离开了房间。

等容允桢离开房间，栾欢和平常一样梳洗。今天是周一，起床的时间比以前晚一个多小时，也就是说，她已经迟到了一个多小时。

梳洗、化妆、挑衣服和首饰，等到一切妥当之后，栾欢拿起皮包离开房间。

明亮的光线无处不在，她走过了设计成几何图案的走廊，看到自己的身影映在那些玻璃上，精致、一丝不苟。下了螺旋形的楼梯，栾欢一眼就看到了那束巨大的百合花，是纯白色的。

百合，百年好合，传统的中国夫妻都会在结婚周年纪念日买百合花，容允桢这个总共加起来认识不到五千个汉字的假洋鬼子做这些干什么？

她的脚步还是不由自主地迈向那束百合花，那束百合花下有一张卡片，卡片上写着两个字——栾欢。

很漂亮的两个字，比栾欢写的还要漂亮、飘逸、灵动、活灵活现。

栾欢拿起了那张卡片，手指落在了卡片上的那个"欢"字上，字是用毛笔写的，毛笔字最能体现一个人写字的心态。

容允桢写的"欢"字带着笑意。

栾诺阿说过："我的小欢要欢喜雀跃。"

此时此刻，那种欢喜雀跃在栾欢的心里像顽皮的孩子一样不停地闹腾着，等她回过神来时，她发现自己笑出了声。

她卸妆、脱掉让她很不舒服的衣服，换上轻便的衣服，把自己弄得就像刚刚睡醒到处去溜达的样子，假装溜达到了容允桢的房间外。上午十一点很安静，或许容允桢还在睡觉。

她偷偷地把耳朵贴在门板上。

突然，门开了，栾欢的身体失去了平衡，不由自主地向前倾，一双手接住了她。

下一秒，一个闷声响起，她和接住她的人双双摔在了地板上。

他吻得很小心，类似于试探，类似于安抚。

当李若斯吻住栾欢时，栾欢的心情是悲伤压抑的，仿佛怎么也望不到头似的。

当容允桢吻住栾欢时，她的心情很平静。

他放开栾欢，看着她说道："刚刚你叫了我允桢。"

栾欢的脸一下子烧得厉害，别开脸说道："我只是在兑现我的承诺，那个时候我们约好的。"

这一天，他们结婚一周年纪念日的第二天，栾欢和容允桢做了很多事情。他们在门口接吻，他们一起吃了午餐，用餐时不习惯说话的容允桢，在午餐时说了不少话。他让栾欢下午教他学习汉字，他说学完汉字之后，晚上带她出去。他没有说约会什么的，他只是说如果她想要安静的话，或许他们可以去听一场音乐会，到唐人街茶馆去坐一会儿；喜欢热闹一点儿的话，可以去参加沙滩音乐会，去参加主题派对，去酒吧也可以。

这晚，她挽着他的手臂，感觉时光如此安静恬淡，一些情感在滋生着，这世界上有一个人安静地陪着你走完每一年的春夏秋冬也是好的。

晚上十点整，栾欢在自己的房间里咬着手指头走来走去。

让栾欢在房间里走来走去的是她偷偷藏起来的那件性感内衣，她在想，或许她可以穿上它，那件内衣价钱可不便宜，就穿一次。

就穿一次，被容允桢看到了就当是让他大饱眼福，这话可是专柜的服务员说的，她说"您先生有眼福了"。

等栾欢折腾完，已经十一点了，容允桢书房的灯还亮着。他的书房里放着很多书，有的已经绝版，或许她应该去拿几本放在自己的房间里。

门没锁，栾欢轻轻地推开门。

她很少来容允桢的书房，它总是紧紧地关闭着，容允桢回来后大多时间都待在这书房里。

她没有把门完全打开，而是站在那里试探地叫了一声"容允桢"。

书房里依然静悄悄的，栾欢走进去，发现容允桢并不在书房里，搁在一边的外套显示着他来过这里又出去了。

也许回房洗澡了吧。

容允桢的书房堆满书，除了书，就放着一张古香古色的靠椅。靠椅上放着靠垫，一旁摆着小茶几。茶几上放着笔记本电脑，茶几下又零乱地放了几个靠垫。

栾欢明白了为什么容允桢可以在这里一待就是几个小时，书房的环境一看就可以让人不受打扰地投入到书的世界里。

栾欢看着自己映在书柜玻璃上的身影，玻璃周围镶着淡金色的框，她的影子在框架里面。

框架里的女人有到胸前的中长发，发梢微微卷曲，穿着白色的睡衣，款式类似于旧时欧洲的宫廷女子衬裙，睡衣去掉了繁杂的设计，只保留了胸前的丝带，那根丝带起到勾勒出一个人身材的作用。

栾欢不自在地将目光从玻璃上移开，她打开书柜开始挑书，随便挑走了几本看着眼熟的。在第六层，栾欢看到一本名人自传，那是一位名画家，李若芸很喜欢那位画家，她盼望着能拿到那位画家的签名书。如果栾欢没有猜错的话，第六层靠左边的第三本就是那位画家的签名书。

书放得有点儿高，栾欢踮起脚还是够不着，还差一截，正好她的脚边放着垫脚用的木墩。

很显然，容允桢也曾用这个木墩在第六层书架上拿书。踩在木墩上后，栾欢踮起脚，还是没有拿到那本书，于是她跳了起来。

或许是太用力了，她的身体朝书柜倾斜，在木墩上摇摇晃晃的。

慌乱中响起"咔嚓"一声。

那时，那声"咔嚓"听在栾欢的耳中很轻微，可在往后的回忆里，却像是潘多拉盒子打开的那个响声。

　　紧紧挨在一起、看着很连贯的书柜悄然分开，中间出现了只容一个人进去的门缝，栾欢的手还是没有够到第六层的那本书。

　　栾欢知道一定是自己无意中碰到了某个开关，具体是在哪里她不好奇。她紧紧地盯着那敞开的门缝，她不奇怪在书柜后面有暗层，这里的房子都有秘密的房间，那些富人喜欢在秘密房间里吃喝玩乐。

　　容允桢的秘密房间里会藏着什么呢？他们一年相处的时间加起来也不过是半个月。

　　在那半个月里，容允桢的表现无懈可击。

　　栾欢着魔般地从木墩上下来，一步步地朝那道敞开的门缝走去。

　　如果是一个月前或者两个月前，栾欢一定不会好奇容允桢的秘密房间里有什么，一个月前或者两个月前她一定会不动声色，当成不知道一切。

　　可时间悄悄地改变了一切。

　　栾欢出奇的冷静，把一切归为原位后，她一步步地朝着那道敞开的门缝走去。

　　隐蔽于书柜后面的房间布局让栾欢紧绷的神经放松下来，房间和外面的书房差不多大小，里面也没有奇怪且劲爆的东西。

　　摆放在房间里的林林总总更像是一位少年的成长史，一些古怪的发明，一些从跳蚤市场淘来的东西，它们分类摆放在一起。

　　那些东西让栾欢想笑，她真的没有办法把现在的容允桢和这些古怪的东西联系在一起。

　　这个房间也许是容允桢对于他的成长历程的记载，这个想法让栾欢的心变得柔软，刚想离开，手上的东西震动起来。

　　看着手上的东西，栾欢有点儿哭笑不得，她怎么把手机拿在手上都不知道？

　　是李若芸打来的电话。

　　李若芸，李若芸！

（3）

　　栾欢深深地吸了一口气，调整到最佳状态，赝品在面对真品时总是会心虚。

一反常态的是，李若芸没有一接通电话就叽叽喳喳说个不停。

"干什么？小芸，说话！"

栾欢让自己的语气听起来不耐烦，就好像她即将睡觉的时候接到扰人的电话一样。

片刻过后，李若芸拖长声音说道："欢……"

李若芸一定又挨老师骂了，栾欢把手机搁在耳边，等着李大小姐撒娇，另一只手无意识地去触碰容允桢的那些奇怪又可爱的收藏品，目光无意识地打量着她从来没有看到过的玩意儿。

"欢，我后悔了。"

"小芸！"栾欢有翻白眼的冲动，去马德里后，李若芸的口头禅是"我后悔了"，后悔跟了坏脾气的老师，"这是你第几次和我说后悔了？"

明明李若芸过得挺滋润的，那位坏脾气的大师可没少教她，她现在的画价格一涨再涨，很多人都看好她。

"不是后悔这个。"李若芸一本正经地说道，"欢，我后悔没有嫁给容允桢。"

栾欢的目光停在某一个地方，就像被某种磁场牢牢地吸引住，一切是如此突然，让她的思绪空白，目光失去焦点。

栾欢喃喃地说道："小芸，你刚刚和我说了什么？"

"欢，我见到容允桢了。"

栾欢的手从某样物件上垂落下来。

"我在电视上见到他了。欢，你怎么可以说他的长相仅仅是还可以呢？你也知道我对长相的要求很高，容允桢帅到我想哭。"

栾欢很想把目光从那个地方移开，可好像不行，她在拼命思考着，偏偏李若芸在她的耳边不停地说着话。

"欢，我觉得容允桢完全是上帝按照我的喜好打造的，我觉得这个男人要是出现在我的面前，我一定会对他一见钟情的。欢，我……我太生气了，为什么是你先见到他的？"前面说话的节奏很快，之后，在这里停顿了一下，继续说道，"欢，我喜欢他。"

"哦。"栾欢茫然地应道。

"可是，是你先看见他的！"

"嗯！"

"你还记得那个时候在科尔多瓦说过的话吗？要是我们同时喜欢上一个男人，解决办法就是，成熟稳重的归你，英俊帅气的归我。"

栾欢想了很久，才想起来她好像和李若芸说过这样的话。

"欢。"

"嗯。"

"我想要容允桢。"李若芸说道。

栾欢挂断了电话，她现在没有精力去判断李若芸的话，她朝着某一个地方靠近，因为站得有点儿远，她怕看不清楚，她怕看错了。

终于，栾欢来到了那里，那里放着一幅画。终于，那幅画近在咫尺，那幅画的画布和画框是她和李若芸一起挑选的，她们曾经带着那幅画从旧金山沿着北半球一路来到俄罗斯，在俄罗斯不知名的小镇里，有一个男人用一百欧元买走了它。

李若芸曾经说过，要是有一天有个男人买走了那幅画，她就嫁给他。这样的傻事，李若芸信，可栾欢不信；这样的傻事，李若芸会做，而栾欢永远不会做。

栾欢缓缓地蹲了下来，她胃疼。

原来这就是胃疼，不是很厉害，但让人胸口闷闷地想吐。

容允桢就是买走李若芸那幅画的男人，有白皙修长的手指、让人流口水的身材，胖胖的俄罗斯女人发誓，那绝对是一个英俊的男人。

很可笑对吧？这又不是在演电影，即使是编剧也不想编出这么老土的剧情。

栾欢一点儿也不奇怪容允桢会买走李若芸的画。

在格陵兰岛，有两只小海豹，一只一岁半，一只半岁，它们亲密无间，相依为命。

李若芸那幅画在栾欢眼里更像是番茄酱被打翻在白色的布料上，其实里面隐藏着人类残酷的杀戮。

"海豹们的血染红了冰川，颜色越是艳丽，代表它们来到这个世界的时间越短。"曾经，李若芸指着她的画说道。

红色的是动物的血，白色的是冰川。

栾欢把头埋在胸前，深深地埋着。

手机再次响了起来，栾欢接了电话，没有等李若芸说话，她就开口了："好！"

那边的人愣住了。

栾欢说道："小芸，容允桢除了脸蛋好看之外，一无是处，他一点儿都不成熟，也不稳重。"

"……"

"小芸，我们就按照当时说的那样，我先帮你看着容允桢，你什么时候想要回去就要回去。"

胃部抽痛，让栾欢说话的语调变得缓慢，可她还是说出来了。

那边沉默之后爆发出一阵笑声，李若芸笑着说道："欢，你怎么变得这么可爱了，怎么可以把这样的话说得这么一本正经？你是栾欢吗？好了，刚刚是我吓你，在和你开玩笑。欢，容允桢只会是你的，一直是你的。"

其实栾欢那个时候还想告诉李若芸，容允桢是那个买走她的画的男人，可她舍不得，那是一个美丽的秘密，为什么她就没有那样的秘密呢？

最终栾欢挂断了电话，她把碰过的东西一一收拾好，离开房间，在书柜里找到开关，把书房的一切回归到和原来一模一样。

栾欢找了两本书，把书搂在怀里，回过头。

一回头，栾欢就看到了容允桢，他站在落地灯前，他们之间约有十几步的距离。他的头发还在滴着水，刚刚洗完澡的男人很性感。

性感男人的脸上可没有性感的表情，他的眼底藏着不满的情绪，仿佛谁侵犯了他的领地。

应该会那样吧，栾欢出现在书房，每次都是在容允桢在的时候，一旦他不在，这书房的门就会紧紧地锁着。在书房里有点儿小秘密的男人显然不欢迎任何外来的闯入者。

"你到这里来干什么？"容允桢并没有掩饰他的不满。

"我睡不着，就想来这里找几本书看。"栾欢晃了晃手里的书，淡淡地说道。

容允桢的目光从她的身上移到她的身后，说道："你的房间里也放着书。"

他的意思大概就是说，睡不着想看书的时候，你可以在自己的房间找，没有必要到这里来。

这样啊？

"对不起，以后我不会做这样的事情了。"栾欢赶紧道歉。

道完歉，栾欢把书放在一旁的靠椅上，捏了捏自己的睡衣，迈开脚步从容允桢的身边走过。

现在她想快点儿离开这个房间，回到自己的房间，躺在床上好好地睡觉，尽快忘掉这个晚上做的蠢事。

栾欢低下头，一种从中枢神经蔓延开来的情绪刺激着她身体的二百零六根骨头，最疼的是距离心脏最近的那根肋骨。

栾欢昂起头。

假如她的眼睛可以流出泪水的话，那么此时此刻她会流泪，那泪水属于羞耻。

那件会让男人移不开目光的睡衣并没有达到它的效果，很显然容允桢的注意力并没有在那件睡衣上。

这个夜晚对于他而言，她只是一个不速之客。

次日，一身正装、妆容精致的栾欢对抱着冲浪板的容允桢说道："对不起，下次你再教我冲浪吧，我今天没有时间。"

他们昨天约好今天他带她去海滩，现在这个时节天气也暖和了，这样的时节很适合冲浪。

容允桢开车送栾欢到画廊，他说："栾欢，明年的结婚纪念日来临之前，我一定要让你学会冲浪。"

几个小时之后，有几十家洛杉矶媒体买了和容允桢一起前往纽约的机票，就是为了采访他。洛杉矶媒体有着灵敏的嗅觉，他们比谁都知道什么人会让他们的报纸大卖。

（4）

第二年结婚纪念日，栾欢还是没有学会冲浪，容允桢太忙了，这一年栾欢倒是比第一年来到洛杉矶时空闲了许多。

羽翼渐丰的鹰不需要画蛇添足的帮助了。

结婚两周年纪念日，栾欢特意来到卡梅尔，而容允桢在俄罗斯。本来说会在他们结婚纪念日回来的容允桢一通越洋电话打到她的手机上："栾欢，对不起，我想我走不开了，明年我应该不会这么忙了。"

栾欢沉默了一会儿，说道："容允桢，其实你不需要打这通电话来和我说这样的话，我们不是早有默契了吗？"

那边沉默了片刻，挂断了电话。

容允桢那个男人让她比预想的还要早尝到了被女人羡慕的滋味，即使他们的婚姻在媒体的口中已是名存实亡，但不妨碍她得到用几千万辆卡车也装不完的羡慕。这话是某名嘴说的，这位喜欢故弄玄虚的人用了一大堆看着不靠谱的公式计算出，几千万辆卡车的载水量加上一些乱七八糟的东西就等于一个墨西哥湾，也就是说栾欢得到的有一个墨西哥湾的羡慕。

一墨西哥湾的羡慕，要压死她啊？面对一墨西哥湾的羡慕，栾欢已无多少喜悦，唯一让她觉得有一点儿乐趣的是方漫对她的态度，那位老太太开始看她的脸色了。

短短的两年里，容允桢在李氏实业已然举足轻重，银行投资者会把他们的资金交给李氏实业，大多都是因为容允桢。那个年轻人的身价在不断飙升，那个年轻人交了很多了不起的朋友。

就是因为容允桢交到了不起的朋友，才让栾欢兴致勃勃地来到了卡梅尔。

三月末的卡梅尔空气清新，栾欢和方漫坐在花园的太阳伞下，李家的用人把刚刚从海边钓到的鱼放在烤架上，不一会儿，鱼的香气就弥漫了整个花园。

下午四点多，庄园里来了不少方漫的朋友，她们都是受到方漫的邀请来庄园做客的。

李若芸的插画在土耳其获奖，由于这个奖项在欧洲举足轻重，每年电视台都会对颁奖进行直播。

现在离直播还有半个小时，李俊凯夫妇和李若斯都会出现在颁奖现场，见证若芸拿到属于她人生中的第一个奖项。

和一群老太太在一起，栾欢觉得无聊，她开始浏览网页。那几位老太太在轻声谈话，方漫一离开，老太太们就迫不及待地来到栾欢的面前。她们和栾欢谈论着昨天在互联网转播次数最多的一组图片，图片内容是容允桢和某国最高领导人一起狩猎。容允桢在电话里说他不能陪她过结婚两周年纪念日，是因为他被该国领导人邀请参加春季狩猎。

网页正好翻到那些图片，和那位领导人站在一起的容允桢得到了老太太们的赞美。她们夸奖容允桢的穿衣品味，她们把这种品味归结为是容太太的功劳。

"小欢是一位幸运儿。"她们都这样说着，同时还用无比热忱的口气邀请她到她们家做客。

"我怎么可能是幸运儿？小芸更厉害，再过十几分钟，她会被无数人认识，会得到无数人的称赞，喜欢画画的孩子们会把她当成偶像。"栾欢掩着嘴笑道，目光落在了站在一旁静静听着的方漫身上。

急着巴结她的那位急性子太太脱口而出道："不，千万不要那么想，小芸那样是在瞎折腾，那些奖项毫无实质作用。"

整点，颁奖典礼开始，老太太们也不聊天了，她们紧紧地盯着电视屏幕。最先颁发的是创作奖，拿到这个奖项的大都是年轻画家，往往会给予这些年轻画家天才的美誉。

李俊凯夫妻出现在颁奖现场时，主办方才知道今年得到创作奖的那位年轻姑娘居然有着如此强大的身份背景。

李若芸站在台上，很简单的装扮，白衬衫、黑色长裙，或许她是穿着牛仔裤来到土耳其的，黑色长裙应该是为了表示对颁奖典礼的尊重临时换上的。

她拿着奖杯傻笑，之后挠了挠头，说了一连串的"谢谢"之后，她的目光落在台下，再说了一些感谢父亲母亲支持的话。

渐渐地，她的语速慢下来，她说："我很高兴我的爸爸妈妈和别人的爸爸妈妈不一样，因为他们的不一样，我才可以脱掉高跟鞋，穿上平底鞋去我想去的地方，做我喜欢做的事情。"

所有的人都看着台上的那个女孩，可怎么看都像是那种涉世未深的女孩，纯真、浪漫。

女孩弯下腰朝父母亲的方向深深地鞠躬，台下响起热烈的掌声。

掌声停下，女孩的目光放到了自己哥哥身边的那个空位子上，说道："最后我还想感谢一个人。"她微微勾起嘴角，表情像是在咀嚼着甜蜜的奶糖，"那个人对我来说很特别，她对我来说像姐姐，像伙伴，也像对手。"

她垂下头，手指抚摸着手中的奖杯，说道："也是因为她，我才有大把的时间去学习，我今天才可以站在这里。"

与此同时，纽约的高速公路上，车里的电视正在播放着某场颁奖典礼。车后座坐着一对年轻的男女，男人一脸疲惫，女人在整理着手中的资料，她的注意力被电视上女孩的声音吸引，停下动作，目光落在电视屏幕上。

"很讨人喜欢的女孩。"女人自言自语道。

过了一会儿，女人又说道："允桢，刚刚获奖的女孩是容太太的妹妹。"

这话成功地让男人睁开了眼睛。

黑发、有着纯黑眼眸的女孩，脸部大特写出现在电视屏幕上，笑得如九月艳阳。

天色已暗沉，栾欢在庄园的草地上溜达着，关于那场颁奖典礼，李若芸曾经一再威胁她，也哀求过她。

"欢，你来吧，我想你来，我想你坐在台下。"

不，她不想去，她也不敢去。

栾欢已经两年没有见到李若芸了，她不敢站在李若芸面前，甚至每次接到李若芸的电话，都成为她心里的负担。

喝了点儿酒的李若芸总是会把电话打到她的手机上，发着牢骚："欢，你这是怎么了？"

这是怎么了，还不是因为心虚。

不久前李若芸在电视上说的话让她更心虚，心虚得让她想跪在李若芸的面前请求原谅。好几次她都忍不住想告诉李若芸："小芸，我知道那个买走你画的人是谁。"

栾欢一直都知道李若芸对那个买走画的男人念念不忘。

"欢，我梦到那个买走画的男人的样子了。"好几次李若芸都说到这句话。

应该会念念不忘吧，走了大半个北半球才遇到那么一个人，愿意用一百欧元买走一幅看起来就像是番茄酱倒在白色纸张上的画。

而现在，她的无名指上戴着的恰恰是让李若芸念念不忘的人的戒指。

栾欢摸了摸无名指上的戒指，这枚戒指的钻石无论价格还是成色，以及收藏价值，都可以挤进全球的十大戒指名单。可栾欢并不喜欢，她更喜欢的是画廊的那位清洁工阿姨手中戴着的那枚看起来毫不起眼的铂金戒指，因为……

因为那位阿姨的丈夫总是会开着他那辆二手车来接阿姨回家，他会接过自己妻子手上的东西，用另一只手去牵妻子的手。

于是，栾欢总会不由自主地去注意那两只戴着同样戒指、紧紧地握在一起的手。

她和容允桢好像没有那样的时刻，或许也有过，但都太短暂了，在那般短暂的时刻里，两人都是漫不经心的。

这一年，栾欢只见到过容允桢十次，这一年里，容允桢多了很多办公室。世界经济格局在悄然发生改变，容允桢投资在一些国家的资金开始得到丰厚的回报，所以容允桢很忙，他必须在这些国家的领空上当空中飞人。

栾欢和容允桢的通话是在三天前，他为他不能在他们第二个结婚纪念日陪她不停地道歉，就像是做错事的孩子。

晚餐的气氛很沉闷，方漫的朋友匆匆吃完晚餐之后就离开了庄园。方漫脸色阴沉，好几次张嘴想说话，但目光落在栾欢无名指上的戒指后，立刻闭上了嘴。

栾欢知道，老太太的情绪很明显到了不受控制的地步。

等到晚餐结束，栾欢终于知道了为什么方漫的眼神看起来就像要吃掉她似的——李若斯和许秋解除婚约了。

这次是真的分手了，许秋在自己的个人社交网上宣布她和李若斯和平分手。许秋宣布分手十分钟后，李若斯在土耳其接受采访时证实了这个消息。

这突如其来的消息使得栾欢心烦意乱。

十点多，管家让栾欢下楼，说老太太为她准备了消夜。

消夜？这个时候老太太还有心情准备消夜才怪。

客厅里就只剩下栾欢和方漫。

"说说你对若斯分手有什么看法？"方漫问道。

栾欢没有理会方漫，只顾着和在沙发上打盹的贵宾犬玩。

冷冷的声音在她身后响起："栾欢，你终于一箭双雕了！现在，你不仅可以在我面前扬眉吐气，你还让若斯认清了一些事情。"

看来，李若斯和许秋分手的事情让老太太气疯了，居然还说出这样的话。

"奶奶，您只说对了一半，我是很高兴在你面前扬眉吐气，可是……"栾欢直起腰，回过头说道，"我希望若斯不要和许秋分手。"

老太太的嘴角带着嘲讽的笑容："是那样吗？那么，你现在打电话给若斯，让他不要和许秋分手。"

这老太太完完全全疯了。

栾欢抱着胳膊说道："对不起，我无能为力。"

老太太一副"我就知道"的样子："栾欢，我从来没有像讨厌你一样讨厌过一个人，最让我讨厌的是你的不安分。起码你的妈妈还知道害怕，知道衡量一切，选择最适合她的。可是你呢，你表面上装作害怕的样子，其实在你的心里压根就没有害怕过。正因为不害怕，你可以一时兴起勾引若斯，因为你想取代小芸，你的所作所为全凭着你的一时之气，包括你嫁给容允桢……"

"够了！"栾欢高声叫了起来，李若斯的事已经让她够烦了，"奶奶，没有哪个女人敢把自己的婚姻大事当成一时之气。"

这话说得理直气壮，之后安静了。

方漫似笑非笑地看着她，看得栾欢心里发慌。

"小欢，我想我猜得没错，从一开始你就对容允桢动机不纯。"方漫温柔地看着她，"我说的动机不纯是指你对容允桢动心了。"

"没有！"栾欢回答道，"不要乱说。"

"这样我就放心了，起码我可以确定一件事，你和若斯再无可能。"方漫莞尔一笑，说道，"小欢，我猜你现在已经对容允桢动心了，今天大部分时间你都在看手机，你希望在你们的结婚纪念日接到容允桢的电话。当烤架上的油溅起的时候，你第一时间不是去保护你的脸，而是去保护你的戒指。"

瞧这口气，栾欢摆出一个无可奈何的表情："奶奶，这里不是凶案现场，不要做这种不成熟的推理。"

"奶奶今晚心情不好，所以奶奶也想让小欢陪我一起心情不好。"老太太说得理直气壮，"所以，奶奶很愿意做点儿脑力运动。"

真变态，栾欢现在想快快回房间。

"卡其色风衣，白色衬衫，这样的颜色搭配站在一位领导人身边再适合不过。颜色搭配不张扬，却又不乏格调，领带也选得好，看着很随意，同时也突显隆重。这显然来自一位细心的女人，栾欢，这女人会是谁，不要和我说是你。我想，你连那些衣服的价格都不清楚吧？"

还真是的，老太太这话一说出来，立即让栾欢的心情变得不好，即使夫妻关系再怎么名不副实，这话听在耳中也极为刺耳。

更何况方漫还说对了，她压根不知道容允桢那些衣服的价格。

栾欢深深地吸了一口气，握拳，刚想上楼的脚收回，回头说道："奶奶，您不知道您把我的心情变得不好的后果会很严重吗？我只要和容允桢说一句，那些银行的高官就会重新对你们的公司进行评估，投资商也会撤回他们的资金。是的，奶奶，您要听清楚了，是你们的公司！"

上一秒还冷冷地看着她的人，表情忽然柔和下来，方漫的手搭在栾欢的肩膀上，目光越过她的肩膀，落在她的身后，笑着说道："好了，好了，小欢，不想吃消夜就不要吃。"

栾欢也闭上了嘴，她认得来自于她身后的脚步声。脚步来到她身边，叫了一声"奶奶"之后站在她的面前，弯下腰。

"怎么了？"声音就像在哄着孩子，带着一点点溺爱，"怎么看着不是很开心的样子？"

栾欢抬起头，面无表情地看着容允桢——深色的手工高领毛衣，好身材一览无遗，有型又不显得浮夸。

这件毛衣栾欢也不知道它的价格，也许其他女人知道毛衣的价格。

离开的时候，方漫的脸色很不好，因为容允桢说奶奶老了，就好好地待在家里，不需要送他们。他还说，本来他这个周末答应和岳父大人吃顿饭，可他要回去看一下行程表，看能不能挤出一点儿时间。

（5）

庄园外并没有停着直升机，只停着她的车——他买给她的古董车。

容允桢打开车门，手臂搁在车门上，对栾欢说道："现在是十一点，我们还有一个小时庆祝我们的第二个结婚纪念日。"

栾欢和容允桢的两周年结婚纪念日的最后一个小时在一号公路度过，这一个小时之后的五十分钟容允桢都在睡觉。

"我回家看不到你，突然想起之前你说过会去奶奶那里，所以我开着你的车来找你。"他一边开车一边说着。

我回家看不到你，我就开着你的车来找你。

很简单的一句话，缓慢地在栾欢的心里流过，对了，这个男人刚刚在方漫面前说接她回家了。

如果栾欢没有记错的话，容允桢是下午刚回到纽约的，他从纽约赶回洛杉矶，再从洛杉矶开车来到卡梅尔。

那些空姐如是形容容允桢：容先生从不和乘务人员搭讪，大多时间他都在睡觉。

容允桢曾经调侃，除了在飞机上，他没有多少时间能睡觉。

栾欢侧过头去看容允桢，车厢幽暗的灯照出他一脸倦色。

"我来开车吧。"

听到她的话，他侧过头看向她。

栾欢清了清嗓子，说道："容允桢，今晚你让我的虚荣心得到了满足。"

意思就是说不要想歪了，仅仅是为了表达感谢而已。

中看不中用的古董车慢吞吞地在一号公路爬行着，时不时还闹点儿小脾气。真不知道容允桢是怎么开着它到这里的，栾欢侧过头去看容允桢，容允桢闭着眼睛，头靠在椅背上。

"容允桢。"栾欢叫了一声。

没有回应。

栾欢清了清嗓子，声音再稍稍压低一点儿："容允桢。"

还是没有回应。

声音低得不能再低了。

"允桢。"

鬼鬼祟祟地叫了一声，叫完那一声之后，栾欢的心里突然舒服了。

此时此刻，栾欢的心里有着一丝欢喜。此时此刻，这一号公路上就只有她和他。

车子开了一段距离，渐渐地，容允桢的头靠在了她的肩膀上。

这辆老爷车是女式的，副驾驶座太小，他又是长手长脚。

此时此刻她就像一个真正的妻子，因为心疼自己的丈夫，手紧紧地握着方向盘，想把车子开得平稳一点儿。

不是眼罩所带来的酸疼，落在眼皮上的温度是暖的，温暖得让他的眼皮懒得睁开。

容允桢懒洋洋地睁开眼睛，第一眼触及的是光芒，仿佛是为了某个特定时刻而散发出来的光芒，那光芒耀眼如斯。

现在他们的车子就停在一个S形路段上，前面是海，海平面有大片日出的光芒。

他的头靠在一个人的肩膀上，那个人身上有好闻的香气。

顺着那香气，容允桢见到了小巧的耳垂，耳垂有小小的耳洞，就那么小小的一点，却仿佛要把整片光芒吸进那一点里。

她的头倾斜着，日光铺在她的脸上，即使在睡觉，她的嘴依然紧紧地抿着。

这位小姐到底在不满意什么？

长得那么漂亮，但看起来好像对什么事情都不满意。看起来很冷漠的小姐，却在风雪之夜用她的身体温暖着他。

那时他们是陌生人，他是陌生男人，她是陌生女人。

而现在，他把彼时的陌生女人变成了自己的妻子。他相信宿命，在那个宿命的时刻里，他把红色的手链戴在她的手腕上，那是上帝在指引着他。

这个女人是他的妻子，她的嘴紧紧地抿着，也许需要用一些法子让她的唇角勾起来。

栾欢睁开眼睛，容允桢的脸近在咫尺，长酒窝若隐若现，长睫毛仿佛再靠近一点儿就会像羽毛般拂到她的脸上。

见她睁开眼睛，容允桢并没有移开他的脸，只是看着她。

眼看他的唇就要触到她的唇了，栾欢别开脸，目光直直地落在前方，现在车子就停在一片断崖上。

栾欢说道："如果车子再前进五米的话，我们就会粉身碎骨。我曾经有一位同学把车子开进这片海里，她留下遗书，告诉所有人她感觉不到爱，所有人都在惋惜，可我羡慕她，起码她敢那么做，而我不敢。好几次我都把车子开到这里来，可我没有勇气再往前一步，因为我怕死。容允桢，你知道我为什么会把车子开到这里来吗？"

他握住她的手，栾欢没有挣扎。

"我大约猜到一些，你妈妈让你在那个家变得身份尴尬，可是栾欢，那没什么，你还有你的爸爸，我看得出来他是爱你的。"

看来容允桢也和那些人一样以为她是李俊凯的私生女，栾欢想抽出自己的手，却被牢牢地握住。

"容允桢，你听着，我……"

栾欢很想告诉容允桢一些事情，所以她把车子开到这里来，她等待着太阳出来。当太阳升起的时候，她要告诉他一件事情。

她会和他说："容允桢，我不是你的小美人鱼。"

喉咙干涩，每一个字都有千斤重，栾欢咬了咬唇，感觉到唇瓣传来的疼痛时说道："容允桢，你听着，我并不是你想象中的那样，我心里有很多灰色地带，那些灰色地带促使我把车子开到这里来，你明不明白？"

容允桢的双手贴上她的脸颊，一点点地让他们脸对着脸。

"每个人都会在某一段时期做过一些傻事，大家都那样。"

"不是的。"栾欢说道。

"嘘！"他温柔地说道，"栾欢，你还有我。"

他的脸再朝她靠近一点儿。

"你还有我，我承诺，容允桢永远不会离开栾欢。"

即使没有说出那一句话，她也已经丢盔弃甲了，从来没人对她做出过这样的承诺——栾欢，我永远不会离开你。

因为没有人对她做出这样的承诺，所以他们总是轻易地从她身边离开。

漂亮的男人归李若芸，稳重成熟的男人归栾欢，可以做出承诺的男人归类为稳重成熟。

是那样的。

日出的光芒在两张脸的中间形成一道剪影，长酒窝在他的脸颊消失不见，洒着金色光芒的鼻尖朝她靠近。

栾欢缓缓地闭上了眼睛，他的唇落在她的唇上。

夜幕如期来临，栾欢再一次穿上那件她以为这辈子都不会穿上的睡衣，头发比去年长了一点儿。镜子前的她脸红红的，那是今天下午加州海滩的阳光造成的，今天下午他们终于把那对蓝色的冲浪板带到海边去了。

她看了一眼窗外，夜幕在她的期待和害怕中来临，而且越来越深沉，她已经在镜子前磨磨蹭蹭一段时间了。

此时此刻，栾欢的怀里仿佛揣着一只兔子。

她要穿成这样子去教容允桢学习汉字吗？会很奇怪吗？当然很奇怪了，而且意图明显。

容允桢真的如他说的那样是爱情新手，他从来不主动要求她，他说等她，这一等就是两年。

是她不够漂亮吗？是她身材不够好吗？

栾欢从镜子前离开，来到卧室，用了十几分钟时间去考虑要不要在睡衣外面加一件外套。挑外套又花了栾欢十几分钟，她选的那件外套有点儿薄，是那种很透的布料，栾欢把外套拿在手上。

敲门声响起，栾欢回过头，房门没有关，容允桢站在门口，手放在门板上。栾欢转过头的那一刻，两个人都愣了一下。

"现在有点儿晚，或许……"容允桢指了指手表。

"不用。"栾欢急忙说道，并且把手里的外套迅速套在了身上。

显然，今晚两个人都不在状态，不是她教错就是他念错。栾欢会教错都是因为那件外套，外套是开襟的，没有纽扣，她一低头就看到胸前白花花的一片，这让她不自在，容允桢应该也不自在吧？他就坐在她身边，而且以他的身高可以看到更多。

容允桢再次把"夌"念成"豪"时……

"容允桢，是英雄豪杰的'豪'，是豪情万丈的'豪'，不是'夌'，它们是长得像，可发音不同。"栾欢呼气，提高音量。

"这次……"容允桢的声音很小，"好像是你念错的，你刚刚说应该念'夌'，不是念'豪'。"

要疯了，一团糟。

"容允桢，都是因为你，你的汉语根本是小学级别的，却偏偏要去挑战高中级别的，这都怪你，你……"

那个"你"字没有说出口，栾欢的唇就被堵住了，这一次不再像前两次那般温柔，而她也开始尝试着去回应他。

放在一旁的手机响了起来。

眨眼之间，他又变回了之前那个容允桢，他的口气充满了懊恼。

"这一刻，手机是我最讨厌的发明。"

手机铃声孜孜不倦地响着，他一点儿也没有接的意思，只是温柔地注视着她。

栾欢把滑落到两边的外套拉拢，对容允桢说道："快接电话吧，这么晚打来的电话通常是麻烦事。"

容允桢很听话地接了电话。

还真的是麻烦事，洛杉矶的某条公路上发生了几十辆汽车追尾事件，祝安琪就是追尾事件的始作俑者。最麻烦的是这名始作俑者还涉嫌醉驾，现在，祝安琪正在洛杉矶警局。

"我去去就回来。"他亲吻了她的额头。

容允桢并没有像他所说的那样去去就来，直到次日早上，栾欢还是没有见到容允桢。

和往常很多个周三一样，司机把她送到了画廊。看到画廊外的那些人，栾欢有些头疼，这些人一有什么风吹草动就会到这里来蹲点，因为佳士得小姐有一个优点，就是准时。

栾欢面无表情地从那些人面前经过，进入画廊。

今天各大娱乐版块头版头条属于容允桢和祝安琪，在某知名内衣品牌旗舰店外，祝安琪的头靠在容允桢的肩上，容允桢的手则是放在她的腰间。他们身后是旗舰店的巨型广告，广告上模特向人们展现着曼妙的身材，以及撩人的红唇，广告下是相拥的男女。

刚到办公室，栾欢就接到李若斯的电话。

好巧不巧，李若斯刚刚宣布和自己的女友分手，容允桢就爆出和自己助理的暧昧照片，这时间点真是……

"我现在在机场，小欢，怎么办？我把护照丢了，现在在中转站变成了一位无国籍人员，听着很有趣，对吧？小欢，我想恐怕我得在这里待一段时间了，我做的事情把他们气坏了，我想起码这几天没有人会理我。"李若斯语气轻松，仿佛一下子回到了他的少年时代。

"嗯！"栾欢应答了一句，"你活该。"

电话那端的人开始夸张地叫起来。

"小欢，你会理睬我吗？"他轻轻地问道。

少年时代的李若斯总是逗栾欢，天生没有什么幽默感的人，却天天学着电视上那些脱口秀的腔调，很好笑的段子从他口中说出来就变得一点儿都不好笑了。

"会，我会理睬你，永远。"栾欢回答道。

"小欢……"

栾欢没有给李若斯说下去的机会："若斯，如果你觉得你和许秋不合适的话，就不要勉强，或许你还会遇到真正适合你的女孩。若斯，你要记住我已经结婚了，不要小看那纸婚约，它没有你想象中的那般脆弱。"

"小欢……"

"若斯，你应该是了解我的，我们有过一次机会，可你没有抓住那个机会，所以我们已经不可能了。"

栾欢再次打断了李若斯的话。

"再见，回来的时候再打电话给我。"

说完，栾欢挂断了电话。

中午，栾欢走出画廊时，那些记者还在那里，一看到她，又一窝蜂地拥过来。他们很有默契地叫着她"容太太"，他们很有默契地再次提出那个老问题，怎么看待容先生和他助手的关系。

中午的记者比早上的还要多，在他们和保全争执的过程中，麦克风砸到了栾欢的头，很疼。

烦死了！

栾欢停下脚步，对那些人大声说道："你们想知道答案吗？"

她站在最佳的采访位置一一道来："你们不是说我和容允桢已经在办理离婚手续了吗？你们不是说我们各自的律师已经在商谈我们的财产分割问题吗？你

们不是已经在评估我离婚后的身价了吗？所以，你们觉得我有必要对你们的问题做出回答吗？先生们，你们回去后只管随意写，这次我可以保证，不管你们怎样写，我都不会让我的律师去打扰你们。"

一直以来她都是这样应付这些记者的，记者觉得在她的身上挖不到什么就不会来烦她，反正她和容允桢在人们的眼里是好莱坞式的典型夫妻，各玩各的。

栾欢的话刚说完，从她的肩膀上伸过来一只手，那只手——把她面前的麦克风推开。若干麦克风掉落在地上，声音刺耳。

这是容允桢第一次来到这里，站在她身边，在很多人面前把她揽在怀里。

他指着那些人说道："接下来的话你们给我听好，你们不仅要牢牢记住，还要把我的话传达给你们的同行，我的妻子不是'佳士得小姐'。以后要是我再听到你们用类似的叫法来称呼我太太，还有在你们的报道中提到'离婚'两个字，我发誓，我会让你们的手握不住笔杆子。"

车上，栾欢一动不动地坐在副驾驶座上，望着窗外，此时正是正午，光线尤为强烈，栾欢眨了眨眼睛。

现在他们正赶往高尔夫俱乐部，李俊凯在等着他们。

半个小时前，容允桢强行把她从画廊带离，把她塞到车上，他的脸色不好，闹绯闻的人是他，生气的人也是他。

"和我去见见爸爸，他说你很久都没有回家了。"他说了一句，就启动了车子。

从那时到现在，他们没有说一句话。

车子开了一阵后，容允桢突然说道："我和安琪认识了差不多十年，她更像我的兄弟。"

栾欢依然保持着刚刚的姿势，是的，安琪，容允桢在学会写"栾欢"之前就已经会写"安琪"了。

容允桢写的"安琪"手法娴熟，一气呵成。

"我和她就是喝得烂醉如泥也不会发生任何关系。"容允桢又说了一句。

栾欢挑了挑眉毛。

车速慢了一点儿。

"昨晚我看到她第一次哭，我也不知道她怎么会一下子趴在我的肩膀上，当时我觉得不能去推开她。"容允桢在为那个"头版头条"做解释呢。

久久不见她回应，于是他叫了一声"栾欢"。

"嗯。"栾欢把目光从窗外收回，关掉了音乐，煽情的音乐让她觉得烦，"我在听着呢，只是在想别的事情。"

"你在想什么事情？"容允桢的声音柔和了一些。

"我在想啊。"栾欢拉长声音，目光落在容允桢的侧脸上，"今天，你贸然出现会让那些人怎么想，他们或许会这样写——容允桢和佳士得小姐的关系并没有我们想象中的那么糟糕。"

"什么意思？"容允桢把车子开得更慢了，"你难道喜欢他们那样写——我们关系糟糕，糟糕到已经要分财产了？"

"他们这样写不是对我们都好吗？"栾欢淡淡地说道，"容允桢，你也知道我的画廊存在的实际意义。"

车子骤然开快，容允桢屡屡表演超车的技术，好几次眼看就要撞上了，栾欢紧紧闭着嘴，让自己不因为害怕而尖叫起来。

终于到达俱乐部。

李俊凯和几个男人站在那里，一见到栾欢就扬起手。栾欢走过去，站在他的身边，他的手很自然地搭在她的肩上，就像很多时候一样，把她当成孩子来看。

因为心怀鬼胎，栾欢一直不敢回旧金山，新年的时候硬着头皮回去过一次。李俊凯虽然没有说什么，但是栾欢知道他伤心了。

栾欢知道站在李俊凯身边的几个男人是谁，这些人都是银行高管，他们号称来打高尔夫，实际上是来这里进行一种评估。他们会用自己的方式判断李俊凯和他的女婿的关系是否融洽，还是貌合神离。

最近两年，西方经济愁云惨淡，李氏实业举步维艰，李俊凯打算把他的零件制作工厂东移，他还计划对公司进行改革。这期间他需要大量的资金，所以他需要容允桢。

告别的时候，李俊凯拉着栾欢的手，让她今年的圣诞节一定要回去。

"好的，爸爸。"栾欢点头。

李俊凯跟在那些男人身后，容允桢揽着栾欢的肩膀站在原地。李俊凯走了几步，停下来，回头说道："小欢，小芸今年会在圣诞节回来，她说她一回来就会马上找你。她本来不让我说的，她说想给你一个惊喜。"他笑了笑，"小欢，你有空多给小芸打电话，你一直不给她打电话，她心里挺难过的。"

"好的，爸爸。"栾欢也笑了笑。

总要相见的，总不能一辈子不见面。

等到李俊凯的身影消失不见，栾欢的笑意逐渐隐去，嘴角开始发僵。

今年圣诞节李若芸会来看她。

栾欢有秘密，容允桢也有他的秘密，栾欢的秘密来自于乌克兰和俄罗斯边境，容允桢的秘密来自于每年的圣诞节。

栾欢知道，每年的圣诞节容允桢都会到一个地方，去了哪里栾欢不知道，但她知道他会关掉手机，带着他那个旧帆布包去那个地方待上几天，在那几天里谁也找不到他。

这样挺好的，她有她的秘密，他也有他的秘密。

这一年，她和容允桢结婚的第三年，离他们的三周年纪念日还有几个月的时间。

栾欢牢牢记住了李俊凯说的话，小芸会在圣诞节来看她。

圣诞节仿佛是一眨眼之间，也仿佛是一个世纪长的时间，但不管是一眨眼还是一个世纪的时间，它还是如期而至。

栾欢并没有在圣诞节的时候见到李若芸，即使做贼心虚的她已经想出了不是很入流的伎俩。

圣诞节期间，栾欢会在家里连续开一个星期的主题派对。一个月前她开始装修客房，她请了好莱坞最热门的派对策划，她给很多人发出邀请，车库里停了十几辆车，这些车都是专门去机场接客人的。

这一切大费周章，都是为了李若芸的到来。她不敢和李若芸单独相处，当李若芸到来的时候，她会用练习了无数次的惊喜表情和李若芸拥抱，然后很自然地邀请她参加派对。

李若芸喜欢热闹，而她会向李若芸呈现出她多姿多彩、纸醉金迷的生活状态，让李若芸看到她被好莱坞这个大容器带坏了，光顾着吃喝玩乐，所以忘记给她打电话。

栾欢是那样想的，她也计划好了，三年后，她要把一切事情都告诉李若芸。

关于派对的事情，栾欢和容允桢报备过，派对策划把整个房子做了极为夸张的改变，甚至他们让两只长颈鹿住进了这里。容允桢没有说什么，他只是拥抱了她，说"没关系，只要你玩得开心"。

几天过后，容允桢给栾欢打来了电话，又是那一句——对不起，这个圣诞节我不能陪你。

容允桢没有说原因。

"没有关系，你忙吧。"栾欢体贴地说道。

平安夜，栾欢打了容允桢的电话，果然又是关机状态。

容耀辉曾经和栾欢说过这样的话——

小欢，很早以前，允桢在圣诞节的时候遇到过不好的事情，每年的圣诞节对于他来说都是艰难的，他需要属于他的时间。小欢，相信我，你只要给他一点儿时间，一切都会好起来的。

栾欢如是回答着——

好的，爸爸。

一切准备妥当，那些栾欢认识的和不认识的、打扮得极为夸张的男男女女都来到她的房子里。他们看到她的房子时，嘴巴都张得大大的，然后大声欢呼起来。

主题派对连续举行了四天，李若芸还是没有出现，圣诞节已经过去了四天。

圣诞节的第四天，和往年一样，祝安琪在机场等候容允桢，和往年一样，容允桢准时出现在她的视线中。

祝安琪和容允桢坐在车后座上，她手里拿着容允桢接下来一个星期的行程表。

容允桢圣诞节的四天都是从那些密密麻麻的行程表中挤出来的。

今天较为反常的，刚刚祝安琪念行程表的内容时，容允桢用手示意她不要念。

一会儿，祝安琪听到容允桢问坐在副驾驶座上的小宗："栾欢今天举行的派对是什么？"

小宗负责把栾欢的一些日常生活告诉容允桢，此时此刻他没有像往常一样利索地回答，而是沉默了片刻才小声说道："是……是睡衣派对。"

听到"睡衣派对"时，祝安琪小心翼翼地去观察容允桢。容允桢听到小宗的回答之后没有做任何反应。

祝安琪在心里暗暗呼出一口气。

04 痴男怨女
C H A P T E R

（1）

半个小时后，在纽约机场，容允桢没有坐在前往巴西的航班上，而是坐上了回洛杉矶的飞机。

容允桢站在那里，让他稍稍庆幸的是，小宗口中的那个"睡衣派对"是名副其实的睡衣派对。

在布置得类似于童话世界的派对现场，两只长颈鹿的脖子上套着花环，它们身上的斑点被涂成了巧克力色，周遭随处可见巧克力浆。

年轻的男女穿着中规中矩的睡衣在嬉闹着，光顾着玩乐的男女丝毫没有发现他站在那里，而栾欢……

他的妻子穿的是斑马条纹睡衣。

容允桢打量着栾欢身上的睡衣，裤子到脚底，只有衣袖稍稍卷起，正背对着他和几名男女站在巨大的框架前。

容允桢冷冷地看着，巨大的框架下，几个同样穿着睡衣的男人用巧克力浆作画。穿着睡衣的女人拿着装满巧克力浆的小桶，那身斑马条纹睡衣让她看起来傻兮兮的，表现得像小粉丝一样。

哦，对了，她曾经说过喜欢和她的画家朋友们在一起，他们优雅迷人、可爱有趣。

容允桢望着那几个正在画画的男人，看清楚几乎和栾欢的脸贴到一起的男人身上穿着的睡衣时，容允桢手一拍，左手边的灯具应声倒下。

那些人终于注意到他了，栾欢也回过头来。

那些人脸上带着轻浮的表情，他们对他吹口哨，女人们则用迷离轻浮的声音询问："帅哥，你从哪里来？帅哥，你叫什么名字？"

　　容允桢直勾勾地盯着栾欢，他的出现让她愣在那里，片刻后才慢吞吞地走到他面前，向她的朋友介绍他。

　　喝得醉醺醺的女人们一下子围了过来，还把他拉到灯光明亮的地方。她们开始尖叫："上帝啊，他居然比杂志上、电视上看到的还要好看。"

　　容允桢没有理会那些人，要是换了以前，他也许会和那些人礼貌地打招呼，说"谢谢"，说"欢迎到我家来做客"。

　　只是这一刻，他没有那种心情。这些人把他的家搞得一团糟，甚至他最喜欢的睡衣也跟着遭殃，而他的妻子……

　　此时此刻，他的妻子被女人们挤到一边，傻站在那里，完全不见了以往的冷漠和犀利。

　　被女人围着的容允桢一动不动，他的脸上不再挂着平日礼貌的笑容，他拿出手机，拨打了一个号码，然后把手机放在耳边，看着栾欢。

　　听清楚容允桢说的话后，栾欢一下子冲过来抢走他手中的手机，刚刚容允桢打电话给洛杉矶警署了。

　　栾欢紧紧地握着手机，她知道自己过分了一点儿，她不应该让那两头长颈鹿住进来。她知道长颈鹿还有若干破坏欲十足的女人把这里弄得一团糟。

　　"容允桢，你说过让我玩得开心点儿的。"

　　容允桢看了她一眼，指着巨型画框，那几个穿得像傻瓜一样的优雅风趣、可爱迷人的画家似乎没有把主人放在眼里。

　　容允桢冷冷地对他们说道："我要你们在五分钟内离开这里。"

　　现场很安静，乐队也停了下来，只是大家都没有动，他们的目光纷纷投到栾欢的身上。

　　"容允桢……"栾欢硬着头皮说道。

　　容允桢没有理会她，这次声音比刚才高出了一倍："你们应该知道我以前是做什么的，如果大家有兴趣的话，我很乐意让你们见识最新款武器的威力。"

　　话音一落，那些人跑得比兔子还快。

　　五分钟之后，现场空无一人。

　　栾欢和容允桢依然保持着刚刚肩并肩的姿势站着，她看了一眼那幅没有完成的巧克力画。

　　"容允桢，你这是怎么了？你不是让我在圣诞节期间玩得开心点儿吗？我和他们玩得很开心。"

"可是你不能把我家弄成这种样子。"

容允桢脱口而出，其实他更想说的是：你不应该把我的睡衣让其他男人穿，他讨厌别人碰他的东西。

我家？不应该是我们家吗？

也对，一对貌合神离的夫妻说什么"我们家"。

栾欢点头，卷起袖口，弯腰开始收拾东西。

刚捡起一个靠垫，容允桢手一挥，就把靠垫拍落，栾欢直起腰喊道："容允桢！"

"对不起。"容允桢小声说道，"我为刚刚说的话道歉。"

"不用！"栾欢环顾了一下四周，那些她认识的、不认识的人还真的把这里弄得一团糟，"你是应该生气，我们确实把你家弄得一团糟。"

看了看天色，现在差不多凌晨时分了。

"容允桢，现在已经有点儿晚了，我保证明天把这里弄得干干净净的。"

栾欢刚想走，手就被容允桢拉住，他的口气不太好："我们？是指你和你那些优雅迷人、可爱风趣的画家朋友吗？"

栾欢没有回答。

"他们有趣吗？你和他们玩觉得开心吗？"

栾欢冷冷地说道："是的，和他们玩我觉得开心，我觉得有趣！"

"可是，栾欢……"握住她手的手改成了扣住她的手腕，"你那些有趣优雅的朋友不会让你得到全世界女人的羡慕。"

他稍稍一用力，他们的距离又被拉近，近到他们的气息相互纠缠。

容允桢的脸差不多贴到栾欢的脸上，他的眸底有栾欢从来没有见过的戾气："让你得到那么多羡慕的人是我，容太太。"

栾欢用力地挣扎，想挣脱容允桢的手。即使她用尽全力，还是徒劳。那种徒劳和容允桢的话让她生气，她开始拿出在皇后街时的那种泼辣劲，脚朝着容允桢一阵乱踢，嘴里开始说着刻薄的话："容允桢，说这些话有意思吗？我们都知道我们到底是怎么一回事，千万不要在我的面前装得像我的丈夫一样，即使装得再像，我们也心知肚明。"

扣住她手腕的力道越来越大，疼得栾欢直吸气。

忍着那口气，栾欢狠狠地跳起来，然后……

"砰"的一声，显然栾欢高估了自己的弹跳力，她的额头没有成功地撞到容允桢的额头，倒是碰到了他的下巴。

这男人的下巴就像是花岗岩，但是她这突如其来的举动让容允桢下意识地放开了手。

摆脱控制的栾欢迅速转身就走，额头传来的疼痛还有若干的酒精摄入让她头晕。

栾欢刚走几步就被容允桢拽回，他按住她的肩膀，拨开她额前的刘海儿。

栾欢推开他的手，他再伸出手，她再推开。

他们开始了类似于孩子般的对话。

"撞疼了吧？"

"不要你管。"

"待会儿我给你抹药，不然明天额头上肯定会出现大包。"

"不用！死不了！"

"栾欢！"

"放开！"

栾欢的脸别到一边，手在挣扎着，容允桢的脸朝她越靠越近。他放开她的手，双手捧住她的脸，他的声音很轻柔。

"下次生气时拿东西砸我，不要用你的头了，让我看看……"他在叹息着，"都红肿起来了。"

栾欢想发脾气，想说"容允桢，你滚开"，可嗓子好像坏掉了，目光也好像受到催眠一般投向近在咫尺的脸。

他说："栾欢，我饿了。"

谢天谢地，容允桢没有说那些奇怪的话。

"你很久没有吃东西了吗？"

他笑着点点头，说道："嗯，我很久没有吃东西了，栾欢，我想尝点儿巧克力，行吗？"

栾欢被动地点头："我去给你拿点儿。"

他摇头说道："不用麻烦，我自己可以。"

一低头，他咬住了她的鼻尖，唇瓣柔软，舌尖柔软，用世间最柔软的触觉吸吮着她的鼻尖，或者说是她涂在鼻尖的巧克力。

一些思绪在提醒着栾欢什么，刚刚容允桢说了让她不开心的话。那些思绪促使栾欢轻微地挣扎，她一动，腰就被他扣住。

容允桢的手在动，他的唇也没有闲着。很快，涂在她鼻尖的巧克力被舔得干干净净的，接下来他的唇来到她的嘴角。

"容……容允桢……巧克力没了。"栾欢说着傻话。

他笑了，说道："嗯，我知道，我还知道你把巧克力藏在哪里了。"

栾欢赶紧闭上嘴。

容允桢再次笑开了，拉着她的手。

"栾欢，我真的肚子饿了！"

栾欢把嘴闭得紧紧的。

容允桢摇头说道："笨，我是让你陪我吃饭。"

（2）

圣诞节过去了一个星期，李若芸还是没有来看栾欢。通过国际红十字会官网上的一张图片，栾欢知道了李若芸为什么没有来看她。

圣诞节期间，李若芸把一个离家出走的孩子从美国送回了海地。那个孩子是一位艾滋病患者，孩子偷走了家里的钱，打算带着那些钱偷渡到美国，想认识那个有蜘蛛侠在摩天大楼上飞檐走壁的国家。孩子在兜里藏了一把刀，他打算等钱花光就死在这片富饶的土地上。

那张图片记录了李若芸亲吻孩子的脸颊的瞬间，图片配着一行文字：有着天使笑容的女孩拯救了他。

是的，李若芸是天使。

圣诞节过去，新年过去，一月底，容允桢没有像以前那样打电话回来说他什么时候回家。

差不多三十天的时间里，容允桢打来两次电话，一次是在新年，和她说新年快乐，说"栾欢，对不起，不能陪你过新年"。另外一次更像是公事报备，简单地交代他的行程，以及他这个月重点的工作，其他的什么也没有说。

一月的最后一天，栾欢来到她的秘密基地。

栾欢在城南买下了一幢半新的公寓，公寓里住着十几只失宠的宠物狗。那都是一些很名贵的狗，被抛弃的原因是它们变丑或是生病了，它们的主人都不要它们了。

栾欢在给刚带回来的狗喂药，还搞不清楚状况的小狗公主病发作，踢掉了药罐，栾欢狠狠地警告它。

她大骂了它一顿，骂完，她和小狗相互瞪眼。

"栾欢。"一个忍俊不禁的声音响起。

容允桢靠在白色的灯柱上，抱着胳膊，微微倾斜，对着她笑，边笑边叫着她的名字："栾欢。"

刚刚把公主病发作的小狗臭骂一顿的栾欢缓过气来，站在那里看着容允桢，容允桢也在看着她。

半晌，栾欢语气生硬地问道："容允桢，你怎么知道这里？你到这里来干什么？"

容允桢的手一挥，从他的身后走出来一只棕黄色毛发的贵宾犬。从它垂头丧气的样子，栾欢就知道又是一个因为变丑而被主人抛弃的倒霉蛋。

容允桢指着倒霉蛋，说道："我在路上捡到它，有人告诉我把它送到这里，这里的主人可以保证它吃香喝辣。"

栾欢冷冷地说道："容允桢，说实话！"

容允桢的目光从她的脸上移开，他低下头没有说话，只是用脚去逗那只贵宾犬。

等得不耐烦的栾欢把那只刚刚挨骂的小狗抱进怀里，不再理会容允桢，刚走几步就因为容允桢的话停了下来。

"实话就是，我是来接你回家的。"

很平常的一句话，在街头巷尾，这样的话随处可以听到，可这话是从容允桢的口中说出来的。

栾欢"嗯"了一声，想把这声"嗯"说大声一点儿，让容允桢听到，可接下来容允桢又说出了让人倒胃口的话来。

"我给你买了礼物，放在家里了。"

又是那些东西吗？容允桢最大的喜好是每次回家都给栾欢带礼物，他从不问她喜不喜欢，就把他带回来的东西往她的手中塞。对于容允桢这种举动，栾欢最初无感，渐渐她开始讨厌起来，她下意识地觉得，其实那些东西不是送给她的。

栾欢回过头，冷冷地说道："我想听的实话不是这些，我想知道你怎么知道这里的，你又是从什么时候开始知道的？"

容允桢的回答不出意料，即使是在栾欢的意料之中，她还是觉得生气。这次，栾欢真正感觉到自己嫁给了一个身份背景复杂的人，即使是成了正当商人，他还是没有改掉他的那些坏习惯。

说好听点儿，在她身边放几个人保护她，实际上是跟踪她以及掌握她的行程，还有防止她被绑架。

绑架？哪个绑匪脑子秀逗了，他们只会在祝安琪身上打主意，容太太对于容先生而言是一个可有可无的人。

牵着那只贵宾犬的容允桢跟在栾欢的身后解释道："我知道，你知道这些会不舒服，栾欢，你给我时间，我保证十年后你不会再有这样的困扰。"

栾欢加快了脚步。

"我也想每一个周末和你待在家里，可我不允许自己那样做，我不能停下脚步。我想把原本几十年才可以完成的事情缩短在十年内完成，那时我就可以牵着你的手带着你去旅行，可以牵着你的手在那些人面前说我们关系很好，我们能白头偕老。"

栾欢停下脚步，昂起头，十年、几十年、牵手、白头偕老，这些她从来不敢去想，这些话在容允桢那里却是那么容易说出口。

这些话从容允桢的口中说出来还是剧毒。

"栾欢。"

"干什么？"栾欢吼道。

"你这里有房间吗？"容允桢牵着那只变丑的贵宾犬走过来，和她肩并肩站着，"我现在不想开车了，我想今晚就住在这里。"

公寓有五个房间，一个房间里住着照顾那些小狗的黑人妇女，一个房间是栾欢的，有时候太晚了她会住在这里，其他三个房间是空着的。最终，容允桢挑了那个和她的房间挨在一起的房间。

短短的一个小时里，容允桢做的事情还不少，平时一些比较棘手的事情在他的手里很快就完成了，最后，他连水管也修好了。只是在修水管的时候出现了一点儿问题，排水管的水哗啦啦地往他的身上流。

栾欢的手贴在刚刚泡好的红茶杯子上，她在红茶里放了一点儿生姜，她知道排水管的水有多冷，或许他喝了会好点儿。

杯子的温度好像蔓延到她的脸上了。城南的房子和城北的房子有着天差地别，她买下的公寓十分简单，容允桢的房间里没有浴室，现在，容允桢就在她的房间洗澡。

浴室里冲澡的声音在安静的空间里怎么听都像是某种暗示，栾欢端着那杯红茶，来到了电视机前，打开了电视。

电视节目的声音一下子赶走了洗澡声音带来的暧昧气息，栾欢呆呆地站在电视机前，其实她压根不知道在播放什么节目。

她的思想仿佛进入了某种混沌状态，那种状态类似于她站在原地，在纠结是上前一步还是退后一步。

身后突然响起的那声"电视节目有这么好看吗"让栾欢转过身，手一抖，手里的红茶往前面泼去。

淡红色的红茶和生姜片留在容允桢白色的衣领上，冒着热气。

这可是刚泡好的茶，栾欢第一时间放下了杯子，手伸向容允桢的衣领，解开他的衣领，用自己的衣袖去擦拭落在他身上的茶水。

看到他锁骨那块皮肤的颜色已经变成了淡红色，栾欢慌忙靠过去，朝淡红色的地方吹气。

她一边吹气，一边又恼又怒地发着牢骚："容允桢，谁让你走路无声的，谁让你突然出现在我身后的？你不知道我讨厌别人冷不防地出现在我身后吗？要是再早五分钟，情况会更糟糕的，说不定把你的皮肤都烫出泡了，以后不要再做这样的事情了，听到了吗？"

"允桢，很疼吗？"最后，栾欢问道。

容允桢好像没有听到她的话，也没有听到她的问题，一声不吭。

栾欢抬起头。

一抬头，她就看到容允桢的眼睫毛、长酒窝，栾欢心里茫然，真奇怪，容允桢没有笑，为什么长酒窝出现了？

他微眯着眼睛，看不清楚他眼底的情绪。

"容允桢……"栾欢讷讷地，话问得有点儿傻，"你不说话是不是因为很疼？"

长酒窝更深了，这次他终于笑了。

他笑着揉了揉她额前的头发："真可爱。"

又说她可爱，她已经是大姑娘了，一个大姑娘老被说可爱是一件难为情的事情。

栾欢板起脸。

容允桢的手垂下来，拿走了还搁在他胸前的手。

"没事了，我保证一点儿都不疼，现在已经很晚了，我回房间睡觉了。"他指着自己的脑袋，"我得花一点儿时间倒时差。"

栾欢点了点头。

她的手握住门把手，看着那道门缝变小，她手上的动作慢吞吞的，她的耳朵听着房间外面容允桢的脚步声。

眼看那道缝隙就要消失了，急促的脚步声突然响起，近在耳边，握住门把手的手停了下来。栾欢的目光放在那小得不能再小的门缝上，心脏突然狂跳起来。

白皙修长的手伸了进来，阻止了门的合拢，与此同时，门被一股力量顶开，一个修长的身影出现在栾欢的面前。

眨眼之间，面对着房门的人变成了背靠着房门，随着那股力量，房门合上了。

突然闯进来的人紧紧地贴在她的身上，胸口剧烈地起伏着，他的头搁在她的肩上，一动也不动。

"容，容允桢……"

栾欢开口，她的腿有点儿软。

贴着她的人手一伸，她就被他抱进怀里。

他亲吻着她的头发，声音喑哑地说道："我希望下次回家的时候第一眼就见到你。"

栾欢垂下头，轻轻地应答了一声："嗯，好的。"

听到隔壁房间门关上的声音，栾欢也关上自己房间的门，一会儿，响起了敲门声。

这次，栾欢没有打开房门。

（3）

次日，吃早餐的时候，栾欢问容允桢他被烫伤的地方怎么样了。

正慢条斯理地喝牛奶的容允桢好像没有听到这个问题似的，他指着电视说道："你爸爸。"

李俊凯出现在电视上，这应该是昨晚他参加华商会时接受记者采访的画面。那位记者为了和李俊凯套近乎，把话题转移到最近因为护送那个海地艾滋病孩子回家而得到无数赞美的李家三小姐身上。

"我为她感到骄傲。"李俊凯微笑着回答道。

栾欢迅速将目光转向了容允桢，只见容允桢放下杯子，目光专注地看着电视。

栾欢艰难地咽下嘴里的那块面包，看似不经意地问容允桢："你看过小芸最近的报道吗？"

"嗯。"容允桢回答道，目光依然没有从电视上移开。

"容允桢，你不是很忙吗？"她的口气已经很不满了，很忙的人还留意那些报道做什么？

"我有一个朋友被你的妹妹迷住了，他整天在我面前说那是世界上最好的姑娘。他收集了很多关于李若芸的资料，整天在我面前唠叨，虽然没有看过那些报道，可我也知道了不少关于李若芸的事情。"

世界上最好的姑娘？嗯，的确是，就像李俊凯说的那样——我为她感到骄傲。

而她自己呢？虽然很多人都不说，但她少年时期做的事情已经让她贴上了某些标签。

"容允桢，你朋友的眼光很好。"栾欢喃喃地说道，"李若芸很棒，一直都是。"

这时，容允桢的目光离开了电视屏幕，落在她的脸上，手伸过来触摸她的脸，就像在安抚小狗小猫似的。

"我可以保证，我的眼光比我的朋友更好，因为你比她棒。"

栾欢在心里苦笑，看来容允桢把她刚刚的情绪误以为是私生女在正牌女儿面前的自卑心态。

余光中，栾欢看到站在一边的人，本来想躲开容允桢，却变成了把自己的脸颊贴向了他的手掌，并且对他露出一个笑容。

栾欢知道要怎么笑才是最漂亮的，在她的笑容前，容允桢安抚的表情变得有一点点迷乱。

这是栾欢第一次见到祝安琪，曾经无聊的时候，栾欢把祝安琪这个人想象成为古代因为报恩来到主人面前的影子侍卫。当然，这位影子侍卫和自己的主人发生了一点儿什么。

祝安琪先是礼貌性地叫了一声"容太太早"，之后看向容允桢，从祝安琪的口型判断，她临时把那句"允桢"改成了"容先生"。

"这是这个季度的分析报表。"祝安琪把一叠资料放在容允桢面前，"容先生有什么看不清楚的可以问我。"

容允桢的眉头皱得更紧了。

"祝安琪！"

"下周一，巴西政府就会对外开放土地招标，其中容先生最想得到的那块地也在招标项目里，你需要在一天内把这些文件看完。"

容允桢看了栾欢一眼，站了起来，唇在她的鬓角碰了一下："看来我得忙一阵子了。"

栾欢点头说道："嗯，你去吧。"

兽医在和栾欢说容允桢昨晚带回来的那只贵宾犬的情况，它居然得了厌食症。栾欢一边听着一边忍不住看向二楼的西南方向，二楼西南方向是休息室，容允桢和祝安琪就在那里。

她都记不清自己第几次把目光投到那里了，他们坐在窗户前，起初，两个人隔着桌子，拉开了一段距离，渐渐地，那距离没有了，最后，就像是黏在一起似的。

从刚才那短短几分钟的状态可以看出来，容允桢和祝安琪默契十足，那种默契需要一定的时间才能培养出来。

容允桢把"安琪"两个字写得很漂亮，栾欢曾无意间从一张泛黄的纸上看到过"安琪"两个字。她知道那些字是容允桢写的，无一例外写得很漂亮，笔触时重时轻，充满着某种负面情绪。

那种负面情绪难道是求而不得？

栾欢不由自主地再次把目光投向了那里，两个人贴得更近了，这次栾欢忘了把目光移开，就那样呆呆地站着。

忙完了所有工作，已经是夜幕降临，容允桢送走了祝安琪，经过栾欢的房间，看到房间里还透着光亮。

容允桢推开了房门，就看到这样一个画面——一个女人和一只狗躺在沙发上呼呼大睡，两颗脑袋都是毛茸茸的。

容允桢叉着腰，不知道是先抱女人还是先抱狗。

女人睡觉的姿势很别扭，他缓缓地弯下腰，把栾欢的手放好。他很奇怪，她这样别扭的姿势也能睡得着。

手碰到她的头发，嗯，她的头发很柔软，就是这样一个有着这么柔软头发的女人，却有着刺猬一般的性格，即使是在睡觉，嘴还是抿得紧紧的。

容允桢发现，原来她的发尾是卷的，应该是那种自然的卷曲，他还以为她的头发是直的呢。

模糊的画面里，皑皑白雪中，他孤独地躺在那里，一个人朝他走来。那人弯下腰，他最后看到的东西是黑头发，又黑又直的发尾在白茫茫的世界里尤为清晰。

原来不是直发。

模糊的记忆里，那是一个喜欢说个不停的女人，有点儿吵，可声音充满活力，怎么一嫁给他反而变得安静了？

应该是太早结婚的缘故吧，在西方，很少有女孩在那样的年纪就愿意把自己嫁出去，更何况只给她一个星期的准备时间。

半边头发遮住她的脸颊，容允桢的手指下意识地把那些头发拨到她的耳边，淡黄色的灯光照在她秀气的耳垂上，容允桢再靠近一点儿。

原来，她的左耳上还有几个小小的耳洞。他数了数，居然有六个，其中一个还打在耳郭上，那该得多疼。

他的手指轻轻抚摸那些小小的耳洞，刚触到她，她的身体就蜷缩起来，像毛毛虫一样，嘴抿得更紧了。

他的妻子连睡觉也在防备着，透过蜷缩在沙发上的女人，容允桢似乎看到耳朵打满了耳洞的少女，站在被高楼大厦掩埋的街道上，一脸的茫然。

他很小心地把她抱在怀里。

模模糊糊间，栾欢听到有人在叫她的名字，声音是她喜欢的。

那声"嗯"更像是赖床的孩子在撒娇。

"我走了。"

"嗯。"

"我到巴西的时候再给你打电话。"

"嗯。"

脚步声远去，门轻轻地关上。

五分钟后，栾欢皱了皱眉，仿佛想起了什么，她的手往身边一摸，暖暖的——容允桢昨晚睡在了她身边。

她轻轻地把身体蹭到那暖暖的地方，小心翼翼地嗅着，在寒冷的隆冬里，她的被窝里仿佛散发着麦田香气。

（4）

二月中旬，一股寒潮突如其来，席卷美国东部。寒潮带来了大面积的积雪，其中最为严重的就是纽约。厚厚的积雪导致纽约大部分地方停电，纽约的交通因为突然停电陷入了大面积瘫痪，数万人被困在地铁里。

栾欢也成了数万被困在地铁里的人之一，昨天她从洛杉矶来到纽约参加她的一位导师的葬礼。

参加完葬礼之后，栾欢并没有回洛杉矶。次日她换上大棉衣，戴着厚厚的帽子来到地铁站。

她突然想回去看看以前住的地方，那些总是黑黢黢的街道，还有涂满各种各样涂鸦的墙。

栾欢乘坐的地铁线是纽约最为老旧的路线，突如其来的停电让整个车厢陷入黑暗。

黑暗中响起了类似"咯咯"的声音，伴随着那些声音，周围的人们开始逃窜。黑暗中的逃窜导致出现了踩踏事件，栾欢被挤开，头重重地砸向车窗，之后脑子一片空白。

醒来之后，栾欢坐在地铁的紧急救援通道上，紧急通道上坐满了受伤的人，地铁还是没有恢复供电。

地铁里稀薄的空气让栾欢呼吸困难，她的身体也在发烧，她只能静静地坐在那里。偶尔有工作人员来到他们面前安慰他们，说救护人员已经朝这里赶过来了。

栾欢在那里坐了很久，时间缓缓地流逝，一些伤势较为严重的人被陆续送走。

医护人员到她面前来，问她"还好吗"，栾欢点了点头，于是她被安排在一边，和数百位伤势较轻的人坐在一起等待救援。

七个小时之后，还是没有轮到他们。

在这七个小时里，自始至终栾欢都紧紧地握着手机，身边的人手机不停地响起，所有人的手机都响了，唯独她的手机没有响。也就是说，在这七个小时里，没有一个人往她的手机上打电话，也许还可以说，在这七个小时里没有人想起她。

身边那位黄皮肤阿姨用中文问她和家里人取得联系没有，那位阿姨应该是来看女儿的，刚刚和她女儿通话，说她一会儿就回去。

栾欢没有理她。

阿姨又问："你有没有和你的家人联系？"

栾欢用英语回答："对不起，女士，我听不懂。"

说完，栾欢把外套的帽子戴上，几乎盖住了半边脸，觉得被问这样的问题很丢脸，所有人的手机都响了，只有她的没响。

一会儿，又来了一位讲英文的老妇人，老妇人问了栾欢同样的问题。

"对不起，女士，您说的话我听不懂。"这次，栾欢用中文回答，她还模仿了刚刚那位阿姨的北京腔。

没有人再理会她，嗯，这样很好。

栾欢把头靠在软垫上，茫然地望着前方。或许她任性了一点儿，如果她告诉那些医护人员她生病了，她在发高烧，也许她已经离开这里了。可她就是不说，就像那个把车子开到悬崖的女孩一样，在某个特别脆弱的时刻，想要去感受一些爱，哪怕是一丁点儿也好。

十岁的时候，她被邻居家的孩子锁在地下室里一天一夜，最后，索菲亚找到了她，一把抱住她。那个瞬间，小小的她觉得被找到、被抱住的感觉可以把所有饥饿和恐惧打败。

可是索菲亚不见了，于是再也没有人会满世界地找她。

栾欢想，如果这个时候她可以流出泪水，那么那泪水应该叫想念，想念索菲亚的拥抱。

手机铃声还在陆续响着，那些人用法语、用英语、用各种各样的语言和家人报平安。

栾欢身边放着水，即使她现在喉咙很干，也懒得去拿水，目光呆滞地望着前方。

紧急通道有照明，那些医护人员和地铁的工作人员在忙碌着。在不是很明亮的灯光里，身影忽远忽近，忽清晰忽模糊。栾欢的头越来越重，地铁里冷得就像冰窖，她的眼皮好像快撑不住了。

那声"栾欢"响起时，栾欢挑了挑眉毛。这个时候她怎么会听到容允桢的声音呢？这个时候容允桢应该是在某片领空上，对了，他好像要去英国，应该是她听错了。

第二声"栾欢"响起，第三声、第四声接连响起。

就快撑不住的眼皮就像突然受到召唤一样睁开，看清楚那个朝自己一步步走来的高大身影时，世界骤然开阔起来，窄窄的通道变得宛如海洋，海平面上有艳阳，有暖风。

还真的是容允桢，还真的是！

他拨开人群向她走来，他的脚步飞快。

润了润嘴唇，栾欢拼命地睁大眼睛，去看、去听。

终于，他来到了她的面前，低下头看着她。

他蹲了下来。

现在，他们面对面，栾欢再次润了润嘴唇，张开嘴，开口叫了声"允桢"。

"允桢。"第二次叫他，这次的声音大了一点点。

他伸出手，下一秒，她被他抱在怀里。

栾欢把头靠在他的肩上，她的脸正对着那位北京阿姨。

栾欢咧着嘴朝她笑道："阿姨，您看，我是第一个被接走的人。"

很小的时候，栾欢一直对一件事耿耿于怀。在类似托儿所的那种地方，她总是最后一个被接走的孩子，有时候甚至到最后也没有被接走，栾诺阿总是会把她忘在某一个地方。

哦，对了，容允桢的身后还跟了一群人。这些人是纽约有头有脸的人，平常出现在公共场合都是后面跟着一大堆人，现在他们乖乖地跟在另一个人后面。这个人是她的丈夫，叫容允桢。

可没有让栾欢得意多久，容允桢就推开她，他把手掌贴在了她的额头上："你在发烧。"

栾欢傻傻地点头，是的，她在发烧。

隔着很近的距离，栾欢看到容允桢深深地皱眉，一眨眼的工夫，他站了起来。在栾欢迷惑之时，容允桢朝那些救护人员冲去。

那个男人也有很凶的时候，他的双手可以煎出漂亮的煎蛋，也可以用最快的速度把一个人撂倒在地上。

还真是，而且动作潇洒帅气。

栾欢就坐在那里，她的心里装着一个小小的女孩，女孩是容允桢的小粉丝。

此时此刻，她看着自己的偶像打出比电影里还要漂亮的动作，即使那些人被打得很惨，小粉丝依然欢呼雀跃。对的，就那样干，干得漂亮，左勾拳，右勾起，一个回旋，把敌人撂倒在地上。

在无与伦比的兴奋状态中，栾欢听到了这样的话。

容允桢对那些被打得东倒西歪的人狠狠地吼道："你们这些笨蛋，你们不知道吗？她在生病，她在发烧！"

听到这句话，栾欢感觉被皑皑白雪覆盖着的纽约城刹那间春暖花开。

栾欢被容允桢背在背上，心想，如果这一刻她的眼睛能流出眼泪的话，那么应该是喜极而泣。

这么大的世界，这个男人终于寻到了她。

容允桢背着她走过长长的通道。

栾欢问容允桢："允桢，你是怎么知道我在这里的？"

"这个世界有一种职业叫保镖。"

"不对，我已经甩掉了他们。"

"好吧！"容允桢投降道，"我在你的钱包里装了定位系统，你的钱包被偷走了，我的保镖抓到偷走你钱包的小偷，小偷告诉他们你进了地铁站。"

栾欢沉默下来。

"对不起，你不要生气，你也知道我必须这么做。"他急切地解释。

嗯，这样的事情要是放在以前，她也许会气得跳脚吧，可这回，她一点儿也不恼火，她在思考着一个问题。

"允桢，现在你不是应该在飞机上吗？"

从舌尖流淌出来的那句"允桢"甜得让人一遍又一遍地拾起咀嚼。

见容允桢没有回答，栾欢又很乐意地问了一遍，这样一来，她又可以叫他的名字了。

"允桢，现在你不是应该在飞机上吗？"

如果问栾欢，这辈子容允桢做的最讨她欢心的事情是什么，那么栾欢会对问出这个问题的人如数家珍——

那年二月，纽约城遭遇大面积停电，美利坚的领空上，有一个叫容允桢的英俊男人接到一通卫星电话之后，打碎了红酒瓶，他把红酒瓶碎片架在机长的脖子上，勒令飞机返航，因为他的妻子被困在地铁里。

或许讲到最后，她的声音会变得哀伤——

可惜的是，他以为那个被困在地铁里的人是曾经用身体温暖他的小美人鱼。

栾欢躺在担架上，离开长长的地铁通道。地铁外的世界宛如科幻电影场景——不计其数的人，救护车、警车的灯不断闪烁着，这是人类的世界。

她抬起头去看一直握着自己手的男人，在那些人来到她面前之前，趁着自己还有那么一点点力气，用微弱的声音叫着"允桢"。

"不要害怕，没事的。"

容允桢低头去安慰看起来心事重重的女人，由于资源有限，他不能待在救护车里。

　　"允桢，以后不管我做了多大的错事，不管我撒了多大的谎，你一定要原谅我，你可以生我的气，但你一定要原谅我！"

　　发烧让这个平日里总是像刺猬的女人变得像一个胆小又唠叨的孩子，容允桢无比郑重地点头。

　　她好像还是不满意的样子："我要你发誓。"

　　容允桢举起手，一字一句地说道："我在此发誓，不管栾欢做了多大的错事，撒了多大的谎，容允桢最终都会原谅。"

　　在陷入黑暗之前，栾欢听到了容允桢的誓言。

　　不管栾欢做了多大的错事，撒了多大的谎，容允桢最终都会原谅。

　　那就好，那就好！

05 狭路相逢
C H A P T E R

（1）

李若芸是小少女的时候，栾欢是少女。小少女读安徒生的《海的女儿》，哭得稀里哗啦。

哭得稀里哗啦的她拉着栾欢的手，问道："欢，你为什么不哭？小美人鱼那么悲惨。"

栾欢的口气淡淡的："又不是真的，我干吗哭？"

当李若芸长成少女的时候，栾欢是女孩，少女坐在椅子上，用笔把她讨厌的老师画成各种搞笑滑稽的涂鸦。她讨厌的那个老师却让栾欢站在身边，表情骄傲地宣布，栾欢又在某个学习竞技场上名列前茅。

当李若芸长成女孩的时候，栾欢是大姑娘。成为女孩的李若芸别扭地穿着高跟鞋去参加聚会，栾欢已经可以穿着十厘米的高跟鞋来到某位英俊小哥面前，表情冷漠地告诉那人："请你不要浪费时间再去做那些幼稚可笑的事情，你不会从我这里得到任何好感的。"

当李若芸开始和一些长相不错的男孩约会时，栾欢已经走进了婚姻殿堂，成为一个男人的妻子。

那时李若芸总是和栾欢抱怨："欢，我好想成为你，不需要学习，什么都懂，什么都会，什么都明白。"

"不，千万不要成为我，什么都懂、什么都会、什么都明白不是一件好事。"栾欢和她这么说着。

一会儿，李若芸又听到栾欢这样说："其实小芸，我希望我是你。"

那个时候李若芸听这话时感觉怪怪的，栾欢说话的口气好像恨不得真的变成她说的那样——小芸，我希望我是你。

数月之后，李若芸充分理解了栾欢彼时说的话，栾欢先斩后奏地把自己变成了李若芸。

栾欢一直隐藏的秘密，把李若芸那个由颜料组成的世界扯开了一个裂口，把她带出了懵懂时期。

这一天，在里斯本机场，李若芸遇见了一个男人，那个男人的名字叫容允桢。

很老土的桥段，某位暴发户在一次偶然相遇中对她一见钟情，于是一路跟着她从南非来到里斯本，暴发户还买了和她一样前往洛杉矶的机票。

暴发户身上的雪茄味熏得她头昏脑涨，这个时候，李若芸学着栾欢的口气说道："暴发户先生，请你不要浪费时间再做那些幼稚可笑的事情，你不会从我这里得到任何好感的。"

一般栾欢说这话时是高贵冷艳的模样，一般收到这样警告的男孩脸上都会出现难堪的表情。

可是，这话从她的口中说出来，没有高贵冷艳的效果，相反，她自作主张加上的那句"暴发户先生"怎么听都像是在撒娇。

暴发户先生听了她的话之后，露出更痴迷的眼神，那眼神分明是"宝贝，你说这话时真是可爱极了"。

李若芸抚着额头，其实她很想狠狠地吼出来："先生，我快要被你身上的那股臭味熏死了。"

话几乎冲出口，脑海里却浮现出家里的那位老太太的话——小芸，你是李家的孙女，你要注意你的一言一行。

于是李若芸很有礼貌地对暴发户说："先生，我想我得告诉你一件事，我已经有男朋友了。"

暴发户挑了挑眉毛。

"现在麻烦你离开好吗？我男朋友五分钟后就会出现，我不想让他看到我和除了他以外的男人拉拉扯扯。"李若芸捂着鼻子，假装好心地靠近暴发户一点儿，"我的男朋友是一个爱吃醋的家伙，他会空手道还有中国功夫，当然还有少林拳。我这样说，你明白了吗，先生？"

意思就是说，如果你不走的话就会被揍，很多不了解中国的外国人都以为中国人个个都是李小龙、成龙，个个有钢铁侠的头颅可以轻易击碎砖头。显然，面前的暴发户对于中国一窍不通。

谁知她的话又收到了反效果，暴发户爆发出一阵大笑，扯开大嗓门说道："你真可爱，芸，我一定要追到你。"

李若芸气得想撞墙，眼看航班就要到点了，她可不想在七八个小时的飞行过程中和这位老兄坐在一起，她知道他的座位就在她的旁边。

在李若芸抓狂的时候，一个声音响了起来。

那是一个很好听的声音，充满磁性。

那个声音在说："她说得没错，我可是爱吃醋的家伙。"

在李若芸和暴发户之间多了一个人，有好听声音的男人，男人和她并肩站着。

男人有高大的身材，李若芸是从侧面去看他的。目光往上，男人的下巴弧线是她所钟爱的，精致、有气质，不多一分，不少一分。

下巴弧线拉出了美好的侧脸，只一眼，李若芸就知道那是一个英俊的男人，即使他的脸被大大的墨镜遮挡着。

英俊的男人说的第二句话是："你想见识见识我的空手道、中国功夫和少林拳吗？"

看来这人把她和暴发户说的话听得一清二楚啊，李若芸喃喃地开口："先生。"

"闭嘴，李若芸，你难道不知道我最讨厌你勾三搭四吗？"

李若芸心里大乐，真是有趣的男人，下一秒，她的脑海里又突然冒出这样一个问题。

李若芸？刚刚这个男人叫她李若芸，这个男人到底是从哪里知道她的名字的？

不过李若芸管不了这么多，很显然这个男人已经自告奋勇地当起她的盟友，当务之急就是搞定这位暴发户。

于是李若芸走到男人的身后，身体紧紧地挨着他，做出小鸟依人状。

暴发户一脸疑惑，男人往前一步，伸手扣住暴发户的手腕。

暴发户的脸上青一阵白一阵，数分钟之后，男人放开他的手，暴发户立马原地蹦起来，之后握着自己的手腕蹲在地上。

李若芸下意识地去摸自己的手腕，看向男人的脸，男人也看着她。

突然，李若芸的心怦怦地跳了起来，被大墨镜遮住的那双眼睛是不是也正在看着她呢？

下一秒，男人的举动就证实了她是自作多情。男人应该在看着不远处的另一位东方男人，那个男人朝着男人做手势，男人一把拉着她的手，冲向登机口那边。

就这样，李若芸稀里糊涂地跟着男人走了。等过了安检门，男人放开她，李若芸傻乎乎地跟在男人身后，一起进入了登机通道。

登机通道两侧的玻璃是很淡的银色，属于地中海的日光照在银色的玻璃上，反射出万丈光芒。光芒也落在了男人身上，把他的脸部弧线勾勒得宛如殿堂里的修罗。

一直在前面行走的男人停下了脚步，没有任何预兆地回过头。

李若芸下意识地向后退一步，就那样呆呆地站着。

男人说话了，问她："你是不是好奇我怎么知道你叫李若芸？"

此时此刻，李若芸如梦初醒，怪不得自己会跟在他身后，原来她是为了问这个问题。

是的，肯定是的。

李若芸郑重地点头。

容允桢觉得面前的女孩十分有趣，怎么看都像是小姑娘。就是这样看起来不谙世事的人，却把那个艾滋病患者千里迢迢地送到了他的老家，她是怎么做到的？

容允桢不由自主地想逗逗她。

于是他再靠近一点儿，微微弯下腰，这次她没有后退。

"小芸。"

"小，小芸？"李若芸结巴了。

这个男人又是怎么知道她叫小芸的？会不会是某个暗恋她的人？

李若芸着魔般地伸出了手。

李若芸一动不动地站在那里，这张脸到底要从哪个角度开始描绘呢？画笔要比出怎么样的弧线？又要从哪里开始着色呢？

不，或许这一生她都没有办法，就怕多出一笔，就怕少画一笔。

这个男人太……

这个男人帅得让她想爆粗口。

此情此景，此种心境，似曾相识，男人也似曾相识。

男人因为她唐突的举动微微皱起了眉头，李若芸也管不了那么多，她喃喃地开口："你好漂亮啊，先生，我发誓我们一定见过。"

皱着的眉头松开，近在咫尺的脸变得柔和了，带动着他左边脸颊若隐若现的酒窝，酒窝是长酒窝。

一个念想、一种念头呼之欲出。

"小芸。"

他叫她，带着一丝温柔。

"嗯。"李若芸应答着。

"栾欢是这么叫你的。"他说道。

栾欢？栾欢！

那一瞬间，李若芸觉得自己的心里空空的，好像失去了很重要的东西似的。

"你是容允桢？"即使答案已经昭然若揭，但李若芸还是不由自主地问了一句。

在从里斯本飞往洛杉矶的数十个小时里，容允桢和李若芸是男女朋友。不死心的暴发户跟着他们上了飞机，结果李若芸的机票和容允桢助手的机票互相调换，于是变成了她和容允桢坐在头等舱，容允桢的助手和暴发户坐在了经济舱。

"容允桢，栾欢比我好，对吧？"

李若芸问了容允桢这样一句话。

她得到了这样的回答："嗯，她比你好一点儿。"

一万米高空上，他是她的男朋友，容允桢是李若芸的男朋友，李若芸想着。

这是二月末的一个晴好的天气，栾欢开着容允桢买给她的古董车，梳着奥黛丽·赫本在《罗马假日》里最经典的发型，穿着牛奶色的高跟鞋来到了机场接容允桢。

昨晚容允桢从里斯本打来电话，让她到机场来接他。

栾欢站在那里，看着容允桢一步步地走来，他的身边跟着他的助手，这次不是祝安琪。

栾欢抿着嘴，想笑。

容允桢朝她挥手，栾欢其实也想朝他挥手，最终手还是没有举起来，因为她觉得怪怪的，不过她倒是咧开了嘴。

容允桢总是说她喜欢抿着嘴，就像对这个世界的任何事情都不满意似的。

栾欢扯着嘴角，想告诉容允桢，她对这个世界没有任何不满。

随着他们的距离越来越近，栾欢的心里开始躁动起来，那种躁动让她嘴角的弧度越来越大。

回忆是甜蜜的，纽约停电事件中，她在医院住了三天，那三天容允桢一步也没有离开她。那三天容允桢吻过她一次，在她还发着高烧的时候吻她，吻得很深，没有任何预兆，一低头就吻住了。

事后他解释，你的嘴唇太可爱了，像熟透的草莓。

明明她一点儿也不可爱，可那个男人一次次地说她可爱。

渐渐地，嘴角的笑容僵住了，栾欢睁大眼睛，不敢再笑。她有预感，自己如果笑的话，笑容就会裂碎，裂碎的笑容会让她的脸变得狰狞，狰狞的脸会让人们看清楚她劣迹斑斑的灵魂。

只剩十几步的距离，从容允桢的身后缓缓地走出一个人，那个人先是把她的脸探出来，之后整个人从容允桢的身后走出来。

直长发，明眸皓齿，一如既往地做着略微夸张的表情，她展开双臂，嘴里叫着"欢"，朝栾欢而来。

栾欢的身体就像被定住，涌入脑海里的是——

李若芸怎么会和容允桢一起出现？

栾欢转动着眼珠子去看容允桢，容允桢是不是在生气？他是不是知道了一些事情？

是不是李若芸告诉了容允桢，她曾经在乌克兰边境救过一个相貌平凡的中东人？

是不是容允桢告诉李若芸，他在乌克兰不知名的小镇用一百欧元从一个胖女人手中买过一幅画？

还好，即使是大墨镜遮住了那张脸，栾欢还是判断出来容允桢没有生气，他走在李若芸的后面。

褐色的长裙因为奔跑在空中画出飘逸的弧线，或许是因为太想来到她的面前了，李若芸也没有去顾及肩膀上的丝巾。

奔跑而来的人嘴里叫着"欢，我太想你了"，然后重重地撞在栾欢的怀里，把栾欢撞得倒退一步。

在倒退的时候，栾欢的目光还死死地黏在容允桢的身上，她看见他弯下腰拾起李若芸掉在地上的丝巾。

栾欢闭上了眼睛。

一切来得如此突然。

退一步之后，栾欢站定，眼前的人又叫又跳的，精力十足。重新睁开眼睛，面对的是李若芸明媚的笑脸，她问："欢，你想我吗？"

栾欢也抱住李若芸，就像是姐姐抱住亲爱的妹妹一样，栾欢不再去注意容允桢，开口道："小芸，我也想你。"

"欢，我很高兴。"

"嗯，我也是。"

李若芸回抱住栾欢。

"你这次回来会住多久？"栾欢不动声色地问道。

"这次时间会久一点儿。"李若芸乐滋滋地回答道，"就住到你烦为止。"

待到她烦为止？

栾欢的心里越来越无力，她看向容允桢，虽然他没有在笑，但他看起来很温柔，他正温柔地看着她。

（2）

栾欢开着车，李若芸坐在副驾驶座上，容允桢坐在后座，古董车一如既往慢慢地爬行着。栾欢没有说话，容允桢也没有说话，只有李若芸在说话，一看到她的车就开始"哇，这车太棒了""真神奇，这车居然可以用""我以前就想要一辆这样的车了""欢，这车改天要借我开"。

在李若芸第十次一边摸着车厢里的设备一边说这车太梦幻的时候，容允桢打断了李若芸的话："李若芸，你可以安静下来让栾欢专心开车吗？"

李若芸不禁莞尔："好的，我马上安静。"

容允桢的那句"李若芸"不知道为什么在栾欢的耳中尤为刺耳，不久前，容允桢和栾欢说清楚了他和李若芸会一起出现在机场的缘由。

这两个人几乎网罗了人们想象得到和想象不到的所有机缘巧合，那种缘分让栾欢心惊胆战。

下车后，李若芸和容允桢几乎是肩并肩走的。走了几步，容允桢的脚步放慢，他伸出手揽住稍微走得慢一点儿的栾欢。

他把她揽在怀里，低声说道："以后不要开那辆车，那辆老古董中看不中用，真喜欢的话让司机开。"

李若芸的目光不由自主地落在容允桢揽着栾欢肩膀的那只手上，一个多小时前，从那位暴发户面前走过的时候，那只手也搭在她的肩膀上。

想什么呢，李若芸？

李若芸转过头，目光投向前方，加快脚步。

两只长颈鹿被圈在围栏里，慇慇的样子和这里的格调如此格格不入，还真的有男人把两只长颈鹿送给自己的妻子当宠物啊？

"他送给了我两只长颈鹿。"

那天，栾欢和她通电话的时候，语气淡淡地说这件事情。那是栾欢第一次在李若芸面前说起那个身份为丈夫的男人，以前不管她怎么问，栾欢都不会说。

而且长颈鹿还有名字，叫小栾和小欢。

李若芸的目光从长颈鹿的身上移开。

半个小时的晚餐时间艰难地过去了，在这半个小时里，栾欢的神经绷得紧紧的，生怕李若芸忽然好奇她和容允桢的罗曼史，第一次见面是在什么样的情况下，容先生是怎么喜欢上容太太的。

还好没有，李若芸今晚的情绪不高，只说了几句她工作上的事情，她还说学校正在给她找公寓，她在这里住几天就会搬到公寓去。

晚餐过后，容允桢去他的办公室处理事情，李若芸则把栾欢拉到她的房间。

几乎整个夜晚，栾欢都坐在李若芸身边看着她接电话，看着她讲电话，等她讲完电话才想起身边坐着栾欢，于是说道："看我，都把你忘了，对了，刚刚我们讲到哪里了？"

拖着筋疲力尽的身体，栾欢回到自己的房间，关上门，闭上眼睛，身体贴在门板上喃喃地说着。

"妈妈，索菲亚，以后我再也不敢撒谎了。"

脚步声响起，栾欢的心一沉。

一双手贴在她的额头上，与此同时，容允桢关切地问道："怎么了？你是不是上次发烧还没有好？"

栾欢顿时松了一口气。

"刚刚你在说什么？我好像听到你说了撒谎这样的话，你和谁撒谎？"

"你听错了，我刚刚在骂我自己。"几乎没有经过思考，这样的话脱口而出，"允桢，我扭到脚了。"

说完，栾欢在心里冷冷地嘲笑着自己死性不改，刚刚还说不敢撒谎，看来谎话说多了也会成为一种习惯。

还好，她的话成功转移了容允桢的注意力，他弯下腰打横抱起她，轻轻地把她放在沙发上，开始检查她的脚腕。

因为她随意撒下的那个谎，花了容允桢一个多小时。检查、上药、推拿，等到他认为一切妥当之后，还不忘交代，以后走路小心一点儿，少穿高跟鞋。

他表情认真，说话也认真。

栾欢把手掌贴在他的脸颊上，说道："允桢，你不应该对我这么好。"

他的手掌贴在她的手掌上："当我把红色的手链戴在你的手腕上时，我就发誓一辈子对你好。"

可是你戴错了啊，笨蛋。

次日，容允桢去上班之前提出晚上为李若芸办一个小型的欢迎派对。

栾欢说："好，你去忙吧，我来准备。"

李若芸听说了容允桢为她举办欢迎会后，傻乐了一会儿，她一个劲地和栾欢说着，没想到长颈鹿先生还蛮可爱的嘛。

对了，容允桢已经有了外号，李若芸因为容允桢送了两只长颈鹿给栾欢，就变成了"长颈鹿先生"。

这晚，一直被主人冷落的餐厅里点燃了一百六十根蜡烛。欧式的餐厅以乳白色和金粉色为主，白色的餐桌上放着精致的纯银餐具，烛光落在雪亮的餐具上。

空气里弥漫着酒香和鲜花的芬芳，在这般特意营造出来的场景里，衣着简单的女孩明亮至极，清纯婉约。

穿着黑色礼服的栾欢坐在餐桌的左边，容允桢和她并排坐在她的右边，栾欢是顺着容允桢的目光看到从拱形门柱下进来的李若芸的。

李若芸有一头又黑又亮的直长发，黑色的头发垂在款式简单的乳白色洋装上，及膝盖的裙摆每走一步都会如云般展开。

就这样，李若芸在餐厅里三个人的注视下款款走来。

容允桢看向李若芸的眼神十分专注，专注得就像他在练习毛笔字。

栾欢也在看着李若芸，在李若芸朝他们走来的时候，栾欢觉得自己就像一个头脑冷静的推理家。

首先，小芸化妆了。李若芸不爱化妆，她老是嚷嚷着她天生丽质，不需要那些玩意，其实栾欢知道她只是懒。

其次，小芸用了胸垫。曾经李若芸买过很多胸垫，买那些胸垫的时候她信誓旦旦会善用它们，可她一次也没有用过，即使用了，时间也不会超过五分钟。

最后，小芸没有把目光直接投到距离她最近的容允桢身上，而是越过容允桢找寻她。那目光分明有些不自然，那不自然的目光越过她再去看坐在餐桌旁的第三个人时，瞬间变冷，随之笑容僵在唇边。

坐在餐桌旁的第三个人叫奥兰多，是容允桢带回来的客人，那是不久之前容允桢说的李若芸的爱慕者，那个疯狂搜集李若芸资料的爱慕者。

收住笑容的李若芸坐在给她安排的座位上，和栾欢面对面坐着。

四十五分钟的用餐时间，她说得最多是谢谢。奥兰多给她倒酒时，她和他说谢谢，奥兰多把食物装在碟子上推到她面前时，她和他说谢谢……

十几个不冷不热的"谢谢"之后，奥兰多有些尴尬，因为除了那十几个"谢谢"之外，佳人没有呼应他的任何话题。

差不多到结束的时间，李若芸和栾欢说，她今天晚上会考虑明天从这里搬出去。

一场精心策划的晚餐不欢而散，因为李若芸刚刚和栾欢说的那个问题，容允桢取消了接下来的节目。

奥兰多讪然告辞，临走前这个男人再次向李若芸表达他对她的心是真诚的，并且希望给他时间。

"谢谢。"李若芸再次回答，声音和表情一如既往的冷漠。

"小芸。"栾欢叫住了从她面前目不斜视走过的李若芸，"我也不知道允桢会把那个男人带回来。"

李若芸停下脚步看着栾欢，冷冷地哼了一声。

栾欢握住李若芸的手，说道："小芸，你以前不是不在乎这些的吗？"

这个时候栾欢问这个问题，心里有些无奈。

这话好像把李若芸惹怒了，她狠狠地甩开栾欢的手。

"以前是以前，现在是现在。欢，我们已经分开了两年，说不定我们在这两年的时间里都变了。"她用对奥兰多那样冷漠的表情和声音反问栾欢，"怎么，我就不能这样吗？我要每天笑嘻嘻的什么都不在乎，眼里只有油画颜料，才是你心中的那个小芸吗？"

栾欢哑口无言。

李若芸拂袖而去。

栾欢站在原地，心里又慌又乱。

李若芸这是怎么了？

突然，一双手搭在她的肩膀上。

容允桢站在她的身边，语气有点儿懊恼："回去吧，我保证你的小芸明天会笑嘻嘻地要求住在这里。"

男人们永远不懂女孩微妙的心思。

半个小时之后，栾欢还真的见到了容允桢和李若芸道歉。

这个大建筑有一处特别漂亮的地方，房子的设计师设计出了类似于森林的墙。整面墙都是幽深的绿色，三维技术把墙上的整片森林模拟得云雾缭绕。

容允桢和李若芸站在墙边，栾欢站在墙角，本来她想偷偷离开的，可她听到李若芸在哭。

从小到大，李若芸都是爱哭鬼，她老是一会儿哭一会儿笑的。栾欢知道，李若芸每次哭的时候更像是一种情绪泛滥，无关悲伤。

可这次李若芸好像哭得很悲伤。

容允桢也不知道一个单纯的道歉怎么会演变成现在这种状况。他和李若芸道歉，他和她解释奥兰多是他带来的，他和她说栾欢完全不知情，所以请她不要误会栾欢。

"小芸，我希望你留下来，我工作忙没有时间陪她，你就多陪她几天，以后我再也不会把奥兰多带回家了。"

"容允桢，你撒谎。"李若芸狠狠地盯着他。

容允桢有些心虚，事实上，容允桢把奥兰多带回家里还是有目的性的。奥兰多的爸爸是加州的议员，还是他这次在洛杉矶工程的一块绊脚石。奥兰多承诺，只要给他创造机会，他会搞定他的爸爸。

见他没有回应，李若芸似乎更生气了，朝他吼道："得了吧，容允桢，你和那些人一样都是市侩的商人，我知道你把他带回来的目的是什么，你怎么可以……"

说完那句"可以"，泪水就从她的眼眶掉落，最初只是一滴、两滴，之后，很多泪水从她的眼眶里掉落下来，有着决堤之势。

她丝毫没有顾忌她的泪水已经弄花了她的妆容，让她变得像一只大花猫，她还一个劲地对他吼道："容允桢，你明明知道我有多讨厌一些事情。那天你出现在机场，赶跑了那个暴发户，你知道我有多感激你吗？那个暴发户身上的雪茄味快要把我熏死了，你赶跑他，你知道我有多高兴吗？可是你赶跑了有着难闻雪茄味的暴发户，却带来了奥兰多，你给我听好，我讨厌奥兰多那样的男人！"

喊完这一句之后，她的泪水决堤了。

面对这样泪流满面的女人，容允桢措手不及，安琪很少流眼泪，即使流下眼泪，也只是湿了眼角，而栾欢，他的妻子……

他的妻子从来不流泪。

眼前这张泪流满面的脸让容允桢觉得自己好像做了一件十恶不赦的事情，她的泪水还在哗啦啦地往下掉。

容允桢想，他道歉的话，或许她的泪水就会停住。

于是容允桢调整了脸上的表情。

"对不起。"

角落里的女人比他更快地说出了那句"对不起"。

容允桢循着那个声音看去，栾欢正从角落里走出来，与此同时，李若芸也转过头去找寻那个声音。

栾欢走到容允桢身边，说道："小芸，我代替允桢和你说对不起。"

脸上布满了泪痕的李若芸呆呆地看着栾欢，几秒钟之后，她擦掉了脸上的泪水，她的目光落在栾欢的脸上。

等到容允桢的脚步声远去，栾欢抱着胳膊看着一脸尴尬的李若芸。

李若芸挠了挠头，小心翼翼地问道："我刚刚很失态对吧？欢，你也知道，我一个月有几天会是坏脾气姑娘。"

栾欢叹了一口气，看了一眼李若芸那件乳白色的洋装："那你还穿成这样。"

李若芸好像没有听到她的话，挽住她的胳膊，就像以前一样撒娇："欢，你要给我煮红糖水，你知不知道这几年因为没有人给我煮红糖水，我每个月的那几天都过得很苦。"

李若芸发现自己撒娇后没有像以前一样得到回应，栾欢站在原地不动。

"怎么了？"李若芸问道。

过了一会儿，李若芸才听到栾欢缓缓地说："小芸，你也有手，你可以自己动手煮红糖水，很简单的，我以前不是教过你吗？小芸，我已经嫁人了，我要花时间去经营自己的家庭。"

李若芸一愣，迅速咧开嘴，说道："嗯，欢说得对，以后我一定要改掉自己的坏毛病。"

（3）

栾欢把煮好的红糖水端到李若芸的房间，摆在化妆台上，揭开盖子。栾欢记不清自己为李若芸煮过多少次红糖水了，起初是为了讨好她，为了装出和她很熟的样子，渐渐地，一切就变成了习惯。

红糖水泛起的热气落在了化妆镜上，形成了水雾，一会儿水雾变成了小小的水珠，一颗一颗的，就像小小的泪滴。

李若芸在容允桢面前流泪了，虽然栾欢没看到李若芸流泪的样子，但是看到了容允桢的样子。

他有点儿尴尬，有点儿无措，有点儿笨拙，或许他从来没有接触过像李若芸那样的女孩吧，眼泪说来就来。

接着，尴尬、无措、笨拙变成了愧疚，那表情就像是做了十恶不赦的事情。

栾欢看着心里发慌，于是走了出来，急忙代替容允桢和李若芸说对不起。

妻子代替丈夫说对不起是天经地义的事情。

是吧？

栾欢盯着镜子里模糊的身影。

从浴室传来李若芸的尖叫声，她围着浴巾尖叫着从浴室跑出来，没有等栾欢问清楚情况，就用头一下一下地撞着墙。栾欢把手贴在墙上，李若芸的额头就落在栾欢的手臂上。

"三小姐，你这是怎么了？"栾欢没好气地问道，李若芸一受到刺激就会用头撞墙。

李若芸直跺脚，然后缓缓地抬起头，顶着一张大花脸。

"欢，是不是很丑？"

栾欢背靠在墙上，抱着胳膊说道："有点儿。"

"咚"的一声，李若芸把头再次狠狠地往墙上撞去，哀号着："肯定不只是一点儿。"

"我保证，只有一点儿丑而已。"一个男声很突兀地响起。

栾欢和李若芸同一时间去寻找那个声音，容允桢不知道什么时候站在了房间门口。

进来的时候，由于栾欢拿着杯子，忘了关房门，容允桢应该是听到李若芸的尖叫声才出现在那里的。

李若芸再次发出一声尖叫，捂着浴巾往浴室跑去。

倒是容允桢被李若芸的尖叫声弄糊涂了，他对栾欢露出"又怎么了"的表情。

容允桢的突然出现让栾欢觉得烦躁，这男人紧张什么？她走到容允桢的面前，做了一个送客的手势。

容允桢离开之后，栾欢关上了门，靠在门板上。刚刚李若芸的样子在容允桢的眼里是不是很可爱？连她都觉得刚刚李若芸的样子很可爱。

一粘到床，栾欢的脑子就迷迷糊糊。这一天费了她太多的精力，模模糊糊间过去了很久，轻微的开门声响起。

上床的时候容允桢是小心翼翼地，他似乎是注视了她一会儿，之后躺回他的位置，就这样一夜过去了。

早上醒来的时候，容允桢问栾欢昨晚她生什么气。

"容允桢！"栾欢指着容允桢，提高音量说道，"难道没有人教你在进入女孩的房间之前要敲门的吗？"

"你们没有关门！"容允桢回答得理直气壮，"而且，我哪有闲工夫学这些？"

好吧，好吧！这男人说他没有和女孩搭讪的经验应该是真的。

栾欢叉着腰说道："没有人教你是吧？现在我告诉你，以后你要进入女孩的房间，即使房门是打开的，你也应该在进去之前问这样的话——我可以进去吗？"

听完栾欢的话，容允桢把她仔仔细细地瞧了一遍，微笑道："栾欢，我昨晚是因为听到李若芸的声音，害怕你发生不好的事情才进去的。"

是这样吗？可容允桢还是看到了李若芸围着浴巾的样子。

栾欢继续板着脸。

"栾欢！"

"嗯。"她很不耐烦的样子。

"我以后会记住，在进入女孩的房间之前先敲门，问一声我可以进去吗？"

"嗯！"她很不耐烦地应答了一声。

等容允桢去上班了，李若芸才磨磨蹭蹭地从她的房间走出来。她坐在栾欢的身边，嚷嚷着饿死了，然后手一伸，拿起放在栾欢面前的牛奶往自己的嘴里灌，另外一只手顺便拿走栾欢手里的面包。

栾欢看着空空如也的手，她怎么让李若芸如此轻易地拿走了属于她的面包呢？为什么此时此刻这种情绪这般强烈？以前不是没有遇到过这样的事情，只是那会儿她明明不在意的。

她在想些什么呢？再这样下去，她会发疯的。

早餐过后，李若芸好像忘了昨晚说要搬出这里的事情，兴致勃勃地拉着栾欢，说让栾欢带着她去玩。

仿佛回到了旧日的时光，商店的橱窗映着栾欢和李若芸手挽着手的模样，她们差不多高。橱窗玻璃上，她们宛如双生花，还是像以前那样，李若芸一直在说，栾欢一直在扮演着安静的倾听者。

逛到戏院前，李若芸兴奋地指着上面的海报。

那是李若芸最喜欢的丹麦著名芭蕾歌剧团，海报上一身鱼鳞的小美人鱼流出蓝色的泪水。

这一天，二月十三日，情人节前一晚，栾欢和李若芸一起坐在剧院里，一直看到丹麦芭蕾歌剧团最后一场谢幕演出。

舞台大得就像是天空，灯光烘托出了一个童话世界，雪亮的是沙滩，一望无际的银色是海洋，落在海面上宛如无数颗钻石在闪烁的是月光，小小的美人鱼艰难地扭动着她的身躯，把王子拉到沙滩上。

月光最亮的时候，皎洁的月光亲吻着小美人鱼的尾巴，小美人鱼亲吻王子的嘴唇。

那是她钟爱的王子！小美人鱼但愿月光永不消失。

剧院里很安静，观众羡慕小美人鱼的美丽和纯真。

一个很轻的声音响起。

"欢。"

"嗯！"

"这个场景我觉得似曾相识！"

一阵沉默。

"欢，我想起来了，那时在俄罗斯和乌克兰边境，我救过一个男人，那个时候，整个世界也是白色的。"

又是一阵沉默。

"欢，你说那个男人现在会在哪里？"

沉默之后迎来了这样的回答："小芸，你看，太阳要升起来了。"

第一缕日光冲破黑暗，落在海平面上，小美人鱼恋恋不舍地移动着它的身体，回到海洋。

当无数日光洒在海面上时，远远的沙滩上出现一个窈窕的身影，那个身影最后停在王子面前，在大片的日光中，王子睁开了眼睛。

剧院里响起一阵叹息声，人们仿佛看到了小美人鱼即将流下蓝色的眼泪。

很轻的声音再次响起。

"欢，人类的公主偷走了小美人鱼的王子。"

"可人类的公主一开始不知道那个躺在沙滩上的男人是小美人鱼的王子啊。"栾欢轻声回答道。

小芸，如果一开始就知道容允桢是买走你那幅画的男人，就不会有后来的那场婚礼了。

"可人类公主最终还是欺骗了王子。"

没有人回答李若芸的话。

舞台场景转换，高大雄伟的宫墙，精致的马车上坐着盛装的男女。十里长街上，人们把鲜花撒在了街道上，表达着他们的祝福。人们歌颂着王子和公主的美好爱情，是善良的邻国公主救了他们的王子。

他们深信，王子和公主最终会过上幸福的生活。

人潮拥挤，马车的车轮压碎了长街上的鲜花，落日的余晖照出残缺的花瓣和空空如也的街道。高高的城墙，用白玉石砌成的宫殿，小美人鱼用化作泡沫为代价，换来用双腿在陆地行走的机会，她来到了大街上，好心的大娘告诉小美人鱼，救了王子的人类公主当了他们的王妃。

夜幕降临，小美人鱼缩在街道的角落里，把守城门的侍卫不允许她进入。小美人鱼听着王宫里传来了奏乐声，天边闪过一道闪电，在那道闪电中，所有人都看到小美人鱼瑟瑟发抖的身体。

第二道闪电闪过时，人们看到了从小美人鱼的眼眶里流下的如海水般蔚蓝的泪滴，它们沿着她的眼角流下，宛如蓝色的水晶。小美人鱼一脸的绝望，因为第三道闪电来临的时候，她就会变成泡沫。

安静的剧院里响起了女孩们轻轻的哭泣声，栾欢的手被拉起，李若芸拉着栾欢的手去擦拭自己脸颊上的泪水。

李若芸泪眼婆娑地说道："欢，小美人鱼真可怜，我诅咒人类公主和王子的生活不幸福。"

在这个世界上，恐怕有很多人都在诅咒爱撒谎的人类公主和王子生活不幸福吧，他们认为偷盗是一种不劳而获的行为。

最终小美人鱼回到了海边，第三道闪电来临时，小美人鱼化成了泡沫。

观众并没有因为人鱼幻化成泡沫而离去，他们擦干眼泪，等待着被封为经典的版本。那个版本被无数人所喜爱，因为迎合了人们内心所需。

舞台的场景再次切换，字幕提醒着时间过去了三年，三年后王子知道了事情的真相。

还是最初的那个场景，雪亮的是沙滩，一望无际的银色是海洋，落在海面上宛如无数颗钻石在闪烁的是月光。每夜，王子都来到那片沙滩等待着小美人鱼，在月光下，王子亲吻了来到他脚边的每一朵泡沫。

王子知道了人类公主的欺骗之后，一把火烧掉了他赠送给她的玫瑰花园。自王子离开后，人类公主每夜来到废墟上，灌溉着废墟里那大片枯萎的玫瑰花。她固执地认为，只要花园里再次盛开嫣红的玫瑰，王子就会回到她的身边。

直到最后，废墟里还是没有开出嫣红的玫瑰花。

缓缓地，红色的幕布拉上，遮盖住了那片衰败的废墟，还有绝望的女人。

在繁华和衰落的视觉冲击下，观众们不由自主地站起来，给予热烈的掌声。

女孩们再次落泪，那泪水是欣慰、是喜悦。

最后的一场谢幕，歌剧表演团开放了十分钟的签名活动，剧团的所有演员来到了观众席上。扮演小美人鱼的演员被人们团团围住，人们把鲜花和赞美给了她，入戏太深的观众用虔诚的声音叮嘱扮演王子的演员，要好好地珍惜小美人鱼。

在那些演员中，扮演人类公主的演员被人遗忘在角落里。即使她光鲜亮丽，仍那样孤单地站在那里，没有人来到她面前索求签名，不管是在台上还是在台下，她注定是不受欢迎的角色。

李若芸如愿以偿地拿到了那位小美人鱼的签名，到了剧院门口，她一遍又一遍地看着精美的歌剧海报，还有海报上的签名。

"这是我看过的最经典的歌剧。"李若芸的脸上洋溢着和那些观众一模一样的愉悦表情，第N次强调道，"欢，它是一场饕餮盛宴，童话就应该是这样。"

李若芸第N次的强调让栾欢觉得烦，她冷冷地说道："可生活不是童话，生活是无数个日日夜夜组成的漫长过程。你有没有想过，最终人类公主和王子会在这漫长的过程中因为理解而相爱。小芸，你好像忘了最重要的一点，人类公主和王子住在寂寞的宫墙内，没有自由，在烦琐的日常礼仪中长大，他们拥有共同的话题，那些共同的话题会让他们的心渐渐靠近。"

李若芸抬起头，表情有些茫然，似乎还在思考着栾欢刚刚说的话："欢，你在说什么？"

栾欢清了清嗓子："小芸，你不要忽略了这世间有一种情感叫日久生情，那是通过努力，通过理解，通过包容和相互帮助形成的。"

明白过来之后，李若芸口气不善地说道："欢，这么说来，你是站在人类公主那一边了，我只知道对就是对，错就是错。"

"可在黑与白之间存在着灰色地带。"栾欢同样以不友善的口气说道，她的声音甚至高过了李若芸，在说这些话的时候，她冷冷地看着李若芸。

"欢……"李若芸喃喃地说着，呆呆地看着栾欢，"你这是怎么了？你这是在生我的气吗？"

一向都是这样，李若芸说的话栾欢从来不会去反驳，偶尔当李若芸的言论过激时，栾欢也会插上一两句，但口气也是温和的。因为方漫总是说"小欢是一个聪明的女孩子，聪明的女孩子首先是认清自己的身份。"

栾欢颓然地靠在了剧院的浮雕上，她对李若芸说："对不起，小芸。"

（4）

二月十四日，情人节。

这天容允桢在栾欢身边，这天容允桢做了一件可爱至极的事情。

夜幕刚刚降临，在这一天里，他们和普通的情侣一样做了一些看起来很普通的事情。到情侣餐厅用餐，用餐之后他们手拉手逛街，参加了一些商家特意为情人节打造的节目。在这些节目里，容允桢赚得盆满钵满，他是把自己的女伴背在背上最久的，他是抱着自己的女伴成功地跑过随时会沉入水中的独木桥的，他是那个通过障碍拿到那束玫瑰花的……

这一晚，栾欢是快乐的，在容允桢参加那些节目时，她的嗓子都喊哑了。在看到容允桢成功地拿到奖品时，她的笑声是愉悦的。

这一晚，栾欢是满足的，坐在车上，她把容允桢为她赢回来的奖品拿出来一样一样地检查，就像是一夜暴富的人。她不断唠叨着，说那些东西怎么看都幼稚，还有那么多人为了那些东西出尽洋相。

"你很高兴吧？"容允桢突然问道。

"当然！"一门心思都在那些小玩意上的栾欢随口应着，回答完才发现有必要澄清一下，于是清了清嗓子，"容允桢，你干得不错，今晚，那些女孩都在羡慕我，她们的男朋友都没有你帅，她们的男朋友都没有你有本事。"

"这样啊？"容允桢的口气就像哄小孩似的。

"当然！"栾欢加重了语气，"不然还能怎样？"

容允桢空出一只手捏了捏栾欢的脸颊："真是喜欢硬拗的姑娘，看你还能硬拗到什么时候，说不定半个小时后你就会哭鼻子。"

不，她不会哭鼻子的。

栾欢别开脸躲避容允桢的手，垂下眼帘。

有那么一瞬间，栾欢想和容允桢说："允桢，我的眼睛坏掉了，所以从我懂事开始就没有尝过眼泪的滋味。"

容允桢没有给栾欢说出来的机会，在她开口之前说道："你和李若芸就像是两极。"

"怎么说？"栾欢憋出这么一句话。

"如果小欢是冰的话，那么小芸就是火。小欢不喜欢说话，小芸老是说个不停；小欢喜欢抿着嘴，小芸永远扬着嘴角；小欢需要一年的时间才能和某个人靠近，小芸用一秒的时间就可以和一群人打成一片；小欢不喜欢流泪，小芸的泪水掉个不停。"

栾欢转过头，和容允桢说道："最后，我来总结一下容先生的谬论，小欢看起来就像是小芸的老妈子。"

这话是栾欢的同学和她说的，这话她一直记得。

之后容允桢说的话栾欢都没有搭理，她一直板着脸。

到了车库，一下车，栾欢就拿着那包幼稚的东西，加快脚步走在前面。她刚走几步，身体就腾空而起。

栾欢被容允桢打横抱起。

拿着那包东西，栾欢朝容允桢身上一阵乱拍，得到这样的警告："你要是再这样下去，我手一松，就把你丢到地上。"

栾欢乖乖的不动，她不仅怕死，还怕疼。

少女时代的栾欢是不怕疼的，她觉得那没什么，不过是受了点儿皮肉之苦。进了少年感化院，栾欢这才知道什么是真正的皮肉之苦。因为她老是一副很拽的样子，那些人为了教训她，用钳子硬生生地拔掉她的指甲，那种疼让她快窒息了，之后，栾欢就开始怕疼了。

她乖乖地任由容允桢抱着，偷偷地抬起头看去，李若芸回来了，栾欢不知道自己还能看这个男人多久。

容允桢把栾欢放下，他们站在了篮球场的区域。

一块巨大的布帘遮住了昔日的篮球场，之前的一个月就有工人在这里干活，容允桢告诉栾欢，他想把篮球场改成用来收藏车的车库。

容允桢该不会送她一车库的古董车吧？

栾欢在心里为那些中看不中用的古董车默哀，她根本不喜欢那些。

容允桢把一个遥控器放到栾欢的手上，指引着她的手去触碰遥控器的按钮，轻轻一按，黑色的布帘落下，悦耳的音乐声响起。

一闪一闪亮晶晶，满天都是小星星。

那一瞬间，栾欢好像变成了魔法世界里的巫师。容允桢放在她手里的那个遥控器就像是打开了另一个世界。

这年情人节，容允桢送给了栾欢一座旋转木马——

彩色的顶棚，长着白色翅膀的木马，贝多芬的钢琴声，用灯光营造出来的在蓝色星空下流动的火花。

站在旋转木马前，栾欢久久地发呆，容允桢和她肩并肩站着，她的手不知道什么时候已经被他握住。

长着白色翅膀的木马在他们面前旋转着，一圈一圈地荡漾出琉璃色的光圈。

原来旋转木马真的是彩色的，原来旋转木马真的会发出琉璃色泽的光芒。

以后，栾欢再遇到她那些皇后街的朋友，还会补充一句："嘿，亲爱的，你们还不知道吧，旋转木马会演奏出最动人的旋律。"

"允桢。"栾欢嚅动着嘴唇。

"栾欢，我把你的童年讨回来了。"他和她说道。

还真是。

栾欢侧过脸去看容允桢。

"容允桢。"

"嗯！"他应答着，侧过脸来看她。

栾欢踮起脚，很用力地踮起，她的吻触到了他的嘴角，他没有让她的唇离开，而是咬住她的唇，然后再也不松开。

旋转木马的琉璃光泽也照到了不远处站在棕榈树后面的人身上，那人在那对男女拥吻时微微一愣，然后迅速转过身。

在栾欢和容允桢吻在一起的时候，李若芸迅速转过身，她小心翼翼地挪动脚步。她为什么会来这里？她是被音乐吸引来的，然后她看到了最浪漫动人的情节。

一个男人给一个女人送了一座旋转木马。

她一步一步地远离那座充满梦幻色彩的旋转木马，迷迷糊糊中，李若芸想起在科瓦尔多和栾欢开的玩笑——要是脸蛋漂亮的男人就归她。之后，她们也通过电话聊起这个话题，那时栾欢还说"好"来着，那时，栾欢还说帮她看着容允桢来着。

李若芸甩了甩头，想这些无聊的事情干什么？

艺术家的脾性让李若芸会偷偷地喝一点儿小酒，以前她老是拉着栾欢一起喝。栾欢在李若芸的房间里找到她，她正趴在小吧台上，面前放着喝剩的半瓶酒。一见到栾欢，李若芸就把准备好的小半杯酒推到她面前。

栾欢在李若芸的身边坐下，拿着酒啜了一小口，然后放下酒杯。

趴在桌上的李若芸直勾勾地看着她。

"怎么了？"栾欢顺手开了音乐，"是不是酒喝多了不舒服？要不我去弄解酒汤？"

李若芸没有回答，她没有再看栾欢，而是把脸贴在吧台上。栾欢想去弄解酒汤的时候，李若芸拉住了她。

栾欢坐回座位。

爵士音乐在房间里流淌着，女歌手的声音一会儿像是在倾诉，一会儿像是在叹息。

半晌，李若芸说道："他送给你的礼物真特别，古董车、长颈鹿、旋转木马，欢，你说，容允桢到底是怎么想出送你这些的？"

其实一直以来，古董车、长颈鹿、旋转木马都是他想送给小美人鱼的，这一刻，在真正的小美人鱼面前，栾欢发现自己无法回避这个事实。

一股脑地倒进嘴里的酒呛得栾欢不住地咳嗽，李若芸侧过脸来咯咯地笑道："急什么，又没有人跟你抢。"

撒了那么多谎之后，栾欢发现自己身体的每一个毛孔都异常活跃，类似于做贼心虚，比如说她老是怀疑别人是不是也在对她撒谎。

就像李若芸刚刚说的话，她会不由自主地想，李若芸是不是发现了什么，所以开始试探她。明明知道不是，但会忍不住怀疑。

果然，种了什么样的因，就会结出什么样的果。

于是栾欢把剩下的半瓶酒喝完，之后她也和李若芸一样把脸贴在吧台上，笑嘻嘻地看着李若芸。

爵士音乐让人昏昏欲睡，恍然间敲门声响起，容允桢在外面问："我可不可以进去？"

栾欢大声说道："可以。"

说完，她对半眯着眼睛的李若芸说道："小芸，听到了吗？他说'我可不可以进来'，这个是我教他的，他听我的话哦……"

栾欢觉得自己的声音越来越小，她的视线越来越模糊，一个修长的身影伴随着脚步声来到身边。

身影站在她和李若芸之间，握在手里的杯子被拿走了，那个身影在移动着，音乐声停了。

她好像又看到李若芸了。李若芸这是怎么了？歪歪斜斜的，看上去就像要从椅子上掉下去一样。吧台的椅子可是有点儿高，跌落下去，额头非得磕在地上不可。

嗯，还好有人在她倒下之前接住了她。

那人把李若芸抱走，轻轻地把她放到床上了。

栾欢挑了挑眉毛，猜想那个男人是谁，李俊凯？李若斯？还是……

还没有等栾欢想出那个人是谁，她就看到了李若芸的手紧紧地拽着那个男人的衣襟，同时栾欢也看清楚了，那个男人是她的丈夫。

栾欢的手指动了动，不知道为什么觉得心疼。

栾欢和李若芸之间有那样一个定律——

最初，男孩们都是为了李家二小姐而来，最后却被李家三小姐吸引住，因为李家二小姐永远不会为他们投入的那个压哨三分球欢呼雀跃。

栾欢醒来后的第一眼就看到了容允桢，他坐在一旁看书，穿着她十分喜欢的高领毛衣，是那种可以把整个头都缩进衣领的毛衣。小时候，纽约的冬天很冷，栾欢有个很蠢的念头，她希望长大以后找一个喜欢穿高领毛衣的男朋友，这样一来，在冬天她就可以蹭到那份温暖。

巧的是容允桢有很多那种款式的毛衣，冬天在家的时候，容允桢都会穿那种毛衣。今天，容允桢穿着那种款式的毛衣坐在她旁边。

容允桢的目光从书上移到栾欢的脸上，栾欢想闭上眼睛装睡，已经来不及了。

"醒了？"

"嗯。"

"你不去上班吗？"栾欢看了一眼时钟，现在已经是上午九点多，容允桢每天都是七点半去上班。

容允桢没有回答栾欢的问题，而是直勾勾地看着她。

"怎么了？"

栾欢被容允桢看得有点儿慌张。

容允桢的头慢慢地朝栾欢靠近，栾欢下意识地朝后退去，两张脸隔着十几厘米的距离。

"栾欢，你昨晚发酒疯了。"

发酒疯？怎么可能？她从来没有发酒疯的经历。

栾欢摇头否定。

"你把我的脖子咬出了几个大窟窿，所以我今天穿不了西装，打不了领带！"

栾欢心里大叫不妙，扯下了容允桢的毛衣领子，她几乎可以预见容允桢的脖子上会出现类似被吸血鬼咬到的那种印记。

可是没有。

"浑……"

骂人的话没有继续下去，栾欢闭上了嘴。因为容允桢的身体朝她靠了过来，他们的脸变成了隔着几厘米的距离，他的脸上有剃须水混合着牙膏的清爽香气。

"容允桢，我昨晚真的发酒疯了吗？"

骂人的话变成了这样的话，昨晚她喝得有点儿多，她不确定自己有没有发酒疯。

"没有，你没有发酒疯，喝醉酒的小欢比谁都乖巧，不说话，不闹事。"容允桢的手落在她的耳垂上，小心翼翼地触碰着，声音透着疼惜，"我猜，你在某一个时期过得特别艰难吧。因为艰难，所以小欢变成了从来不惹事的孩子。"

栾欢垂下眼帘说道："没有，容允桢，你猜错了，我没有！"

"你瞧……"容允桢叹息道，"你又把嘴唇抿起来了。"

下一秒，容允桢的唇落在了栾欢的嘴角上。

"欢，等我，给我时间。"他用鼻尖触了触她的耳垂，声音低得不能再低，可栾欢还是听见了。

终于从他口中听到了这句"等我，给我时间"。

栾欢伸出手圈住了容允桢的腰，小心翼翼地问道："允桢，现在在你的心里，我是小美人鱼，还是和你结婚三年的栾欢？"

问完之后，栾欢屏住呼吸，等待着答案。

似乎过去了很久，也似乎只是那么一会儿，栾欢听到了容允桢的答案。

"那条小美人鱼已经越来越模糊，而和我结婚三年的栾欢却越来越清晰了。"

那就好，那就够了。

栾欢紧紧地抱着容允桢，一字一句地说道："允桢，我不问为什么，我也不苛求，我只等你、相信你。"

容允桢紧紧地抱着她，仿佛想要把两具身体变成一具身体。

李若芸有差不多十天的假期，刚刚来的时候，她就计划着要去吃些什么，做些什么，玩些什么。她要开着古董车去卡梅尔看奶奶，去旧金山一趟，或者还可以抽一点儿时间好好地敲诈李若斯一顿。当然，在做这些之前，得把她被坏脾气老师所压榨的睡眠时间狠狠地补回来。于是，李若芸用了三天三夜的时间睡觉，等她把睡眠补回来时，乐极生悲，假期刚刚过去一半，就从马德里打来救急电话。

于是，来洛杉矶的第五天，李若芸以享誉欧洲知名画家的得意门生的身份，开始为老师在洛杉矶举行的画展忙起来。与此同时，她每天还需要抽出一个小时为某艺术学院的学生讲课。

在李若芸住下的这几天里，容允桢每天早出晚归，他和李若芸碰面的时间少得可怜，栾欢也没有像李若芸刚来的那两天那样提心吊胆。

（5）

三月来临，洛杉矶的天气逐渐变得温暖，这天，栾欢终于敲定了她想资助的画家名单。她比平常还要早从画廊离开，她在超市买了洋葱和牛肉。李若芸喜欢她做的洋葱牛肉春卷。

栾欢提着购物袋站在厨房门口，她想不到的是，她在这个时间段会看到容允桢，更想不到的是李若芸就站在容允桢身边。

栾欢提着购物袋的手在发抖。

如果没有之前发生的那些事，那么栾欢会很乐意加入他们，可是这两个人的缘分有多么深，她是知道的，是她把容允桢和李若芸的缘分偷偷地藏起来了。

还有半个小时就到晚餐时间了，容允桢正在用他漂亮的手煎出漂亮的煎蛋。李若芸在和容允桢说话，她用近乎无赖的语气说服容允桢当她的模特。她笑嘻嘻地表明不会让他脱得光溜溜的，她只需要他的一个侧脸，她说她只需要半个小时就可以搞定。

他们背对着栾欢站着。栾欢看到摆在桌上的食物——刀法很漂亮的烧鹅片，一旁放着金黄色的煎蛋，煎蛋旁边放了翠绿的西兰花，容允桢知道栾欢喜欢在煎蛋旁边放点儿翠绿的东西。

容允桢做得很专心，李若芸也游说得很专心。

见到容允桢把她的话当空气，李若芸端起一旁的水往自己的嘴里倒。喝完水，李若芸手一伸，眼看她的手指就要拿到碟子上的西兰花了，容允桢立刻抓住李若芸的手腕。

当两只手以那样的形式握在一起时，厨房的气氛是微妙的，栾欢站在那里，感觉时间好像走不动了，特别难熬。

或许她可以发出点儿声音，让那两只手分开。栾欢润了润唇瓣，她需要很自然地发出声音。

还没有等栾欢开口，容允桢就放开了李若芸的手，并且把放西兰花的碟子放到另一个地方。

容允桢无奈地问道："李若芸，你真的是李俊凯的女儿吗？"

"我从小就被问过这个问题。"李若芸笑嘻嘻的，很快又换上了可怜兮兮的语气，继续游说，"容允桢，我长这么大，只有两个男人让我有提笔的意愿。"

为了让容允桢更注意她，李若芸朝容允桢靠近一点儿，她说："容允桢，除了你，我还有一个想让他走进我画里的男人。上次我在科尔多瓦见到一个让我有感觉的男人，我不知道那男人长什么样，我不知道那个男人叫什么，我也不知道他来自哪个国家，我只看到他一双眼睛……"

说到这里，李若芸突然停了下来，出神地望着容允桢。

栾欢还站在那里，她想她已经站了五分钟吧？

她想走过去，可脚像是被粘住了一样。在李若芸出神地望着容允桢的时候，栾欢也出神地望着李若芸。

李若芸的话在她的脑海里回放着。

科尔多瓦有着漂亮眼睛的男人……

或许李若芸接下来会告诉容允桢，那个有着漂亮眼睛的男人救了她，以李若芸奇妙的逻辑，她会说："哦，对了，在那个男人救我之前，我也在乌克兰边境救过一个男人。容允桢，你知道吗？我还用自己的身体去温暖他的身体。"

然后，她会笑嘻嘻地问容允桢："这不是应了那句老话吗，善有善报？容允桢，我是好心肠的姑娘，你忍心拒绝吗？"

李若芸看了容允桢很久，才想起他还没有答应当她的模特。

李若芸再次开口："后来，那个……"

"允桢。"栾欢紧紧地抓住购物袋，木然地开口，她叫"允桢"的时候声音有些不自然。

那两个人同时回过头来。

"允桢，我胃不舒服。"

栾欢知道现在不需要她做任何表情，她现在的脸色应该很苍白。

那两个人走了，李若芸呆呆地站在那里。刚刚她说了话，刚刚她叫了栾欢的名字，就是声音有点儿小，也不知道为什么有点儿心虚，她根本没有做错任何事啊。

小欢胃不舒服，小欢有胃病，小欢什么时候有胃病了？她怎么不知道？小欢什么都没有和她说。

栾欢带回来的购物袋还静静地躺在那里，刚刚容允桢好像真的很着急的样子，他把她抱起来了。容允桢的腿真长，几步就不见了，小欢的头埋在容允桢的怀里，自始至终，小欢都没有看她一眼。

小欢好像变了，李若芸垂下眼帘，看到被容允桢拿走的碟子。那是容允桢打算在他的妻子回来之前给她的惊喜，容允桢真小气，自己只吃西兰花而已，漂亮的煎蛋、烤得金黄的烧鹅都是小欢的，她只要西兰花而已。

李若芸伸出手，把西兰花放进自己的嘴里咀嚼，浇了蜜酱的西兰花最初的味道很甜，到后面就开始苦涩起来。

栾欢被容允桢抱回房间，在他的监督下乖乖地喝了药，这两年栾欢按照医生说的那样调整好自己的饮食习惯之后，就很少会出现胃疼的毛病。

喝完药，容允桢还给了栾欢一颗巧克力，一本正经地说这是她一口气喝完药的奖励。

折腾了一阵子之后，栾欢洗完澡，穿着睡衣站在床前。容允桢也洗完澡，半靠在床上，这还是栾欢第一次在这么早的时间在他们的床上见到容允桢。

容允桢伸出手，栾欢把手放在他的掌心上，他微微用力，栾欢就顺着他的力道跌进他的怀里。栾欢半边的脸贴在容允桢的胸膛上，侧着耳朵，听着他的心跳声。

如果此时此刻这个男人是波澜壮阔的海洋，那么她一定是海洋上的一叶小舟，想长长久久地相互依偎着。

李若芸拿着酒杯站在窗前，在她的房间里，她可以很清楚地看到容允桢送给栾欢的那座旋转木马，在暗夜里，它就像一个梦。

　　李若芸看得出神了，也不知道过了多久，西南方最后的那间房间亮起了灯。如果她没有记错的话，那应该是厨房。厨房是半球形状的，设计师把它设计得宛如一座空中楼阁，那座空中楼阁里出现了男人的身影，十分伟岸。

　　此时正值午夜时分，容允桢在厨房里干什么呢？

　　粥熬出了香味之后，容允桢把翠绿的葱末撒在粥上，栾欢喜欢在食物上加点儿翠绿的东西，她说那会让她胃口大开。

　　等一切妥当之后，容允桢想去拿那双毛手套，就在不经意间看到了靠在冰箱上的李若芸。

　　容允桢皱了皱眉头。

　　李若芸指着她自己的一身行头，笑道："容允桢，我这样的都没有吓到你，深夜穿着睡衣出现的李若芸一般都会让她的朋友们惊声尖叫的。"

　　李若芸有一件黑色的长睡衣，她的头发和她的睡衣一样黑，如果她穿成那样，再往自己的嘴唇上涂血红的唇膏，惊悚效果十足。

　　"李若芸，你为什么会出现在这里？"容允桢并没有理会她，只是淡淡地看了她一眼，继续去忙他的。

　　"看到你在这里，我就来了。"

　　这话就要从李若芸的口中溜出，最后让李若芸改成了："哦，我……睡不着，看到你在这里，就想来问问栾欢的身体有没有好一些。"

　　"吃完药好多了。"容允桢把粥倒进了保温瓶里，依稀觉得李若芸的话怪怪的。

　　一时间，厨房的气氛有点儿尴尬。

　　"你现在在煮粥吗？"李若芸问道，"那是煮给栾欢的吗？"

　　"嗯。"容允桢淡淡地应了一句。

　　他拿着煮好的粥从她的身边走过，李若芸依然维持着刚刚那个姿势，不同的是，她的目光一直落在容允桢手里的粥上。她闻出来了，那是海鲜粥，光闻起来味道就很香，今天晚上她没有吃饭，所以闻起来特别香。

　　在李若芸出神的时候，容允桢突然叫了一声"李若芸"。

　　"到！"

　　李若芸触电般地叫了起来，目光迅速从粥上移开。

　　容允桢回过头来："李若芸，你不走吗？你不是怕鬼吗？现在是午夜十二点整，你难道不知道吗？天神在午夜最容易打瞌睡了。"

李若芸望了一眼窗外，打了一个寒战，乖乖地跟在容允桢的身后。

次日，李若芸一整天都待在家里，她拉着栾欢的手，表情就像是做错事的孩子。她说她不知道原来欢还会生病，她说"欢，犯胃病的时候很疼吗"，她说"怎么办，欢可是一个特别怕疼的人"。

在栾欢一再保证自己的胃病真的很少犯后，她这才眉开眼笑。

之后，李若芸告诉栾欢，再过几天她就会搬出去。

"小芸，你真的要搬出去吗？"听到李若芸的话，栾欢问了一句。

李若芸点头，她的目光投向窗外："这里离我工作的地方远，你也知道我是一个喜欢睡懒觉的人，我讨厌把两个小时的时间花在路上。"

"那好吧。"

栾欢垂下眼帘，在李若芸和她提出要搬出去的时候，她的心里松了一口气。

最近，洛杉矶媒体都在热炒周末那场由容允桢发起的慈善篮球赛。在容允桢孜孜不倦的游说下，最初一直反对容允桢在他们学校附近建立大型娱乐中心的几位校长开始松口。于是，容允桢决定趁热打铁，宣布他将会带领他的朋友组成一支篮球队，和洛杉矶艺术学院的篮球队进行一场比赛，卖票的钱将用来资助学校建设图书馆。

容允桢的篮球队阵容强大，队伍中有大牌球星、大牌明星和人气企业家，再加上容允桢的号召力，门票已经从每张一百美元炒到上千甚至上万美元。

栾欢也弄到了一张票，她的座位还算显眼。

栾欢很早就坐在她的座位上，她心里既害怕被容允桢看到，又希望容允桢发现自己。来这里之前，栾欢还特意看了一些资料，比如如何当一名合格的篮球观众。

整点，在主持人的大力吹鼓下，容允桢带着他的朋友们出场了。主持人一一念着主力队员的名字，并且做着简短的介绍。

这天，栾欢坐在看台上，亲眼见证自己丈夫的受欢迎程度。容允桢是最后一位被念到名字的主力队员，他的名字已从主持人的口中念出来了，全场爆发出一阵欢呼声。那些坐在前排的洛杉矶名流，也像模像样地脱下帽子来迎合那些观众。

穿着深蓝色球衣的容允桢朝球场四周挥手，亲和力十足。

球场四角的大灯熄灭，球场的计时器提示着比赛开始。

一声哨响，比赛开始，穿深色球衣的容允桢作为客队，穿浅色球衣的洛杉矶艺术学院篮球队作为主队。

比赛一直呈现胶着状态，客队以75:77落后主队两分，最后三秒，篮球在落后球队手中，后卫把球传到无人防守的容允桢手上。容允桢运球过半场，主队的后卫开始在后面追。这个时候，所有人都以为容允桢会选择直接上篮，因为他的身后有防守队员，如果在三分线上投篮，势必要做投篮调整，这样一来，对方的后卫就可以对容允桢的投篮进行干扰。

在后卫的干扰下，容允桢势必不会投入那个三分球。要知道，他是一名商人，他在接受采访时，说他来之前只花了半个小时进行投篮练习。

球场上所有的人都在等着容允桢手中的球轻松落网，扳平比分，容允桢却用一个假动作骗过后卫，然后倒退一步，脚踩在三分线外，踮起脚。这个时候，所剩的时间已经让他没有调整投篮姿势的机会了。

栾欢的手紧紧地握着，和球场上的所有人一样从座位上站起来。

踩在三分线外的脚踮起，脚尖腾空，在腾空的同时，容允桢的手举起来。篮球离开他的手，在空中划出一道弧线，与此同时，栏架上的红色指示灯亮起了。

篮球落网时响起了清脆的声音，裁判的哨声响起，比分牌上客队的比分反超主队一分，全场欢呼，与此同时，计时器显示比赛结束。

"容允桢！"栾欢用尽全力呼喊，眼睛死死地盯着容允桢，她在心里大声地呼喊着：容允桢，快看过来，快看过来。

如果这个时候容允桢看过来的话，栾欢会喊出："容允桢，我爱你。"

因为再也没有比这个时刻喊出这样的话来得更自然了。

不就是"我爱你"吗？没什么了不起的，一个妻子对自己的丈夫表达爱意是再自然不过的事情。

可是，容允桢不仅没有听到她喊出口的"容允桢"，也没有听到她心里喊出的"容允桢，我爱你"。

　　容允桢的目光朝另一个方向投去，栾欢的位子处于篮架后面第四排的中央，只要容允桢不转过头，他就可以看到她。可是容允桢转过头了，他转向球场左边的位置，那里坐着李若芸，李若芸坐在客队的教练席旁边。

　　李若芸梳着印第安人的发辫，戴着羽毛耳环，她跳起来欢呼着。

　　容允桢对着她笑，从他的脸部表情可以分辨出，他应该早就知道李若芸在那里。怪不得好几次容允桢的目光都朝着那个方向，最初栾欢还以为他在看他的队友。

　　栾欢转过头，球场中央的液晶屏幕上正在回放着李若芸在容允桢投进那个三分球时跳起来欢呼的画面，眼睛明亮，牙齿洁白整齐，羽毛耳环和印第安人的发辫让她的脸生动且富有感染力。

　　李若芸怎么会出现在这里？

　　李若芸是可以出现在这里的，可是他们为什么不告诉她？

　　还好，栾欢在心里庆幸，刚刚没有一冲动说出那样的蠢话：容允桢，我爱你。

　　在栾欢起身离开时，她不小心碰到了旁边胖女人手中的可乐，一大杯可乐就这样倒向了那位女士，女士哇哇直叫。

　　要是平时，栾欢会和她道歉，可这回她的心情糟透了，她低着头没有理会胖女人。胖女人扣住了栾欢的手腕，不让她离开。在纠缠间，栾欢手里的充气棒被弄破，发出不大不小但足已吸引人们目光的声音。

　　球场上安静下来，栾欢知道现在很多人在看她。栾欢祈祷她的帽子够大，祈祷容允桢和李若芸没有看到她，祈祷女人放开她的手，还祈祷这一刻只是她在午睡时做的一场梦。

　　上帝没有听到她的祈祷，容允桢最终还是发现了她。

　　"栾欢？"站在她身后的人试探性地叫着她的名字。

　　这时，李若芸也来了。

　　此时此刻，最能保住面子的是回过头，微笑着对容允桢说："被你发现了，我有一张球票，这个下午我没有什么事做，于是我来了。小芸，你怎么也在这里？"

　　可是，栾欢不想那么做，她沙哑的嗓音会让她变得可怜兮兮的，她喊了那么多声"容允桢"，容允桢都没有听见，容允桢看到的是别人。

栾欢低下头看着自己的鞋子，今天她穿的是球鞋。

栾欢把帽子拉好，手藏进卫衣兜里，低着头移动脚步。谢天谢地，那些球迷或许猜出那个用帽子把自己的脸遮得严严实实的女人大有来头，纷纷让出路，于是栾欢跑了起来。

栾欢朝着球场的出口一直跑，容允桢在后面一直追，最后在学校的跑道上，容允桢追到了她，他一下子就把她圈在怀里。

他抱着她，口气听着轻松愉快，就像是在逗孩子玩一样："让我来猜猜你为什么跑。是不是怕被我发现，所以才难为情地躲起来？嗯？"

栾欢冷冷地说道："容允桢，放开你的手，我们好像还没有熟悉到我来现场为你加油打气的地步。你也了解我，那种幼稚的事情我永远不会去做，所以你刚刚的猜想是错的，而且听在我的耳朵里也让我不舒服。"

每一个人的心里都有一处最薄弱的地带，那处地带总是不堪一击。

容允桢放开了栾欢。

容允桢把拳头狠狠地砸在了更衣室的墙上，对于自己在庆功宴上几次接受媒体采访时犯下的低级错误感到恼怒。

栾欢刚刚说的话让容允桢觉得愤怒、难堪。

真是一个不可理喻的女人。

容允桢泄愤似的打开储物柜的门。

刚刚打开，就听见身后响起了脚步声。

"容允桢！"怯怯的声音在身后响起。

容允桢深深地呼出一口气，现在他听到李家女人的声音就觉得烦。身后的女人，说得好听一点儿叫单纯，不好听一点儿叫盲目瞎折腾。

他没有回头，把腕表戴回自己的手腕上。

"容……容允桢，我想问你，小欢为什么生气？"李若芸说出了这么一句话。

是啊，那个刺猬般的女人为什么生气？这个问题容允桢也想知道答案。

不死心的李若芸又问了一句。

容允桢回过头，冷冷地看着比自己矮了一截的女人："这个你需要自己去问她。"

"我也想啊。"她缩了一下脖子，"可是我追不到她，我叫了她，她没有像以前那样，我一叫她她就停下来。"

李若芸也追到了学校的跑道上，她听到了栾欢和容允桢说的那些话。在栾欢和容允桢说了那些话之后，他们两个人朝着相反的方向离去。

之后李若芸追上了栾欢，她想知道栾欢生气的原因，可又害怕知道。

她看着栾欢开车离开，她追在车子后面叫着栾欢的名字，栾欢明明听到了，并且也看到了她，可是没有像以前那样停下来等她，没有！

我一叫她她就停下来……

眼前的女人说这话一副理所当然的样子，果然……

容允桢也不知道从哪里生出一股闷气，一伸手，捏住李若芸的下巴："李若芸，你怎么敢把那样的话说得那么理所当然？你以为你是谁？错的都是大人，孩子有什么错？你凭什么把'我一叫她她就停下来'这样的话说得理所当然？你给我听清楚，以后不许你用这样的姿态和栾欢说话。"

下巴被捏得很疼，眼前这个人的瞳孔里映着她惨白的脸。原来容允桢也和那些人一样误会栾欢是爸爸在外面的私生女，李若芸想和容允桢解释，她真的没有看不起栾欢，是私生女也好，是爸爸初恋情人的女儿也好，她都把栾欢当成亲人朋友，可是……

李若芸吃力地说道："容，容允桢，你不需要为小欢说的那些话难过……"

李若芸终于把她想说的话说完，之后她直勾勾地盯着容允桢，莫名其妙地，她的心里开始有了期盼。

容允桢松开手，转过身，他的注意力重新回到储物柜上。

李若芸呆呆地站在容允桢的身后，听着他拿东西时发出的声音，最后他拿起了他的手机，低下头看着手机。之后，容允桢拿着手机的手缓缓垂下，他的身体擦着她的身体离开了更衣室。

直到容允桢的脚步声听不见了，李若芸还呆呆地站在那里。几分钟后，她木然地走到窗前，透过窗户，她看到容允桢狂奔到停车场。

容允桢这是急着去哪里呢？之前他说过今天等她一起回家的，这几天都是这样的。

06 真相大白

C H A P T E R

（1）

　　夜已深，栾欢还维持着刚刚的那个姿势坐在座位上。

　　这是栾欢第二次坐在这个座位上，这是一家云南人开的酒吧，坐在她身边的是一个叫程瑞的留学生。

　　程瑞从小在云南长大，痴迷于画画，三年前来到美国。他是栾欢这次资助名单中的一员，他在这家云南人开的酒吧打工，栾欢也是因为程瑞才知道这家酒吧的。

　　栾诺阿出生于云南，对那片承载着她童年记忆的土地有着深厚的感情，她是这样描述那片土地的——

　　在那国境之南，有最翠绿的山和最清澈的水，那里有着治疗眼睛的草药，婆婆从山上摘来了山花交给爱哭鼻子的她，说"囡囡，你看着这些花，看着看着就不会哭了"，还真是，看着看着她就不哭了。

　　在那国境之南，住着一群好客的人，那里的姑娘有着最妖娆的身段，每当节日，姑娘们就会穿着民俗服装跳着传统舞蹈，迎接来自世界各地的客人。

　　"小欢，等我老了，我们就回云南，妈妈给你摘那些好看的花朵。"喝得醉醺醺的栾诺阿喜欢和她说这样的话。

　　现在，台上正在表演让栾诺阿念念不忘的竹竿舞。轻快的音乐响起，台下的观众在打着拍子、和着节奏，艳丽的裙摆在竹竿上欢快地飞舞着。栾欢一动不动地看着那些在空中跳跃的裙摆。

　　最终，栾欢在程瑞的邀请下走上台。她没有穿上漂亮的裙子，不过她的脚腕上多了一串铃铛。

　　她走一步，那些铃铛就会发出清脆的声响，特别有趣。

之所以会上台，是因为程瑞告诉栾欢，等她在台上跳不动之后，那些烦恼就会随着大口地喘气消失不见。

看来这个看着不修边幅的大男孩看出了她自始至终挂在脸上的阴霾。

随着栾欢的注意力越来越集中，终于，她看到自己赤着的脚一次次地逃开竹竿。

她听着自己脚腕上的铃铛欢快地歌唱着，她听到自己的笑声和台下观众的掌声，她还在程瑞的指导下来了点儿花式。

栾欢顺着程瑞的手，把头从他的腋下穿过，她的背紧紧地挨着他的胸口，她的左手和他的左手相握着，放在她的腰侧。台下响起了掌声，掌声落下，栾欢看到台上突然多出了一抹身影。

容允桢怎么会在这里？

一愣神，脚腕就被竹竿夹到，特别疼，栾欢紧紧地咬着牙，不再去看容允桢。

下一秒音乐停了下来，那些摆弄着竹竿的人也停下了动作。

容允桢一伸手，栾欢就被拉到他的怀里。

在容允桢的怀里，栾欢没有挣扎，她对他说："容允桢，我还想和程瑞跳舞。"

容允桢很听话地放开了栾欢，然后……

一阵清脆的声音响起，几根竹竿就这样在容允桢的手里应声折断，他对栾欢说："现在舞跳不成了，跟我回家。"

他们刚刚走下台，程瑞就追了过来，并且挡在他们的面前，而且还张开手挡住他们的去路。

他一副义薄云天的样子："先生，在你带走她之前，你必须要把事情说清楚。"

容允桢手一挥，轻而易举就把程瑞推得一个踉跄，他甚至看都没有看那个挡在他面前的男人一眼。

走了几步，程瑞的声音响起："欢，你为什么不反抗？或许你怕他？你不需要害怕，美国是一个法治国家，欢，我们可以报警。"

这个时候，容允桢停下了脚步。

"欢？我们？"容允桢重复着这两个英语单词，然后放开栾欢的手，一回头，拳头就朝程瑞而去。

仅仅一个拳头，容允桢就把程瑞打倒在地上。

鲜血很快从程瑞的鼻孔还有嘴角渗透出来，栾欢看了一眼左边桌子上放的大杯啤酒。她拿起那杯啤酒，在容允桢回过头时狠狠地往他的脸上倒去。倒完那杯啤酒之后，栾欢把空空的啤酒杯狠狠地往地上砸，再也没有理会任何人，头也不回地走出了酒吧。

一出酒吧，容允桢就追上了栾欢，挡在她的面前。

栾欢望着被她的那一杯啤酒淋得像落汤鸡一样的容允桢，他紧张的表情让他此时此刻看起来很狼狈。

看了许久，栾欢的怒气好像消散了一大半。

"嗓子喊哑了吧？"

容允桢说这话时声音充满了怜爱。

他终于发现她的嗓子喊哑了。

容允桢手一伸，就把栾欢揽入怀里，让她的头靠在他的肩膀上。

"我在手机上看到你打给我的电话，对不起，栾欢，我不知道你会来，我以为……"他顿了顿，又小心翼翼地说道，"我本来想给你票的，可我知道你对篮球一窍不通，我怕给你球票会让你觉得无聊，我还怕那些人的尖叫声会吵到你。"

听着容允桢的话，栾欢突然懒得生气了，或许刚刚那场竹竿舞把她的力气都消耗掉了，这会儿，她只想靠在他的肩上听着他说话。

"其实我懂一点儿篮球，只是那些打篮球的人我都不喜欢。"栾欢说道。

容允桢紧紧地抱着她，他说："我明白了，小欢是因为那个喜欢的人才来看篮球赛的，对吧？"

栾欢没有说话。

容允桢把栾欢带到了车上，他在车后座上拿出一个篮球，篮球上签着他的名字。

容允桢把篮球送到栾欢的手上，说道："这是今晚带来胜利的那个篮球，小姑娘，现在它属于你了。"

栾欢低下头去看那个篮球。

车厢里的气氛很安静，容允桢拿走了那个篮球，现在她和他坐在车后座上，他的身体朝她凑过来，没有给她任何躲避的机会。

他的头凑过来之后，栾欢开口道："小芸为什么会出现在那里？"

"因为碰巧她就在那所学校工作。"

说完，容允桢的唇碰了碰她的鼻尖。

又是碰巧。

栾欢在心里叹了一口气。

"等忙完了，我们再来一次蜜月旅行。"他说到这里微微停顿，之后有些难为情地说道，"这次是真正的蜜月旅行。"

栾欢垂下眼帘，心怦怦地跳起来，满怀期望。

容允桢处理公事时习惯来到书房，一打开门，容允桢就看见了没有经过他的同意就进入书房的女人。

看清楚怀里抱着书的女人是李若芸时，容允桢立刻皱起了眉头。

似乎是察觉到他的不善，李若芸看起来很无措的样子，嚅动着嘴唇："容……容允桢。"

容允桢觉得烦，觉得眼前的女人仿佛下一秒就会因为自己脸上不悦的表情而掉下眼泪。

李若芸的眼泪让容允桢觉得烦。

"李若芸。"容允桢冷冷地说道，"你不该出现在这里！"

似乎没有听见他的话一般，一直被捧在手掌心的女人有些难以置信，她颤抖着手朝他的脸伸去。

"李若芸，不要做奇怪的事情。"容允桢抱着胳膊，看着李若芸缓缓伸向自己的手，慢慢地说道，"你要分清楚，你的艺术家坏习性在哪些人面前可以体现，在哪些人面前不可以体现。在你的那些习性中，也包括你没有经过主人允许就随便闯入主人的书房。"

李若芸似乎才意识到自己的失态，垂下手，改成去摸怀里的书。

"容允桢……我没有别的意思，我只是找到了一样东西，所以……我很激动，我特别高兴，就是特别高兴，容允桢……你都不知道，我有多么……高兴，我……"

"好了！"容允桢打断了李若芸的话，不知道为什么，无意中闯进来的女人让他不耐烦到了极点，他指着李若芸怀里的那些绝版画家传记说道，"拿着你的书马上出去。"

李若芸似乎没有听到他的话，依然呆呆地站着那里。

"李若芸，还不走！"

李若芸愣了一会儿，怔怔地看着他，之后点了点头，从容允桢的面前走过，她走得很慢。

那扇门在她出去后就迅速关上，沉闷的关门声透露出某种情绪。她梦游似的回到自己的房间，关上门，身体紧紧地贴在门板上，脸紧紧地贴在从容允桢书房找到的书上。

等到书的角把自己的脸戳疼了，李若芸开始抽泣起来。

还不如不知道，还不如不发现……

起码此时此刻是这么想的，她发誓。

栾欢再一次去看李若芸，她看到李若芸一直低着头。

今天，李若芸比往常晚了半个小时起床，早餐还是李若芸喜欢吃的那些，只是她没有像往常那样狼吞虎咽。相反，十几分钟过去了，她手里的面包条还剩下一大截，她一直把头埋得低低的。

"李若芸，抬起头来。"栾欢的身体向后仰，背贴在椅子背上，等待着李若芸抬起头来。

李若芸缓缓地抬起头来，和栾欢面对面，挤出了一个比哭还要难看的笑容。

李若芸的状态让栾欢吓了一大跳，盯着李若芸的眼睛问道："小芸，你眼睛是不是又犯毛病了？你为什么早不说？我马上打电话给医生。"

李若芸有轻微的颜料过敏症，所以李若芸在选择颜料时都是特别注意的，可偶尔还是会混进来一些酸性较强的颜料。一触到那些颜料，李若芸就会变成这副样子，眼睛红肿得像核桃似的。

这次李若芸没有像以前那样撒娇，她就那样呆呆地看着栾欢。

栾欢叹了一口气："难受吗？"

她的话音刚落，李若芸的眼泪就掉了下来。

栾欢在心里叹了一口气，声音再低一点儿："小芸，对不起，昨天没有理你，我……"说到这里，栾欢又撒了一个谎，"我昨天只是因为……被容允桢发现我在那里，觉得特别丢脸，你也知道我……我不是从来不做那些事情的吗？我觉得丢脸而已……"

李若芸还是直勾勾地看着她，栾欢支支吾吾的时候说出了这么一句话："欢，我的眼睛这样，你心疼吗？"

栾欢看了李若芸一眼，缓缓地点头。

李若芸的眼睛很大，黑白分明，就像她的世界观，黑的就是黑的，白的就是白的。那样的眼睛流出眼泪时，总是让栾欢想起那些小动物，就像听着某些小动物的声音，那都是一些与世无争的小家伙。

看到栾欢点头，李若芸的嘴角荡开了一个笑容，说道："栾欢，你昨天的样子还真的把我吓了一大跳，我还以为你吃醋呢。栾欢，告诉你，其实事情是这样的……"

"我知道，我知道。"栾欢也笑出声来，"你在那所学校工作，允桢都告诉我了。"

这个时候，李若芸微微一愣，之后点了点头……

这天早晨，栾欢从李若芸的嘴里听到这样一句话。

她眉目低垂，说道："一直以来，奶奶的那些朋友都这么说，小欢是一个没有福气的孩子。其实不是的，在我看来，小欢比谁都要有福气，我羡慕小欢的福气。"

过了很长一段时间，栾欢拿走了李若芸手中的面包条："我们去医院吧。"

李若芸摇头，她说不碍事，她保证晚上她的眼睛就会好。李若芸还顺便和栾欢爆料，说容允桢为他们结婚三周年的纪念日准备了惊喜派对，而李若芸还为了那个惊喜派对准备了节目。

栾欢假装很享受李若芸的爆料。

李若芸神神秘秘地说道："我昨晚偷偷潜到容允桢的书房了。"

李若芸刚说完，就看到栾欢手里的面包条掉在了餐桌上。面包条掉落的地方刚好放着玉米稀粥，面包条掉落溅起的粥汁沾到栾欢的脸上。

李若芸拿着餐纸擦拭栾欢脸上的粥汁，粥很烫，栾欢不疼吗？

餐纸刚碰到栾欢的脸，栾欢就问她："然后呢？"

"然后啊……"李若芸一脸沮丧，"然后我就被容允桢赶出来了，那口气凶得要吃掉我似的。于是，为了报复他的不识抬举，我决定把他的惊喜派对变得一点儿也不惊喜。栾欢，你听着，到时候在惊喜派对上，你一定要给容允桢一点儿打击，你一定要很酷地和他说，容允桢，你还能更幼稚一点儿。"

近在咫尺的距离，李若芸看到栾欢在点头。

这个时候，李若芸是这样想的，等那两个人的结婚纪念日结束之后，她就离开这里，离开这个有一座怎么看都会让她伤心的旋转木马的地方，然后把她发现的那个秘密忘掉。这一切只是为了栾欢——那个从小被奶奶的朋友们说没有福气的女孩。

这个时候，李若芸真的是这样想的。

李若芸开着从栾欢那里借来的古董车，穿着她很少穿的高跟鞋和黑丝袜。

李若芸来到了学校，她直接走进办公室，然后关上办公室的门，站在窗前。

（2）

这一个多星期，差不多每天下午两点钟，李若芸都会站在窗前。

窗外的那块土地，在不久的将来会为了推广好莱坞文化而建立起大型的剧院、博物馆，还有一座名为穿越时空的科幻城。容允桢作为洛杉矶政府的唯一合作方，在这一个星期都会陪着洛杉矶政府官员来到这里。

今天容允桢来到了这里，据说，今天是拆迁的最后一天，也就是说明天他不会来了，那就意味着，明天李若芸同一时间站在这个地方将不会见到容允桢了。

站在窗前的时光对李若芸来说是微妙的，说好了不要去看，却又忍不住偷偷去看，一边看着，李若芸一边告诉自己，就偷偷看着而已。

可是这个下午，因为容允桢藏在书房里的那个秘密，一切变得不一样了，有些心情在蠢蠢欲动，在抑制不住地发酵着。

一路走来，那些人都用欣赏的目光看着她，说"你今天看起来漂亮极了"。

是吗？今天她看起来漂亮极了吗？是不是比栾欢还要漂亮？

　　李若芸想，或许容允桢见到她时也会像那些人一样夸她："你今天看起来漂亮极了。"

　　于是，李若芸穿着那双红色的高跟鞋来到容允桢的面前。

　　容允桢背对着她和设计师在说话。

　　容允桢的背影也是她钟爱的——挺拔俊秀。

　　李若芸看着容允桢的背影，心想，或许在离开之前想尽一切办法得到一个拥抱也好，那是属于容允桢和李若芸的拥抱。

　　李若芸叫出容允桢的名字后，容允桢第一眼看到的是李若芸的红色高跟鞋，在没有阳光的初春时节，在灰蒙蒙的天空下尤为耀眼。

　　十五分钟后，容允桢和李若芸站在学校的红色瓦砖墙下。

　　一路走来，李若芸的那双红色高跟鞋让她吃了不少亏，好几次都差点儿摔倒。在她差点儿摔倒的时候，他都没有去扶她。

　　李若芸站在他面前，头昂得高高的，她说："容允桢，我想我的艺术家坏习性又犯了，所以我来到这里，向你索要一个拥抱。"

　　索要一个拥抱？

　　"拥抱？是人道主义救援？"容允桢的目光从李若芸的身上扫过，"李若芸，以你现在的这种状态，以及你说的话，都让我有一百个理由对你下逐客令！"

　　"容允桢，我下了很大的决心才来到这里的。我想告诉你一个故事，我请求你给我一点儿时间，听完我的故事，然后你再决定要不要给我那个拥抱。"

　　容允桢被眼前的女人逗笑了，他看了一眼天空，冷淡地说道："李若芸，我建议你现在转过身，一直走一直走，走到大街上，随便拉住一个人，那个人肯定会告诉你洛杉矶电台的午夜热线号是多少。你只要拨通电话，就会有成千上万的人倾听你的故事，或许那些人还会给你提出意见。而我，从来不收听任何午夜节目，我是那种在情感上很吝啬的人，所以……"

　　"容允桢！"李若芸大声喊了起来，黑白分明的大眼睛紧紧地盯着他，"求你了，容允桢。"

　　容允桢咽下了未说完的话，看了一眼腕表，说道："好，我给你十五分钟的时间。"

　　紧紧握着的手松开，李若芸拉了拉身上的衣服，垂着头不敢去看容允桢：

"容允桢，我觉得我今天穿的衣服很漂亮，你觉得呢？"

容允桢没有回答她，只是静静地看着她，他的脸上透露出来的讯息是：你这是在浪费时间。

李若芸点了点头，涩涩地说道："容允桢，我今天不仅穿了漂亮的衣服，还化妆了。容允桢，请你把头转过去，我想，我和你说这段故事的时候会哭，我不想让你再一次见到我哭成一只大花猫。"

这女人花样还真多，容允桢只好转过头。

李若芸花了一点儿时间细细地看着容允桢的背影，嗯，还真的像那位集市胖大娘说的那样，那是一个会让人流口水的背影，以前她心虚，一直不敢去看，现在……

现在她要光明正大地看着他。

李若芸深深地呼出一口气，开始讲故事。

"容允桢，有一个我很喜欢很喜欢的男人，即使我对那个男人一无所知，我不知道那个男人来自于哪个国家，住在哪里，姓什么，名字叫什么，可我就是知道我喜欢他，很神奇吧？可这样的事情发生在李若芸的身上就一点儿都不神奇，我用了很长的时间去想念那个男人，去等待他。"

一口气来了那么长的开场白，李若芸再次深深地呼出一口气，肆无忌惮地盯着容允桢的背影。

"容允桢，你知道吗？昨天我知道那个男人在哪里了，今天我就穿着我觉得最漂亮的衣服和鞋子来见那个男人。可是容允桢，你知道吗？我晚了一步，那个男人的身边已经有了别的女人。"

说到这里，李若芸的眼泪开始掉落下来，容允桢的背影在泪水的阻挡下模糊不清。

"我见到了那个女人，那个女人很出色，一看就知道是很多男人梦寐以求的。"李若芸拼命抽着鼻子，让自己口齿清晰，"容允桢，我不是因为那个女人太出色才离开的，我的爸爸从小就教育我，即使对方的玩具再漂亮，你也不可以去抢，因为那是别人的。"李若芸喃喃地说着，口齿又变得不清晰起来："所以，我决定把那个男人忘掉。容允桢，我现在很难过……容允桢，我……我告诉你一个秘密，我喜欢了三年的那个男人和你长得很像。"

"容允桢，我能抱抱你吗？"

眼前的容允桢又变得清晰了，李若芸呆呆地看着容允桢的背影。

即使没有看到他脸上的表情，她也知道，容允桢很认真地听着她讲那段故事。

果然，听到容允桢的话，李若芸破涕为笑。

听听，容允桢用温柔的口气对她说了些什么？

容允桢说："李若芸抱抱我的话，你能好点儿吗？"

李若芸拼命地点头，深深地吸了一口气，一步步朝容允桢走去。

最先触碰到他身体的是她的脸，她把脸贴在他的背上。之后，她的手缓缓地放到他的腰上。

她闭上了眼睛，就这样和他待着……

之后容允桢对她说："李若芸，我不知道你为什么需要那十五分钟的时间给我讲那个故事，我也不知道你为什么需要我那个对于你来说会让你变得好点儿的拥抱。我告诉你，刚刚的十五分钟以及这个你所希望的拥抱，之所以会存在都是因为栾欢。因为你是栾欢至亲的人，栾欢和我说过，即使我还认识不到一千个汉字，可中国的传统还是必须遵守的。所以，李若芸，你和李若斯一样都是我的至亲，而且一直会是这样。"

"好了，李若芸，现在十五分钟到了。"容允桢说道。

十五分钟到了吗？应该是的，可怎么办？她就想多赖他一秒，能赖一秒算一秒。

李若芸又听到容允桢这么说："李若芸，如果你再不放开的话，那么我会忍不住去怀疑你刚刚说的那个故事的真实性。我甚至会忍不住去猜测你杜撰出那个故事的动机！"

容允桢说这话的口气带着警告。

这番话从容允桢的口中说出来，让李若芸不敢再赖他一秒。

李若芸放开了容允桢，然后离开。

因为无聊，李若芸靠在墙上，做各种各样的假设，假设刚刚她和容允桢说二十分钟的话，那么她就可以多拥抱容允桢五分钟。把时间拉远一点儿，假设那时她不去马德里，她和栾欢一起留在家里……

不，不能去想那些假设。

　　抽完了那根烟，李若芸开始等待天黑，她想在天黑的时候去找一家小酒吧。

　　洛杉矶有一类酒吧，这类酒吧在洛杉矶很受欢迎。洛杉矶有很多失意的女人或在生活中不顺心的女人，一到夜幕降临，就会迫不及待地来到酒吧，喝点儿酒，发着牢骚。

　　这一晚，祝安琪来到了这条专供女人们消遣、被洛杉矶的女人们戏称为"失意女人一条街"中的一家酒吧。据说，这些酒吧的老板会在你喝得醉醺醺的时候告诉你这样一句话——不需要太伤心，坐在你身边的那位女士烦心事比你的还要多。

　　骗人，根本就没有！

　　喝完一大杯啤酒的祝安琪生气地把酒杯往桌上一放，指着那些说个不停的女人："我说，你们能不能安静一点儿？吵死了。"

　　带祝安琪来这里的是她的朋友，也是一个失意的女人，这会儿她频频站起来为自己耍酒疯的朋友道歉。

　　祝安琪被重新按回座位上，她使劲地揉着脸，酒精堆积出来的那个世界空旷而虚幻。

　　这里有好多不开心的女人，她们打扮得花枝招展，不停地说话。嗯，也有不说话的，那个一直不说话的女人就坐在她左边的座位上。直长发遮住了她半边脸，从祝安琪的这个角度看过去，就只看到她翘翘的鼻尖，黑色的丝袜和红色的高跟鞋，身材苗条，光那么一种姿态就知道她一定是个美人儿，美人儿一直在喝酒。

　　怎么？像她那样的美人也有烦心事？

　　祝安琪看那位美人儿有些眼熟，可就是想不起来在哪里见过。

　　祝安琪可是一个记忆力超强的人，可是这会儿她觉得自己的脑子迟钝极了。容允桢给她的打击有点儿大，大得她需要来这里找乐子，大得她需要用酒精麻醉一下自己。

　　容允桢向容耀辉请了一个月大假，在假期这方面，容允桢一直很苛刻，他一个月一天的假期都是他每天多工作数个小时攒出来的，很多人都说他是一个铁人，是工作狂。

可这次在请假的时候，他阔绰得像一个大富豪，问他一个月的假期用来做什么？

"和小欢去度蜜月，这次是真正的蜜月。"容允桢丝毫不顾忌站在一边的祝安琪，对容耀辉坦白道。

那一刻，站在一旁的祝安琪心里那堵让她赖以生存的城墙轰然倒塌。

容允桢的话她听懂了，听明白了。

祝安琪呵呵地笑着，不再想坐在一边的美人是否见过，她拿出手机，趁着酒劲，她得打电话问一下容允桢。

即使祝安琪知道，但凡在晚上打到他私人手机的电话他从不接，她只想求一个痛快，被骂也好，被警告也好。

电话没有接通，不过那又有什么关系呢？

不是说只求心里一个痛快吗？

于是，祝安琪对着无人接听的电话，说道："容允桢，允桢。"

余光中，那位穿着红色高跟鞋的美人似乎在朝她这里看，祝安琪没有理会，继续和空气说话。

祝安琪说道："容允桢，小美人鱼有什么好？小美人鱼有那么好吗？不就是救你一回吗？好得让你从俄罗斯追到了旧金山，然后把她娶回家？"

某个圆形的东西滚到她的脚边，祝安琪低下头，看到了那双红色的高跟鞋。

祝安琪提起精神，重新把注意力放在无人接听的电话上，絮絮叨叨地讲，讲那个雪夜，讲那尾用身体温暖他的小美人鱼。

祝安琪拨打电话前五分钟，容允桢关掉了手机，此时此刻他正在栾欢的画廊里，他在等着她下班，接她回家。

李若芸走出酒吧，离开酒吧前她喝了一杯冰水，她需要那杯冰水。

酒吧里坐在她旁边的女人叫祝安琪，是容允桢的得力助手，好巧不巧，她还清清楚楚地听到了祝安琪说的那些话。

嗯，美人鱼，小美人鱼。

刚刚咽进肚子里的冰水似乎把她的五脏六腑都冰封起来，这一刻，那种冰冷也让李若芸清醒过来。

李若芸走街道上，夜风迎面而来，街道两边一派颓废迷离。

站在街道的尽头，李若芸抬头看着夜空。

许久，她的脖子又酸又疼，她想起了小欢在歌剧院里说的那些话，以及她说那些话时的表情。

真是的……

李若芸缓缓地闭上眼睛，各种画面在她的脑海里来回穿插着，最后，画面定格在早上栾欢的那张脸上，那张脸上沾着粥汁，因为她一句缓解气氛的话，栾欢手上的面包条掉进了玉米粥。

或许那根掉进玉米粥的面包条代表的是一个人的心虚。

李若芸弯下腰，缓缓地蹲了下来，然后慢吞吞地拿起手机，她拨打了李俊凯的电话。

在等待电话接通的时候，李若芸用从酒吧带出来的吸管在地上画着，一尾人鱼的形象就出来了。

电话很久之后才接通。

李若芸开口道："爸爸，您能不能把容叔叔的电话号码给我？"

容叔叔，容耀辉，容允桢的爸爸，据说在她年幼的时候还曾抱过她。李若芸相信，在和容耀辉通电话的时候，她只需要五分钟就可以把自己变成小时候那个叫着容叔叔的小女孩。

（3）

三月末的这个黄昏，在日落大道，栾欢和李若芸站在迪斯尼音乐厅外。这天的夕阳无比炫目，夕阳的光辉把那座像一张信笺飘散在风中的大建筑渲染成了金色，夕阳也把那个在踏着钢琴地板的孩子的卷发染成了金色。

整个日落大道沉浸在大片的金色之中，李若芸背对着夕阳，夕阳的光辉极亮，栾欢看不清楚李若芸的表情，只听到了李若芸的声音，淡淡的，带着几分惆怅和落寞。

"我觉得自己是一个很笨的人，欢，你是不是也觉得我特别笨？"

这个下午，那位马德里大师打了一通电话，狠狠地把李若芸臭骂了一顿，原因是李若芸主动要求退出那位大师的画展，据说在画展中，那位大师会留下一个小版块，那个小版块会放上李若芸的画。

踩着钢琴地板的孩子不亦乐乎，来来回回，发出"哆，来，咪，哆来咪——"的声音。

在那清脆的声音中，栾欢轻轻地拥抱了李若芸。

她的心因为那个叫容允桢的男人而变得柔软，那是一种类似于善良的柔软。

栾欢抱着李若芸，说道："不对，你一点儿也不笨，小芸只是懒，小芸只是把所有的精力都用在那个用颜料组成的世界上。"

李若芸的头靠在栾欢的肩上，浅浅地笑道："嗯，欢说得对，小芸不是笨，她只是懒。"

"欢，冲着你这么了解我，我在你们的结婚纪念日一定要给你一件让你终生难忘的礼物。"

冲着你这么了解我，我在你们的结婚纪念日一定要给你一件让你终生难忘的礼物。

言犹在耳！

在李若芸说出这句话的十个小时之后，栾欢在画廊收到了容允桢让他的助手送来的盒子，盒子里放着礼服和高跟鞋。

礼服的款式是栾欢所喜欢的，高跟鞋和她的脚无比吻合。

很多人都来参加栾欢和容允桢结婚周年纪念派对，很多人嘴里都说着让栾欢飘飘然的话，很多人都见证了容允桢献给她的礼物，那是一座用四维技术模拟出来的梦幻游乐场。

在那些前来参加派对的人中，栾欢看到了李俊凯。看到他的第一眼，栾欢是害羞的，她害羞得差点儿躲到容允桢的背后。

李俊凯看起来很高兴的样子，他的笑声也比以前爽朗许多，他和容允桢说，要看到小欢这么害羞地笑可不容易。

"爸，我没有很害羞地笑。"栾欢的声音带着一丝恼怒，在做着矫情的狡辩。

从李俊凯的口中，栾欢还知道李若斯也来了。

李俊凯和栾欢解释，说李若斯也来到了洛杉矶，只是来参加舞派对前的两个小时突然遭遇食物过敏，现在正在酒店休息，李俊凯还带来了李若斯给她的礼物。

只是栾欢一直找不到李若芸，李若芸说过在她结婚三周年纪念日会给她带来终生难忘的礼物，于是她忍不住问李俊凯。

李俊凯的嘴角有抑制不住的笑意，他告诉栾欢，小芸一定会出现。

派对现场太过梦幻，栾欢的心早已迷失在容允桢为她准备的梦幻游乐场中，以至于听到李俊凯的话，还乐滋滋地等待着小芸给她带来让她终生难忘的礼物。

故事的开始是这样的。

距离午夜还有一个小时，十一点，李若芸出现了，一袭蓝色礼服，又黑又亮的头发弄成了很蓬松的卷发，如同海藻一般分散在两边。礼服的裙摆拖在地毯上，经过栾欢的身边时，栾欢轻轻地唤了一声"小芸"。

不知怎的，栾欢在叫那句"小芸"时心里有点儿不安，莫名地希望李若芸回答她，感觉李若应答了，她就会安心。

可是李若芸没有回答她，而是把食指放在唇上，发出了一声"嘘"，然后很俏皮地对栾欢眨眼。

平日里，李若芸要是做这样的动作，就代表她要对某个人进行恶作剧了。

这次的倒霉鬼是谁？

栾欢想着，或许会是奥兰多，今晚奥兰多盛装而来，英俊且多情的青年坚信他最终会抱得美人归。

此时此刻，容允桢和奥兰多正站在一起，不，不能让他们站在一起，要倒霉就让奥兰多一个人倒霉吧，没有必要殃及容允桢这尾池鱼。

栾欢走到了容允桢身边，把容允桢扯离了奥兰多，踮起脚和容允桢咬耳朵："奥兰多要倒霉了。"

李若芸拖着长长的裙摆走向了表演舞台，她在舞台上站住。

表演台和嘉宾的站位隔着一个游泳池，隔着那个游泳池，栾欢和李若芸相对着。

游泳池上闪着蓝色的水光，那些蓝色的水光倒映在站在表演台上的女人身上。

栾欢莫名其妙地想，穿着海蓝色长裙的小芸真像海底的那尾小美人鱼啊。

栾欢已经很长时间不曾想过关于小美人鱼的故事了。

或许是台上的李若芸太美，或许是到场的嘉宾和主人达成了某种共识，现场很安静，空气都好像忘记了流动。

在这死一般的寂静里，一个清脆的女声响起："我想，在场的各位一定很好奇那两位是怎么走到一起的。"顿了顿，李若芸伸出手指向了栾欢和容允桢，"在这里，我很乐意为大家讲述一下容先生和容太太的故事。"

李若芸直勾勾地盯着栾欢，巧笑嫣然："我不大会讲故事，所以我想，还是用我最擅长的方式把这段故事展现出来。"

李若芸的身后是巨大的多媒体电视屏幕，她的话音刚落，巨大的电视屏幕上大片大片的白雪飘落。

栾欢傻傻地站着，眼睛也不敢眨一下。

下一秒，栾欢知道倒霉鬼不是奥兰多。

动画太过逼真，李若芸仿佛就站在漫天的白雪下，她对大家说道："这一年在乌克兰和俄罗斯边境下起了大雪……"

所有人都在看着栾欢，看着容允桢，他们以为会听到像那场雪一样纯白无瑕的爱情故事。

栾欢宛如一具冰雕，一动就融化，一动就会碎裂，原来倒霉鬼不是奥兰多。

原来倒霉鬼是栾欢。

栾欢的嘴角扯出了苦涩的笑容，她转过头去看容允桢。她想现在她的瞳孔一定就像一个旋涡，恨不得把容允桢吸进她的瞳孔里，让他看不到，让他听不了。

可是没有用，李若芸所展现出来的东西宛如一场魔幻表演，牢牢地吸引了他的目光。

栾欢艰难地把目光移向舞台，她决定在今晚当一名合格的观众，小芸一定为了这场大戏费了很多的心思。

差不多一根烟的时间，李若芸的故事讲完了，她用她所擅长的动态画面为大家展现了另一个《海的女儿》。故事发生在乌克兰和俄罗斯边境，那个有着皑皑白雪的世界里，所有人都听到了那个谎言，他们才不会去管那个谎言是在什么情况下产生的，反正撒谎就是不对。

栾欢知道，那些投在她身上的目光充满着强烈的谴责，不知道那些谴责的目光中有没有一道是属于容允桢的。

栾欢不敢知道，她死死地盯着李若芸。

终于，故事来到了在奥地利举办的那场婚礼上。

李若芸只是淡淡地说道："她带着谎言在上帝的面前许下了诺言。"

现场鸦雀无声，即使李若芸没有指名道姓，但从那些显而易见的特征中，大家俨然已经知道了谁是那个偷走了小美人鱼爱情的人。

站在栾欢左前方的女士或许听得忘我，以至于她忘了自己的手里还拿着酒杯。酒杯从她的手里掉落，发出清脆的声响，那一声声响让全场的人窃窃私语起来。

在那些窃窃私语中，李若芸的目光痴痴地落在栾欢的左边。栾欢的左边站着容允桢，李若芸对他说："容允桢，你还记得几天前我和你说过的话吗？"

没有人回答她。

风扬起了李若芸海蓝色的裙摆，站在台上的女人很美，女人的声音充满了诗情画意："我有一个很喜欢的男人，即使我对那个男人一无所知，不知道那个男人来自哪个国家，住哪里，姓什么，名字叫什么，可我知道我喜欢他。容允桢，那天我和你说的那个男人就是你啊。"

在很多人的面前，李若芸在做着很大胆的告白："我曾经说过，我要嫁给买走我的第一幅画的男人，那个时候大家都以为我在开玩笑，可我真的没有开玩笑。我的第一幅画在俄罗斯的一个边境小镇里被一个男人用一百欧元买走，三年后，我在一位叫容允桢的男人的书房里看到那幅画，我曾经为了卖掉那幅画走了半个美洲，而小欢见证了我从这个城市来到那个城市。"

还是没有人回应李若芸的话，李若芸毫不在意的样子，她的目光依然紧紧地盯着容允桢，说话的对象却换了一个人："小欢也在容允桢的书房里看到了那幅画，对吗？"

栾欢呆呆地看着游泳池上的蓝色浮光，原来小芸也知道了那幅画的事情，什么时候小芸也像她一样学会隐藏秘密了？

李若芸又说："欢，是不是你一早就知道了？欢，你要是再撒谎的话，我会伤心的。"

这样啊，方漫总是和栾欢说，你们母女把我儿子的心伤透了。

就说一句真话吧，为了那个叫李俊凯的男人。

"是的，我两年前就已经知道了容允桢是买走你那幅画的男人。"

全场再一次响起了窃窃私语声。

那个穿得像小公主一样的小女孩就站在一边，小女孩是那位刚刚掉落酒杯的女士的千金。

小女孩的名字叫安妮，刚刚栾欢还把最大最甜的巧克力偷偷地塞给了她，那时她还朝栾欢甜甜地笑了。可是现在，她恶狠狠地朝栾欢冲了过来，嘴里说着："你是一个坏巫婆，你应该把王子还给小美人鱼。"

情窦初开之时是最迷信童话的年纪，可以毫不犹豫举起正义的宝剑，十来岁的孩子力气还蛮大的。

安妮冷不防地撞过来，让栾欢的身体失去了平衡。在身体失去平衡的时候，栾欢下意识地想去抓住容允桢的手。

容允桢就站在她左边。

栾欢还在想，就像那时在阿尔卑斯山山脚下一样，最终他会抓住她。

明明指尖触到了容允桢的手，明明只要他抓住她的手就可以帮她稳住身体，要知道，在这样美轮美奂的场景中摔倒是一件特别丢脸的事情，何况这还是一场为她举办的派对。

可是没有，容允桢没有抓住她，不仅没有，他还躲开了她的手。

栾欢倒下的姿势是背朝着地面，脸朝着容允桢，这下栾欢的目光不可避免地和容允桢的目光撞在一起。

没有愤怒，有的是寒冷，那种会让人忍不住发抖的寒冷。

栾欢向后倾斜的身体碰到了圆形的迷你服务台，服务台上放着红酒、料理、蛋糕、水果沙拉。服务台朝她这边倾斜，没有人去扶住那个服务台，没有人！

先着地的是头部，还好地上铺着很厚的地毯，之后是背部，再之后是服务台……

当很多液体还有黏糊糊的东西落到栾欢的脸上时，栾欢闭上眼睛，集中精神默念：消失，消失，消失……

也不知道过了多久，熟悉的脚步声渐渐靠近，这脚步声是栾欢所钟爱的，脚步停在她的身边。

然后有一双手拿着纸巾擦拭着她的脸，那双手在她脸上擦拭着的时候，栾欢不敢睁开眼睛，害怕这是幻觉。

你看，她都骗了他三年，在这三年里，她没少对他冷嘲热讽，一个偷盗者居然还那么自信挑剔，这不是很可笑吗？

或许她的脸被擦干净了，栾欢听到容允桢说："把眼睛睁开。"

容允桢的声音是温柔的，温柔得让栾欢感激。栾欢很听话地睁开眼睛，第一眼看到了容允桢的脸，就像是无数个平常的日子一样，没有笑容，但是目光温和。

"允……允桢……"

栾欢嚅动着嘴唇。

"现在你什么话也不要说。"容允桢说完这句话之后，把栾欢从地上拉了起来。

灯光全部亮起来，嘉宾都来到了他们身边，李俊凯和容耀辉表情严肃，其他人大多是鄙视，那种鄙视栾欢并不陌生。

李若芸身边站着安妮，自始至终李若芸的表情十分平静，她的目光落在栾欢和容允桢握在一起的手上。

栾欢触到李俊凯询问的目光时垂下眼帘，被容允桢握住的手很疼，他的手劲极大。

容允桢拉着栾欢的手，一字一句地对李若芸说道："其实这件事我早就知道了。"

这件事他早就知道了？

栾欢的心怦怦地跳着，她猛地抬起头去看容允桢。

（4）

容允桢正面对着李若芸，他对她说："李若芸，这件事情很久以前栾欢就告诉我了。或许是因为你们关系特别好，她一直不敢把这件事告诉你，她一直在等待，想找个好的时机告诉你，可最终还是在没有告诉你之前让你知道了。我代替她向你道歉，所以，这应该是一场缺乏沟通而引起的误会，与此同时，我也终于可以站在你的面前，和你说出那声谢谢。小芸，谢谢你！"

在容允桢说完那句谢谢之后，眼泪涌上了李若芸的眼眶，她紧紧地盯着容允桢。

容允桢仿佛没有看到她的眼泪一样，说完那句谢谢之后，让自己的父亲送客，之后拉着栾欢的手离开了。

李若芸追了上来，叫住了容允桢。

容允桢拉着栾欢的手，仿佛没有听到李若芸在叫他。

身后传来了李若芸带着哭腔的声音："容允桢，你知不知道我每年的那个时期都会去俄罗斯的那个边境小镇，我傻乎乎地等着，就是为了遇见那个用一百欧元买走我的画的男人。"

容允桢终于停下了脚步，栾欢也停下了脚步，她站在容允桢的身后，看着容允桢转过头去看李若芸。

容允桢在看着李若芸，栾欢在看着容允桢。

她听到容允桢对李若芸说："对不起，小芸，你在书房里看到的那幅画其实是我朋友送给我的，我为给你造成这么大的误会感到抱歉。"

离开现场，容允桢加快了脚步，栾欢一直被他拉着。由于走得快，栾欢的高跟鞋掉了，可栾欢不敢去捡。

容允桢拉着她的手离开现场时，栾欢拼命地想，或许容允桢真的像他所说的那样早就知道了一切，容允桢是一个多么聪明的男人啊。

是的，说不定容允桢其实早就知道了，只是装作不知道而已，为什么会装作不知道，那是因为他爱着她。

那个时候只有上帝知道她的心几乎要冲出她的胸腔，那个时候只有上帝知道她有多么卑微，想趴在李若芸的脚下求她："小芸，求你原谅我，我真的爱他，爱到光想着他的名字心里就一片亮堂。小芸，你已经拥有很多爱了，就把他让给我好不好？"

怀着这样的心情，栾欢任由容允桢拉着她的手上了台阶，走向最幽暗的走廊。那幽暗的走廊却是栾欢通往光明的所在，不管容允桢把她带到哪里，其结果只有一个，等停下来的时候，她要亲吻他的嘴唇，说"允桢，谢谢你"，说"允桢，我错了"，说"允桢，我发誓以后我的嘴里不会出现任何谎言"，说"允桢，我会努力成为像小美人鱼那样善良的姑娘"。

在走廊的拐角处，容允桢的手狠狠地甩开。

巨大的冲力让栾欢后退几步，然后跌倒在地上。

栾欢呆呆地看着容允桢，她的脑海里还在疯狂地想着发生在她和容允桢身上的爱情。

就是那样的臆想，导致她没有从地上爬起来。她想，容允桢待会儿一定会过来拉着她的手，或许最初会言辞犀利地教训她一番，但最后都会原谅她，他答应过她最后都会原谅她的。

栾欢想，在容允桢教训她的时候她一定乖乖的……

正如栾欢想的那样，容允桢正一步步地朝她走来，灰褐色的皮鞋停在离她的裙摆几厘米的地方。

他居高临下地看着她，目光很冷淡，冷淡得就像那年在阿尔卑斯山脚下，他看着那位叫绫子的女人，带着那种藐视。

不，一定是她看错了。

栾欢转过头，呆呆地盯着容允桢的皮鞋。

"栾欢。"

容允桢的声音和平常一模一样。

"嗯。"栾欢小心翼翼地应答着。

"你想不想知道我为什么会告诉那些人其实我已经知道一切了？"容允桢问她，声音还是和刚才一样没有任何起伏。

"想。"

栾欢继续应答着，声音已然带着一丝讨好。

"栾欢，你还记得我们结婚时在上帝面前许下的誓言吗？"

栾欢沉默着。

"如果你忘记了，那么我现在念一段给你听，我们在上帝面前许下誓言：无论安乐困苦，富裕贫穷，或顺或逆，或康健或软弱，你都尊重他（她），帮助他（她），关怀他（她），一心爱他（她）。"顿了顿，容允桢再次朝栾欢移动了一点儿，弯下腰说道，"在派对上说的那些话只是一个丈夫在履行他的义务，因为他的妻子需要帮助，所以我把你带出了那个派对，我不能让那些人嘲笑你。"

在派对上说的那些话只是一个丈夫在履行他的义务？不，不对，容允桢只是太生气了。

栾欢的声音很小："允桢，我……我不是故意变成那样的……允桢，你记得吗？那个时候我和你说过，我不是你的小美人鱼。"

容允桢没有说话，只是静静地看着她，栾欢无可遁形。

她只能再次别过脸，栾欢还在说，不受她的脑子指导，一个劲地说着："允桢，或许你是因为我没有向小芸道歉才生气的，毕竟她才是那个救你的人。允桢，没有关系，我可以去向小芸道歉。允桢，我有办法取得小芸的原谅，我……我真的有办法……"

原来爱情可以让人卑微到这种程度，甚至义无反顾地剥开那件她赖以生存的铠甲，一厢情愿地以为，只要取得李若芸的原谅，她和他就会迎来大团圆结局。

"闭嘴，李栾欢。"容允桢的声音还是淡淡的，只是他的身体俯得更低了。

李栾欢？

容允桢的称谓让栾欢愣了一会儿。

就那么一会儿，容允桢的手放在栾欢的头顶上，他用居高临下的姿态问道："你不是怕死吗，栾欢？嗯？"瞬间，容允桢的声音变冷，"自始至终你都在欺骗我，你怎么敢这么做？如果今天李若芸不说，你是不是打算一辈子把我蒙在鼓里，等你离开人世的时候，可以带着全世界女人的羡慕一起下葬？"

栾欢下意识地摇头，想告诉容允桢不是的，她早就打算在她三十岁的时候和盘托出。

现在她的脑子很不好使，不仅不好使，还有点儿钝，她的思考能力几乎为零。

栾欢怎么都想不通容允桢为什么会说出那样的话。

他不是和那些人说他早就知道了她在骗他吗？可这回他说的话是什么意思？

栾欢呆呆的，只感觉容允桢的手在移动着，从她的发顶来到了她的后脑勺，然后停在后脑勺最凸起的地方。

"栾欢，你也知道我是什么来头，你和我一次次撒谎，就不怕有一天我的子弹会穿透你的脑袋吗？我知道使用什么方法可以弄成枪战电影里的特效效果。"容允桢的手往栾欢的后脑勺轻轻地按了按，"伯莱塔公司的老板送给了我一把很棒、很漂亮的手枪，他们为那把手枪命名为'风暴'，这款枪只有9毫米和0.40英寸两种口径，全枪长159毫米。不要小看它的体形，它的威力在世界上排名第三，会玩枪的人只要轻轻地扣动扳机，它就可以在人的脑袋上穿出一个洞来，就是那种类似于门的猫眼可以从这边看到那边的洞。"

被容允桢的手指按住的地方在发冷，可栾欢并没有想象中的那么害怕，起码此时此刻，这个男人近在眼前，近到她一伸手就可以抓住他。

就这样，栾欢伸出手，拉住容允桢的礼服下摆，哀求道："允桢，不要太生气。"

容允桢的目光落在栾欢拉住衣摆的手上，他的手挥了过去，那手劲让栾欢疼得直吸气。可栾欢还是没有放手，她牢牢地抓住。

在她心灵里种植情感的那片土地荒芜而贫瘠，妈妈走了，索菲亚也走了，李俊凯和李若斯是别人的爸爸和哥哥，小芸永远不会原谅她了。

只有容允桢了，她舍不得他，只有她知道她有多么舍不得。

五分钟，就为她的爱情努力五分钟，说起来遗憾，这辈子栾欢还没有为了某件事那么努力过。

就努力一次，为这个男人无怨无悔地努力一次！

栾欢润了润唇瓣，说："允桢，我只是太爱你了，因为太爱你了，所以总是怕失去你。"

一秒、两秒、三秒，时间在这个回廊里步履蹒跚。

栾欢等来的却是冷冷的一声"放手"。

栾欢固执地说道："我不放手，允桢，你发过誓的，不管我做了什么错事，撒了多么大的谎，你都会原谅我的。你说过的，你说过的！"

容允桢浅浅地笑道："栾欢，原来那个时候你已经在为这一刻打预防针了。"

栾欢闭上了嘴，事实上是那样的。

"栾欢，刚刚你说你爱我？"

容允桢的手抚上了栾欢的脸颊。

栾欢用尽力气点头。

"怎么办？现在我不相信你了，我还认为你刚刚说的那些话是因为一名私生女想要留住容太太这个名号，为你赚取别人的羡慕。"

不是的，不是那样的。

栾欢拼命摇着头，一边摇头一边想着，原来容允桢不仅会说出"我要把你的童年讨回来"这样温柔好听的话，他也会说好像刀子在割肉一样的话。

"怎么办？栾欢，现在在我的眼里，你不仅虚荣，还虚伪。如果不想从我的嘴里听到更难堪的话，你最好放手。"

栾欢紧紧地拉着容允桢的衣角，心里固执地念着：不放手。

容允桢的手离开了她的脸颊，高高地扬起来。眼看容允桢的手就要朝栾欢的手挥来，栾欢闭上了眼睛，放开手。

栾欢怕疼，她觉得容允桢落下来的手哪怕是一点点触碰都会让她疼，那种疼会蔓延到她心上。

手一松，容允桢马上离开，一步步地远去。

栾欢睁开眼睛，看着容允桢的背影，走廊上挂着的钟表显示五分钟只过去了三分钟。

栾欢从地上爬起来，朝容允桢追了过去。

她紧紧地跟在容允桢的身后，心里想着，要用什么话打动容允桢呢？要用什么办法说明她只是因为太爱他了，才在那个最初的谎言之后说了那么多的谎言？

突然，容允桢回过头。

栾欢永远记得容允桢回过头来看着她的眼神。

那个眼神让栾欢终于相信了，假如她惹毛了他，容允桢会用那把名为"风暴"的手枪在她的后脑勺打出一个像猫眼那样的洞。

她已经败退了。

对着容允桢的背影，栾欢喃喃地说道："容允桢，你还不如不帮我，不要把我从那里带出来。"

那样她就不会天真，不会以为她拥有了那块带着祝福的蛋糕。

栾诺阿过早地离开，索菲亚的失踪，让栾欢变成了一个很多人口中没有福气的孩子。虽然她嘴上说不在意了，终究还是会在意的。圣诞节时，栾欢和李若芸都会去教堂当义工，长相慈祥的神父会在她们干完活之后为她们准备圣诞蛋糕。

据说从神父手里分走的第一块蛋糕代表的是最多的祝福，神父总是把他的第一块蛋糕分到小芸的手上，因为小芸总是站在离神父最近的地方。后来，栾欢在某一年的圣诞节把小芸挤到她的身后，可她还是没有得到神父的第一块蛋糕。她眼睁睁地看着神父的手越过她，把蛋糕交到了小芸手上。吃着蛋糕的小芸乐滋滋地说，是因为神父知道她是一个比谁都馋的丫头。

每次都是这样，小芸总是不费吹灰之力就得到她所渴望的。每次栾欢看着小芸两三下就把那块蛋糕吞进肚子里，她总是想，要是她的话，她会一小块一小块地吃那块蛋糕，慢慢地咀嚼着。

时间已经过了五分钟。

栾欢脚一软，跌倒在地上。

回廊里的钟表嘀嗒嘀嗒地走着。

也不知道过了多久，一阵由远至近的脚步声朝她而来，栾欢竖起了耳朵，心又开始不受控制怦怦地跳起来。

会是容允桢来见她吗？或许他相信了她并没有撒谎。

几秒钟之后，栾欢难过起来。

不是容允桢，不是。

（5）

栾欢认得容允桢的脚步声，也不知道从什么时候开始，在幽暗的夜里，栾欢习惯去倾听容允桢的脚步声。听着他的脚步声在安静的走廊里回响，对容允桢的脚步声多熟悉一点儿，栾欢就会多心疼他一点儿。

容允桢的脚步声不像栾欢认识的那些男孩子一样，时快时慢、随意雀跃，一时兴起还来一段踢踏舞。容允桢也不像栾欢认识的那些男孩子一样，一边走路一边哼着流行歌曲。

或许是和他的成长环境有关，容允桢走路的声音是极为小心翼翼地。听着听着，栾欢也不知道什么时候开始心疼起容允桢来。

脚步声停了，那是一双黑色的皮鞋，一丝不苟，就这样在她的面前停着，没有说话。

栾欢说道："李俊凯先生，现在您是不是在为那个时候做的那个愚蠢的决定懊恼不已？看看，你都把什么样的货色带回家了。"

冷冷的声音在她的头顶响起："栾欢，起来，给我起来。"

栾欢纹丝不动。

"栾欢，你就只有这点儿出息吗？你的妈妈可是连我都敢抛弃的栾诺阿，你知道你妈妈当时是怎么和我说的吗？她说'阿俊，假如我跟你回家的话，我会在你们家庭各种各样烦琐的礼仪中变得不开心，假如你跟我回家的话，你会在对家人的愧疚中逐渐遗忘我们的爱。与其变成那样，还不如现在就分手，所以阿俊，我不要你了'。"

"你知道你的妈妈最吸引我的东西是什么吗？就是她身上无穷无尽的勇气，即使是生活让她变成那样。栾欢，你的胆子也不小，那样的事情你也敢做。"

"可是栾欢，你没有你妈妈的那份孤勇。什么是孤勇？就是要有勇往直前的魄力，即使是被打掉了牙齿，也要把牙齿和血往自己的肚子里吞。既然做了，不管对错都要勇于承担责任，所以，即使你的妈妈过得再艰苦，她也从来不出现在我的面前。栾欢，如果你还是栾诺阿的女儿，就给我站起来。"

栾欢把头深深地埋在了膝盖间。

走廊再次沉寂下来，李俊凯的手轻轻地落在栾欢的发顶，一如那年在纽约的那个寒冷的冬天，在皇后街的街道上，他把她冻得冰冷的手强行塞进他那件名贵大衣的口袋里，即使她的手沾满了油漆。

栾欢挪动着身体，挪到了李俊凯的脚边，半跪着，把脸贴在了李俊凯的衣服上。

"爸爸，我没有那么坏，我真的没有那么坏。我也不是故意要让事情变成那样，我也想把容允桢还给小芸，可是爸爸，后来，后来……我越来越舍不得了，从小到大……我……"

"我知道，我知道。"李俊凯抚摸着栾欢的头发，"我都知道，从小到大，小欢都没有那么迫切地想要去拥有一样东西。那是因为小欢不敢去要，你总觉得一切就像在你搬家时必须要遗弃的小狗一样，与其拥有，还不如没有拥有过，这样就不会想念。我还知道，小欢和容允桢结婚有很大一部分原因是为了帮助爸爸，是不是那样，小欢？"

"是的，是那样的。"她拼命地点头，小心翼翼地询问，"爸爸，那么您会原谅我吗？"

"爸爸从来就不会怪你，小欢，在这件事上，我是不会在你和小芸之间选择站队，因为爸爸相信你们会把事情处理好。"顿了顿，他继续说道，"但是小欢，在这件事上，你确实是先对不起小芸。小芸和你不一样，她在一帆风顺中长大，生活也从来没有给她吃过任何苦头，所以她把你对她的欺骗视为背叛。我想给她一点儿时间，最终她会理解你的，也为她今晚的行为向你道歉。"

栾欢深深地吸了一口气，慢慢地站起来，面对着李俊凯垂下了眼帘，说道："爸爸，我知道该怎么做了，我会向小芸道歉，我会努力让她知道我的诚意。"

李俊凯点了点头。

栾欢擦着李俊凯的身体走过。

走了几步，李俊凯的声音在她的背后响起："小欢，爸爸以一个过来人的身份告诉你，爱情没有那么容易，起码在爸爸的理解中，爱情不会因为一幅画、一次援手、若干次浪漫的邂逅就产生的。"

"小欢，爱情从来不是一件很容易就会发生的事情。"

爱情没有那么容易，爱情从来不是一件很容易就会发生的事情……

栾欢在心里默默地念着。

等到这句话嚼出味道来了，栾欢停下了脚步，回头朝那个站立在幽暗处的男人跑去。

栾欢用尽所有的力气去拥抱李俊凯，她说："谢谢您，爸爸！我为我妈曾经拥有您的爱感到骄傲。"

放开手后，栾欢开始在幽暗的走廊里奔跑起来。

在走廊里奔跑的栾欢那一刻是雄心勃勃的，她以为只要真诚，就可以获得原谅。

在栾欢和容允桢结婚周年派对现场，栾欢找到了李若芸。

李若芸坐在玻璃屋里，玻璃屋在表演台的后面，玻璃屋里有淡蓝色的灯光。远远地，栾欢就看到李若芸摊在地上的裙摆，就像是一波海潮。

栾欢深深地吸了一口气，朝玻璃屋走去。随着一步步靠近，栾欢看到李若芸的手。

李若芸的手里握着酒杯，酒杯里还有一半液体，突然有一双手伸过来，拿走了李若芸手里的酒杯。

栾欢认得那双手，白皙修长，在食指和拇指之间有因为握笔而产生的细茧。每当细茧刮过她的身体时，总会惹得她的身体一阵战栗。

栾欢背部贴在玻璃屋的外墙上，她只是看了一眼，就感到无力。

玻璃屋的两个人背靠背坐着，那两个人给她的感觉就像是从他们呱呱落地开始就认识了。

有那么一瞬间，栾欢仿佛读到了故事里最经典的结局，王子和小美人鱼经历了重重考验，最终在一起，然后他们幸福地生活在一起。

栾欢想，或许她应该暂时离开这里。

在栾欢准备离开时，玻璃屋传来了声音。

李若芸的声音轻飘飘的："为什么撒谎？我知道那个买走我第一幅画的男人是你。"

是啊，为什么撒谎？栾欢也想知道。

男人淡淡地回答道："因为她是我的妻子，那个时候她需要我的帮助。"

"浑蛋。"李若芸嗔怪道。

"小芸，对不起。"容允桢在道歉。

容允桢的那句"小芸"就像一支突如其来的暗箭，容允桢把"小芸"叫得极为顺口，他可是好几次都把栾欢的名字叫错。

"容允桢。"

"嗯。"

"听容叔叔说你小时候打过我。"

"……"

"容允桢。"

"嗯。"

"你怎么没有把我认出来呢？"

"……"

"容允桢，你为她开了车门。"

"……"

"容允桢，你误会我，还警告过我，刚刚你还为了她让我在很多人面前下不了台。”

“对不起，小芸。”

“容允桢。”

“嗯。”

“你送给她古董车。”

“……”

栾欢靠在玻璃墙上喘着气，李若芸很喜欢那辆古董车，比她还要喜欢。

栾欢努力回想自己在收到那辆古董车时的表情，好像不是很高兴的样子，她觉得那玩意就像芭比娃娃一样，徒有外表。

“你给她做饭，你抱她，你送长颈鹿给她，你还给长颈鹿取了‘小栾小欢’这样可爱的名字。容允桢，你还送她旋转木马，像彩虹一样的旋转木马。”李若芸一口气说了出来，语气又急，说完之后开始大声地咳嗽。

不用栾欢回头看，她也知道，这个时候容允桢一定把他的肩膀借给了李若芸。

李若芸的声音传来，带着哭腔：“容允桢，你这个浑蛋，你让我在那些人面前下不了台。”

许久，男声响起：“所以，小美人鱼，那个时候你为什么要逃跑呢？”

栾欢的身体顺着玻璃墙滑下。

是啊，为什么那个时候要逃跑呢？

栾欢呆呆地望着夜空，比利华山的夜空有点点星辉，寂寥得让栾欢的心里空荡荡的。

偏偏玻璃屋里的男女还不消停。

女人在男人的肩膀上低低地抽泣着，栾欢想，女人的眼泪一定沾满了男人的肩膀。

栾欢用手触了触自己的眼眶，还是干干的。

栾欢想，要是这个时候她的眼眶能流出点儿眼泪来也是好的，那么她的心就不会这么空了。

一会儿，女人又开口了，声音从玻璃屋一个个小小的孔里透出来。

“允桢。”

“嗯。”

李若芸嘴里的那句"允桢"比她叫得自然，栾欢想。

"允桢，以后我们要怎么办？"

栾欢捂住耳朵，她不敢从容允桢的口中听到答案，此时此刻，栾欢知道自己没有栾诺阿有本事。

栾欢从地上站起来，离开玻璃屋，走了很久，最后走到了容允桢送给她的那座旋转木马前。

她在旋转木马前呆呆地站着。

之后，栾欢回到自己的房间，玻璃屋短短的十分钟已经消耗了她所有的勇气，最终她还是让李俊凯失望了。

栾欢把护照放进了皮包里。

栾欢离开的时候，玻璃屋的灯还亮着，整个比利华山就像是每一个孩子会做的那个梦一样，精致，梦幻。

栾欢直接把车子开到机场，她买了最早离开洛杉矶的机票，凌晨三点有一架前往乌干达的飞机。

距离登机还有一个小时左右，栾欢坐在候机厅，多媒体屏幕一直在滚动播出各种各样的讯息要闻，特属于美式的夸张声调让栾欢觉得厌烦。在那些快节奏的播报中，栾欢听到了容允桢的名字，在简短的阐述中，播报员播报亚东集团CEO一个月的大假让亚东集团的股价小幅下跌，从不放假的容允桢一下子要了一个月的假期，让各方人员对亚东集团的内部状况进行了各方面的猜测，从而让自上市以来股价一直在不断上涨的亚东股票有了第一次的小幅下跌。

栾欢紧紧地握住自己的护照，她想起了容允桢说的真正属于他们的一个月蜜月。

凌晨三点整，栾欢没有登上前往乌干达的航班。

栾欢的车子一直在雨中行驶着，在漫天的雨幕中，栾欢突然意识到自己没有任何地方可去，最后她把车子开回了城南的那所公寓。

喝了热牛奶，洗完了澡，差不多是中午了。

栾欢打算蒙头大睡时接到了一通电话，电话来自李若芸，口气自然得就像什么都没有发生过："欢，我们见个面吧。"

也对，撒谎的人是栾欢，又不是李若芸。

栾欢把车子开到李若芸指定的餐厅外时，李若芸已经等在餐厅门口。

雨一直在下，李若芸站在那里，手里撑着一把伞，见到栾欢时，她很自然地和栾欢招手。

她们来到这里是为了一个叫容允桢的男人。

港式的餐厅是李若芸喜欢的怀旧风格，她们的位置靠窗，李若芸喝完了那杯茶，栾欢面前的茶没有动。

放下茶杯，李若芸看着栾欢。

李若芸脸色苍白，眼窝深陷，眼睛通红。

距离栾欢和容允桢结婚周年纪念日过去了十五个小时。

李若芸对栾欢说："欢，把他还给我吧，你也知道从一开始他就不属于你。"

刚刚喝下去的那口茶在栾欢的胃里搅动着，栾欢努力把那点儿酸气吞咽下去，一字一句地说道："或许这是容允桢的意思。"

那道冷冷的目光从栾欢的脸上移开，落于窗外。

"不是。"

栾欢不争气地松了一口气，再喝了一口茶。

李若芸再次开口："在我的心里，欢是比谁都聪明的人，正因为聪明，我以为不需要我说明。"

李若芸现在说话的样子在栾欢的眼里还像模像样的，不过终究是一位眼里只有颜料的傻姑娘。瞧，现在她说这些话的时候都不敢看栾欢。

栾欢淡淡地笑道："小芸，不过十五个小时而已。有一句话老生常谈，但我还是要告诉你，容允桢不是谁的物品，我以为类似这样的道理李家三小姐比谁都要明白。"

李若芸张了张嘴，最终垂下头，什么也没有说。

"还有，小芸，我有必要告诉你，男女的婚姻不像你的随性涂鸦，在一起和分开都不会是一件容易的事。我还要强调一点，不管在一起还是分开，都是属于我和容允桢之间的隐私，在一切还没有明朗之前，你连第三方当事人也算不上。"

"我都知道，也请你不要把我这一刻坐在这里当成是一时兴起。"淡淡的目光里有了些许情绪，那些情绪带动着李若芸说话的语气，"而且，你也比谁都清楚，容允桢真正想娶的人是谁。我问你，在他送你古董车，送你那座旋转木马，接受他交到你手里的任何东西时，你都不会感到心虚吗？欢，我爱他，很早以前我就爱他了，你也见证过我找他找得有多辛苦。"李若芸在栾欢的身后喊着。

停车场回荡着李若芸的爱情宣言，很直白，不拖泥带水。

(1)

天空变得昏暗，栾欢终于把车子开回城南的公寓，在公寓门口，栾欢看到了站在乳白色灯柱下的李若斯。

停好车，栾欢没有直接打开车门，她把头靠在方向盘上，刚刚应付完了妹妹，她没有力气再去应付哥哥。

栾欢想，她应该休息一会儿。

李若斯打破车窗，她是知道的。李若斯摇着她的肩膀，大声地叫她的名字，她也是知道的。

之后，李若斯好像很生气的样子，一个劲地在她的耳边大吼。

她的脑子变得昏昏沉沉的，唯一的念头是不能离开这里，因为今天是星期五，容允桢说过星期天会和她去度蜜月，是真正的蜜月。

李俊凯不是说了，爱情没有那么简单，不是吗？

这次容允桢显然是生气了，撤掉了那些一直跟在她后面的保镖，所以她得让他很容易找到她。

李若斯在她的耳边吼着，十分激动，大概是说像她这样的女人不该为了一个男人弄成这样子。

李若斯的声音太吵了，吵得栾欢想睡觉，在睡觉之前，栾欢向上帝请求，请求上帝原谅她的脆弱。

某种意义上，在情感世界里，她是一个穷光蛋，穷光蛋们总是会牢牢地看住属于他们的财产，那是因为他们没有挥霍的空间。

所以栾欢想等，等到周日看容允桢会不会出现。

栾欢是在周六晚上醒来的，她整整睡了一天一夜。醒来时，栾欢第一眼看到李若斯，他坐在她的床边。

栾欢抱着胳膊说道："好了，李若斯，我现在有体力了，想嘲笑想责骂，想为小芸讨回公道话的话，快点儿。"

李若斯摇头说道："你猜错了。"

"如果你想表达一下你泛滥的同情，我劝你还是省省，我不觉得自己有多可怜。如果你想借机献殷勤的话，大可不必，假如我和容允桢离婚的话，单凭你是李若芸的哥哥这一点，我永远都不会考虑你。"

"我知道，所以我不去说那些傻话、做那些傻事，我只是来看看你。"李若斯挑了挑眉毛，从椅子上站起来，朝栾欢靠近一点儿，"我只是来看看你，小可怜，并且想向你借一间房间。"

"不要怀疑我的居心。"李若斯的声音有些伤感，"人总是在学习中成长，有成长就会有妥协。小欢，最近我开始和适合我的姑娘约会了，对于你，我想我能做到的就是陪陪你，如果你看着我不自在的话……"

"房间借给你。"栾欢说道。

就这样，栾欢借给了李若斯房间，因为工作关系，李若斯每周六都要到洛杉矶来。

栾欢和容允桢的结婚周年纪念日已经过去三天，这三天里风平浪静。关于在派对上发生的事情被捂得紧紧地，并没有变了一段好莱坞式的丑闻，甚至一个孩子还主动爆料容允桢给一千个孩子写邮件，邮件内容变成了美谈，大伙都说其实容先生很重视自己的太太。

第三天，正是之前容允桢说的会和她去度蜜月的那个周日，容允桢并没有出现。

中午时分，栾欢就知道了，属于她和容允桢的蜜月不会再有了。

午间新闻播报关于容允桢销假的新闻，大家都在猜测，随着容允桢的销假行动，周一东亚集团的股价势必上涨。

晚间十一点，容允桢和他的助手出现在机场，据说巴西的工程出现了点儿小问题。

十二点，栾欢关灯，睡觉。

四月，栾欢把她之前制订的那个资助青年画家的计划提前一个月进行。

四月初，栾欢开始忙碌起来，她带着那些画家拜访了一下艺术品投资商，她和那些青年画家相处的画面不时登上洛杉矶的娱乐版。在那些人的口中，她和他们一起在餐厅吃饭变成了甜蜜用餐，一起从车上下来变成了约会回家，她和他们说话、眼神交流，变成了窃窃私语、深情凝望。

四月上旬，栾欢的名字被频频提起，今天和某某青年画家在一起，明天又和某某画家在一起。

四月中旬，容允桢成为巴西的某场慈善足球赛的开球嘉宾，他坐在看台上看完了整场比赛。容允桢看完比赛之后，被拍到他开车离开时，在他的座驾上赫然坐着一位长发女孩。

长发女孩不是安琪，因为安琪是短发，洛媒开始狂欢，狂欢主题为容允桢有新欢了。女孩是侧面照，长发遮住了她大半张脸，可栾欢仅仅看一眼就知道长发女孩是李若芸。

几天之后，在西班牙，容允桢再次被拍到了和长发女孩在一起的画面，他们在巴塞罗那广场上，两个人都戴着帽子和大墨镜。

于是，在四月中旬，关于容允桢有新欢的消息传得沸沸扬扬。

容允桢和那位长发女孩的绯闻被媒体热炒四天之后，神奇地在第五天销声匿迹。没有任何一家媒体再谈论起那位长发女孩，与此同时，他们撤下了所有相关报道。

距离栾欢和容允桢结婚周年纪念日过去二十二天，这期间，容允桢没有给栾欢打过一通电话，栾欢也没有给容允桢打过一通电话。

第二十三天的早上，容允桢回到洛杉矶，他被拍到和长发女孩戴同一款墨镜一前一后出现在机场。这次是被网友拍到的，短短的几分钟里，这张照片就在网上疯传。

中午，栾欢打电话让律师来画廊。

栾欢让律师来主要是咨询一些关于离婚的问题，她起这个念头不过是几个小时之前，是因为戴在容允桢和李若芸脸上的那款眼镜。

栾欢是一个爱记仇的人，情人节那天，栾欢让容允桢和她一起戴那款小丑型的眼镜时，容允桢拒绝了。

　　容允桢已经维持同一个姿势坐在书房盯着电脑屏幕十分钟了，他在想一件事情，想那间房间的床头柜左边的那个抽屉里不见的那样东西是什么。不久前，他打开那个抽屉，发现好像少了一样东西。

　　一时间，容允桢觉得他应该想起那样东西，不想起来的话，一切好像不完整。

　　半个小时之后，容允桢想起抽屉里不见的是什么了。

　　回来之前，容允桢就猜到那个骄傲的女人是不会待在这里的。事实上他的猜测没错，她真的不在这里，她不仅不在这里，还把她的护照带走了。

　　容允桢揉了揉眉心，站起来走到窗前。

　　此时正值午夜时分，周遭很安静，容允桢点了一根烟，深深地吸了一口，微微眯着眼睛，看着那座发光的旋转木马。

　　容允桢回想起那张脸，那是一张小心翼翼的脸，好像如果不小心翼翼的话，那座旋转木马就会凭空消失。

　　周日，容允桢走进那座用矮墙圈起来的住宅，就看到这样一副光景——四月末的日光洒在草地上，栾欢和李若斯正在给一群小狗洗澡。

　　容允桢的眉头皱起来，手里的车钥匙就这样朝李若斯的手丢过去。如果容允桢没有猜错的话，李若斯的手指想要去触碰沾在栾欢鼻尖上的泡沫。与此同时，他的脑海里迅速回想起那时穿着斑马条纹睡衣、鼻尖沾着巧克力的女人，那晚他一点点地吻掉她鼻尖上的巧克力。

　　车钥匙很准确地击中了李若斯的手指，阻止了它伸向鼻尖，之后掉进了水里。

　　容允桢也不知道自己怎么到这里来了，在他的计划中，他需要一段时间想清楚，可中午吃完饭后，他就把车子开到了这里。

　　几分钟后，容允桢弄清楚了心里那没来由的不爽是怎么回事，或许可以说是不习惯，他不习惯栾欢穿得如此邋遢。

　　在这半旧的院落里，她平日总是仪容精致，现在穿着肥大的运动服，再看清楚她脚上穿的那双男式拖鞋时，容允桢恼怒地说道："栾欢，我有话和你说。"

　　应容允桢的要求，栾欢把他带到自己的房间。

容允桢随手关上了房门，二十几天过去了，曾经耳鬓厮磨的两个人在这一刻仿佛变成了陌生人。

几秒钟的相对无语之后，容允桢看着她脚上的拖鞋，微微皱起了眉头。

出乎栾欢意料的是，容允桢说的第一句话和离婚这样的话题没有任何关系，他从她的衣柜里挑出最华丽的那一套衣服，把那套衣服丢在栾欢的身上："换上它。"

栾欢对着镜子把那套衣服穿好，衣服的款式很经典，是容允桢喜欢的款式。或许如一位情感专家说的那样，这世界上每一个男人的心里都住着一个奥黛丽·赫本，天真理智，美丽浪漫，一半是女人一半是女孩。不过栾欢觉得李若芸和赫本小姐更为贴近。

穿好衣服，栾欢还化了淡妆，也许这会是她和容允桢最后一次交集的机会。昨天他刚刚回到洛杉矶，今天就找上门来了，这很符合李若芸的那种急性子。

栾欢从更衣室走出来，站在容允桢的面前。容允桢的目光在她的身上停留了几秒，表情缓和了一点儿，然后来拉她的手。

栾欢躲开容允桢的手，容允桢再次皱眉。之后他强行拉住了栾欢的手，拉着她往门口走去。

"容允桢，你要带我去哪里？你不是说有话和我说吗？"

挣脱无果之后，栾欢任由容允桢把她拉出房间，房门关上，栾欢问了容允桢这么一句话。

容允桢并没有回答她，一直拉着她的手。

栾欢没有挣扎，下了楼梯就是用矮墙围起来的院落。李若斯还在那里，已经洗完澡的小狗在草地上晒太阳。看到他们时，李若斯追了过来，容允桢拉着她，脚步更快了。

看着那两只紧紧握在一起的手，李若斯压下想强行将那两只手分开的冲动。这个时候如果他那样做了，他的欲望便会赤裸裸地显现出来，现在还不是时候。就像之前他说的那句话，我们在成长中学习，是的，在失去的痛苦中，他明白了一个道理，机会永远是留给有准备的人。

为了这一个机会，他已经等了太久。

李若斯朝栾欢走去，对她说："早点儿回来，路上注意安全。"

他送上安抚性的微笑，很好地扮演着哥哥的角色。

栾欢坐在副驾驶座上，容允桢开着车，自始至终他们都没有说过一句话。车子直接开到了联邦银行大厦的停车场，容允桢在洛杉矶的办公室就在这里，他的律师团也在这座大楼办公。

停车之后，容允桢又是不说一句话就把栾欢拉到了电梯里。

在电梯里，栾欢还想着容允桢会用什么样的开场白来宣布他们的婚姻关系破裂。

电梯并没有像栾欢想象中的那样把他们带到办公室，而是直接把他们带到了楼顶。栾欢有轻微的恐高症，站在三百多米的高楼上，栾欢的腿有点儿抖。

容允桢似乎察觉到了，从拉着她的手改成了揽着她的肩膀。

"容允桢，你想干什么？"栾欢提高音量问道。

容允桢好像并没有听到她的话，他一边接电话一边仰望天空。

那架直升机降落在楼顶时，栾欢就知道了容允桢带她来这里的目的。在这座楼里，有一场洛杉矶政府举行的晚宴，晚宴主要是宴请巴西的合作方，作为东道主之一的容允桢需要一个伴侣，这是一场极为严谨的晚宴，容允桢的伴侣需要大方得体。

栾欢任由容允桢揽着她的肩膀，向从直升机上下来的人介绍："这是我的妻子。"

更衣室里，当容允桢转过身让栾欢帮他整理领结时，栾欢终于忍不住了，她抓住容允桢的礼服领口，问道："容允桢，你到底想干什么？"

容允桢低下头看着她。

栾欢垂下眼帘，松开手，艰难地开口："所有的事情你应该都知道了，我两年前就知道买走小芸的画的男人是你，可我选择了隐瞒，就像我们举行婚礼的时候一样。"大口喘气之后，栾欢勉强挤出这样的话，"容允桢，那天晚上在走廊上，我该说的都说了，我想，我们再纠缠下去就没有意思了，你已经不相信我了，所以……"

"晚宴快开始了。"容允桢打断了栾欢的话，并且抓住栾欢的手放在领结上，"你把我的礼服领子弄皱了。"

"容允桢……"

栾欢还想说点儿什么。

"栾欢，你骗了我那么久，我需要一点儿时间去消化这件事。"容允桢说道。

听到他的话，栾欢的心怦怦地跳起来，小小的希望之火又重新燃起来。

栾欢颤抖着声音说道："容允桢，我问你，你后悔送我那座旋转木马吗？你要想清楚，厚着脸皮和你说'谢谢'的人是栾欢，不是小美人鱼。"

沉寂片刻后。

"我想了一下，到目前为止，没有。"

就是说容允桢没有后悔了？

栾欢踮起脚，她仔细地把容允桢的领结弄好，弄得漂漂亮亮的，然后去抚平被自己弄皱的领口。

她的睫毛垂下，睫毛下是翘翘的鼻尖，由于她垂着头，容允桢只看到她的鼻尖。鼻尖下的部位他看不见，但容允桢猜到，此时此刻她的嘴唇一定是紧紧地抿着。

有那么一瞬间，容允桢想托起她的下巴，检查她的嘴唇是不是紧紧地抿着，如果是……

如果是的话，就把她的嘴唇吻开，把挂在嘴角的倔强、冷漠、可爱含进嘴里。

但这仅仅是一个发生在千分之一秒里的念头而已。

眼前的女人凭着一时的好斗之心，毁掉了他生命中最重要的承诺，他需要时间来梳理一切。

终于抚平了容允桢的领口，栾欢的手从他的衣领滑落，两个人靠得很近，手在滑落的瞬间碰到了容允桢的手。容允桢并没有让她的手溜开，顺势握住了她的手。

六点，晚宴开始，那真的是一场极为严谨的宴会——彬彬有礼的谈吐，正规的音乐，一些极为官方的话题，优雅的舞步。栾欢也和容允桢跳舞了，最初她的手轻轻地搁在他的肩膀上，随着音乐逐渐变得轻柔，容允桢搁在她后腰的手一点点地加大力度，直到她顺势把头靠在他的肩膀上，他的唇看似无意地在她的鬓角触碰着。

宴会结束，容允桢并没有把栾欢送回城南的公寓，车子朝着城北的半山腰开去，驶进栾欢熟悉的建筑。

（2）

　　和往常一样，栾欢回到了自己的房间，容允桢往书房那边走去，所不同的是，容允桢在沉默中冒出了一句"你先睡"。

　　栾欢睡到半夜，迷迷糊糊地听到细微的响声，她的身边仿佛一直有一个呼吸声。

　　醒来后，栾欢下意识地去寻找那个声音，可她的身边空空如也。

　　玛利亚乐滋滋地打开栾欢的房门，传达着容先生交给她的任务，说容先生中午会回家吃饭，信使玛利亚就没有"然后"可以讲了。不过她倒是兴致高亢地给栾欢分析了容先生这句话背后的意义，容先生会留下"中午会回来吃饭"这话的意思就是，希望在餐桌上看到容太太，之后，玛利亚还说司机昨天深夜载着容先生出去了一趟。

　　玛利亚离开房间后，栾欢看到被她拿走的几套衣服已经重新挂回她的衣柜里。她不仅见到放回原处的衣服，也看到那本被放回抽屉的护照，和以前一模一样地放置着，不差一毫一厘。

　　中午，栾欢接到李若斯的电话，告诉她现在他已经在费城，说下个星期他要带她去爬山。

　　末了，李若斯问她现在在哪里，栾欢如实告诉他。电话那边沉默了片刻，之后李若斯说："小欢，不管怎么样，选择那条让你舒心的道路。"

　　挂断电话后，栾欢回头就看到了容允桢。

　　站在她身后的容允桢表情有点儿不自在，指着栾欢手中的手机问道："刚刚和谁通电话？"

　　"李若斯。"栾欢下意识地回答道。

　　容允桢的问题让她觉得有点儿纳闷，他从来不问她一些较为私人的问题的。

　　"我是来叫你吃午餐的。"容允桢似乎也觉得自己的问题过于奇怪，于是说了一句这样的话。

栾欢跟在容允桢的后面，依然是一前一后安静地走着，突然，容允桢回过头来："你不是应该叫哥哥吗？"

"什么？"栾欢被问得有点儿懵。

容允桢皱了皱眉，声音带着那么一点点情绪："你不是一直强调传统吗？那么你不是应该管李若斯叫哥哥吗？"

"我不习惯。"

栾欢板着脸，口气有点儿冲。

"正因为你不习惯，所以很容易让人产生误会。在哥哥和情人之间，你这样的语法会让不知道内情的人产生误会，而且多少人会趋向于你们的关系属于后者。"

这个人到底想表达什么？

不过容允桢的话还是让栾欢有点儿心虚，她恼怒地提高音量："容允桢，你在胡说八道什么？"

容允桢愣了一下，指着指手表，说道："午餐时间到了。"

半个多小时的午餐时间延续着栾欢和容允桢一直以来的形式，安静、单调，声音小小的，只是在中间阶段，容允桢把那个用来装饰食物的西兰花放在栾欢的碟子上。容允桢一直以为栾欢喜欢西兰花，所以他每次用餐的时候都把西兰花放到栾欢的碟子里，只是今天有点儿别扭，就像是下了很大的决心才把西兰花放到碟子里。

午餐结束，栾欢对容允桢说："容先生，你没有经过我的同意就擅自转移我的护照。"

正在收拾的玛利亚"扑哧"一笑，玛利亚的妈妈用脚踩自己女儿。

等那对母女走后，容允桢当着栾欢的面抽出了一根烟，点上。第一口烟之后，容允桢说："栾欢，我需要你安安静静地待着，最近我都会待在洛杉矶，我不想你和那些画家的花边新闻成为我们公司职员午休时间的谈资。"

容允桢用这样的理由来解释他转移护照的动机，理由稍显牵强，但也符合他的逻辑。

栾欢掩着嘴，轻轻地笑出声："好巧，画廊里，我的职员最近也在谈论着那款DAKS眼镜，他们都说容先生戴着那款眼镜比英国先生们戴着有型多了。"

那天容允桢和李若芸戴着的正是这款眼镜，这款眼镜来自于英国，容允桢戴着那款眼镜，让生产商像打了鸡血一样，口沫横飞地炫耀着。

那口烟就这样朝栾欢的脸扑过来，在一片烟雾缭绕中，容允桢的声音微愠："栾欢，你在得寸进尺。"

栾欢知道自己在得寸进尺，因为她说了爱他，所以在他的理解里，她应该感激他给她的这个机会。可容允桢不知道的是，一个女人的嫉妒心会让她无法无天。

"容先生不是有款叫'风暴'的小玩意吗？"

意思就是说，容先生如果不爽的话，可以拿着那款叫"风暴"的小玩意在她的脑袋上开一个洞。

容允桢走了，他在家里也只待了一个小时，临走时留下话："栾欢，这阵子你给我好好地待着，你不是说爱我吗？如果真的像你说的那样，就表示出你的诚意来。"

栾欢一动不动地坐在原来的地方。

容允桢说错了吗？不，他一点儿也没有错，可栾欢无比讨厌他用那种商人的口气说出那样的话。

她的爱情在那个男人的口中更像是一个明码标价的商品。

那种讨厌导致深夜她对那个男人说："容允桢，你好像走错房间了。"

此时此刻，容允桢正躺在她的床上，他开门的声音很小，走路的声音很小，上床时是小心翼翼地。

等容允桢调整好姿势，栾欢冷冷地对他下逐客令，他们背对着背。

"睡吧。"容允桢淡淡地说道。

"容允桢！"栾欢伸手想打开她这边的灯。

栾欢这边刚刚打开灯，那边容允桢的身体就越过了她，手盖在她的手上关掉了灯，然后强行让她的手离开。

容允桢把栾欢的手强行放进被子里，他的身体并没有随着灯的熄灭而离开，他半边的身体叠在她的身上，似乎在叹气。

"是有那款'风暴'，只是我很早以前就丢失了，之前的那些话都是唬你的。"

栾欢半边身体靠在他的臂弯中，她又想得寸进尺了："可你依然有办法在我的脑袋上开出一个像猫眼一样的脑洞。"

半压在她身上的人笑道："我还以为你有多聪明，原来不是。这世界上哪有那么神奇的事情，可以在人的脑子里开出一个洞，这事只会在电影里发生……"

一会儿后，容允桢继续说道："栾欢，其实我也不知道该拿你怎么办。"

容允桢说话的声音很低、很轻柔，像是说给她听，也像是在说给他自己听。

天蒙蒙亮，栾欢醒来一次，醒来的时候她发现她的脸贴在容允桢的怀里，他们相互依偎，也不知道是谁先靠近了谁。

栾欢比平时早一个小时起床，当她接过容允桢的领带为他系领带时，容允桢的表情有些讶异。

容允桢离开的时候，栾欢和他说："容允桢，晚上我等你一起吃饭。"

这一天，栾欢没有等来容允桢和她一起吃晚饭。

他们结婚纪念日过去第二十七天，很多人都知道了那场车祸。很多人都知道了那场车祸之后，栾欢才知道那场车祸，而让她等了一夜的容允桢就是那场车祸的当事人。

在这场车祸中，栾欢觉得自己就像一个笑柄，因为第一个赶到车祸现场的女人不是她，而是李若芸。期间，媒体还刊登了一组李若芸和容允桢在车祸现场拥抱的图片，其中最惹眼的是容允桢亲吻着李若芸的额头。

而自始至终，容允桢都没有给栾欢打电话。

夏初，加州的风开始带着特属于海洋气候的那种黏腻，这样的时节里，那些被养在暖房里的花草根茎往往容易腐烂。这是一个无所事事的午后，栾欢和玛利亚来到花房，在花匠的指导下挑出那些腐烂的根茎一一剪掉。

刚刚修剪了一半，暖房里进来了一个人，栾欢直起腰，面对进来的人皱起了眉头。

在栾欢和容允桢结婚三周年纪念日后的一个月，李若芸盛装而来。

宝蓝色的小礼帽配同色的纱质手套，乳白色的耳扣配乳白色的塑身礼服，嗯，还垫了胸垫，淡淡的妆容，亭亭玉立。

相比李若芸，栾欢觉得自己有点儿随便——一件衬衫，包着头巾，腰间围着围裙，手上戴着胶质手套，拿着剪刀。

李若芸踩着和礼帽同色的高跟鞋，一步一步地朝栾欢走来，停在了距离她三步之遥的地方。

李若芸的目光从暖房里其他三个人的身上扫过，之后重新落在栾欢的脸上，淡淡地开口："欢，我有话和你说。"

栾欢让玛利亚和两位花匠离开。她微微眯起眼睛看着李若芸，指着她那身行头："或许我应该去把自己弄得像样一点儿。"

李若芸没有说话，她朝栾欢再靠近一步，缓缓地伸出手，从她的肩膀上拿下了一片发黄的叶子，把叶子丢掉，然后安静地看着栾欢，她的眼里透露的是若有似无的怜悯。

栾欢比谁都懂得何为怜悯，在她的青少年时代，她接触过太多那样的眼神。那些义工都是用那样的眼神看着她，然后询问需不需要帮助，他们总是说："小姑娘，我们会尽最大的努力来帮助你。"

此时此刻，李若芸眼里的怜悯让栾欢觉得烦躁，她扯下了头巾，有点儿不耐烦："李若芸，我把该说的都说了，我也知道我的隐瞒伤害了你，很多事情并没有你想象中的那么不堪。"

"欢。"

李若芸轻轻地唤着她。

栾欢一愣，李若芸的那声"欢"充斥着太多栾欢所熟悉的情感，小欢和小芸曾经是很多人眼中的双生花。

有那么一瞬间，栾欢天真地认为是不是小芸原谅她了，是不是小芸理解她了。

于是栾欢问道："小芸，我很抱歉事情最后变成了这样。小芸，你还记得那个时候，我们通电话时，我和你说过我帮你看住他的话吗？那个时候我说的话是真的，小芸……"

"我和他的照片你应该也看到了吧，男人总是不大会处理女人的事情，所以我只好站在这里了。栾欢，如果你懂得什么是羞耻的话，如果你懂得什么是知恩图报的话，请你离开他，再纠缠下去，对于我们三个人来说都没有意思。"

（3）

清晨，栾欢站在镜子前看着自己，下巴尖了，眼窝深陷。

这五天里，即使她每天把肚子填得饱饱的，可她还是在快速瘦下去。一天瘦半公斤，五天很神奇地瘦掉了两公斤多，还好胸前没有瘦下去，这一点让栾欢觉得欣慰。

容允桢接到栾欢的电话时正是中午，这一天是周三，电话那端栾欢的口气十分决绝："容允桢，我要见你，现在是一点钟，我给你两个小时的时间处理事情。我在家里等你，我希望在四点的时候见到你，不，是你必须在四点出现在我的面前。"

下午三点四十分钟，容允桢把车子开进车库，三点四十五分，玛利亚告诉他容太太在顶楼等他。

顶楼有一间一百五十坪的天文望远室，那是容允桢喜欢待的地方。初夏来临的时候，他喜欢在深夜来到那里，通过望远镜去观察夜空的星星。曾经，容允桢和一个人约定，每年一起看那场双子座的流星雨。

差不多四点，容允桢打开了望远室的门。这天，洛杉矶有初夏的艳丽阳光，望远室的黑暗和外面的强烈光线形成了鲜明的对比，那种落差让容允桢下意识地闭上了眼睛。

片刻后，容允桢睁开眼睛，在望远室寻找让自己在四点准时出现在这里的人。

室内的物体依稀可辨，可容允桢还是没有看到自己要找的人，容允桢叫了一声"栾欢"。

在容允桢叫"栾欢"的同时，他伸出手去找室内的开关，一声"容允桢，别开灯"在黑暗中骤然响起。

容允桢停下按开关的动作，循着那个声音，看到了天文望远镜旁站着的身影。

深色的衣服让她的身影很好地隐藏在黑暗之中。

"栾欢，你这是在干什么？"容允桢皱了皱眉，要知道他是花费了很大的工夫才来到这里的。

她没有回答他的话，裙摆拖着地上发出沙沙的声响，身穿暗色礼服的身影一步步来到容允桢的面前。

容允桢听到了轻微的叹息声，叹息之后，那个声音重新响起，就像是午夜徘徊在谁家窗前的风。

"容允桢，现在是四点，接下来的五分钟，我要献给那位在科尔多瓦平原上陪我一起看烟花的青年。或许他叫容允桢，又或许不是，但是我感激他，因为他陪我度过了我最脆弱的时刻，现在我要告诉那个青年一个秘密。"

或许是黑暗烘托出的气氛太过沉重，或许是那个声音太过缱绻，容允桢的手缓缓地从墙上移开，屏住了呼吸。

"容允桢，我的眼睛坏了，七岁时我从树上摔下来之后，我的眼睛就再也流不出一滴眼泪来。"

容允桢心里一震，下意识地伸出手，想去触摸那张脸，顺着那张脸去检查她的眼睛。

他的手在半空中被拦住，声音在黑暗中响起："妈妈死的时候，索菲亚不见了的时候，我都很悲伤。我总觉得我的眼泪在不停地掉落，可它从不曾掉落过。

"我一直在想象着它们的滋味，看一场悲伤的电影时，参加某一场葬礼时，在你最亲爱的朋友即将去很远的地方时，在街角和你很久不曾见面的挚友相逢时，眼泪从你的眼眶里淌下。最初从眼角淌下时有一点点痒，然后沿着你的脸颊慢慢地流下。在它们往下掉落的时候，它们承载着各种各样的情绪，哀伤、喜悦、激动、感激、彷徨，最后它们来到了你的嘴角，渗入你的嘴里，于是你尝到了眼泪的滋味，如海水般，有点儿咸又有点儿甜。

"我不知道眼泪对于你们男人来说象征着什么，可眼泪对于一个女人来说弥足珍贵。很多女人在她们的成人礼时，离开父母的呵护时，和自己心爱的男人举行婚礼时，第一个孩子到来时，在很多很多重要的时刻里，她们都会流下眼泪。

"容允桢，我很遗憾，在很多时刻，你做了很多让我感动得想流下眼泪的事，可都没有让你看到我的眼泪。"

容允桢呆呆地站在那里，黑暗中只有那个声音在倾诉，那声线就像一名舞者在黑暗中独舞，用着充满力量的舞步在呐喊，眼泪对于一个女人的意义。

黑暗中，时光沉默而哀伤。

"好了，献给陪我在科尔多瓦平原上看烟花的那位青年的五分钟结束了。"淡淡的声音响起，"刚刚那五分钟，是用属于我的方式，和我一直感激的青年说再见，所以请不要给予我任何怜悯。"

还没有等容允桢弄明白，灯光乍亮，四个广角的灯让一百五十坪的空间宛如白昼。

穿着黑色礼服的栾欢近在眼前，头发整整齐齐地梳到后面，一张脸苍白如纸，眼窝深陷。

容允桢看着栾欢，仔细地看着栾欢的眼睛，没有多么明亮，好像一直不曾把这个世界装进眼里，很安静的模样，美丽恬淡。

可这样一双眼睛流不出眼泪来。

容允桢伸出手，想去触摸那双眼睛，细细地抚摸，细细地呵护，一声声地叫着"欢"。

"欢，不要紧，那没有什么的。"

"欢，如果你想尝到眼泪的滋味，我一定会想出办法来，我会让那些人想尽办法把你的眼睛治好。"

容允桢也不明白那个时候他的举动和心情出于什么样的心态，怜悯吗？好像比怜悯还多出一点儿什么，心疼吗？又好像比心疼多出了一点儿什么。

面对容允桢越来越近的手，栾欢别开脸避开了，墙上的钟表显示四点五分刚过去一点儿。

没有任何停顿，栾欢来到唯一的一张桌子前，她背对着容允桢，手搁在桌子上的那叠文件上。

因为已经到了该死心的时候，就像李若芸说的那样，他们三个人再纠缠下去就没有意思了。

现在这是最后的环节，也是最重要的环节，更是不得不实行的一个环节。

栾欢深深地吸了一口气，说道："容允桢，你过来。"

在稍稍的停顿之后，容允桢的脚步声在栾欢的背后响起，自始至终栾欢都低着头。

等到容允桢和她肩并肩站着，栾欢从文件袋里抽出那张离婚协议书。

栾欢把离婚协议书推到容允桢的面前，说道："容允桢，你把这个看一下，看完之后，如果有什么不满意的，你可以告诉我，我会尽量配合你。"

栾欢看到容允桢拿走那张离婚协议书，为了速战速决，让他们两个以后再无任何的牵扯。栾欢让律师拟定了对容允桢极其有利的条件，在夫妻的共同财产中，她只要了城南的公寓和画廊。

栾欢等待着，最初翻文件的声音带着迟疑，半分钟之后，迟疑变成了讶异。几分钟后，那张离婚协议书变成了一个圆球被容允桢狠狠地摔在了地上，滚到栾欢的脚边。

从容允桢的呼吸频率，栾欢就分辨出这个男人在生气，或许应该说是愤怒。

那愤怒超出了栾欢的想象，在栾欢的想象里，她知道容允桢势必会生气。他生气应该是因为她打破了他的计划。

这个男人在特殊的环境下长大，他每走一步都需要经过极为缜密的思考，或许到目前为止他还没有想过离婚。

可在容允桢把那样的话告诉了李若芸之后，栾欢就知道容允桢的天平已然偏向了李若芸。

此时此刻，容允桢的眼底燃烧着怒火，他紧紧地盯着栾欢，仿佛下一秒他就会把她燃烧殆尽。安静的空间里，栾欢仿佛听到了容允桢由于愤怒而引发的骨头断裂声。

栾欢不想去细想容允桢这般愤怒来自哪里，她只知道她必须在五点之前离开这里，她买了晚上离开洛杉矶的机票。

避开容允桢的目光，栾欢再次从文件袋里抽出准备好的第二张离婚协议书。她把离婚协议书递到容允桢的面前，说道："这一张和你刚刚看到的那张一模一样，容允桢，离……"

接下来的话还没有说出来，就已经像针一样扎在她的心里，顿了顿，栾欢避开了"离婚"这个词，艰难地说道："上面的条件都是对你有利的，你只要在上面签下你的名字就可以了。"

容允桢接过她手里的东西，下一秒，在带着情绪化的"嘶嘶"声中，那张离婚协议书变成了一片片纸屑，如雪花般飘落。

在纷纷扬扬的纸屑中，容允桢那声"栾欢"带着浓浓的警告意味。

下一秒，栾欢的身体就像老鹰拎小鸡一样被容允桢提了起来，他的声音带着浓浓的火药味："栾欢，如果是胡闹的话，就到此为止，我现在没有闲工夫陪你胡闹。"

说完，容允桢放下了栾欢，匆匆地转过身，想离开。

栾欢抓住了容允桢的衣服，缓缓地说道："容允桢，我不是在胡闹，我没有在胡闹，你也知道我不是一个会胡闹的人。"

"容允桢，你就把这当成是一个骄傲的女人已经到了山穷水尽的地步吧。"

空气因为那个男人的滞缓而变得小心翼翼起来，容允桢依然背对着栾欢。

片刻之后。

"原因是什么？"这两个字从他的牙缝里挤出。

"求你了，容允桢。"

时间飞逝。

栾欢看着墙上的时钟，时间已经来到了四点四十分。

"容允桢，还有二十分钟就是五点了，文件袋里还有最后一张离婚协议书，请你在上面签名。"

话音刚落，栾欢就被一股力量提了起来，她的脚尖再次离开地面。

"不是说爱我吗？"

容允桢一字一句从牙缝里挤出，他的眼里透着一丝讽刺，凭着单手的力量，他就把她提了起来。

栾欢想笑，容允桢掐住她的脖子让她难受。

即使是这样，栾欢还是一个字一个字地从喉咙中挤出："现在，容允桢，我不想再爱你了！"

掐住栾欢脖子的手就像是一个泄气的气球，随着力量的消失，栾欢的身体坠落。

栾欢手往后一撑，让背后的桌子支撑住自己的身体。

"为什么？"容允桢声音惨淡地问道。

栾欢没有回答，她拿出最后那张离婚协议书，推到了容允桢面前："签名吧，容允桢。"

五点，栾欢拿着容允桢签好的离婚协议书离开了那个像水晶球一样的地方，这个黄昏有漫天的彩霞盘踞在比利华山山头。

容允桢一动不动地靠在墙上，不久之前，那个女人指着那个杯子说："容允桢，我想我为你流过的眼泪一定可以把这个杯子装满。"

那瞬间，容允桢拉住了那个想从他面前离开的女人的手，他好像有很多话要对她说，又好像没有什么话和她说。明明理亏的人是她，撒下了巨大谎言骗了他三年的人是她。

最终，他再次问出："为什么？"

为什么要给他两个五分钟？

前一个五分钟里说她爱他，后一个五分钟里告诉他眼泪对于一个女人的意义。

"容允桢，我不知道别人的爱是什么样，我只知道我的爱对于我来说很珍贵，因为那是我珍藏呵护许久的宝物，我不允许它被践踏。"

就这样，她走了。

女人走后，容允桢仔仔细细地检查那个杯子，那是一个容量为0.25公升的杯子。

女人的泪腺比男人的发达，据说，一个女人一生大约会流出一公升的眼泪，而那个女人在短短的三年里就为他流了四分之一的眼泪。

女人有很好听的名字，叫栾欢，那是他的妻子。

此时此刻，同一方天空下，栾欢开着车，副驾驶座位上放着文件袋，文件袋里放着的是已经签了名的离婚协议书。

栾欢打开音乐播放器找出欢快的曲子，欢快的旋律淌出，栾欢的手跟着节拍在方向盘上拍打着。

不过是过去了一小段时间，欢快的节拍突然慢了下来，在慢得仿佛走不动的旋律中，哀伤的女声吟唱："嘿，亲爱的，你知道吗？我的眼眶在为你的离去泪流成河，我的眼眶只为你的离去泪流成河。"

这是怎么了？

栾欢愣住了，就像许久以前她躲在那里，闭着眼睛，捂着耳朵，好好地躲藏着，可那个戴着眼镜的大人非要找到她，非要强行拉开她的手，告诉她，你的妈妈死了。

为什么非得用那样的方式告诉她，不能说"你的妈妈离开了"吗？要知道，一个还没有满十岁的孩子还没有足够的勇气去面对那些。

忧伤的女声还在唱着："我的眼眶在为你的离去泪流成河，我的眼眶只为你的离去泪流成河。"

这是怎么了？为什么很欢乐的歌曲非得把它变得悲伤？

栾欢呆呆地看着前面，一直到前方出现了雨雾，栾欢打开了雨刷，无意识地看着它们在挡风玻璃上来来回回工作着。

红绿灯处，栾欢停下车，呆呆地看着行人在斑马线上走过。天色逐渐暗沉，人们行色匆匆，一个黑人青年从她面前经过，停下来指着一直在忙碌的雨刷说着什么。

栾欢睁大眼睛想看清楚那位黑人青年，突然有什么东西从她的眼眶淌下，沿着她的眼角，软软的，痒痒的，暖暖的，静悄悄地滑落。

栾欢下了车，沿着街道走着，和很多人擦肩而过。

在那个路灯下，那位白发苍苍的老太太挡在她的面前，她问栾欢："亲爱的，你需要帮助吗？"

"什么？"栾欢很奇怪地看着那位老太太。

老太太指着她的脸："你哭得很伤心。"

栾欢用手去触摸自己的眼眶，眼泪沾满了她的手指，她把手指放在老太太的面前，问道："女士，您看到了吗？我的眼睛也能流出眼泪，您看到了吗？您看到了吗？"

"是的，我看到了，孩子，祝福你。"老太太微笑道。

栾欢张开手去拥抱那个素不相识的老太太，她眼眶里有泪水一滴一滴地落下，掉落在那位老妇人的白发上，在灯下显得晶莹璀璨。

这年，栾欢终于尝到了传说中像海水一样的眼泪滋味。

那眼泪来自于一个叫容允桢的男人。

（4）

六月中旬，栾欢回到洛杉矶，李若斯来机场接她。

李若斯穿着淡色的衬衫，一手拿着公文包，一手朝栾欢挥了挥，笑容一如既往。

接过行李，李若斯看着栾欢的脸，皱眉说道："瘦了。"

在他嘴里唠叨着"瘦了"的同时，他的手很自然地伸向栾欢的脸。

栾欢避开李若斯的手，不自然地揉着自己的脸，也没有瘦很多。

整个五月栾欢都待在云南，一直以来栾欢都想去那里一趟，去那个栾诺阿小时候待过的地方。还真如栾诺阿描述的那样，那里有翠绿的山，清澈的水流，到处都是青草，村子里的年轻人都外出打工了，只住着老人和孩子。

透过机场的装饰玻璃，栾欢看到自己的身影，在一大片光中，面目模糊，现在她脸上的表情是平静的吧？

本来栾欢想在那里再待一阵子，可目前她还有一件事情非做不可，在完成那件事之前，栾欢要先去卡梅尔一趟。明天是李俊凯的生日，今年李俊凯的生日会在卡梅尔庆祝，他几天前就打电话给栾欢让她非出现不可。

"好的，爸爸。"栾欢在电话里和李俊凯说着。

栾欢知道，李俊凯最近在为她和李若芸两个人的关系发愁，他曾经说过小欢是他左手掌上的明珠，小芸是他右手掌上的明珠，他的两颗掌上明珠缺一不可。

小芸和小欢已经不可能是以前的小芸和小欢了，李俊凯所不知道的是，这一次，不再是年少时期类似于荷尔蒙促使的那种冲突，很多事情再也回不到从前了。

心里的那口气从她的嘴里没有意识地叹出来。

刚叹息，就迎来了一阵叱喝："栾欢，你会把你的福气叹没的。"

李若斯的口气俨然在教训一位妹妹，栾欢对李若斯翻了一个白眼，换了一个坐姿。现在她正坐在李若斯的车里，车子正在开往卡梅尔的路上。

带着那么一点儿漫不经心，李若斯的目光落在了副驾驶座位上的栾欢身上。某些时刻，栾欢都会表现出极为孩子气的一面，比如，有时候她坐他的车，会脱掉高跟鞋，把脚蜷缩到座位上，目光专注地看着车窗外。这样的栾欢让李若斯心动，那是他的女孩。

在李若斯的心里，他和他的小欢只是在某个时刻在一个十字路口岔开了，他坚信她会回来。

李若斯知道这个五月栾欢都住在云南，她嘴上说是去看看她妈妈从小长大的地方，可李若斯知道，事情并没有她说的那么简单。他猜到栾欢和容允桢一定是发生了什么事情，他也知道，不管发生什么事情都和自己的妹妹有关。

李家三小姐最近的反常有目共睹，时哭时笑的，那个丫头眼里开始有了颜料以外的东西。

到了卡梅尔，差不多黄昏了，初夏的卡梅尔一如既往，有着凉爽的风和清新的空气。由于明天李俊凯将在这里举行生日会，李家庄园比以前热闹了不少，工人们在修草坪，技术人员在弄灯光，方漫站在庄园门口指导那些正在修剪盆栽的工人。

方漫看到李若斯时咧开嘴，只是在看到一边的栾欢时不着痕迹地收敛了一些，不过这不影响老太太的和颜悦色。

"小欢，我以为你明天会和允桢一起来呢。"老太太迎了过来，几步就来到他们面前，她的语气一如既往的热络，"不过这样也好，小欢很久都没有在这里过夜了，今天晚上一定要陪奶奶说说话。"

是有一段时间了，自打栾欢嫁给容允桢之后，她就没有在这里过夜，仅有的一次也是不欢而散。那时，容允桢大半夜接走了她，栾欢是在很不愉快的时候离开的，之后，方漫还特意让李家的司机送她到洛杉矶和栾欢解释，那时是在二月。

那个二月在栾欢的印象中似乎已经是很遥远的事情了，即使间隔不过几个月的时间。

现在再看眼前的方漫，栾欢发现自己的心里是平静的，对于眼前的老太太没有了之前的愤恨和厌恶。

原来真的已时过境迁。

"允桢最近还好吗？"方漫拉着栾欢的手问道。

这位老太太原来还不知道她和李若芸之间的暗涌。

"嗯，他很好。"栾欢回答道，在李俊凯生日来临之际，她不想节外生枝。

栾欢不知道容允桢好不好，不过栾欢知道，现在她和容允桢还是受法律保护的夫妻。

该死的！想到这里，栾欢在心里狠狠地诅咒了容允桢。

这次栾欢到洛杉矶来，最重要的一件事是找容允桢谈判。

该死的，容允桢这个假洋鬼子！

栾欢到云南的第三天接到了律师的电话，她交给他处理的离婚协议书不成立。容允桢在离婚协议书上签的是他的中文名字，他居然在签名的时候把他的名字写错，把"桢"写成了"帧"。"桢"和"帧"乍看很像，那时栾欢急着离开，也没有检查容允桢的签名，这样的乌龙让栾欢欲哭无泪。

虽然容允桢认识不到一千个汉字，可栾欢怎么也想不到容允桢会把他的名字写错。

就因为那一字之差，栾欢费尽心思弄到的那张离婚协议书作废，之后栾欢的律师好几次找容允桢都无果。再之后，栾欢打了容允桢办公室的电话，都没有联系到容允桢，而容允桢的私人手机也永远处于无人接听的状态。

这几天栾欢还发现自己联系不到她的律师，律师事务所的人告诉她，她的律师去度假了。那位号称全年不度假的美国佬居然选择这样的时刻去度假，这让栾欢有种被逼疯的感觉。

其乐融融的晚餐之后，栾欢回到房间的第一件事是再次拨打容允桢的手机号。

停在洛杉矶威尼斯海港上的一艘中型游艇上，来自古巴的雪茄商人正在介绍这次他带来的雪茄的纯度以及生产过程。雪茄商人微微勾着嘴角，讨好地笑着，心里却在暗骂那些年纪比他小一轮的年轻人，在他的眼里，这些人都是二世主。

椭圆形的赌桌上满是乱七八糟的筹码和上等的红酒，类似无病呻吟的音乐让这里充斥着美国青年们所钟爱的那种颓废感。房间中央有个圆形的表演台，身材曼妙的女郎在表演着钢管舞。女郎随着音乐摆动着她撩人的身姿，钢管舞来到高潮阶段，坐在椭圆形赌桌正中央的年轻男人示意侍者把音乐关了。

音乐停了下来，钢管舞女郎站在那里，有点儿尴尬的模样。雪茄商人也有点儿尴尬。

随着音乐停下来，周围变得很安静，另外几位年轻人都看着正中央的年轻人。雪茄商人认识那位年轻人，那是容允桢，穷人和富人都喜欢的上进青年。雪茄商人还是第一次在这样纸醉金迷的场景中见到容允桢，从进入这个空间的第一眼就看到了。他不像其他的年轻人有着极为夸张的打扮，而是简单的灰色衬衫，一直安静地坐着，和他那些爱玩爱闹的伙伴们形成了鲜明的对比。

雪茄商人此时正站在容允桢的身边，他偷偷地观察着容允桢。这个一直很安静的年轻人就像是爱琴海上的那抹湛蓝，或许他和他的朋友们不一样，或许他是那个真正懂得品味雪茄的男人。

雪茄商人心里一动，想开口，还没有等他开口，像爱琴海一样的年轻男人对他微笑，有礼貌地对他说："先生，等会儿再说。"

容允桢的伙伴们好像也达成了某种共识，他们谁也没有开口说话。不过他们都把目光放在容允桢左手边的手机上，他们的表情告诉雪茄商人，待会儿有事发生在那部手机上。

就是在这样安静的氛围里，那部手机好像感应到了大家的期待，淡蓝色的光亮起，被调成了震动的手机在桌上震动着，手机连续震动两次，遗憾的是手机的主人一直没有接。

雪茄商人观察到容允桢看着手机时表情是愉悦的，愉悦中还透露出某种类似于溺爱的情绪。

雪茄商人感觉，那部手机在容允桢的眼里就像宠物狗一样。

真是古怪的年轻人，雪茄商人在心里腹诽。

这边，栾欢拨打容允桢的手机无果后，狠狠地把手机摔到了床上，容允桢这个混球到底在忙些什么？

这个晚上，雪茄商人很开心，因为容允桢买走了他的"科伊瓦"。那位年轻人说他的岳父是"科伊瓦"的忠实粉丝，年轻人在说自己的岳父大人时流露着爱屋及乌的情感。

因为爱着自己的妻子，所以他妻子的父亲也得到了敬爱。

李俊凯六十一岁生日当天，栾欢见到了李若芸，和她猜想的一样，站在李俊凯身边的李若芸伸出手，对她做出拥抱的姿势。在来参加生日会的嘉宾面前，她把艺术家略显夸张的属性表现得淋漓尽致。

栾欢走过去，和李若芸相互拥抱，这是属于上流社会的社交礼仪，她们自然懂得如何表现自身的修养。

那个在外人眼里象征着相亲相爱的拥抱之后，她们再无交流，一个多月没见的李若芸比以前消瘦了不少。

午餐时间，方漫让李若芸休假，李若芸回答说她正有这个打算，她的目光盯着栾欢说："奶奶相信我，一切会好起来的。"

午餐过后，李若芸和栾欢交流时说出了这番话："栾欢，谢谢你来参加我爸爸的生日会。"

栾欢没有回应，李若芸从她的身边走过，又听到她低声问了一句："欢，你为什么还不离开他？"

栾欢回过头看着李若芸，在她的注视下，李若芸垂下了头，就像做错事的少女，表情可怜兮兮的，然后说了一声"对不起"。

"我们小芸眼里就只有颜料。"不久前，方漫如是说着。

老太太好像低估了自己的孙女，她的小芸比谁都精明。

"小芸，你说的'他'是指容允桢吗？如果是的话，那么我告诉你。"栾欢把脸靠近李若芸一点儿，微笑地告诉她，"我是巴不得离开他，可他好像不是这么想的，这让我很烦恼。还有，李若芸，请你以后直接叫我'栾欢'，你刚刚对我的称呼让我觉得恶心，我想其实你心里也恶心吧？"

转瞬间，李若芸不见了刚刚的可怜样，她说道："那样再好不过了，还有，栾欢，先做错事的人是你，先和我撒谎的人是你。"

这个时候，李俊凯的目光朝她们这边投来，栾欢和李若芸不约而同地笑开脸。

生日派对在庄园外举行，夏天的卡梅尔最适合举行露天派对，说是生日派对，还不如说是露天音乐会。李俊凯最喜欢的爵士乐队来这里为他献唱，近百名来参加生日派对的人坐在十几米长的餐桌旁享受美食美酒。太阳下山，爵士乐队就开始演奏，来参加生日会的嘉宾们发现，李家的那对双生花没有像以前那样坐在一起。

往年李俊凯的生日会上，栾欢和李若芸都会坐在一起，这次栾欢身边换成了李若斯，李若芸则和自己的母亲坐在一起。

栾欢和李若芸面对面坐着，从栾欢坐在餐桌旁开始，她就频频回答着问题："允桢抽不出时间来，他最近比较忙。"

栾欢和容允桢结婚以来，李俊凯的生日会他都没有参加，只托她带来礼物。

今年，容允桢更不会来了，不过那些人依然乐此不疲地和栾欢说起这个问题，好像他们和容允桢很熟似的。

栾欢第N次回答那位她连姓氏都记不住的伯父提出的问题，坐在寿星公位置的李俊凯对栾欢露出幸灾乐祸的笑容。紧接着，坐在对面的李若芸直勾勾地盯着她，不，确切来说，应该是盯着她的身后。

几声讶异的"容先生来了"响起后，栾欢回过头。

在卡梅尔五光十色的致景中，容允桢缓缓地走来，他特意打扮了一番，缓缓走来的模样一如那年春日，他说他开着车沿着一号公路来到了她的身边向她求婚。

之后，容允桢来到了栾欢身边。

丈夫坐在妻子身边是天经地义的事情，所有人都在看着李若斯。在那些目光中，李若斯站起来和容允桢打招呼。

容允桢坐在了栾欢身边，即使容允桢这一系列动作一气呵成，可栾欢还是看到了他眼里的不自在。

"容允桢。"栾欢低声警告着容允桢，"我想不出你有什么理由出现在这里。"

容允桢的脸朝栾欢靠近，他现在的模样在别人眼里就像是夫妻间的窃窃私语。

容允桢凑到栾欢的耳边说道："我也是几天前才知道，原来我们还是夫妻关系。这次是爸爸亲自送来的邀请函，我想，如果我不出现的话，他应该会很失望。"

栾欢看着李俊凯，或许他猜到了她和容允桢之间出现了问题，他说相信她，或许那个直肠子的男人是在给他们一个机会把一切说清楚，这个"他们"之中还包括李若芸。

栾欢看了一眼坐在对面的李若芸，她现在正在和自己的哥哥谈笑风生，这里很多人都是表演家。

这样也好！栾欢想：一切就等到生日会结束再说吧。

夜幕降临，庄园亮起了专门为这次生日会布置的灯光，经过精心设计的灯光和怀旧爵士音乐很好地融合起来。

晚餐过后，李俊凯夫妇在草坪上跳了第一支舞。第一支舞结束后，栾欢和容允桢作为夫妻档理所当然不能免俗。

高跟鞋踩在草地上，手搁在他的肩上。

"容允桢，我们这样算什么？"脚步跟随着音乐慢悠悠地移动，栾欢问容允桢。

放在她腰间的手加大了力道，这样一来，就迫使栾欢的身体朝容允桢贴近。

"容允桢！"栾欢压低声音喊道。

"栾欢，你好像忘了，被动的那一方是我，你凭你的喜好一而再再而三地打破我的生活节奏。撒谎的人是你，和我在一起、和我分开都是你在掌握主动权。"容允桢同样压低声音说道。

栾欢听出来了容允桢在生气，仔细想想，容允桢好像也没说错。

"那么容允桢，你想怎么样？"栾欢艰难地说道，"经过那天的事情，我已经……"接下来的话栾欢没有说出去。

淡淡的声音在栾欢的耳边响起："小欢是一个好姑娘，自爱，勇敢，你应该为你自己感到骄傲。"

下一秒，栾欢的高跟鞋对着容允桢的脚狠狠地踩下去，同时给予口头上的警告："闭嘴！"

（5）

临近生日会结束，最后的节目来自拉斯维加斯的魔术师，魔术师是李若斯请来为自己父亲的生日会助兴的。

穿着燕尾服的魔术师将为大家表演双人穿越魔术，李若斯拉着栾欢，自告奋勇，表示愿意体验一下穿越。

事情发生得太快，栾欢就这样强行被李若斯拉到了台上，又稀里糊涂地和李若斯被魔术师带来的助手推到了那个只能容纳两个人的魔术方盒里。巧舌如簧的魔术师允诺，只需要她闭上眼睛一分钟，就可以回到她的座位。

台下的嘉宾都站起来观看，最先站起来的是容允桢。在栾欢即将上台时，容允桢伸过手来似乎想阻挡她上台，栾欢避开了他的手，把自己的手交给了李若斯。

黑色魔术方盒魔术师的倒计时中关上，在最后敞开的缝隙里，栾欢看到了李若芸的身影朝着容允桢移动。

眨眼之间，眼前黑压压的一片，唯一感觉到的是魔术师的声音，他在调动着观众的情绪。

栾欢的手被李若斯紧紧地握住，事实上她有点儿害怕，如果她猜得没错的话，魔术师会拿着刺刀刺向箱子。

李若斯一直没有说话，栾欢把耳朵贴在木板上，等音乐停下。刚刚魔术师说，只要音乐一停，穿越就会开始。

"若斯，你说我们会不会被刀子刺到？"栾欢问道。

"小欢，我好想回到我们的少年时代。"李若斯答非所问。

黑暗中，李若斯声音里的失落尤为清楚。少年李若斯其实更痴迷钢筋水泥混合的世界，作为李俊凯的独生子，他必须要舍弃那个钢筋水泥世界，投入到汽车世界。李若斯在那个汽车世界过得并不得意，即使很多人都给予了他宽容，他们说，我们得给那个孩子时间去适应。可显然效果不尽如人意，一个月前，李氏实业跌出全球百大制造排行，这让李若斯面临着巨大的质疑。

这个人不仅是她的哥哥，也是她的竹马，他们有着深远的情谊，现在他需要她的鼓励和安慰。

"那么……"栾欢对着黑暗中的人微笑，"李若斯，我们下一刻有一分钟的时间穿越到我们的少年时代。"

栾欢也想穿越回她的少女时代，沿着成长的轨迹来到那个雪夜，在那个雪夜里，她一定会在容允桢醒来的时候告诉他，她不是那条用身体温暖他的小美人鱼。

黑暗中，李若斯伸出手抚上了她的脸颊。音乐即将停下，在即将停下的音乐尾音里，容允桢的声音很突兀地响起，有点儿暴躁，近在咫尺："你确定她会没事？你确定你能把她弄回原来的座位？你确定还要把你这糊弄孩子的无聊游戏继续进行下去吗？"

凭着容允桢的声音，栾欢猜到他现在已经在台上了，由于光注意外面的状况了，栾欢忘了去避开李若斯落在自己脸上的手掌，所以当容允桢强行拉开魔术方盒的门时，李若斯的手掌正贴在她的脸上。

那道光线射进来所引发的不适，还有容允桢的突然出现，让栾欢不由自主地呵斥道："容允桢，你要干什么？"

站在魔术方盒外面的容允桢脸色很不好，他的目光落在栾欢的脸上："李若斯，你的手放错地方了。"

容允桢径自拉走了栾欢，走了几步，他似乎想起他做的事情有失风度。于是他拉着栾欢的手来到那位尴尬地站着台上的魔术师面前，说了一句"抱歉"，然后指着台下，说他可以让任何一个人配合他的魔术表演，唯独她不行。

栾欢站在台上，看到站在台下的李若芸，她正站在刚刚自己站着的地方，脸色苍白。

容允桢和魔术师说完那些话之后再也没有停留，拉着栾欢的手离开了生日会现场。

空无一人的后花园里，容允桢放开了栾欢。两个人面对面，栾欢抱着胳膊看着容允桢，容允桢也在看她，带着观察的意味。

"李若斯很可疑，他每次都让我有种错觉……"容允桢皱紧眉头，手扬到半空中，之后又放下，"算了。"

"容允桢，你好像忘了，一个月之前，你刚在我给你的离婚协议书上签了名。"栾欢冷冷地说道，"如果你没有把你名字的最后一个字写错，那么我们现在已经是毫无关系的人了。"

栾欢一步步地逼近容允桢，咬牙切齿地说道："不见我的律师，不接我的电话，现在又用我丈夫的身份出现在我爸爸的生日会上，你到底想干什么？嗯？"

让栾欢抓狂的是容允桢给出了一个无所谓的回答："不知道！"

他还拿出烟点上。

栾欢的眼睛也不眨，想用自己的高跟鞋去招呼他。招呼倒是招呼到了，可由于用力太猛，导致她站不稳，在踢到他的同时，整个身体也往他的身体倒去。

几乎在栾欢的身体倒向容允桢的时候，他的手牢牢地搂住她的腰。两具身体紧紧地贴在一起，栾欢开始挣扎，她越是挣扎，他手腕的力量就越大。

容允桢抽的烟掉落在地上，她昂着头，用目光狠狠地警告他，他的头垂下来，而且越垂越低。他的气息里有淡淡的烟草味道，两张脸越拉越近，眼看着就要触到了。在即将触到的时刻，越垂越低的脸定格住，没有继续下去。

栾欢依然狠狠地推着容允桢，她不能躲，一躲就代表逃避。

在你不让我我不让你的时候，容允桢突然开口："我和小芸说了，一些错误已经犯下了，我无意改变现状。"

半晌，没有等来任何回应的容允桢有些恼怒地说道："我刚刚说的话你到底听懂了没有？"

"听懂了，可那是你单方面的想法，很抱歉，我和你的想法刚好相反。"

栾欢淡淡地回答道。

来自于栾欢腰间的力量在加强，疼得栾欢不由自主地吸气、挣扎。在她挣扎时，喑哑的、带着警告的声音响起："栾欢，不要乱动。"

来自于容允桢的警告带着浓浓的火药味，栾欢停下挣扎，与此同时，花园另一端，李家的管家带着尴尬的咳嗽声响起。

管家提示栾欢切蛋糕的时间到了，容允桢并没有随着栾欢一起离开，而是让他们先离开，他的烟瘾犯了。

生日会结束之后，容允桢在方漫的极力挽留之下答应在卡梅尔过夜，理所当然地，容允桢被安排在栾欢的房间。

乐滋滋的老太太并没有留意到站在她身边的李若芸有多么心不在焉，她的目光直勾勾地盯着栾欢，在传达着一种讯息，她们都心知肚明。

在那道目光下，巨大的耻辱感席卷而来，她不能和容允桢待在一个房间里了。栾欢咬着牙，目光转向李若斯，笑着说道："若斯，我们好久没有下棋了。"

"嗯，我们是好久没有下棋了，待会儿我们来一局。"李若斯立刻心领神会。

"等下次吧，今晚我和她有重要的事情要谈。"容允桢横在栾欢和李若斯之间，不由分说地拉着她离开。

房门关上，栾欢回过头，踮起脚，狠狠地拽住容允桢的衣襟："浑蛋，有重要的事情和我谈是吧？巧的是我也有重要的事情和容先生谈。容允桢，明天我们就去律师事务所，如果你没空的话，那么我很乐意采用某种方式让法律强行介入。"

容允桢压根没有把栾欢的话放在心上，他反拽住她的手，一个旋转就让他们的位置调换。他把她紧紧地压在了门板上，他用力挤压着她，他的声音就像他的肢体语言一样具有很强的侵略性，来势汹汹："栾欢，你又叫他若斯了！之前我不是警告过你，你对李若斯的称谓会让人产生误会吗？他是你哥哥，你的态度也很有问题，在他摸你的脸时，你并没有拒绝他，还表现出一种很享受的状态，我的理解里……"

从容允桢的嘴里听到那样的话，让栾欢有种怒极反笑的荒唐感，这个男人一定是疯了。

栾欢在容允桢带着愤怒的声音中奋力挣扎，她的手勾住他的脖子，她的腿在拼命地挣开他。

栾欢心想，得给这个浑蛋一个大教训，比如来一记铁头功，可事实再次证明男女力量悬殊，最后结果是她像猴子一样挂在了容允桢的身上。

"栾欢，你知道这样的后果会是什么吗？"容允桢的声音带着一丝恼羞成怒，"你给我听着！今晚如果不想节外生枝的话，就老老实实地给我待着。"

这一晚，栾欢的单人床上多了一个人。

"容允桢，你睡沙发！"

"我也想，可是你的房间里没有沙发。"

是的，她的房间里没有沙发，或许她可以让他睡在除了床之外的任何地方，可栾欢不想那样做。

刚刚她的表现已经够糟糕了，不仅糟糕，而且幼稚。

还好，虽说是单人床，可也不小。他们躺在各自的位置上，没有触碰到彼此的身体。她和他相处的三年时光在他们的身上留下了印记，即使两个人已经到了撕破脸的状态，可那些印记还在，就是那些印记让栾欢没有警惕，一会儿便进入了梦乡。

天蒙蒙亮时，栾欢醒来了，各睡各的两个人此时紧紧地贴在一起，容允桢又仗着他的身材优势把她压得像一支冰棒。

那个时候栾欢并没有挣扎，她只是在想，明天一定要让容允桢在那张离婚协议书上签名。

栾欢再次醒来时，容允桢已经不在身边，李家的管家告诉栾欢，容允桢很早就离开了。

餐桌旁坐着四个人，李若芸眼窝深陷，李若斯一脸苍白，方漫心不在焉，看着栾欢欲言又止。

早餐结束，化着淡妆的李若芸和方漫拥抱告别，说"奶奶，下次我再来看您"，拥抱完了自己的奶奶，李若芸对着栾欢，一如既往地带着撒娇的语气叫着"欢"，然后一如既往地和她拥抱。

"我猜，你和他昨晚又没有发生什么吧？"李若芸在拥抱栾欢时说道，"栾欢，我们都了解那个男人，所以我等他，我会像以前一样等着他。"

"李小姐，如果有一天你真的能等到他的话，我会送上三百六十五个祝福。"栾欢莞尔。

从卡梅尔回到了洛杉矶之后，栾欢开始忙碌起来，之前那个赞助青年画家的计划进行到了第二个阶段，挑出青年画家那些最能突出特点的画，把那些画拿到艺术鉴赏家面前。

七月，栾欢对自己的画廊进行装修，她想腾出一块地方设立一个单元来放置那些青年画家的最新作品。栾欢一边忙碌着，一边等着自己的律师度假回来。期间，栾欢会在晚上拨打容允桢的私人手机，明知道容允桢不会接听电话，可她还是会习惯性地去拨打他的电话。她需要用这样的方式来提醒自己，她和容允桢正在谈离婚。

期间栾欢还去过容允桢的公司四次，四次都吃了闭门羹。

那个周五，忙碌一天的栾欢一回家就倒在床上呼呼大睡。模模糊糊中，栾欢的手机响了，栾欢接起电话的第一句话就是："程瑞，让我再睡一会儿。"

这阶段，云南小伙子程瑞一直在帮栾欢，电话响起时，她迷迷糊糊中还以为是程瑞打来的。

凌晨一点多，容允桢闯进栾欢的房间，来得快去得也快，不过是十几分钟的时间。等到容允桢离开她的房间时，栾欢这才回过神来追了出去。

最后，她只能对着容允桢扬长而去的车子大喊："容允桢，你莫名其妙，容允桢，你到底想干什么？"

这一晚，容允桢开车把栾欢城南公寓的门撞得稀烂，在黑人雇工玛莉的描述中，开着车子冲进来的容先生就像一头愤怒的公牛，"砰"的一声，公寓的门呈发射火箭的状态飞到天上。

栾欢回到自己的房间，被容允桢那么一闹，她睡意全无。洗完澡，栾欢坐在床上，总感觉自己好像有什么事情没有做，一会儿，她想起了自己好像没有像以前一样在特定的时间给容允桢打电话。

栾欢在手机里发现，不久前打到她手机的电话其实是容允桢的，不是程瑞。愣了一会儿之后，栾欢直挺挺地摔在床上，一分钟之后，她扯着自己的头发。

次日，程瑞很早就来到栾欢的公寓，委婉地表示，由于学业问题，他不能继续帮助栾欢。

这天，栾欢在早报上看到了闯祸的容允桢，十几次闯红灯，还超速，甚至对那些追在他屁股后面跑的洛杉矶骑警进行恐吓，说如果再缠着他不放的话，他会让他们一直放大假。

而这次，容允桢并没有像第一次那样到警察署录口供，甚至连一句向公众道歉的话都没有，只留下一句"一切交给我的律师处理"，就搭乘了前往南非的航班。

可笑的是，那些人在为闯祸的容允桢辩解，用类似于"他身上承受的压力太大了""他只是一个普通人，他也有需要释放压力的时候""从他穿睡衣开车就可以看出他每晚都在承受着失眠的折磨"这样荒唐的话为容允桢辩解。

栾欢不想知道容允桢穿着睡衣闯了十几次红灯，把她的公寓的门撞飞是出于何种心情，她只知道，对于她来说，开弓没有回头箭。

七月中旬，栾欢收到了方漫给她发来的电邮，发完电邮之后，方漫给她打电话，电话里的声音透着卑微和哀求。

栾欢用好几个小时的时间来看方漫发给她的那封电邮，那是李氏实业这季度的财务报表，里面事无巨细地记载着近年来李氏实业的支出和收入。看着一大片绿色的数字，栾欢的心情越发沉重。

由于西方经济的萧条，李俊凯坚持不裁员，再加上李氏的改革，转型没有起到预想的效果，现在这家百年家族产业已经濒临破产。

怪不得李若斯连续几次取消到洛杉矶度周末，怪不得李俊凯生日当天破天荒地喝了那么多酒，怪不得他在迅速变老。那时栾欢还以为李俊凯是在为李氏实业跌出百大制造榜而耿耿于怀，原来不是。

傍晚，方漫打来电话："小欢，奶奶为以前的行为向你道歉。如果你这次能帮忙，我将对你感激不尽，而且奶奶保证这是最后一次。"

这还是栾欢第一次从方漫口中听到这样的话。

"这次奶奶可以依葫芦画瓢，给小芸找一门好亲事来帮助公司渡过难关。"栾欢木然地说道，她猜到方漫希望她做什么了。

果然……

"凭着容允桢的人脉和智慧，他可以帮公司渡过难关。"方漫说道。

08 此情可待

（1）

三天后，下午四点左右，栾欢出现在容允桢的秘书办公室，等着她和容允桢的预约时间到来。

两天前栾欢给小宗打电话，栾欢和小宗的关系还好，栾欢告诉小宗自己非要见到容允桢不可，出乎意料的是，这次栾欢得到了容允桢的回应。

这天是周五，来见容允桢之前，栾欢稍稍打扮了一下。容允桢的秘书栾欢见过一次，那是一位四十几岁的比利时女人，当比利时女人把栾欢称为"容太太"时，栾欢多多少少还是有些不自在。

四点左右，栾欢被比利时女人带到了容允桢的办公室，这是栾欢第一次来到容允桢的办公室。

容允桢的办公室在五十几楼，宽大、格调高雅。他的办公桌就摆在落地窗前，后面是洛杉矶的高楼大厦，正在打电话的容允桢见到她时，示意她在一边等他。

容允桢的秘书把咖啡放下后就离开了，栾欢坐在一旁等着容允桢。

差不多五点，容允桢终于把事情忙完了，他来到栾欢面前，低下头看着她，什么话也没有说。

栾欢慌忙站起来，从包里拿出她下载的李氏实业的文件。容允桢接过文件翻了几页，重新把那些文件放回，看着栾欢。

栾欢低下头，说道："容允桢，帮我。"

容允桢没有回答她，他走到了衣架边，拿下挂在衣架上的西服，回过头来看着栾欢："你还不过来。"

栾欢慌忙走到容允桢的面前，接过他的西服，踮起脚。

手指落在西服的第一颗纽扣上。

"你希望我帮他们吗？"

"嗯。"

"你应该知道这不容易，你爸爸现在是银行家眼中的烫手山芋。"

"我都知道，容允桢，我知道你有办法。"

容允桢再也没有说话，栾欢继续为容允桢扣纽扣，扣到第三颗时，容允桢的声音在她的头顶上响起。

"今晚陪我。"

栾欢手一抖，没有把那颗纽扣扣进去，一双手压在她的手上，指引着她把那颗纽扣扣上。

扣完纽扣之后，容允桢拿开她的手，把她的手包在他的手里，说道："我没有别的意思，就想让你今晚陪陪我。"

容允桢把栾欢带给他的文件放进办公室的保险箱里。

离开容允桢的办公室，差不多五点半，容允桢并没有把栾欢直接带回家，他们去了超市。他让栾欢推着购物车，他的手在货架上滑过，不时询问栾欢今晚想吃点儿什么。

容允桢一手拿着超市购物袋，一手牵着栾欢，回到了比利华山的住宅。

玛利亚看到栾欢很高兴，她接过容允桢的购物袋，带着一点儿暧昧的神色，偷偷地告诉栾欢，容先生让她和她妈妈今晚放假。

栾欢的房间还是和她离开时一模一样，只是浴室里的男性用品让栾欢猜到，容允桢近期都住在这里。

栾欢靠在墙上，容允桢到底想干什么？或许他想和她重修旧好？

栾欢很想狠狠地拽住容允桢的衣服，说："够了，不要再做那些让我不安的事情！"

可现在她有求于他，不就是一晚吗？而且他也说了他不会做任何事，嗯，听起来好像是她赚了。

容允桢还真的和他说的那样没有对她做什么，甚至小心翼翼地，比如在厨房栾欢想帮忙时。

"你在我身边待着就行了。"

容允桢头也没有抬，语气十分自然。

容允桢偶尔会说出这样的话，其实栾欢知道，容允桢说出这样的话大概意思是，你好好待着，不要添乱。他永远不知道，他说出这样的话很容易让女人们无力抵抗从而变得痴迷。

在无所事事的时光里，会温柔地询问你的口味，会给你做饭的男人是所有女性的理想型。

栾欢在心里叹着气，挪动脚步，突然，容允桢抬起头，问道："你要去哪里？"

"我没想去哪里。"栾欢停下来说道。

容允桢重新把注意力放在他的食物上。

栾欢按照容允桢的意思和他一起吃晚餐，他们的晚餐时间延续着他们结婚以来的模式，如果没有必要，谁也不会主动说话。和之前不一样的是，在晚餐前，容允桢问栾欢是否要听音乐，栾欢觉得容允桢问了等于白问，因为音乐已经在播放了，是那种很轻柔的音乐。

晚餐结束之后，容允桢并没有和往常一样去楼上的书房，栾欢想回她的房间，也被他叫住了："栾欢，你洗完澡下来一趟。"

这一晚，她和他在放映室看电影，那是一部异常沉闷且带着哲理的电影。即使栾欢努力配合容允桢，可她的眼皮还是在持续加重。

栾欢知道她是被容允桢抱回房间的，可为了避开和他相处的尴尬，栾欢索性装睡，那是她能想出来的最好的办法。

容允桢把她抱到她的床上，脱去她的家居外套，还有鞋子，然后关灯，蹑手蹑脚地离开。

听到那声关门声，栾欢心里松了一口气。容允桢在某些方面说对了，更多时候她像是浑身长着刺的刺猬，她见不得容允桢对自己好。没有打算离开他时，他害怕他对她好；打算离他时，他的好让她害怕。

早餐过后，容允桢开车把栾欢送回城南的公寓。

车停在公寓门口，栾欢并没有下车，她尽量让自己的语气变得柔和："容允桢，你会帮我爸的，对吧？"

容允桢没有说话。

栾欢站在原地，看着容允桢的车子缓缓地消失在眼前。

包里的手机响了，栾欢接了电话，是容允桢打来的。

"下个星期天我不上班。"

"恭喜容先生。"

"下个星期你还来。"

"容允桢，你疯了。"

"栾欢，不要把你爸爸的事情想得那么理所当然，下个星期我直接到画廊接你。"

八月末，栾欢回了旧金山一趟，看望被医生勒令休息三天的李俊凯。在古香古色的回廊上，她挽着他的手臂，看着庭院里郁郁葱葱的茴香。

和郁郁葱葱的茴香形成鲜明对比的是李俊凯，栾欢感觉到这个男人正在快速变老。

家庭医生担忧地说李俊凯的身体状况并不乐观，即使通过的容允桢帮助，部分银行贷款资金已经到位，但那也只能勉强止血。

曾经被誉为"车轮上的城市"的底特律现在俨然变成了一座死城，上个月有传言说底特律政府已经着手准备向华盛顿提交城市破产申请，到那时……

栾欢想都不敢想。

几年前李氏实业东移的计划高开低走，和很多西方大公司一样在东方遭遇水土不服，到了举步维艰的阶段。

现在李氏实业在很多人眼里就像那艘庞大的泰坦尼克号，撞上那座冰山只是时间问题，而李俊凯只是一个兢兢业业、没有天赋的直肠子商人。

看着一直望着茴香出神的李俊凯，栾欢的心里难过得不行。

"爸爸，或许我可以帮您。"栾欢突发奇想，说道，"要不我把您给我的嫁妆买了，用那些钱资助公司。"

这话把李俊凯的思绪成功地拉了回来，他看了栾欢一会儿，淡淡地笑道："小欢，我发现你变可爱了。"

栾欢摸了摸自己的脸，也笑了，同时她的心里更难过了。李俊凯从前总是会笑出声音来，笑的时候都是很洪亮的男中音。

现在他不那么笑了，是笑不出来吗？

"爸爸，我待会儿打电话给小芸。"栾欢对李俊凯说道。

听到这话，李俊凯的笑容加深了。

李若芸现在在洛杉矶。

一个月前，李若芸在洛杉矶成立了自己的工作室，她笑嘻嘻地回答那些提问的媒体："在哪里跌倒就从哪里爬起来。"

栾欢和李若芸住在同一个城市，从她的画廊驱车到李若芸的工作室只需要四十分钟。可栾欢没有去过一次，她们住在同一个城市，却是形同陌路的两个人。

中午，栾欢打电话给李若芸，这是她和李若芸撕破脸之后第一次打电话："小芸，你晚上要不要回来？"

晚上，李若芸回来了，李若斯也回来了。

李家的十二人餐桌重新热闹起来，李若芸依然充当那个热络气氛的人，把一边的管家逗得哈哈大笑。

期间，李俊凯喝了点儿酒，晚餐结束后，他还坐在一边看着他们下棋，看着看着，他就睡着了。

在暖洋洋的灯光下，栾欢觉得那个时候的李俊凯是在睡觉。

先发现的是前来提醒李俊凯吃药的管家，管家发现不对劲之后，打电话给医生。

等待医生过来的时间是漫长的，李若斯跪在李俊凯身边，手紧紧地握住他的手。

栾欢跪在地毯上，也握住他的手，她需要确定李俊凯的手是温暖的。

李若芸也跪着，她把头靠在栾欢的肩膀上，茫然地看着自己的父亲。

那个时候，栾欢才知道那个处于昏迷的男人对她来说有多么重要，重要到如果让她用自己的灵魂和魔鬼交换，她眼睛都不眨一下。

李俊凯昏迷了三个小时，在医生和他们说了那些话之后，栾欢才明白为什么管家会那么淡定。

这是李俊凯过完生日后的第二次昏迷，第二次昏迷比第一次昏迷还要长一个小时。

医生给出的说法是，高血压外加操劳过度，李俊凯身上已经有了心脏衰竭的初步症状。

隔日，出现在栾欢面前的李俊凯一副云淡风轻的样子，他向他们保证，以后会配合医生。他说那只是意外，他说他以后会注意的，他还想长命百岁抱孙子呢。

栾欢和李若斯回到洛杉矶已经十点多了，五个小时的驾驶时间让李若斯神情疲惫，车子刚停在公寓门口，李若斯就迫不及待地拿了一根烟点上。

昔日的心动到了这个时候已变成了亲情，车内晕黄的灯光让李若斯敛眉吸烟的模样充满了落寞。最近李若斯的日子举步维艰，由于李氏实业的颓势，股东们都坐不住了，他们对李若斯的嘲讽已经变得明目张胆了。

栾欢拿走了李若斯的烟，说："不要再抽了，这样对身体不好。"

李若斯点头，摸着栾欢的头发说："我知道了。"

栾欢没有避开李若斯的手。

李若斯走后不久，栾欢站在公寓乳白色的灯柱下接了一通电话，电话是容允桢打来的。

"要是有一天我在你面前抽烟，你会不会拿走我的烟？"容允桢很突兀地问出这样的问题。

栾欢没有回答，直接挂断电话。

她顿了顿，后知后觉地巡视四周，周围很安静，一个人也没有。

容允桢从印度回来了？

也不对，容允桢几天前在公共场合露面时还表明他会一直待在印度，九月下旬才会回到洛杉矶。

不过栾欢很快警告自己不要为这样的问题费脑子了。

小宗开着车子，暗骂那个女人。那个女人当然是容太太，如果她再注意一点儿，就会看到停在角落里的那辆黑色轿车。

从印度回美国，再从美国飞回印度，需要差不多四十个小时。花了四十个小时，容允桢只为了看一眼那个女人，他甚至把车子藏起来，不想让她知道他在看她。

五分钟后，车子离开赶往机场。

八月过去，九月来临。

这一年的九月对栾欢来说是多事之秋。

那天，印度四十度高温，容允桢在新德里若干官员的陪同下，和他的团队考察了印度政府即将对外国人开放的土地资源，一辆失控的车忽然撞向了容允桢。

这一天在大洋彼岸，栾欢打了容允桢的电话，可是一直没有打通。

隔日，容允桢在他的个人社交网上破天荒地贴出了他吃汉堡的照片。照片的背景是酒店房间而不是医院，他和大家秀他的汉字，他用汉字对所有关心他的人表示衷心的感谢。

几个小时之后，这张照片被媒体截图，洛媒再一次迎来了一场集体狂欢。

有眼尖的网友在容允桢面前的玻璃杯上看到了一个女人的身影，女人的身影被放大之后，证实是容允桢的绯闻女友祝安琪，而且祝安琪穿的是那种性感内衣。

容允桢的绯闻爆出来之后，栾欢都躲在城南的公寓里。这里应该是洛杉矶媒体唯一不知道的地方，即使是这样，媒体还是逮到了她。

那是一次深夜，栾欢趁着空当回了画廊一趟，出来的时候被一位记者老兄逮住了，说实话，被记者逮到的栾欢恼羞成怒了。

"容允桢所发生的事情与我无关，因为我和他在几个月之前就分居了。"

怕那位记者不相信从而继续烦她，栾欢还给了玛利亚妈妈的手机号，那位老实的墨西哥女人一定会老老实实地回答她有多久没有回城北的住宅了。

栾欢说的这些话上了次日洛杉矶娱乐版的头条，人们开始欢呼，上帝啊，那位好青年终于摆脱了佳士得小姐的纠缠。

是啊，终于摆脱了。

可很快，栾欢就后悔了，正是因为她昨晚的那番话，李氏实业的股票在消息爆出之后一直狂跌。一些投资商之所以愿意把钱投到李氏实业，大都是因为李氏实业的背后有容允桢这座大靠山，现在靠山没了。

栾欢意识到了自己的行为有多么愚蠢，因为她看到一脸病容的李俊凯在接受采访时露出了讶异的表情，之后他淡淡地说道："我会永远站在我的孩子这边。"

那个时候，栾欢后悔得想把自己杀掉。

（2）

第二天，李氏实业的股价依然在下跌，栾欢接到了方漫和李若斯的电话，前者把她大骂一通，是那种不顾教养、临近崩溃的大骂；而后者温柔地安慰着栾欢，说"小欢，你没有错，相信我，糟糕的状况会变好的，我会有办法的"。

第三天，李氏的股价依然在下跌，栾欢开始尝试联系容允桢，她想或许可以求他帮忙，只是栾欢仍然没有联系到容允桢。

这天深夜，栾欢出来丢垃圾的时候看到了站在乳白色灯柱下的那个人。那个人就是她这一天一直联系不上的人，即使戴着帽子和黑框眼镜，栾欢还是一眼就把他认出来了。

容允桢站在灯柱下，呆呆地看着一个地方，一动不动。如果不是夜风卷起他的衣摆，栾欢会怀疑自己看到的是一具雕像。

栾欢走了过去，停在容允桢的身边。

容允桢置若罔闻。

"容允桢。"栾欢叫了一声。

雕像仿佛被解除魔咒，容允桢的目光移向了她。他的目光有点儿呆滞，他指了指刚刚望着的地方，问道："你刚刚不是还在那里吗？"

栾欢顺着容允桢的手指看到了自己房间的窗户，浅色的窗帘映着她房间一些事物的轮廓。

栾欢收回目光，让自己的声音变得平缓："容允桢，你怎么会在这里？你在这里站了多久？"

"就一会儿。"容允桢说道，他的目光牢牢地锁定在她身上。

虽然只是这么短的一句话，栾欢还是听出了容允桢的声音不一样，他的声音不再如以前清亮。

栾欢垂下了眼帘："容允桢，你要不要到里面坐会儿？"

仿佛没有听到她的话似的，他没有迈开脚步的意思，他用怀疑的目光看着栾欢："如果你是想和我谈那些事的话，我想我没有时间，半个小时之后我还要赶飞机。"

栾欢听出来容允桢说的"那些事"应该是指之前她说的离婚，栾欢的声音低低的："容允桢，你想不想到里面喝杯咖啡？"

片刻之后，容允桢回应道："当然，我坐了很长时间的飞机，我需要咖啡提神。"

栾欢背对着容允桢在等水烧开，容允桢就坐在她的身后，栾欢在思考要怎么开口向容允桢寻求帮助。

"你打电话给我了吗？"容允桢突然问道。

想了想，栾欢"嗯"了一声。

"是因为担心我？"容允桢的语气变得欢快起来，"我的手机坏了，这就是你一直打电话给我却联系不上我的原因。"

顿了顿，容允桢的声音小了一点儿："栾欢，我很高兴你打电话给我，那场爆炸让我在医院昏迷了一天，我的声带受了伤，医生说要几个月之后才会恢复。"

栾欢手一抖，手掌蜷缩，然后松开，再把手掌紧紧地贴在瓷具上，开水怎么还不开？

身后传来了轻轻的脚步声，灯光所投下的人影变成了两个，高大的慢慢地朝娇小的移动，环住了娇小的身影。

栾欢的手紧紧地按在瓷具上，容允桢的手按住了她的手臂，他的声音有些沙哑："欢，我真想你。"

他的唇瓣触着她的耳垂，喃喃地说道："看到你和那些人说了那样的话，我从酒店偷偷跑出来，跑出来之后就来到了这里。"

美国和印度隔着两个大洋——印度洋和太平洋，这两个大洋在容允桢的口中就像是仅仅隔着一条街，他吃完了晚饭，打开家门，穿过街来到街对面，敲开她家的门。

怎么水还没有开？

栾欢是想等水开了，容允桢喝完了咖啡之后再和他说的，现在看来不行了。

"容允桢，我爸的公司需要你的帮助。"

他愣住了，唇离开了她的耳垂。

仅仅几秒的沉默让栾欢有些不耐烦，她提高了音量来表示她的不满："容允桢！"

"栾欢。"声带受伤的容允桢声音听起来有些艰涩，"现在我不能，但是以后我会用我的方法帮助他们。"

"以后？是多久以后？"

"这个我目前还不能确定，栾欢，最近发生了一些事情，一时之间我还无法给你解释，以后我会告诉你……"

"容允桢，如果我说希望你现在就帮忙呢？"栾欢口气生硬地说道。

容允桢没有回答。

"如果我说……"顿了顿，栾欢继续说道，"容允桢，你不帮忙的话，那么你连偶尔来这里喝杯咖啡的机会都没有了呢？"

"现在不能，但是我保证，会尽快把那些事情处理好。"容允桢的声音急促起来，由于声带受伤，听着像是一串被撕裂的音符。

"就是说你现在不帮了？"

容允桢没有回答，栾欢挣脱了容允桢的手，把火熄灭，回过头来抱着胳膊，冷冷地看着容允桢。

在她的注视下，容允桢笑了笑，笑容有些苦涩。

"看来喝不成咖啡了。"

"是的，而且现在夜已经深了，我想休息。"栾欢下了逐客令。

容允桢点了点头，拿起放在一边的帽子，说了一句"那我走了"。

走到了门口，他停下脚步，没有回头，说道："报纸上说的那些事情不是真的，那些都是故意安排的，不管那些人怎么说，你都不要相信。"

"我不管那些是真是假。"栾欢的口气十分冷漠，"可是容允桢，我想告诉你的是，我的那些话是真的。我找了另一位律师，等你从印度回来的时候，我会让我的律师好好地和你谈我们的分居手续。"

容允桢走了，离开之前，他说他会打电话给李俊凯。

二十几个小时之后，栾欢接到了容允桢从印度打来的电话，电话应该是在那种公共电话亭打来的，他就说了一句："栾欢，我到了。"

九月中旬，容允桢从印度低调回美。

　　容允桢回美的当天晚上，依然是在那乳白色的灯柱下，栾欢见到了容允桢。还是和上次差不多的打扮——大帽子、黑框眼镜，栾欢还是手里拿着垃圾袋，不同的是容允桢这次没有盯着她房间的窗户，而是好像算准了她会出现，并且在她出现时第一时间送上了微笑。

　　"容允桢，我上次说的话你应该听得很清楚。"栾欢说道，意思就是说再也不会让他上楼喝咖啡了。

　　容允桢走了过来，接过她手中的垃圾袋。

　　栾欢并没有把垃圾袋交给容允桢，她想躲开容允桢的手，结果一不小心把垃圾都倒在自己的脚上、裤子上。

　　看着自己白色的裤子，栾欢冷冷地对容允桢说："容先生是来谈我们的分居手续的吗？"

　　容允桢脱下自己的外套，蹲了下来，用他的外套帮她擦鞋子、擦裤子，之后，他把那些掉出来的垃圾收拾好，再把垃圾丢进垃圾分类箱里。

　　丢完垃圾之后，容允桢来到栾欢的面前。

　　"容允桢，我明天会让我的律师和你谈。"说完这句话之后，栾欢想转身，却被容允桢拉住。

　　容允桢朝着某个地方望了一眼，伸出手，从栾欢的头发上拿下了一片纸屑，说道："我明天要去巴西。"

　　栾欢对容允桢做出了"浑蛋"的口型。

　　容允桢不为所动，只是对她笑了笑，说了一句"你真可爱"。

　　在容允桢说这句"你真可爱"时，他的目光落在她的鞋子上，表情温柔。

　　栾欢现在穿的正是容允桢在情人节那天帮她买的印有雪花图案的鞋子。

　　可爱对吧？

　　栾欢弯下腰，脱掉了自己的鞋子，她把鞋子系在一起，做了一个投篮姿势。

　　嗯，还行，鞋子被投进了垃圾箱。

　　栾欢拍了拍手，看着容允桢，他微微皱着眉头。

　　他说："我来这里没有别的意思，就是想看看你。"

　　"除非是出现在律师办公室，其他的时间我都不欢迎你。"

　　小宗看了一眼手表，现在差不多十点了，还有两个半小时，容允桢就应该在机场，他们会在十二点半前往巴西。

现在小宗正坐在车上，他的车子停在以前停车的角落里。车子停在这里不会轻易被发现，但是从这个角度可以看清楚容太太的一举一动，那个女人会在九点半到九点四十分之间下来扔垃圾。

果然，下来扔垃圾的女人被容允桢逮住了，在那两个人相处的十分钟中，很明显容允桢处于下风。

九点五十五分，容允桢朝车子走来，小宗下车，准备为容允桢开车门。

小宗打开车门，没有听到脚步声，于是往回看。

呃……

容允桢正在往回走，脚步急促，他追上了容太太，容太太正好走到乳白色灯柱那里，他一把抓住她，用身体的优势把她压在了灯柱上。

搞不清楚状况的可怜女人就这样迎来了一阵劈头盖脸的强吻。

容允桢走后，栾欢换掉了手机号。

九月中旬的最后一天，栾欢和李若斯一起吃饭，李若斯告诉她，他正在和美国知名汽车品牌公司谈合作，只是把握并不大，原因是该公司的决策人暗示他想看到李氏实业的诚意。

"什么诚意？"栾欢问李若斯。

李若斯把那张前往巴西的机票放在栾欢面前，说道："小欢，怎么办？我好像走投无路了。"

栾欢望着桌子上那两张巴西往返机票，和那张机票放在一起的还有巴西的一家酒店地址，那是容允桢住的酒店。

所谓诚意，是那位决策人和李若斯达成协议，只要李若斯帮他办一件事，未来的三年里，他们公司和李氏实业就会是亲密的合作伙伴。

那位决策人提出的事情，李若斯帮不了什么忙，但栾欢应该可以。

栾欢要做的事就是在某个特定的时间拖住容允桢，具体原因无从得知。

栾欢把机票和容允桢的酒店地址放好，凝望着坐在她对面的李若斯。

栾欢没有想到李若斯会让自己去做这样的事情。

在她久久的凝望之下，李若斯的目光暗淡下来，最后声音也暗淡了："小欢，对不起。"

"不用，我们做的这一切都是为了爸爸。"栾欢说道。

为了李俊凯，那个有着宽阔胸怀的男人，这世界就只有他对她是真诚的，那真诚于栾欢弥足珍贵。

容允桢一回到酒店就看到这一幕，在他的房间外站着一个女人，女人背靠在墙上，低着头，也不知道在看些什么。她的脚在动，不，应该是脚尖在动，她用脚尖在地上画着圈圈，一个圈，两个圈，三个圈……

容允桢停下来，就站在那里数着她用脚尖画的圈圈。

她抬起头，发了一会儿呆，缓缓地看向他。

看到他，栾欢张了张嘴："允桢……"

容允桢放轻了脚步，一步步地朝她走去，站在她的面前看着她。

她垂下眼帘，嘴里说着："允桢，我……我爸爸的身体变得不好了……我觉得烦，想离开洛杉矶几天，于是我买了机票，等我买完机票之后，我才发现自己买的是前往巴西的机票，然后……"

容允桢迫不及待地堵住她的嘴。

终于，他放开了她，是狠狠地放开了她。

栾欢弯下腰大口大口地喘气。

还没有等栾欢把那口气喘顺，她的脚就离开了地面。容允桢把她夹在了腋下，他一只臂膀把她夹在腋下，夹着她的那只手还拿着她的行李箱，另外一只手去开门。

栾欢直接被容允桢抱到了有着明黄色灯光的客厅里。

容允桢放下她，栾欢蜷缩着脚趾站在客厅中央，刚刚她穿的高跟鞋在容允桢的蛮力下掉在客厅和房间之间的小台阶上了。

栾欢低下头，容允桢在笑，是那种很轻很浅的笑，他直接捧起她的脸，让她和他面对面，微微弯下腰。

"不管是什么原因，你来就好。"

十一点半，栾欢把药放进了装着牛奶的杯子里，她也给自己冲了一杯牛奶，她把两杯牛奶放在托盘上，拿到容允桢面前。

栾欢拿起自己的那杯牛奶，指着剩下的那杯说道："容允桢，这个是给你的。"

意思就是说我只是顺便给你弄的，你爱喝不喝。

容允桢当然会喝，即使容允桢不喜欢喝牛奶，他也会喝。

那杯牛奶让容允桢在看她的时候眼底多了一道柔光，他拿起了那杯牛奶。

看着空空如也的杯子，栾欢的心情极为复杂，好了，坏事很容易便完成了。

可那个时候，栾欢根本不知道由于容允桢特殊的身份，他很早以前就做了一种极为罕见的手术。他切掉了类似于麻痹神经输入系统，做这样的手术可以杜绝一些下毒、迷药之类的下三烂手段，也正因为如此，世界上的任何麻药在容允桢身上不起任何作用。

轻轻的脚步声往床的这边而来，上床的人显得小心翼翼地，就像是在试探。很快，容允桢的气息就在床上弥漫开来，调整好了姿势，他的手试探性地搁在栾欢的腰侧。栾欢没有躲开，手往后腰移动，栾欢还是没有躲开，搁在后腰的手一用力，栾欢就被捞到了容允桢的怀里。

容允桢的声音在栾欢的头顶响起，带着那么一点儿欣喜："刚刚我还以为会被你踢下床。"

栾欢的脸朝容允桢的怀里靠了靠，闭上了眼睛。

半个小时后，栾欢终于等来了容允桢那均匀的呼吸声，按照药量，容允桢这一觉会睡到明天中午才会醒。

清晨，六点二十分，栾欢没有在床上找到容允桢，这样的突发状况让栾欢吓了一大跳。

这是怎么了？明明容允桢昨晚喝掉了那杯牛奶，不是说中午才会醒来吗？

栾欢睁大眼睛，然后下意识地叫了一声："容允桢。"

栾欢叫完了那声"容允桢"之后，就听到了脚步声。容允桢出现在她的床前，他一边系领带，一边弯下腰，同时把一只脚的膝盖顶在床上。

他弯下腰，冲着她笑："这么早就醒了，我还以为你会睡到下午，我本来计划上午去公司，下午不上班带你去玩。"

栾欢呆呆的，为什么容允桢会醒来？

容允桢又说："我六点半出去，你再好好睡一觉，我大约会在十一点回来，到时候我带你去吃好吃的。"

六点半，不，六点半容允桢必须留在酒店的房间里。

栾欢看着容允桢，脑子在急速运转着，要怎么在六点半到九点半这段时间把容允桢留在酒店里呢？

"怎么傻乎乎的？"容允桢点了点栾欢的鼻尖，由于他的这个动作，他已经系好的领带在她的胸前蹭来蹭去，让她觉得被打扰到了，于是想也没想就去抓他的领带。

或许是栾欢用力太猛，或许容允桢并没有注意到，就这样，他的身体由于她的拉扯压在她的身上。

栾欢慌忙转动着眼珠子，去看床头柜上摆放的钟，时间是六点二十八分，放在钟旁边的是容允桢的手机。

手机响了，栾欢想，打给他的人一定是在催容允桢离开的，一定是。

容允桢也听到手机响了，他的手在移动。

本来还紧紧拽住被单的手移动着，来到了他的领口，把他已经系好的领带拉开了一点儿，手指落在他的领带上。

"允桢，把手机关了。"

九点半，圣保罗市政厅国土资源处，特别聘请来的拍卖师敲响了最后一锤，巴西近年来最大的土地拍卖会结束，坐在最显眼位置的一女两男脸色铁青，他们的竞争对手过来和他们握手说再见。那一女两男代表着亚东重工集团，是被公认的最有可能买走巴西的那块土地的企业，可是现在，他们只能赔着笑脸和自己的死对头说恭喜。

造成这样的状况，就是亚东重工少东容允桢的缺席。

祝安琪站在市政厅外，手里紧紧地握着手机。

"我猜，容先生现在说不定沉浸在某个温柔乡里。"买走了他们最想要的那块土地的荷兰人乐呵呵和她说道。

当那辆车子朝祝安琪开来时，她手一伸，把手机往地上一扔，从她面前经过的车子转眼间就把她的手机碾碎。

第一道曙光冲破圣保罗的夜空，栾欢拖着疲惫不堪的身体起床。她蹑手蹑脚地来到了浴室，梳洗完之后来到床前，看了一眼陷入沉睡的容允桢，弯下腰，手几乎快要触到他的脸颊了，最终还是收了回来。

她转过头，她必须在六点离开这里。

栾欢拿到了她的包，打开包，发现她的护照和机票都不见了。

容允桢这个浑蛋！

栾欢挑选了一样可以把容允桢打疼的东西，气冲冲地来到了床前，站住，扯起被角，往后撤，然后……

这个清晨，属于栾欢的泪水再次光临，很小的两滴从她的眼角渗出。栾欢慌忙把泪水擦掉，小心翼翼地把被子重新拉好，盖住了容允桢的身体。

她小心翼翼地回到床上，再小心翼翼地把脸贴上了容允桢布满伤痕的背。她不知道他的背上为什么会有那么多伤痕，可就是那些伤痕让她心疼，让她不想和他不告而别，想在这个早上和他躺在一起，在他醒来的第一时间送上脉脉温情。

（3）

栾欢睁开眼睛，在一大片类似于海市蜃楼的场景里，男人正在打电话。男人的脸朝着她这边，见到她睁开了眼睛，男人转过头，片刻之后，他挂断了电话，来到她的身边。

"醒了？"容允桢坐在床边问道。

栾欢点了点头，目光不由自主地落在容允桢身上那件浅色衬衫上，渐渐地，目光从衬衫移到容允桢的脸上。

午间，房间里的采光极好，容允桢就像是最明亮的影像，有让人怦然心动的魔力。

就是这样的男人，身上却有着一道道伤痕，在加州海滩上，只有他会在自己的身上加一件上衣。

栾欢伸手去摸了摸容允桢的脸，容允桢说道："待会儿我带你去喝下午茶。"

他和她走在街上，他们穿着简单的衣服，他拉着她的手，他们刚刚在圣保罗唐人街的一家中餐厅喝完下午茶。

"容允桢，你不用工作吗？"

这是栾欢第二次问容允桢，不久前她也问过他这个问题，得到的回答是他要给自己放个假。

　　栾欢隐隐有点儿不安，至今她还没有收到任何李氏实业和那家知名品牌汽车公司合作破裂的消息，那位决策人不是应该恼羞成怒吗？和容允桢竞争巴西那块土地的那家荷兰地产公司和克莱斯勒看似风马牛不相及，可实际上那位决策人和那家荷兰地产公司的老板是翁婿关系。

　　容允桢停下了脚步，四处张望，午后的步行街除了一排排绿色植物，空无一人。他把她带到了树荫下，他的手里拿着刚刚在中餐厅得到的一朵玫瑰花，他把玫瑰花插在她的鬓角，托住她的下巴，吻住了她。

　　唇齿交缠之后，栾欢微微皱起眉头，好像容允桢没有回答刚刚她提出的问题。

　　他迅速把她的眉头吻平，揽着她说道："从现在开始，你什么都不要操心，你只要相信我就可以了，好吗？"

　　栾欢点了点头。

　　午后，栾欢被容允桢揽在怀里，靠在那家超市的墙上。他们靠在墙上晒太阳，此时正是巴西的冬季，日光懒洋洋的，让栾欢想在容允桢的怀里打盹。

　　容允桢在打电话，他的声带已经恢复了八成。

　　也不知道他在和谁打电话，电话内容大致是说他需要一辆半旧的车子，还有一间房间的钥匙。

　　打完电话之后，容允桢告诉栾欢他们不回酒店了。栾欢点了点头，这日光让她沦陷，这男人的声音让她着迷。

　　一会儿，一个巴西人给他们送来了车和一串钥匙。

　　容允桢开着那辆半旧的车子，把栾欢带到了圣保罗人口最密集的区域。车子沿着窄窄的小巷，最后停在了一间红色瓦砖淡蓝色屋顶的房子前。

　　"这里曾经住过一位叫容允桢的少年，我一直想把你带到这里来。"容允桢对栾欢说道。

　　栾欢是被容允桢抱进房子里的，他说按照中国传统，蜜月期新郎应该把新娘抱进房子里。

　　屋子极为简单，栾欢站在不大的客厅中央，环顾四周，想找出那位叫容允桢的少年留下的印记。白色的墙纸上仅有几张泛黄的奖状，受到嘉奖的人叫保罗。

端着水杯进来的容允桢目光也落在了墙上，说道："那时，我叫'保罗'。"

栾欢伸出手触摸墙上的奖状，好奇地问道："为什么要叫保罗？"

"因为这座城市叫保罗的人最多。"容允桢淡淡地回答道。

因为这座城市叫保罗的人最多，所以叫保罗可以多一分安全，这应该是容允桢为什么会叫保罗的真正原因吧。

栾欢心里酸楚，她走过去，站在容允桢的身后，把脸贴在他的背上，手环住他的腰。

这一天为月中，他们的房子位于圣保罗较高的地方，有很多房子和他们的房子紧紧地挨在一起，那些紧紧和他们挨在一起的房子里透出了光亮，温暖而热闹。隔音不是很好的房子里传来了电视机发出的声音，还有女主人骂自家男人只顾看球的声音，栾欢听着感到很温馨。

圣保罗的夜晚很像栾欢小时候画的那幅水彩画，美好得让她习惯性紧紧抿着的嘴唇不由自主地松开。

白天来临时，栾欢穿着容允桢以前的卫衣，她把卫衣帽子戴在头上，跟在容允桢的身后去市场买菜。

菜篮里放着鱼和菜，还有一些大米，他们经过一片空地，一群十几岁的孩子在空地上踢球。栾欢和容允桢坐在一边看着孩子们踢球，她安静地吃着容允桢给她买的烤玉米，听着容允桢说话。偶尔，容允桢会拉一下她卫衣的帽子，揉着她的头发说她可爱。

栾欢哭笑不得，她明明没有说半句话，怎么可能突显出某人口中的"可爱"，于是她龇着牙问道："现在还可爱吗？"

第二天晚上，还是那扇方方正正的窗户，还是那轮高高挂在圣保罗夜空的明月，栾欢面对着月亮，背贴在容允桢的怀里。

栾欢呆呆地望着夜空，今天她知道了一件事，那天容允桢并没有出现在圣保罗市政厅，买走了巴西最好的那块地的并不是巴西人所喜欢的那位叫容允桢的英俊青年，而是一位荷兰胖子。

现在大家都在谈论这件事，亚东重工总裁亲自发表新闻稿，解除容允桢目前的一切职务，并且勒令他在下周一回到纽约总部接受股东质询。而李氏实业在今天下午和克莱斯勒公司公共召开新闻发布会，未来三年内他们将是亲密的合作伙伴，发布会上，李若斯笑得踌躇满志。

十八岁，容允桢在圣保罗生活了一年，那一年里，他在这座城市过着类似于放逐的生活。

十八岁这年他叫保罗，住在这座城市的少年有着极为普通的生活背景，望子成龙的父亲把他从乡下送到圣保罗和叔叔生活，他们希望他能接受高等教育，然后过上体面的生活。这里的人从来没有对他的身份产生过怀疑，他们见面时总是很热情地称呼他为"保罗"，和他同龄的男孩女孩都喜欢和他玩。

十八岁这年对于容允桢来讲是无所事事的一年，这一年一直对他很苛刻的父亲没有对他的生活有过一丝一毫的干预。这一年他不用接受各种各样的训练，这一年的夏天他去了亚马孙丛林，独自一人站在浩瀚的夜空下看了双子座流星雨。

离开圣保罗时，容允桢十九岁。十九岁的第一天，他的父亲找到了他，对他说："容允桢，如果你是我儿子的话，那么这一年的时间足够你把该忘的事情都忘掉了。"

十九岁的他明白，人的一辈子是一段望不到边际的旅程，他脱掉了沾满黄色粉末的球鞋，和父亲一起离开了圣保罗。

离开的时候，容允桢以为自己永远不会出现在这红色砖瓦、蓝色屋顶的山顶房子里，可把她带到这里来也只是一瞬间做的决定。

走出超市的那一瞬间，午后的日光落在她的鼻尖上，强烈的光线让她下意识地眯起了眼睛，那神情有点儿像容允桢十八岁那年养在圣保罗那个山顶房子里的小猫。

小猫般的女人叫栾欢，是他的妻子，那一刻他如此清楚。

把她带到那座红色砖瓦蓝色屋顶的房子，到底出于什么样的心理呢？其实容允桢也不大清楚。他在这里度过他最颓废灰暗的岁月，但同时住在这里的那位叫保罗的少年也和这世界上很多人的十八岁一样，有着相同的轨迹。

嗯，在这里他还交了一位现在连名字也记不住的女朋友，与其说是女朋友，还不如说是女性朋友。那个身材火辣的巴西姑娘，据说全校的男孩子都喜欢她，而他应该是唯一不喜欢她的。后来也不知道怎么了，他和她看了一场球赛，她就变成了他的女朋友。这一点容允桢觉得自己挺冤的，他压根不喜欢她，或者确切来说，是他不可能爱上任何一位姑娘。

之后他和一个叫栾欢的女人结婚了，那是一段阴差阳错的婚姻，还没有等他理清这个女人在他的生命中扮演什么角色，她就把一纸离婚协议书带到他的面前，口气决绝。

从那天起，一切乱了套，他做出的事情往往先于他的思想，连同把她带到这里来。他差点儿失去了她，如果不是因为他故意把自己的名字写错，那么他已经失去了她。

他很庆幸把她带到这里来，她的身份仍是他的妻子。

（4）

夜幕降临，栾欢坐在容允桢的车上，他们正在驱车前往圣保罗最具特色的跳蚤市场。

今晚是他们留在圣保罗那栋红色砖瓦蓝色屋顶房子的最后一夜。

明天栾欢就会回洛杉矶，而容允桢将前往纽约接受股东的质询。如果他不能给出合理的解释和计划的话，那么他将面临被强制休假的惩戒，栾欢曾经提出和容允桢一起去纽约。

"不用，你在家里等我就好了。"他轻描淡写地做出回应。

她还想说什么，他就吻住了她。

华灯初上，跳蚤市场一派热闹非凡，由于处于高原地区，圣保罗的夜晚很冷，容允桢买了手套。

人声鼎沸的闹市区里人头攒动，强烈的照明和小贩们的吆喝声组成了人间烟火的世界。栾欢站在街角，容允桢为她戴上手套，如此热闹的场景令她有些害怕。

一直孤独成长的她，终于感受到了只属于她的那份宠爱，这份宠爱来自于容允桢——她的丈夫。

这里真的什么都有，栾欢好奇地看着那些稀奇玩意儿，容允桢和栾欢说，他少得可怜的自由时间里最喜欢做的事情是逛跳蚤市场，他说往往人多的地方最安全。

栾欢不由得想起了容允桢书房里的那间秘密房间，以及在秘密房间里放着的李若芸的画，以及潜藏在画里的两只小海豹的故事。

栾欢看向容允桢，此时此刻容允桢正在和一位摊主砍价。容允桢看中一幅唐卡画，他砍价的口气十分老到，让栾欢好几次把脸埋在他的肩膀上偷笑。

终于，容允桢把唐卡画弄到手，摊主多看了栾欢几眼，容允桢一个眼神瞪过去。

之后，容允桢皱着眉头看着栾欢，然后脱下了他身上的那件大外套，强行穿在栾欢身上。他也没有问她的意见，就把大外套的帽子戴到她的头上，还把外套帽子的收紧绳结结实实地绑上，让她只露出半张脸。

那件大外套让栾欢觉得行动不便，还有外套的帽子让她觉得自己变成了一颗枣子。

一路上，栾欢不停地向容允桢抗议，结果得到的是他一句"你最好给我安静一点儿"。

栾欢在抗议无果之后也只能乖乖闭上了嘴。

烙饼的香味吸引了栾欢，栾欢和容允桢说："容允桢，我饿了，我想吃烙饼。"

说这句话时，她觉得自己就像在撒娇的孩子。

人潮拥挤的闹市区，她刚刚说完这句话，容允桢就停下了脚步。他扳过她的肩膀，让她和他面对面，他的双手穿过了帽子边缘，捧住了她的脸颊，目光灼灼。

"你现在身上没有带钱吧？"他问道。

栾欢点头，她现在身上没有带半分钱。

"你很想吃烙饼吗？"他又问。

栾欢再次点头。

一闻烙饼铺子传来的香气，就知道是玉米味的。栾欢喜欢玉米，一大片一大片地长在土地上，等到阳光变成了金黄色的时候，玉米就成熟了，它的身体变成了和金黄色阳光一样的色彩，很美好，进入嘴里的玉米好像也沾上了金黄色阳光的味道。

热乎乎的烙饼最好加上鸡腿肉，鸡腿肉加上一点儿辣味，两样和着吃，味道特别棒。

想到这里，栾欢用舌尖舔了舔自己唇瓣，随着她的这个动作，捧住她脸颊的掌心升高了温度。

栾欢瞪着容允桢，用目光传达着：容允桢，你还在磨磨蹭蹭的做什么？我要吃玉米烙饼，听到没有？快去给我买！

他浅浅地笑着，声音哑哑的："还好我带了钱。"

栾欢翻了个白眼。

"可是这钱可不能白花。"

栾欢狠狠地盯着容允桢。

"所以要吃到热乎乎的烙饼，你得付出一点儿代价。"

容允桢低下头吻住了她。

栾欢用她的吻换来了一卷烙饼，当然还有鸡腿肉，只是鸡腿肉没有加辣味。

这一晚，在圣保罗那栋红色砖瓦蓝色屋顶的房子里，栾欢梦见了万千星辉，她靠在容允桢的肩膀上，看着璀璨星光，傻傻地笑，笑声从梦里溢到梦外。

次日醒来，容允桢不在她身边。

天刚刚亮，容允桢就搭乘了圣保罗前往纽约的飞机，中午按照容允桢之前交代的那样，栾欢搭乘回洛杉矶的航班。昨晚容允桢在安排好这些之后，和栾欢说这几天他应该会很忙，也许会抽不出时间给她打电话，不仅这样，他也许还不能很快回到洛杉矶。

栾欢也没有多问，就说了一句"知道了"。

容允桢紧紧地把她搂在怀里，轻吻着她的额头，最后说："欢，你要相信我。"

栾欢在他怀里点头。

回到洛杉矶已经是深夜了。

次日，栾欢起了一个大早，她的画廊的装修已经临近尾声，这个星期三画廊会重新开幕。

中午容允桢打来电话时，栾欢的口气很不好，因为洛媒今天都在热炒容允桢和祝安琪一起出现在机场时，两个人亲密无间。

"容先生，你都这么忙了，还有时间给我打电话吗？"栾欢没好气地说道。

那张照片让栾欢耿耿于怀，嗯，容允桢倒是很体贴，把手挡在车门框上，这样一来，祝安琪直起腰撞到的也是容允桢的手，那样一来，即使磕到头了，也不会疼。不仅这样，那张照片上容允桢半侧着的脸上长酒窝若隐若现，或许在这个画面被定格之前容允桢和祝安琪都笑了。

一定是！

"容允桢，我很忙，还有人在等我，我挂了。"栾欢口气冷淡。

说完，栾欢挂了电话，手机又迅速响了起来。

"谁在等你？"容允桢问道。

真的有人在等她，李若斯就在楼下，从阳台上可以看见坐在会客室的李若斯，他已经在那里坐了差不多一个小时，他给她带来了旧金山唐人街正宗的牛轧糖。

栾欢没有回答，拿着手机发呆。

"中午都吃了些什么？"

栾欢垂下头，没有再去看李若斯，说了一句"就那样"。

"就哪样？"他笑道。

栾欢下意识地把手机拿离自己的耳边，容允桢的气息仿佛要钻到她的耳朵里，然后顺着耳朵滑落到心上，让她忘了她在生气。

栾欢紧紧地抿着嘴。

"我猜，小欢现在一定是抿着嘴吧？"电话那边的人笑容加深了一点儿。

栾欢吓了一大跳，一边在周围搜寻一边下意识地狡辩："没有，我没有！"

容允桢冷不防地问道："你刚刚说在等人，我想知道你在等谁，男的还是女的？"

"女的！"栾欢脱口而出。

说完她就愣住了，她又和容允桢撒谎了。

在属于女性的那种敏感嗅觉里，栾欢觉得容允桢好像特别在意她和李若斯的关系。

"嗯！"容允桢满意地说道。

手里握着的手机在这一刻仿佛变成了烫手山芋，她怎么把李若斯说成是女的呢？

栾欢害怕容允桢继续刚刚的话题，只能干巴巴地说道："允桢，真的有人在等我。"

那边传来了容允桢的叹息声，那声叹息让栾欢心里难受，是不是……

"允桢，爸爸和那些人给你脸色看了吗？"栾欢急急地问道。

一直以来，容耀辉对容允桢要求苛刻，容允桢最初两年的状况就像是游走在刀尖上，一个环节出现问题，他脚底下的刀就会刺进他的身体。

栾欢等来的还是沉默。

"允桢？"

栾欢小心翼翼地叫了一声。

"如果我说是呢？"容允桢的声音十分低沉。

"如果是啊……"想了想，栾欢说道，"那我们就一起卖画吧。"

容允桢没有回应。

"允桢，今年画廊赚到了钱呢。"栾欢补充了一句。

栾欢刚刚说完，容允桢就忍俊不禁，他边笑边问："说来听听，小欢今年赚到了多少钱？"

又被容允桢耍了。

栾欢拿着手机，用从皇后街学到的一连串脏话对容允桢破口大骂，骂完之后毫不犹豫地挂断电话。

如果地球是平的话，那么那个叫栾欢的女人就可以越过茫茫的人海看到那个叫容允桢的男人，看见他拿着手机听着她的脏话，笑得有点儿傻。之后男人似乎想起了什么，表情有点儿懊恼。

让容允桢懊恼的是那句话他还是没有说出口。

容允桢懊恼地看着手机，原来可以在心里说出一千次一万次的"我想你了"，却不敢让它从口中说出。

那个站在风口对着手机发呆的男人让祝安琪看得心惊胆战，在十年的光阴里，她看着他从清冷沉默的少年长成稳重内敛的青年，她陪着他一起成长，她熟悉他脸上的每一个表情变化，她可以很轻易地从他每一个表情变化捕捉到他的心情。

只是这一刻的容允桢让她害怕，她害怕那个女人把容允桢变成一个她猜不透的男人，这是一个危险的信号。

祝安琪悄悄地离开，离开之前她的心是揪着的。容允桢没有发现她，容允桢不该没有发现他，十五岁到十六岁期间，容耀辉为了训练容允桢的听觉，让他在幽暗的隧道和那些爬行动物整整生活了一年。一年之后，容允桢可以很轻易地捕捉到任何风吹草动，并且在第一时间判断出方向。

祝安琪紧紧地握住拳头，接下来的时间里，她需要好好地想一想。

（5）

李若斯看着坐在他对面的栾欢。

空间刚好，会客室四面玻璃墙映着他和她的模样。他曾经携着她的手一起度过年少轻狂的时光，在他偷偷地开着那辆改装车停在后门，等待着她打开后门时，容允桢于他们而言是一个陌生人。当她偷偷摸摸地打开后门，无可奈何地上了他的车时，他们压根不知道这世界上还有容允桢这号人物，光是这一点，就让李若斯的心里激动不已。

现在她正坐在他的对面，正在打开他从唐人街带来的牛轧糖的包装盒子。那是她一直喜欢的零食，她每次吃的时候总是大费周章地去掰开她被牛轧糖黏在一起的牙齿。

包装盒的蝴蝶结被打开，打开蝴蝶结之后，她没有去打开包装盒，她的手指落在了包装盒上那家百年老字号商标上，细细地抚摸着。

一会儿，她抬起来头，目光落在他的脸上，淡淡地开口："我爱他！李若斯，我爱上了容允桢。"

眼前的女人有多倔强，有多骄傲，李若斯是知道的。可这一刻，她和他说出了这样的话。

李若斯一直以为从栾欢的口中不会说出类似这样的话，即使她有多爱，都不会说，特殊的成长环境让她不轻易说爱。

关于爱，小欢和小芸有着截然不同的态度，小芸会把五十分的爱表达出一百分的分量，小欢会把一百分的爱表达成五十分。

那双被桌角挡住的手紧紧地握着，形成了拳头，李若斯压住那股用拳头把面前的玻璃桌敲得稀巴烂的冲动，然后对着那张脸，调整好表情，伸手，微笑，触摸她的头发，叹息着。

"我看出来了，小可怜。"

周三，画廊重新开张，栾欢很早就收到了李若芸送来的画，接到了她的电话。在电话里，她用撒娇的口气和栾欢抱怨，她忙得整个人都要垮掉了。她说过几天才有时间到这里来。

挂断了电话，栾欢觉得一切好像又回到以前，她和李若芸之间的纷纷扰扰就像是南柯一梦。

挂断电话不久，李若斯的花篮也送到了，再之后是容允桢，他给她送来了花篮。花篮卡片没有署名，卡片上的那个"欢"字，她一眼就认出是容允桢的手笔。只是这一刻，栾欢发现她联系不上容允桢，她没有他的新手机号。她打到他办公室，他的秘书给出的回应是容先生正在休假，无法联系到他。再打给小宗，小宗的手机关机，这一切让她觉得害怕。再之后，栾欢把电话打到祝安琪的手机上。

"现在允桢不方便接电话。"祝安琪如是说道。

祝安琪是公私分明的人，当她把容允桢称为"允桢"的时候，就表示那是属于她和容允桢的私人时间。

栾欢知道，容允桢和祝安琪有十年的光阴，那十年的光阴落下的痕迹是根深蒂固的，好比她和李若斯。

连续几天栾欢都联系不到容允桢，每个周六，栾欢都会和容耀辉在一个特定的时间通话。容耀辉告诉栾欢不需要担心容允桢。

周日晚上，临近午夜，栾欢接到了一通电话。接到电话之后，她匆匆忙忙拿了外套，连拖鞋也来不及换就跑下楼。

电话是容允桢打来的，容允桢就在楼下等她。

灯光所照射不到的极为隐蔽的角落里，栾欢看到了那辆黑色的车，她放缓了脚步朝那辆车走去。

有人从里面打开了车门，一股很大的力量把她拽进了车里，她跌进了那个温暖熟悉的怀抱里。

漆黑的车厢里，栾欢用拳头把自己和那个怀抱隔开，以此来抗议这几天容允桢没有打过一通电话给她。

黑暗中，栾欢紧紧地抿着嘴，她有很多委屈，委屈得她想掉泪。

她好像在悄悄地发生着改变，她的心眼变得特别小了。

黑暗里，他的额头缓缓地抵住了她的额头。

"生气了？"他问道。

栾欢沉默着，即使她没有看到容允桢的表情，从他的声音她还是感觉到了他的疲惫，她握着的拳头松了松。

"真的生气了？我不是和你说过要相信我的吗？"轻微的叹息声响起，"你知道电话窃听吗？小欢，在你和我举行婚礼时，我曾告诉过你，你嫁的男人的身份背景并不单纯。"

是的，栾欢知道，可栾欢在心里判断着，容允桢会不会像在圣保罗时那样用她不太明白的话来唬她。

"害怕了？担心了？"

栾欢点了点头。

栾欢心里很难过，她想起了那次也是在这个地方，他坐了很长时间的飞机来到她的面前，可她和他说出了那些残忍的话，甚至她连一杯咖啡也不给他。

颤抖的唇去找寻他，最先找到的是他的耳垂，没有任何犹豫地含住，用舌尖去触碰，来表达自己的爱。

随着她的这个动作，他的气息加深了，他的脸也在移动。

黑暗中，他们找到了彼此的唇，尽着自己的力量去纠缠。

他放开了她，唇落在了她的锁骨上，声音暗哑地唤她："欢，去拿你的护照。"

这个深夜，栾欢稀里糊涂地被容允桢塞进他的车子里，车子开往了机场。

栾欢回到洛杉矶正是十一月初，这段日子，她一直跟在容允桢的身边，和他一起当空中飞人。

因为她的关系，容允桢失去了巴西的那块地，他需要再次回到巴西挽回之前因为没有买到那块地的损失。一切损失将由他个人承担，与此同时，他的职位也由于这次的失误被降一级。

知道这一切之后，栾欢很懊恼。

"没事，我高兴着呢，如果没有这件事，我想我现在应该还在你的公寓下面看着你房间的灯发愣。"容允桢安慰着她。

容允桢在洛杉矶休息了两天之后就前往纽约，栾欢留在洛杉矶经营她的画展。她从城南的公寓搬回了城北她和容允桢的家，仿佛她和他又回到了之前的生活，聚少离多。和以前所不同的是栾欢每天都按时回家，容允桢也每天都会打电话给栾欢，有时候一天一次，有时候一天两次。

十一月中旬，容允桢从纽约打来一通电话，和她说了他这天的行程之后，补充了一句："欢，我想你。"

接完那通电话，栾欢买了前往纽约的机票。

这天周五，容允桢推掉了周四晚上一场很重要的应酬之后，出现在办公室的时间比正常时间晚了整整一个小时。

中午，祝安琪无意间发现了容允桢手腕上的牙印，细细的，可咬得很深。

祝安琪回到自己的办公室，点了一根烟，她一直在等着一个消息，很快十二月就会来到。

十一月末，容允桢回到了洛杉矶。

四点左右，栾欢来到了容允桢的办公室，容允桢的秘书告诉栾欢，容先生现在正在会客，得四十五分钟后才会回到办公室。

容允桢并没有让栾欢等他四十五分钟，他四点半就推开了办公室的门，一进来就示意她在一旁等他。

栾欢坐在沙发上，看着容允桢接了来自秘书室的电话，看着他一边听电话一边翻文件，有时候皱眉，有时候舒展眉头。

容允桢再次把目光投向栾欢这里，栾欢咧开嘴对着他笑。

容允桢停止说话，接着放下电话，之后打电话到秘书室，说接下来不要把电话接到办公室来了。

挂了电话，他就坐在那里看着她。栾欢被他看得有点儿心虚，张开嘴，讷讷地唤道："允桢……"

他对她做出"过来"的手势.

栾欢扭扭捏捏地来到了容允桢的面前，看着他。

容允桢拍着腿，示意她坐到他腿上。

栾欢又扭扭捏捏地坐到了他的腿上，声音弱弱地："允桢，我有没有打扰到你？"

容允桢没有说话，只是看着她。

"允桢……我……我来到这里其实是想找你要点儿零用钱。"栾欢支支吾吾地说道。

他的肩膀抖了抖，把头靠在她的肩上，说道："其实你是想我了，对吧？"

很意外地，祝安琪在进入容允桢的办公室之前，受到了容允桢的秘书的阻挡，原因是容先生下达指示，现在有重要的事情要做，不想被打扰。

祝安琪把手中的急件给那个比利时女人看，她这才说她去打电话。

没有等比利时女人打完电话，祝安琪就打开了容允桢办公室的门。要是换成平时，她一定会等，只是这会儿祝安琪不耐烦了，在停车场，她看到了容允桢买给那个女人的古董车。

不，不能叫"那个女人"，要叫"容太太"，要是容先生听到了，他会很不高兴的，他对她的要求越来越严格了。

打开门，只一眼祝安琪就知道，她猜想的一点儿也没有错。

身上的职业装还有发型很好地武装了她，祝安琪踩着八寸的高跟鞋目不斜视地来到容允桢的面前，在距离办公桌三步之遥时停下来，叫了一声"容先生，容太太"。

容允桢把话筒放回去，冷冷地看着她。

祝安琪目光一转，从站在容允桢身边的女人身上扫过，停留在容允桢的领带上："容先生，有急件，那边希望容先生马上看，他们现在正在等容先生的回复。"

刚刚那一瞥，在她进入办公室之前这里发生了什么，祝安琪心里了然，容太太那件小礼服的扣子扣错了。

把盖有黄绿蓝的加密印章的急件放在容允桢的办公桌上后，祝安琪倒退一步，低下头说道："对不起，因为急件的事情打扰到容先生了。"

说完，祝安琪转过身离开，期间容允桢没有说半句话，她就只听见他打开急件发出的细微声音。

她关上了办公室的门，然后离开。

按下电梯，电梯门开启，祝安琪走进了电梯。

这一天，在暗沉的夜里，一个女人打了一个电话给另外一个女人。

通话内容如下：李若芸，想不想光明正大地待在容允桢身边？如果想，我可以帮你。

又一个夜晚来临，一个女人从洛杉矶来到了纽约，计程车把女人带到了纽约的富人区。

女人按响了一处豪华住宅的门铃。

面对那穿着家居服、手里夹着雪茄的男人，女人笑得天真坦荡。

"容世伯，我到纽约旅行了，找不到合适的酒店。容世伯，我能不能在这里住几天？"

而此时此刻陷入美梦中的另外一个女人永远也猜不到，那些人撒下了一张大网，在等着她落网。

09 人鱼公主
C H A P T E R

（1）

阿喀琉斯，《荷马史诗》中最为悲壮的英雄人物之一。阿喀琉斯是凡人珀琉斯和仙女忒提斯的宝贝儿子。忒提斯为了让儿子炼成"金钟罩"，在他刚出生时就将其倒提着浸进冥河，遗憾的是，刚出生的阿喀琉斯被母亲捏住的脚后跟露在水外，全身留下了唯一的"死穴"。

成年后，阿喀琉斯因为骁勇善战，被人们誉为"战神"，在特洛伊之战中死于特洛伊城，太阳神阿波罗一箭射中了阿喀琉斯的脚踝。后来，阿喀琉斯脚踝变成了"阿喀琉斯之踵"。

阿喀琉斯之踵形容即使是再强大的英雄，也有致命软肋。

这一年的十二月，栾欢知道了容允桢的秘密。

这一年的十二月，有一个人指引着她刺中了属于容允桢的"阿喀琉斯之踵"。

十二月，圣诞如期来临。

今年的圣诞节会发生一些什么呢？想起几天前容允桢说的话，栾欢对圣诞节有了一些期待。

"小欢是聪明女人，我知道你一定会想办法在圣诞节来临的时候把我留在你的身边。"夜里，她枕在他的肩膀上，他的手摸着她的头发，意有所指地说道。

栾欢没有和容允桢继续这个话题，她知道要容允桢说出这些话并不容易。

她不笨，她总是会想出法子来。只要她肯想，她就可以在圣诞节来临的时把容允桢留在身边，一年不行就两年，两年不行就三年，总有一年的圣诞节她会把他留在身边的。随着时间的推移，她不需要花任何心思，他也会自动留在她的身边，和她一起布置圣诞树。

这个周末，栾欢刚把那串印着雪花的铃铛挂在她办公室的门上，她的手机就响了，是容允桢从印度打来的电话。

栾欢恋恋不舍地挂断电话，刚刚挂上的铃铛响了，栾欢的目光投向办公室门口，看到了容耀辉。

后来栾欢会想起那个午后，那声突然响起的铃铛声仿佛变成了一个预兆：嗨，亲爱的，面临艰难选择的时刻到了。

数小时之后，栾欢坐在容耀辉的私人飞机上，因为容耀辉说有一件事需要她帮忙。

此时此刻，栾欢所乘坐的这架私人飞机正在前往古巴的途中，飞机经过好几个小时的飞行，最终停在了古巴临近加勒比海的一座小岛上。

那天黄昏，从加勒比海上刮来的风把栾欢身上的衣服刮得呼呼直响，风衣和帽子是容耀辉让栾欢穿上的。下飞机之前，容耀辉和栾欢说的话是："什么也不要说，什么也不要问，只要低着头跟在我的后面就行了。"

这一句话容耀辉说了两遍。

之后，来了几个说西班牙语的男人，男人开着车把容耀辉和栾欢一起接走。

车子沿着弯弯曲曲的公路行驶，渐渐地，车子开进了到处都是绿色植物的地方，最后停在一栋白色建筑前。

白色建筑在这样的环境下，乍看起来显得突兀，还有神秘。

之后，栾欢按照容耀辉说的那样，只管低着头跟在他后面。

经过了三个关卡之后，上了台阶，眼前的一切十分漂亮，这里有蔚蓝的游泳池，有鹅卵石铺成的小径，有高大的椰子树。加勒比海的海洋气候让这里清新得仿佛一张开手，就可以抓到空气中活跃的负离子。

一直走在她前面的人突然停下，叫了她的名字："栾欢。"

"啊！"栾欢慌慌张张地抬起头。

只见面前的人脸色煞白，容耀辉有种折回去的冲动，在这个利益环节里，这个叫栾欢的孩子是真正无辜的人。

所有的人都可以得到，只有她会失去。

容耀辉看了一眼不远处隐藏在大片绿色植物下的房子，揉了揉脸，把恻隐之心驱散，拿下了栾欢的帽子。

栾欢继续跟在容耀辉的身后，走了一小段路，容耀辉的脚步放慢，似乎迟疑了一会儿，才缓缓地说道："小欢，这里不是一个度假村。"

栾欢低下头看着自己的脚，她知道这里不是一个度假村。

沿着弯弯曲曲的小径，最终来到了那栋房子前。那是一栋漂亮的房子，处于大片绿叶环绕下，就像是梦幻之屋。

在这梦幻般的屋子里会不会住着公主？栾欢的心里有些事情模模糊糊的，她只知道这里的每一处设计都偏向女性化。

从挂在门上的那个铃铛响起，栾欢就处于浑浑噩噩之中。最初她还是有一些思想的，可渐渐地，她的心里充满了不安，那些不安让她的脑子一片混沌。

最终，栾欢被容耀辉带到了一扇紧紧关闭着的房门前。

容耀辉站在房门前，说道："小欢，在打开这扇门之前，我必须让你知道一些事情。"

栾欢打量着那扇门，那是一扇看着普通但是好像又不普通的门，普通的是门的设计，中规中矩的；不普通的是门的材料，虽然不知道是什么材料，但看着就知道价格不菲。

后来那扇门在栾欢的回忆里代表的是苍白、毫无生机。

那个时候，栾欢突然明白了，容允桢每年圣诞节都会消失，一定和这个房间有关。

"就像那些传言一样，我们有很多仇家，那些人从来没有停止过对我们的报复。"容耀辉说道。

更早要追溯到2001年的格陵兰岛，那年容允桢十七岁。

容耀辉说道："在允桢十七岁那年，他们找到了他，那是初春……"

"这年春天，冰雪开始融化，冰雪一融化，格陵兰岛的人就多了起来，有一天来了那么一群人。"栾欢接过了容耀辉的话。

一些事情逐渐清晰明了。

栾欢闭上眼睛，说道："在格陵兰岛有两只海豹，一只一岁半，一只半岁，有一天它们认识了，一岁半的小海豹说'我来当哥哥吧'，半岁的小海豹就当了妹妹。它们相依为命，在雪地上生活着，妹妹很胆小，很依赖年长一岁的哥哥，哥哥发誓一定要保护妹妹。

"那一年冰雪融化，那群人来到了格陵兰岛，被皑皑白雪覆盖的岛上满目鲜红，那是一岁半的小海豹身上的血。它受伤了，半岁的小海豹意识到它亲爱的人的生命即将受到威胁，什么也不会的它唯一能做的是挪动它小小的身躯，用它的身体挡住了刺向哥哥的刀，或许是枪。"

此时很安静，安静得让栾欢心碎。

容耀辉没有说话，看来还真让她蒙对了。

栾欢继续说："爸爸，格陵兰岛的那两只小海豹，较大的叫容允桢，较小的我不知道叫什么名字，但我想那一定是一个勇敢的小姑娘，她用自己的生命保住了他的生命。之后，允桢离开了格陵兰岛，从那天起，格陵兰岛两只小海豹的故事成为他心里的一道殇。"

殇，是魂，是夭折，是无法释怀，是刻骨铭心。

栾欢静静地等待着，等来的却是容耀辉对她的一句夸奖："小欢真是个冰雪聪明的姑娘。"

"小欢很好奇允桢每年圣诞节都去了哪里吧？"容耀辉顿了顿，说道，"允桢每年的圣诞节都会来这里。"

五分钟后，容耀辉打开了那扇门。

白色的门在栾欢的眼前一点点地开启，缓慢而沉重。

很久以后，栾欢都会记得走进那扇门的那个瞬间。她不由自主地放缓脚步，屏住了呼吸。

那是一间像水晶宫殿一样的房间，她在透明的天花板上看到了自己的身影。她的模样映在水晶装饰上，房间里出现了很多小小的她，后来她才知道那并不是水晶，而是一种隔热的高科技材料。

栾欢在水晶房里看到了千纸鹤，都是粉蓝色的，它们一排排悬挂在房间里唯一的那张床边。比千纸鹤更多的是一些奇奇怪怪的管子，那些管子衔接在几个方形框里，方形框上是蓝色的液晶屏，液晶屏上是各种让栾欢看得晕乎乎的数据。

栾欢的目光顺着那些奇奇怪怪的管子往下看，就看到了那个女孩。

栾欢走向那张床，走向那个躺在床上的女孩。

如果忽略周围奇怪的环境，还有她脸上的氧气罩，躺在床上的女孩面目安详，看着更像是在睡觉。林中的屋子、水晶房间、千纸鹤，它们仿佛来自于童话世界，仿佛那个躺在床上的女孩在等待那位命定的王子的吻。

可栾欢知道，不是这样的！

彼时，在一个漆黑的夜里，索菲亚曾和栾欢说过这样一句话："小欢，这世界上存在很多事情，不管多么荒唐奇怪，不管多么神奇可笑，都存在着。只是它们都在角落里，没有被发现，或许正在被发现。"

此时此刻，她也正在发现一些什么吗？栾欢抬起头，看着对面的容耀辉，容耀辉也在看她，眼里带着观察的意味。

"她看起来就像是睡着了，对吧？"容耀辉看着床上的女孩，自言自语道，"有时候我宁愿她在睡觉，可她是一名重度脑死亡患者。在她十六岁的时候，一颗子弹穿入她的头，让她沉睡了十二年，和她一起沉睡的还有留在她脑袋里的那颗子弹。"

栾欢再次看向那个女孩，面容清秀，很乖巧的模样。那颗留在她脑袋里的子弹让她停止了成长，让她的面容停留在少女时代。

这样的案例栾欢曾经听说过。

容耀辉做了简短的介绍："她叫安琪，真正的安琪！"

安琪，真正的安琪。

这世界真的是什么奇怪荒唐的事情都会发生，真正的安琪，或许应该说是容允桢心中真正的安琪。

栾欢弯下腰，看着女孩的面部轮廓，长时间的昏迷让女孩呈现出一种风轻云淡的感觉，更像是一幅死气沉沉的人物肖像画，又像是一条年轻生命的墓志铭。

再靠近一点儿，栾欢看到了女孩的眼角下有一颗小小的黑痣，据说人们把长在眼角下的痣叫泪痣。听说长泪痣的人一生注定要和眼泪相伴。

她的目光落在女孩眼角的泪痣上。

你好吗，容允桢的安琪？

（2）

容耀辉还在和栾欢介绍着女孩的状况，容允桢和那位叫安琪的女孩在那年冰雪融化的初春，他们和格陵兰岛的几位渔民参加冰上猎鱼活动。他们拿着鼓，站在冰上欢快地敲打着，用鼓声制造出噪音，让冰下的鱼儿往渔民们撒下的渔网里钻。之后枪声响起，那些人找到了他们，安琪替容允桢挡住了射向他的那颗致命的子弹。

昏迷不醒的安琪被送到了医院，医生说无能为力，一旦进行手术把那颗子弹拿出来，安琪必死无疑。假如让那颗子弹留在安琪的脑袋里，将造成脑死亡，在医学上这样的人也被称为活死人。

后来格陵兰岛来了很多脑部权威专家，得出的结论如出一辙。后来，容允桢执意留下了安琪脑中的那颗子弹，他相信这个世界每一天都在进步，总有一天会有奇迹发生。十年前，安琪被送到了有"世界疗养胜地"之称的古巴，来到了这里，这里的天然环境会让安琪保持良好的状态，等待着那个奇迹的到来。

容耀辉说的话在栾欢的耳中听起来都像是天方夜谭，而主导这一切的是容允桢。

容允桢是她的丈夫，她的丈夫向她隐瞒了一个巨大的秘密，把在皇后街长大天不怕地不怕的她都吓坏了。

不知道这算不算因果报应，之前她不也是带着属于她的秘密和容允桢结婚的吗？

突然，栾欢对容耀辉正在阐述的一切讨厌起来，此时此刻那些话让她觉得烦闷。

"好了，爸爸，说出您把我带到这里来的目的吧。"栾欢不耐烦地打断了容耀辉。

容耀辉停止了说话，一脸的歉意，向左挪动了几步，停在床尾，缓缓地拉起了盖在安琪身上的白色毯子，说道："小欢，你过来看。"

等栾欢走到容耀辉身边，容耀辉掀起了盖在安琪脚上的裙角。

掀开裙角后呈现出来的情况让栾欢后退了半步，如果要形容安琪的小腿，那应该是两根紫色的大萝卜。大萝卜一般的小腿和此时此刻那个面容平静的女孩风马牛不相及。

在栾欢惊讶的目光下，容耀辉轻轻地往安琪的腿上一按，就让那看起来像紫色萝卜的小腿出现了一个小小的窝，那个窝一直保持着那种状态。

"每年十二月到第二年五月，安琪所呈现出来的都是这样的状况，医生告诉我们，人工营养补给不能到达那里，它们太远了。医生还告诉我们，随着时间的推移，这些症状会蔓延到安琪的脸上。"

栾欢盯着那个紫色的凹陷下去的窝。

"小欢，当一切变成了那样，你说允桢会多伤心啊。"容耀辉说道。

"是啊，到时候允桢一定会很伤心的。"栾欢木然地回答道。

她的回答似乎让容耀辉很满意，他说："小欢，我们要离开这个房间了，我们刚刚在这里说话时呵出来的气会破坏这里。"

栾欢点点头，跟在容耀辉的身后，一步一地朝门口走去。

临近门口，栾欢回过头看了一眼躺在床上的女孩。

那是一个长着泪痣的女孩，在她的脑子里留着一颗子弹，每年圣诞节，容允桢都会来这里看她。

离开那个房间后，容耀辉带着栾欢来到另一个房间，对她说："小欢，我带你去看另外一些东西。"

栾欢摇了摇头，可还是不由自主地跟着容耀辉走。

栾欢记得容耀辉带她去的那个房间很大，大到说话都会有回音。容耀辉告诉栾欢，这个房间和安琪的那个房间只有一墙之隔。

"哦，是吗？"

栾欢听到自己的声音在房间里回响。

他们上了台阶，一路上，栾欢觉得自己好像坠入了另一个时空。这个时空曾经在一些电影中出现过，让她想想是什么呢？研究生？科研所？敌人的秘密基地？

栾欢想笑，这些都是容允桢制造出来的，容允桢把他的秘密藏得严严实实。

接下来还有什么呢？

很快，栾欢就知道接下来还有什么了。

隔着巨大的玻璃，容耀辉手一指，说道："小欢，你看清楚那些人的样子，看看你认不认识他们。"

要看清楚他们吗？好的！

栾欢把眼睛睁得大大的，努力去看清楚那几个男人的面孔。

还好，她和那些人隔着一面玻璃，那些人显然不知道有人隔着玻璃在偷偷地观察着他们。

栾欢用尽全力去看那些人的脸，那些人都穿着白色的制服，有的深锁眉头，有的在认真地做着手上的事情。他们面前堆砌着有各种各样记号的瓶瓶罐罐，他们的眼神都有一个共同的特点——没有精神，是那种长时间积压下来的负面情绪。

终于，栾欢认出了其中一个人，在她念高中的时候，那个人很出名，是著名的脑科医学权威。后来他失踪了，有人说他移民了，也有人说他被绑架。

为什么那个人会在这里？他又在这里做什么？现在栾欢的脑子有点儿不好使，她懒得去想。

她机械地转过头，看向容耀辉："爸爸？"

"允桢软禁了这些人的家人，让这些人心甘情愿来到这里。"容耀辉的目光里透露出无助，"以后这样的人还会陆续增加。"

容耀辉好像还没有说出她想知道的答案，容允桢让这些人来这里做什么？

哦，对了，栾欢想起来了。

容允桢相信这个世界每一天都在进步，总有一天会有奇迹发生。

容允桢在为那个奇迹努力！

"小欢，这就是我把你带到这里的原因，允桢需要你的帮助，只有你才能把他带出象征着疯狂的泥沼。"容耀辉说道。

栾欢跟着容耀辉来到了一个小得只能容纳两个人的房间。

那个房间的墙上镶着和保险箱差不多大小的玻璃暗格，暗格外有一排密码，容耀辉按下一组密码，暗格缓缓隐藏起来。

一个类似电源接头的红色东西呈现出来，容耀辉告诉栾欢，红色的接头连接的是安琪房间的那些输送管，还有所有数据。

容耀辉指着红色接头，缓缓地说道："小欢，你拔掉那个，所有人都解脱了。"

栾欢想了想，说道："爸爸，您可以自己拔掉那个，我不能。如果我那样做了，允桢会讨厌我的，不，是恨我！"

容耀辉表情一怔，浓浓的痛楚爬上了他的眉宇间。

"不，小欢，我已经让允桢的妈妈变成那样子了，我不能让他的妹妹也变成那样，这样一来，他会接受不了。这样一来，他的心里就永远不会安宁。"

"妹妹？他的妹妹？"栾欢只抓住了这个讯息。

容耀辉的声音充满了懊悔："允桢还有一个妹妹，比允桢晚一年半出生，那个孩子很漂亮，就像天使一样可爱。我太太十分喜欢她，她不忍心让安琪过上和允桢一样的生活，最后她想出了一个法子，把孩子送到福利院，这也导致我老是把那个孩子忘了，所以很多人都不知道我还有一个女儿。"

"后来呢？"栾欢问道。

"后来，在那个孩子十五岁那年，我们惹上了难缠的敌人。以防万一，我把那个孩子接到了格陵兰岛和允桢住在一起，那个孩子叫安琪，容安琪。"

"安琪，容安琪。"栾欢喃喃地念着。

"是的，容安琪！而祝安琪也不叫祝安琪，祝安琪是允桢在一个人贩子手中救下的，之前她姓祝，但不叫安琪，后来安琪变成那样之后，祝安琪这才把她的名字改成祝安琪。"

栾欢缓缓地靠在了墙上，这短短的一个小时里，她感到很累。

安琪，容安琪，祝安琪，还有这里的一切，就像一张网把她牢牢地罩住，让她慌张。

凌晨两点，栾欢站在霓虹灯闪烁的洛杉矶街头，深深地呼出一口气，展开双臂去拥抱人类制造出来的那个花花世界。

回来了，终于回来了，站在那里，栾欢仿佛劫后余生。

再也不会去那里了，再也不会了，离开那座连名字都没有的小岛时，栾欢发誓。

接下来她要去哪里呢？栾欢抬头望了望夜空。

栾欢把车开到了一号公路上，有人说这里是通向自由的道路，她开着车在一号公路上狂奔着，想开多快就有多快。

天方呈鱼肚白，栾欢来到了卡梅尔，她把车子停在李家的庄园外，看着其中的一个房间。

那是方漫的房间，那个房间在五点半左右会亮起灯光，那位一直都活在算计里的老太太总是会在很早的时候醒来。她每天早上醒来时总会花半个小时祷告，据说每天半个小时的祷告会让她心安。老太太做的缺德事应该不少，至于有多少，应该只有她自己明白。

五点半，老太太房间的灯亮了。

看着那个房间里的灯光，栾欢想，每天半个小时的祷告真的会让老太太心安吗？

好像这个世界上越是头脑清醒的人就越是自欺欺人，方漫是，容允桢也是。

离开了卡梅尔，栾欢继续开着车，车子还在一号公路上狂奔着，最终她把车子开到了她去过很多次的悬崖上。

栾欢把头重重地搁在了方向盘上。

她闭上了眼睛，一切宛如海水般扑面而来。

容耀辉的话一句句、一段段，言犹在耳。

"小欢，允桢在做的是危险的事情。

"小欢，允桢现在做的事情最后会呈现出两种结果。

"结果一，俗话说，这世界上没有不透风的墙，有一天那座小岛会被发现，那些被带到这里的人会被找到，必然引起巨大的舆论，允桢会收到罚单，罚单中也包括牢狱之灾。很多人在说起允桢这个人时，都会这样描述他，那是一个精神上有残疾的人，这样的称号会终身伴随着他。

"结果二，这也是最糟糕的，对于安琪的状况，医生们早就明确说出，允桢所希望看到的奇迹在未来的五十年里都不会发生。每个人心里都有一道底线，允桢也有，他会在日复一日的等待中变得不耐烦，变得焦躁，到那个时候，他势必会做出更疯狂的、不是他力所能及的事情。

"小欢，一个星期后允桢就会发现我带你来过这里，到时候我们就没有机会了，三天后我去接你。"

那时栾欢给出决绝的回答："不，爸爸，我想您高估我了，我从来不做吃力不讨好的事情。"

头靠在椅背上，泪水沾湿了她的眼睫毛，很沉重。

也不知道过了多久，栾欢被尖锐的汽车喇叭声惊醒，眼前的景象已经从日出变成了日落。

那一觉她睡得很沉、很久。

　　回到洛杉矶时已经华灯初上，栾欢这才想起她的包还有手机都放在画廊里。

　　刚停好车，栾欢就被那些不知道从哪里冒出来的人吓了一大跳。

　　几分钟后，栾欢在容允桢的怀里。

　　那个人没有给她说话的机会，没有让她发泄任何情绪，而是打开她的车门，狠狠地把她拉出来，下一秒紧紧地把她拥入怀中。

　　那个人怕她丢了，怕她突然不要他了，怕她被坏人抓走了，怕她被外星人带到外太空去了。

　　那个人在用他毕生的力量去拥抱她。

　　栾欢缓缓地把头靠在他的肩膀上，听着他说傻话。

　　她伸出手，回抱着他。

　　这个人比谁都过得艰难，他的成长时期比谁都不堪，童年时代看着自己的妈妈惨死在屠宰场上，少年时代看着自己的妹妹为自己挡下了那颗子弹。

　　这个人肩负了太多东西。

　　所以，她不要生他的气，她要把更多的爱给他。

　　还有……

　　更紧地去拥抱他。

　　他听说她不见了的第一时间放下印度所有的事情，穿越了两个大洋来到她的面前。

　　她要他好好的，比谁都过得好！

　　她要保护他，用她的办法、用她的力量保护他。

　　在他生她的气时，她要耍无赖，温柔地耍无赖。

　　他们一起回去，她开着车，他坐在副驾驶座上，神经得到放松的人一上车就呼呼大睡，还是她为他系的安全带。

　　车子穿过霓虹灯闪烁的街区，栾欢想去超市买点儿东西，刚移动身体，衣角就被容允桢紧紧地拽住。

　　这人明明还在睡觉，是怕她突然不见了吗？就像是他的妈妈、他的妹妹一样。

　　栾欢附在他的耳边说道："允桢，我不会离开你，怎么都不会离开你的。"

她的目光投向高高的夜空，自言自语道："但是容允桢，如果你让我伤心了，那么我就会离开你，所以你不要让我伤心。"

有时候，一个人的心可以强大到无坚不摧，有的时候，一个人的心也可以脆弱到不堪一击。

不论强大还是脆弱，都源自于各种各样的爱。

她和他回到了他们的家里。

这一夜，他把书房的密码告诉了她，抓住她的手指，按在了一个个键上，她和他终于变成了可以分享密码的夫妻。

他指着那一排排放在书架上的书，说道："以后这些全部是你的，包括我。"

第三夜，栾欢洗完澡，打了电话给容耀辉。

这一晚栾欢做了一个梦。

黑暗的夜里有一个人，她不知道他是谁，他来到了她心上的角落里，轻轻地拉起了那个一直蜷缩在角落里不愿意长大的小女孩，温柔地叮嘱："小欢，没有什么可怕的。"

蜷缩在角落里的小女孩跟随着那个人，走过了长长的隧道，读懂了什么是成长。

"再见了，小欢。"在梦里，栾欢和小女孩说道。

时间嘀嗒嘀嗒地走着，带来破晓，带来了黎明，也带来了曙光。

今天，容允桢五点就起床了，他要去纽约，今天有股东大会。

听到容允桢的车子离开的声音，栾欢睁开了眼睛。

这一天，她会很忙。

（3）

直升机停在顶楼，巨大的噪音让栾欢头昏脑涨。透过直升机的窗户，栾欢看到了盘旋在洛杉矶空中的云彩。

容允桢乘坐的洛杉矶飞往纽约的航班是美国西部时间早上七点。

七点半，栾欢和容耀辉坐上了直升机前往古巴。

中午时分，日光垂直。

所有都计划好了，从他们踏上小岛的这一刻起，在日落之前，他们要完成所有的步骤，让容允桢没有任何机会。

那个远在纽约的男人在这天会经历这么一件事，短短的五个小时里，他的父亲和他的妻子联手毁了他的信仰和憧憬。

在这五个小时里，容耀辉会比她更忙。

栾欢要做的仅仅是拔掉那个红色的线头，然后等待。

一切有条不紊地进行着，容耀辉带来的人控制了容允桢安排在小岛上的人。这让他们用去了比他们的计划要多半个小时的时间，那些人不好对付，最后能控制那些人，无非是仗着人多。

之后栾欢跟在容耀辉后面，看着他和六位被软禁许久的脑部学者交涉，那些人和容耀辉签下了合作协议，拿走了容耀辉给他们的研究基金。

"先生们，我已经让你们的家属代表你们向你们的政府一次性上缴了你们的个人所得税。"容耀辉好心地提醒那些拿着卡和支票急着走的人。

如果说那些人还想讨回一点儿公道的话，那么在容耀辉这样好心地提醒下，也只能认栽了。

这样一来，容允桢和这六个人就变成了雇主和员工的关系，这些人来到这座小岛就变成了履行他们的劳动合同。

送走了那些学者，容耀辉变成了一位父亲，这位父亲需要一点儿和自己女儿告别的时间。

利用有限的时间，栾欢和容耀辉说："爸爸，能让我见见安琪吗？"

长着泪痣的女孩依旧静静地躺在那里，怎么看都是在睡觉的模样。

手指轻轻地摸着她的头发，最终落在了她眼角那颗小小的痣上，栾欢低头亲吻了她的头发，和她说"谢谢你"，和她说"再见了，安琪"。

那天，那个房间里就只有她们两个人。那天，在栾欢和那位眼角长有泪痣的女孩说再见时，栾欢仿佛听到了女孩床边的千纸鹤拍动翅膀的声响。

分明有风穿过她的指缝，在流动着。

栾欢关上了房门，肩膀擦过容耀辉的肩膀，沿着来时的路行走。她的脚步飞快，她在凝聚她所有的力量。她上了那些台阶，最终站在了那个红色的插线外，深深地吸了一口气，把所有的力气都凝聚在指尖，然后伸出手。

栾欢背靠着那个三角台，她在这里站了一会儿，这里可以看到汇聚在这小岛的日光一点点地聚拢到海面上，把海平面烘托得金黄金黄的。

太阳就要沉入海底了。

在日落之前，安琪的尸体会被容耀辉带走，简短的葬礼之后会长眠于泥土之下，就像所有死去的人一样。

栾欢看着自己的手，就是她的这只手让安琪变成了一具尸体。

最后一缕日光坠落于海面，直升机制造出来的噪音在她的头顶上盘旋着。

容耀辉应该带着他的安琪离开这里了吧？不久前，容耀辉让她和他一起走，她却说："不，爸爸，我要在这里等允桢。"

容允桢一定会回到那间水晶屋的。

栾欢慢吞吞地离开，脚步缓慢而沉重，但还好她的腿没有发抖。

她慢吞吞地回到那间水晶屋，打开了所有的灯。容耀辉带来的那些人已经把这里收拾得干干净净的了，就只剩下了那些千纸鹤。

这些千纸鹤一定是容允桢弄的吧？靠近窗户的那几串怎么看都很丑，后面的好点儿。

暮色变得沉重。

栾欢搬来了一张椅子，把椅子搬到了窗前，然后坐在椅子上，把头靠在了窗台上，手轻轻地抚过小腹，她想或许她需要休息一下。

最初她只是想打一下盹，谁知道她的睡意比想象中的还要浓一些。

睡意正酣，迷迷糊糊间，她的太阳穴好像受到了压迫，于是换了一个姿势。太阳穴的压迫还在，没有等栾欢弄清楚来自太阳穴的压迫是什么，一个冷冷的声音响起。

那是容允桢的声音。

"允桢。"她下意识地叫了一声。

"爸爸说是你。"冷冷的声音响起。

压在她太阳穴上的力量在加重，在那股力量之下，她的太阳穴突突地跳了起来，让她的中枢神经骤然活跃起来。

栾欢感受到来自于太阳穴的那股带着毁灭性的恶意。

不用看，栾欢也知道压在自己太阳穴上的是什么，最终他还是那样做了。

"爸爸说是你。"声音很冷也很淡。

"是的，是我。"栾欢一字一句地说道。

时间仿佛停止了。

"从现在开始，你是一名罪犯！"他的话一字一句地从他的牙缝里挤出，声音和他的枪口一样，机械、幽冷、虎视眈眈。

"她已经死了。"栾欢咬着牙说道。

"是你杀死她的，是你！"男人压抑的声音在空荡荡的房间里回响着，凄厉苦楚。

"容允桢，她已经在十六岁那年死于格陵兰岛了。"栾欢缓缓地说道。

"栾欢，我要控告你蓄意谋杀。"苦楚的声音变得愤怒、癫狂。

"容允桢，所有人都知道那颗留在她脑袋里的子弹夺走了她的生命，只有你装作不知道。"

栾欢握着拳，维持着刚刚那个姿势，让自己的发音更清楚。

"栾欢，我要用谋杀的罪名把你送上绞刑台，我发誓！"

"允桢，我只是在状况还没有变得更糟之前把一切提前结束。"

说完这句话，栾欢的身体被提了起来，容允桢抓住了她的衣襟，把她的身体拉离窗台，和她面对着面，枪口顶在了她的额头上。

"谁给你这个权利的？谁给的？"他吼着，声音宛如在淌血的野兽发出的。

栾欢踮起了脚，闭上了眼睛。

两个声音在空荡荡的房间里交错着，男声愤怒凄厉，女声清亮冷静。

"那个孩子明明一出生就有父母，可她被送到了福利院，接受了太多怜悯的目光，看过太多伪装善良的面孔。每年圣诞节来临时，那个孩子也像别的孩子一样许愿，可上帝一次也没有满足她，她的父母一次也没有出现过。

"允桢，你一定见过她的腿。允桢，我告诉你，这个世界上的每个女孩都很爱美，没有哪个女孩愿意看到自己的腿变成两根紫色的萝卜，而且紫色的萝卜还有橡皮泥的功能。

"那个孩子一直都很胆小，说话总是小心翼翼地，孤儿院的那些人总是教她说一些讨人喜欢的话，可那个孩子很笨，她总是说不好。久而久之，那个孩子变得不愿意说话，即使说，也要把即将说出来的话放在心里细细想上几遍。

"允桢，医生们都说，她腿上出现的那种情况不久以后就会蔓延到她的脸部。那样一来她就会更加丑，丑到让她羞愧，丑到她觉得每一分每一秒都会变成一种煎熬。

"有一天那个孩子被送到了格陵兰岛，她的胆子很小，不敢和大家一起吃饭，她希望大家都不要注意到她，这样一来她就不会被讨厌。她的伙伴们总是讨厌她，没有人告诉她，其实是因为她长得太好看，她的伙伴们才讨厌她。

"允桢，她常常会到爸爸的梦里，她总是不说话。她想告诉他，她想离开了，她讨厌那些管子，她讨厌她的身体变成那样。

"来到格陵兰岛之后，那个孩子在很多人的帮助下，也开始说话了，说一些不用想好几遍的话。那个孩子也会和别人分享她的愿望，十六岁那年，那个孩子有了她人生中的第一个愿望，想看一场双子座流星雨。"

安静的房间里回荡着她的声音，十分清脆，像是极好的珠子跌落在盘子上。

"允桢，你一定看过她的腿，那双像紫色萝卜的腿。允桢，我告诉你一个秘密，只要你轻轻地在她的腿上一戳，就可以在某个地方戳出一个小窝，紫色的小窝，看着无比滑稽的样子。允桢，你想那样滑稽的状况出现在她的脸上吗？或许等有一天变成了那样，我们可以在她的脸颊上戳出一个小窝来，看看到时像不像你一样变成长长的酒窝，我打赌一定不像。"

她的鼻尖上传来声响，栾欢知道那是什么东西发出来的。果然，刚刚顶住她太阳穴的东西移到了她的额头上。

再睁开眼睛，栾欢看到他用不可思议的目光看着她，就像在看一个怪物一样，没有夹杂任何情感。

好累啊……

栾欢倒退着，让身后的墙来支撑她的身体。身体刚刚得到依靠，一股强烈的风就从她的脸上刮过。

知道他要做什么的栾欢死死地抓住窗台，自己绝对不能摔倒。

清脆的巴掌声响起，随后响起他歇斯底里的声音："为什么是你？为什么是你？"

是啊，为什么是她？为什么要是她？容耀辉真是浑蛋啊，不让她知道这些事多好。

巴掌落下，栾欢一阵眩晕。

容允桢这一巴掌打得结结实实，让她的牙齿磕到了她的唇瓣上，磕出血来了。

容允桢这个浑蛋，野蛮、粗鲁、打女人！

栾欢在心里把容允桢骂了一百遍一千遍，没关系，以后她要变本加厉讨回来，要讨回来。

他托起了她的下巴，说道："或许这就是你想到的在圣诞节留住我的办法？"

他说："我之所以这么做，无非是想满足她的那个愿望，让她看到那场流星雨。"

那天，容允桢把她留在那个房间里。

容允桢走后，小宗接走了她，之后这里的一切将会被拆掉，有关这个小岛的一切都会被沉入加勒比海海底。

栾欢回到了洛杉矶，容允桢也回到了洛杉矶，只是他一直都住在另外的地方

安琪的尸体被火化，她的葬礼在周末举行，栾欢穿上了黑色的礼服参加了葬礼。那天来了数百人，那些人栾欢有的认识，有的不认识，葬礼上，她半边的脸还是肿的，而容耀辉是坐着轮椅来参加的，据说腿受伤了。

在洛杉矶有一个地方，那个地方向阳，来自加州的第一缕日光会从那小块地方开始蔓延，容安琪就在那小块的地方长眠。

容允桢留下了容安琪的一半骨灰。

葬礼上，容允桢自始至终都没有看过栾欢一眼，好像站在他身边的女人对他来说是一缕空气、一个陌生人。

另外一个安琪也出现在葬礼上，一身黑色衣服。她看着容安琪的照片时，眼里有着说不清道不明的东西，类似狂热。

或许一个人当另外一个人的替身太久了，就变成了一道默认程序。

　　葬礼过后，容允桢带着容安琪的那一半骨灰离开了洛杉矶，没有人知道他去了哪里。

　　栾欢想，容允桢一定是带着容安琪去看那场双子座流星雨了。

　　每年十二月中旬，是双子座流星雨的鼎盛时期。

　　西方人喜欢十二月，十二月有圣诞节，有雪花，有童话，有团聚。

　　容允桢离开之后，李俊凯来洛杉矶看过她一次，他什么也没有说，什么也没有问，只是把她的手握在他的手中，就像多年前一样把她的手放进他的大衣口袋里，说："小欢，我请你吃好吃的、热乎乎的东西。"

　　"好的，爸爸。"

　　栾欢挽着李俊凯的胳膊，把头靠在他的肩膀上。

　　这一天，洛杉矶迎来了近十年来最大的寒潮，寒潮中夹着小雨。

　　第二个来到洛杉矶看她的是李若斯，当她拿着一大袋在超市买的狗粮出现在城南的公寓时，李若斯正站在白色的灯柱下。

　　"我来这里碰碰运气。"他说道，"我之前找过你几次，一直都……"

　　一直都被下逐客令吧？

　　栾欢没有理会李若斯，这个人已经被她列为不受欢迎的人。

　　李若斯想接过栾欢手上的东西，栾欢把手里的东西放在了地上，拿起手机，直接打电话到洛杉矶警察局。

　　栾欢冷冷地看着李若斯，听着他说："小欢，我很担心你。小欢，我只是想帮你把东西拿上去。小欢，你的脸色看着不太好。"

　　几分钟后，警笛声传来，李若斯看着面前自始至终不发一言的人，在她的眼里，仿佛他就是一看到漂亮妞就搭讪、轻浮且可恶的男人。

　　李若斯不禁苦笑，有种自作自受的感觉，他太过相信时间能抚平所有伤口了，他以为……

　　最终，千言万语化作了那一句"小欢"。

　　"小欢，多注意一下身体，或许你应该去一趟医院。"李若斯的声音充满无奈，指着她的脸说道，"你的脸色很糟糕。"

最终，李若斯在几名警察的督促下开着车离开了。

周遭回归了安静，栾欢触了触自己的脸，她知道她最近脸色不好，她的确应该去一趟医院。

（4）

十二月中旬的第一个周一，栾欢去了一趟医院。检查完，那位身材高挑的妇产科医生拥抱了她，和她说恭喜。

她说欢要当妈妈了，她说欢好像一下子长大了。

她有一个女儿叫丽贝卡，那年，十七岁的丽贝卡把车子开到了深海里，栾欢每隔一段时间都会来看这位一直以来都深陷在自责中的母亲。

周四，工作人员把最大号的圣诞树送到栾欢的家门口，栾欢刚刚签完单，就看到了李若芸。

她穿着仿皮草披肩，抹着红艳艳的唇膏，即使看着很艳俗的打扮，李家三小姐还是一副清纯的模样，漂亮的手举在半空，对栾欢扯出了一个大大的笑容："小欢。"

栾欢想，当时她或许应该让玛利亚拿着那把大大的扫把，让李若芸尝尝被扫地出门的滋味，但是……

李若芸踩着十厘米的高跟鞋朝她走近，她的那张脸在栾欢的面前越放越大，大到栾欢可以在她的瞳孔里看到自己的身影。

栾欢死死地盯着李若芸的脸，确切来说，她的目光紧紧地盯着李若芸眼角下那颗小小的黑痣。

长在眼角下的痣叫泪痣。

不久前，她在另一张脸上也看到一模一样的泪痣。

一种毛骨悚然的感觉从她的脚底直接窜到她的中枢神经，浑身起了鸡皮疙瘩，栾欢在李若芸的瞳孔里看到自己僵硬的脸，还有惊恐的表情。

栾欢听到自己在喃喃地说着："李若芸，你疯了……"

"疯了的不仅仅是我一个。"李若芸莞尔一笑，说话间，她还风情万种地转了一个圈，很俗气的大耳环在她转圈时叮叮当当地响着。

接着，她展开手，摆出撩人的姿势，鲜红的口中吐出："欢，我美吗？"

栾欢一动也不动。

"其实很早的时候，我就想这样打扮一回。"李若芸垂下了眼帘，淡淡的声音带着惆怅和哀伤，"如果说在某一个年代里，小欢向往的是在自己的耳朵上打很多耳洞，把车子开进深海里去找寻另一个纯真的世界，那么，小芸向往的是像那些坏女孩一样，口红涂得要多红就有多红，穿得花枝招展的，可以做任何轻浮的动作。可你也知道我不能那样做，他们越是要求我端庄，我对那样的向往就越强烈。"

"可我不敢，也不能。"说到这里，李若芸摇了摇头，耸了耸肩，"我不是李家三小姐吗？要是我那样做，会把妈妈和奶奶气死的。"

"不过，小欢，这是最后一次了，从今以后，我要做一个真正纯真的人，我需要那样做。"

玛利亚重重地把茶搁在李若芸的面前，溅起的茶落在了李若芸的脸上。

栾欢再次把目光放在李若芸眼角的那颗泪痣上，和容安琪一模一样的泪痣长在李若芸的脸上，怎么看都觉得诡异。

喝了一口茶，李若芸的目光在栾欢的脸上扫视了一圈，最后落在她的脸颊上："那天我看见你的一边脸颊都肿起来了，是他打的吧？"

现在客厅里就只有栾欢和李若芸两个人，自始至终栾欢都没有说话。

而从李若芸出现开始，她就像是在进行着一场属于她的个人秀、独角戏。

她叹气，娇嗔道："小欢怎么变得傻乎乎的？怎么轻易就上了容耀辉那只老狐狸的当呢？"说到这里，她的声音带着一丝自责，"不过，会发生这样的事情，我也有一点儿责任。"

"哦，不。"李若芸掩着嘴笑道，"确切来说，祝安琪才是罪魁祸首。"

于是李若芸开始讲，讲祝安琪找到她，然后告诉她格陵兰岛两只小海豹的故事。

"小欢，一直以来我都觉得自己比你聪明，祝安琪的几句话就让我明白了我接下来需要做什么，于是我到了纽约见了容耀辉，我仅仅用半个小时就说服了他。"

李若芸在容耀辉面前只是把话题引到栾欢的身上，说小欢是一个傻姑娘，后来，容耀辉出现在栾欢的画廊里。

李若芸叹气道："事实证明，小欢还真是一个傻姑娘。"

李若芸咯咯地笑着，她笑的时候眼角会往下弯。她的眼角一往下弯，眼角下的泪痣也跟着她的脸部肌肉往下弯。

栾欢伸手指着李若芸眼角的泪痣，问道："李若芸，为什么？"

听到她的话，李若芸扯开了一个大大的笑容，很是得意的模样："小欢终于好奇了。"

她摸了摸眼角下的那颗泪痣，说道："是祝安琪带我去弄的，很像另一个安琪对不对？"

她喃喃地说道："欢，你知不知道，容允桢是怎么叫另一个安琪的？他叫她小痣。"

"小痣，小痣，他是这样叫她的。"李若芸说着。

栾欢侧耳倾听，听着从李若芸口中说出的那句"小痣"。

"小痣。"

就像是着魔般，栾欢也跟着李若芸念着那个称呼，容允桢叫容安琪"小痣"。

"是的，他总是这样叫那个胆小的女孩。"李若芸说道。

李若芸问栾欢："欢，你知道今天我为什么会到这里来吗？"

李若芸这样让栾欢觉得累，累得她不想搭理李若芸了。

李若芸又自顾自地说道："今天我来是和小欢分享一个秘密的，不过说出这个秘密之前，我还有一件事要告诉你，其实在乌克兰边境的那个晚上，是容允桢第二次遇到那样的事情。"

或许预知了李若芸即将说出来的秘密，栾欢的心情越发沉重了。

许久不曾出现过的胃病又开始犯了。

李若芸的秘密也来自于格陵兰岛，在被人们称为"地球上最后一块荒凉的岛屿"上，花季时期的男孩女孩在那个冬天一起掉进了冰窟。当他们的生命受到威胁的时候，暗沉的夜里，他们分享了彼此的体温。十二个小时后他们被找到，从这一天开始，男孩女孩的相处开始变得微妙起来。终于在某一个圣诞节来临的时候，他们到镇上买了一对情侣手机。

栾欢的手撑在沙发上，耳朵里嗡嗡地响着。

果然……

栾欢小心翼翼地控制住自己的喘息，如果此时此刻她大声喘息的话，她或许会像急性哮喘病患者一样，面容因为疼痛而变得狰狞。

她不能把她的孩子吓到，不能。

"为了让小欢加深印象，我想我得说一下男女主人公的小特征。"李若芸就像是一个负责的讲师，声音亲切，"男孩有着很迷人的长酒窝，而女孩的眼角下长着小小的黑痣，这个男孩给女孩取了一个小名，叫她小痣。"

一直被控制得很好的呼吸在此时此刻就像裂开的冰层，栾欢大口大口地呼吸着空气，拼命地呼吸阻止那种快要窒息的感觉。最终，吸进去的气体在她的肺部翻江倒海，栾欢低下头，干呕起来。

坐在对面的李若芸停止了说话。

偌大的空间里，栾欢听到了自己喉咙发出咯咯的声响，匆忙跑进来的玛利亚不停地抚着她的背部。

栾欢在玻璃桌子的一角看到了自己惨白的脸，没有什么大不了的，真的没有什么大不了的，之前不是也隐约猜到、感知到了吗？容允桢总是把"安琪"两个字写得那么漂亮。

那个"安琪"并不是另一个安琪。

栾欢深深地吸了一口气，让玛利亚离开。

客厅又恢复了原来的样子。

李若芸笑了笑："怎么？被吓坏了？还是被恶心到了？这也难怪。"

栾欢直勾勾地看着李若芸。

在她的目光下，李若芸眨了眨眼，目光闪烁。

"不过，欢，你也不需要太大惊小怪，那时容允桢和容安琪并不知道他们是兄妹关系。他们拿到情侣手机的几天后，容耀辉来看他们，当着容允桢和容安琪的面说'我有一件事情要告诉你们'。从那天开始，容允桢再也没有叫容安琪'小痣'，而容安琪依然叫容允桢'允桢'，之后容允桢恶狠狠地警告容安琪，不要老是跟在他后面。那时容安琪恳求容允桢，她是这样和他说的。"李若芸扯着嗓子，声音怯弱，"允桢，你能陪我去看流星雨吗？我最喜欢双子座流星雨，我一次也没有见过，你就陪我一次，就一次，我会把一切全部忘掉。"

在李若芸惟妙惟肖的模仿中，栾欢似乎看到了那个紧紧跟随在容允桢后面的女孩，一直很胆小的女孩终于鼓起勇气向心仪的男孩说了自己的愿望。

十二月过去了，双子座流星雨在夜空留下了惆怅的尾巴，自始至终，容安琪都没有等来容允桢。

来年春天，那颗子弹打破了格陵兰岛的安静。

容安琪躺在容允桢的怀里，用尽全力，终于叫出了那声"哥哥"。

她没有惊慌，仿佛她早就预知到了这一切。很小的时候，她听过那样的话，据说眼角下长泪痣的女孩一生都要和眼泪相伴，她觉得那样其实也很好。

最后她用尽所有的力气和容允桢说了一句话。

"哥哥以后能不能娶一个像我一样的女孩？"

时间流逝十几年后，乌克兰的边境，有另外一个女子和容安琪做了一模一样的事情，那时容允桢把象征着姻缘的红色手链套在了那位女子的手腕上。那个时候，容允桢所想不到的是他会套错手链。

秘密讲完，周遭很安静。

李若芸说道："小欢，我曾离他那么近。"

尾音带着怅然若失，久久地在舌尖上不愿离去。

李若芸在等待着，很仔细地看着面前的这张脸。

那张脸十分苍白，可没有她想看到的表情，栾欢的表情很平静，平静得让她不耐烦。

李若芸不耐烦地试探道："小欢，你还好吗？"

回应她的是很平静的声音："李若芸，你的秘密说完了，如果说完的话，那么你可以离开了。"

"小欢？"李若芸再叫了一声。

是的，她不死心！

栾欢现在应该生气才对，不，应该悲痛欲绝才对！

"没有看到我悲痛欲绝的模样，小芸很生气吗？"栾欢觉得累，她根本没有心思和这个人耍嘴皮子，可是她要让李若芸知道，她可不是好惹的人，她有足够的能力让前来找碴的人下不了台。

清了清嗓子，栾欢声音清脆地说道："是的，现在我心里难受，我也很嫉妒，我在生容允桢的气。可是李若芸，格陵兰岛、容安琪、情侣手机，以及容允桢的小痣，都发生在他认识我之前，所以那些属于过去式，我和允桢还有很长的路要走。"

李若芸咯咯地笑了起来，一边笑一边问："你真的觉得你和他还有很长的路要走？你真的以为那些都是过去式？"

"当然。"栾欢笑了笑，指着李若芸眼角下的泪痣，"还有，你把自己弄成这样，是我们认识以来你做的最愚蠢的事情。我想，不出十年，你一定会为你今天做的事情感到羞耻。"

栾欢收敛笑容，掷地有声地说道："李若芸，难不成你真的以为在自己的眼角植上和容安琪一模一样的痣，你就会变成容安琪吗？再天真地以为，这样一来就可以把容允桢拉回过去？如果你真的以为有一天你的愿望会实现，那么我想，你的岁数是白长了！"

终于，她的话配合着她的表情唬住了李若芸，李家三小姐不再笑得花枝乱颤，她留下了一句狠话："栾欢，我们拭目以待！"

（5）

身后的电子门在她刚踏出一步时就迅速合拢，李若芸紧紧握着的拳头松开，扯下了走起路来叮叮当当的耳环。

坐在驾驶座上，李若芸调好后视镜，在流动的光线里，她看见自己眼角下的那颗泪痣，手指去触摸，很陌生，陌生到让她厌倦。

可她不能讨厌它。

李若芸相信自己的直觉，因为直觉和观察，以及艺术家潜藏的那种想象力，让她猜到了栾欢的秘密。容允桢三年没有碰他的妻子，所以有了那次她盛装出现在栾欢的面前。

事实证明，她的直觉比谁都准。

这次也一样，李若芸相信最终和容允桢站在一起的是她，最近她做的事情只是为了她和容允桢未来能在一起。

栾欢靠在墙上，昂着头看着天花板。

那种由累产生出来的疲倦最终变成了铺天盖地的困倦，她和肚子里的孩子容小花说道："睡一觉就会好一点儿，对吧，容小花？"

感知了母亲的心思，容小花用小小的手挠着她疲惫的心："是的，妈妈！"

栾欢眯起了眼睛。

周四，十二月二十一号，栾欢从医院例行检查回来，她到百货商场买了很多装扮圣诞树的饰品。

十二月二十二号，栾欢和玛利亚一起装扮圣诞树。

晚上，栾欢在洛杉矶发行量最多的报纸上看到容允桢回到洛杉矶的消息，在极为吸引人眼球的标题下是容允桢和英国性感名模的贴面亲吻照片。容允桢的左手放在性感女郎的臀部，那只手的无名指上已经没有婚戒了。

哦，对了，在这里不得不提一下，从几个月前栾欢由于生气对外宣称她和容允桢在办理离婚手续时起，坊间就流传她和容允桢已经成功办理了离婚手续，容允桢那只没有戴婚戒的手落实了离婚消息。

这一天，栾欢有了自怀孕以来的第一次反应，她在浴室里呕吐了不短的时间。

果然负面情绪要不得啊。

栾欢靠在墙上，手放在小腹上，向小家伙道歉："亲爱的，妈妈错了，妈妈不伤心了，要不我去吃一点儿白巧克力？"

十二月二十三号，栾欢和玛利亚母女终于把那棵差不多两人高的圣诞树打扮好了，站在圣诞树下，栾欢咧开嘴笑了。

栾欢拍下了圣诞树的照片，发到容允桢的手机上。

发完照片之后，栾欢拼命地想，待会儿她打电话给容允桢时要说些什么，要说些什么才好？

还没有等栾欢想好要说些什么，她的手机就响了。

看清楚是容允桢打来的电话，栾欢的手按在了胸口上，深深地呼吸，颤抖着声音叫了一声"允桢"。

"很漂亮！"

这是容允桢说的第一句话。

很漂亮？是指圣诞树吗？

栾欢的手落在了小腹上，在心里说道："亲爱的，你爸爸夸圣诞树漂亮，是不是代表他不生妈妈的气了？"

一接收到这个讯息，栾欢的声音就开始带着一点儿撒娇的意味，那声"允桢"是拉长声音叫的。

"允桢，你什么时候回家？"她问道，"允桢，我有一件事情要告诉你。"

很快，栾欢得到了容允桢的答复。

"好，我正好有一件事要和你说，明天中午我有时间，我去找你。"容允桢说完就挂断了电话。

十二月二十四号，栾欢起了一个大早，她做了一个小时的有氧运动，让自己的状态看起来好点儿。

上午十点，栾欢打扮好自己，她化了妆、涂上口红，在一旁看着的玛利亚嘴都张大了，栾欢让她快点儿把嘴巴合上。

从十点开始，栾欢开始张罗午餐，不停地绕着圣诞树走。

十一点，栾欢安静地坐在客厅里，她希望容允桢一进来就可以看到她。

从十一点到十二点这一个小时里，栾欢在脑海里不停地演示着见到容允桢后要怎么做，她想了很多应付容允桢的对策。

容允桢昨天在电话里说他十二点会出现。

十二点，栾欢的心就开始抑制不住地狂跳起来，不安、喜悦，还有一点点生气，那一点点生气来源于那位英国名模，来源于格陵兰岛那个和别的女孩买了情侣手机的长酒窝少年，还来源于他没有戴婚戒的那只手。

好吧，不仅仅是一点点生气，但是还有一个词语叫"秋后算账"，她是聪明的女人，她知道最佳的出击时刻。

栾欢眼巴巴地看着客厅的大门。

终于，那道栾欢所熟悉的、所爱慕的身影出现在门口，在移动着，越来越清晰。

栾欢揉着自己的脸，让自己的表情自然一点儿，再自然一点儿，然后微笑。

容允桢迟到了三分钟。

军绿色的短风衣，驼色的高领毛衣，脖子上系着藏蓝色的人工羊毛围巾，一如呈现在很多人面前的优秀青年企业家形象，英俊优雅，文质彬彬，有着极好的修养。

但只有栾欢清楚，容允桢看似温和的表情下其实藏着寡淡和疏离。

栾欢站了起来，容允桢上了客厅的小台阶。

栾欢朝容允桢迎了上去，按照之前她想到的步骤接过容允桢扯下的围巾，她想帮他脱下短风衣时，容允桢阻止了她的动作。

他淡淡地说道："不用，我一会儿就走。"

一会儿就走啊？

没关系，她自然有办法让他走不成。

他们在沙发上坐了下来，但是容允桢没有像之前那样和她坐在同一边的沙发上，他选择在她对面坐下。

刚坐下，玛利亚和她的妈妈就拿着热饮和甜点进来，离开时，玛利亚还对栾欢眨了眨眼。

容允桢喝了一口柠檬甜酒，放下杯子，就那样看着栾欢，表情和他说话的声音一样淡淡的。

栾欢被容允桢看得心里不安，她垂下眼帘，按照之前想好的那样问了一句："允桢，肚子饿不饿，要不……"

"不用，我不饿。"容允桢开口道。

不饿啊，不知怎的，栾欢的心里乱了，她开始说出一些毫无逻辑的话："允桢，你什么时候回来的？回来的时候也不给我打个电话。允桢，你要不要去看看我弄的圣诞树？哦，对了，允桢，我……"

栾欢"我"了好几下，容允桢等待着，最终她在他平淡的目光下闭上了嘴。

"你脸色不好，我下午让医生过来一趟。"容允桢说道。

"允桢，我脸色不好是因为……"

栾欢说到这里打住，那句"我脸色不好是因为容小花"硬生生地咽了下去。

容小花不是一个筹码。

栾欢再次闭上了嘴。

"栾欢，我有话要和你说。"

"好！"栾欢乖乖地应道，手搁在膝盖上。

这个时候，栾欢才发现容允桢的左手边放着公文包。

容允桢的手伸向公文包，他打开公文包，拿出若干文件，把文件放在他们面前的茶几上，推到栾欢的面前。

他说："栾欢，你看一下。"

栾欢呆呆地看着容允桢，想从他的眼底看出一丝情绪，可是没有，自始至终他的目光宛如隐藏在林中平静的湖面，没有任何波澜。

栾欢低下头，打开容允桢推到她面前的文件袋，上面是密密麻麻的汉字，还有数字。

栾欢一个字一个字地去辨认，一张一张地翻开，她看到了最后那张。

栾欢喘了口气，把头埋得更低一点儿，也不知道从哪里来的水滴，一滴一滴地滴落，落在那张离婚协议书上。

离婚协议书上有容允桢的签名。

栾欢睁大眼睛去看，想看这次"容允桢"这三个字有没有写错。

可是……

现在她的视线模模糊糊的，她的眼睛仿佛隔着一层玻璃，在玻璃上聚集了无数水蒸气，怎么也看不清。

栾欢眨着眼睛，又有水滴滴落在离婚协议书上，也滴落在了"容允桢"三个字上。

栾欢用了很大的力气才看清楚。

这次，"容允桢"三个字没有写错。

他的声音近在咫尺，平缓、理智。

"栾欢，对不起，那天打了你，我知道你是为了我好。"

知道还……

"可是栾欢，我们都是成年人，我们比谁都了解自己，我们也知道自己的底线在哪里，哪些是能碰的，哪些是不能触碰的。所以栾欢，我们不能在一起了。我之所以这么做，就像那个时候你和我说的那样，在事情还没有变得更糟糕之前，我把它提前结束，这样一来，我们就可以避免对彼此造成伤害。"

容允桢说完，等着她回应。

面前的人自始至终都低着头，她的头越垂越低。

ww

正午时分，周遭很安静，但有某种声音在有规律地响着，轻微细碎，需要侧耳倾听。

容允桢侧耳倾听，顺着声音的源头，看到了在那张他已经签好名的离婚协议书上，有很多晕开的水印。

他心里有一根弦被拨动。

手没有听从他的大脑指挥，擅自伸出，穿过她垂落的头发去触摸她被头发掩盖的脸颊。

容允桢触到一手的泪水。

心里的那根弦松了，手顺着脸颊托起了她的下巴。

这一年圣诞节的前一天，容允桢见到了一个女人的泪水，有的沿着眼角滴落，有的还在脸上流淌着，有的挂在下巴上。

就这样，那些泪水带着某种神奇的力量把他的心灼成了一片焦土。

"欢……"他喃喃地唤着。

还没有等他把那个字念完，他的手迅速被推开，眨眼的工夫，刚刚还挂在那张脸上的泪水消失不见，她昂着头看着他。

她脸上的表情是骄傲，让容允桢以为刚刚那张布满泪水的脸是他臆想出来的幻象。

栾欢昂着头看着容允桢，她只问了他一句："容允桢，你说要和我说一件事，就是这件事？"

他淡淡地应了一声。

栾欢点点头，手放在那张离婚协议书上，问道："容允桢，我再问你一句，你是真心的吗？"

"嗯！"他淡淡地应答了一句。

栾欢的目光从容允桢的脸上移到了他的左手上，此时此刻他左手的无名指上空荡荡的。差不多四年的婚姻，在他身上留下的也只是他无名指上的那一圈指环印。

相信再过一段时日，那一圈指环印也会消失不见。

此时此刻，明明这个男人做了让自己伤心的事情，她曾经说过，假如容允桢做了让她伤心的事情，她就会离开他。

已经很伤心了，即使这样，她还是这样问道："允桢，你是不是因为太生气了？"

是不是因为太生气了才这样？

他摇了摇头，表情平静，声音平缓："不是的，我只是知道我们不能在一起了。"

容允桢这个浑蛋，他都不知道昨晚她想了多少办法要在今天用在他的身上，可是他没有给她任何机会。

嗯，好的，我只是知道我们不能在一起了。

栾欢的声音从干涩的喉咙里挤出："好的，我知道了，我明白了，我懂了！"

容允桢点了点头，指向了那叠文件，那一叠文件都是他的私人财产，他说："你可以让律师确认一下再签名。"

更伤心了，浑蛋，容允桢这个浑蛋。

分明是她最熟悉最亲爱的人，可就是这样一个人，却说出让她感到陌生的话，陌生到让她害怕，让她以为曾经她深爱着的那个男人消失不见了。

他站起来，说公司还有事，他必须离开了。

他要走了吗？栾欢木然地抬起头。

他真的要走了，他已经离开座位，他的围巾系好了，从外面射进来的光落在他的脸上，轮廓分明，那是她所深爱的。

栾欢冲过去，那速度快得连她自己也感到惊讶。

她就那样挡在容允桢面前。

他们站在一条平行线上，她抬头看着他，他低下头看着她。

以前，他都会低头吻她，他的唇瓣柔软，带着世间最浓的爱恋。

这次他没有低头吻她，只是问了她一句："怎么了？"

怎么了？是啊，她这是怎么了？她现在不是应该让他走吗？他都已经把她的心伤透了。

总是伤透她的心的男人，她可不稀罕。

可是她的脚纹丝不动。

"怎么了，栾欢？"他问了第二句。

栾欢问了容允桢一个问题，一个从她知道了他的秘密之后一直想知道的问题。

她直勾勾地看着他，问道："允桢，如果把容安琪换成我，你会不会在十二月去看双子座流星雨？"

这些话栾欢问得很困难，她知道问出来之后他会恨她。

这话让近在咫尺的脸变得苍白。

容允桢眼底一片落寞。

栾欢把眼睛睁得大大的，继续说道："允桢，请你一定要告诉我，这对我来说很重要，它直接关系到我为你付出的、做的退让是不是都是傻事，请你老老实实地告诉我。"

他伸出手，抓住她的衣襟，问她是不是知道了所有的事情。

栾欢点了点头。

他眼底的落寞变成了绝望，铺天盖地，仿佛下一刻就会带着巨大的破坏力毁灭一切。

他大声笑着，他嘲笑她也不过如此。

"告诉我，允桢。"栾欢固执地问道。

他笑了起来，牙齿洁白整齐，长酒窝和他放肆的笑容倾国倾城，一如那年在乌克兰边境，他第一眼给她的惊艳。

"栾欢，你真想知道？"

"是的。"

"那么，接下来的话你要好好听着，我想你以后会把这些话裱起来。"

"好，我会好好地听。"

"如果是你的话，我会出现在十二月的夜空下，我不仅会出现，还会想方设法带你逃走，和你在一起。"

栾欢咧开嘴笑了。

"知道吗？那年整整一个月，她每天晚上都会去那里，傻傻地等着。我都知道，我都看见了，可我装作不知道，装作没有看见，那是因为我们活在这个世界上，有一些东西必须遵守。因为我比她懂得多，所以我自以为是，以为只要不出现就是为了她好。我常常在想，那个时候我哪怕出现一次，也不会像现在这般遗憾，我所坚持的也不过是圆一回她的梦，哪怕万分之一也想坚持。

"我也知道你是为我好，可在情感上我不能接受，因为是你毁了那万分之一的可能，而你恰恰是我最爱的人。我让她在十六岁停止生长，而你亲手毁了那万分之一机会。

"栾欢，我恨你，为什么是你？为什么会是你？我还从来没有像恨你一样恨过一个人。"

栾欢眨了眨眼睛，她知道，她都知道！

可是允桢，你还不懂吗？因为我是你的妻子，因为是你让我知道信仰不单单是口头上说的那样。

在上帝面前，我和他结为夫妻，不离不弃，要相信他（她），要帮助他（她），荣辱与共！

晶莹的泪水溢满了她的眼眶。

这次她没有躲避，没有快速擦掉，而是让它们沿着她的眼角流下。她只是凝望着他，也不知道从什么时候开始，她的身体被放了下来。

她站在他的面前，说道："允桢，我等你，但是我不会给你多少时间，我只会给你二十四小时，从此时此刻开始。"

这是她为他做的最后一件傻事了。

但凡爱，都有它的局限。

那人仿佛没有听到她的话一样，用手指触着她的眼眶，带走了她的泪水。

她看着他离开，背影修长。

十二月二十五日，洛杉矶的寒潮来到了一个盛极时刻。

中午，人来人往的机场，栾欢和四个男人并排坐在一起。

象征着时间的数字在机场的电子屏上滚动着，由秒钟转变成分钟，由分钟再转变为小时。

十二点整，距离栾欢给容允桢的二十四小时还有半个小时。

她和四个男人并排坐在一起，她坐在中间，较为年轻的两人坐在她的左边，较为年长的两人坐在右边。

再过半个小时，容允桢就真的会成为她的前夫。

距离二十四小时的最后五分钟，栾欢的目光投在了电子表上，看着红色的数字不停地更换着。

或许坐在她身边的男人知道她紧张，拍了拍她的手。

终于，栾欢给容允桢的二十四小时结束了，机场广播响起，播报着洛杉矶飞北京的旅客请提前准备。

栾欢站起来，看着那四个男人，想对他们笑。

只是她笑不出来，她很难过，她没有等来第五个男人。

那四个男人，一个是栾欢的律师，栾欢把签好名字的离婚协议书交给了律师。为了避免以后和容允桢再有牵扯，她签署了夫妻共同财产放弃权，她自己有很多钱。栾欢还让律师处理了她的画廊，以及在城南的公寓，她要走得干干净净的。律师接过她手中的所有文件。

第二个男人是李若斯，他带来了行李箱，他的声音透着苦涩，他说："小欢，这次我真的懂了，我和你已经再无可能。"

他说："小欢，我只是想陪陪你，陪着你把最难熬的时间熬过去，我就离开。"

说完，他没有经过她的同意就径自拿走她的行李。

站在第三个男人面前，栾欢都不知道这位是来凑哪门子热闹。

栾欢深深地吸了一口气，对容耀辉说："容先生，刚刚您也看到了，我已经把离婚协议书交给我的律师了，我和容允桢已经再无可能了，现在请回吧，那些门面话我压根不想听。"

容耀辉的表情有些尴尬，那只想按在她肩膀上的手在空中停顿了片刻，之后收回。在栾欢想移动脚步的时候，他叫住了她。

"小欢，对不起。"容耀辉说道，"小欢，谢谢你。"

栾欢抱着胳膊，冷冷地看着容耀辉。

这个曾经被誉为"沙漠之鹰"的男人表情诚恳地说道："此时此刻，我想以一位父亲的身份向你表达谢意。"他把手放在她的肩上，"我想在某种意义上，小欢才是允桢真正的小美人鱼，善良、勇敢、无畏无惧，总有一天允桢会明白的。"

"是吗？"栾欢淡淡地应着。

容耀辉的声音多了些许热切："当你回来时，我会欢迎你，这次会是真正的欢迎你。"

栾欢没有再理会容耀辉，目光投向机场入口处，片刻后收回，投向站在她左边几步远的男人。男人收到她的目光之后，咧开嘴，展开双臂。

栾欢走过去，拥抱了李俊凯。

她把头靠在他的肩膀上，讨好地说道："爸爸，您知道吗？一直以来让我崇拜的男人名叫李俊凯。"

那双手放在了她的后脑勺上,摸了摸她的头发,没有说话。

如果是以前,李俊凯肯定会说:"我知道。"

可他什么都没有,栾欢索性撒起娇来:"帅气的先生,您就不能给点儿回应吗?我都一把年纪了,还说了这么少女的话。"

栾欢等来的是一声叹息,充满无奈、惋惜和疼爱。

放在她头上的手往下移。

"一直以来小欢都是聪明的姑娘,怎么这次就干起了傻事呢?你不是爱他吗?爱他不是应该避开任何风险好好地待他吗?"

是啊,应该那样,可是⋯⋯

"可是爸爸,我想让他好好的,第一是让他好好的,第二才是好好地待在他身边啊。他的爸爸说那是为了他好,我觉得说得有道理。在知道他的秘密之后,我心疼他,很心疼,我想他和我一样不是故意要欺骗我的。我的秘密藏了三年,就累得快要了我的命,可爸爸,允桢的秘密藏了十几年。

"爸爸,我不后悔,在这个世界上有很多聪明的人也常常干傻事,你以为他们不知道自己干的是傻事吗?不,他们都知道,他们干的那些傻事都是源于爱,各种各样的爱,就像那时您明明知道我是一个刺头,可还是把我从皇后街带回家。这件事是源自于您对我妈妈曾经的那份爱。爸爸,您说我说得对吗?"

李俊凯说道:"对,是那样的,小欢说得对极了。"

"爸爸,您说,现在我做的这些事情在日后会不会变成可爱的事情?"

"会的,会的,当然会,爸爸可以向小欢保证!"

此时此刻,同一个时间点,旧金山,正午的阳光刚刚向西倾斜一点儿。

在旧金山唐人街最古老的文身馆里,大门紧紧地关闭着,外面牌匾上写着"整顿停休一天"。

文身馆外停着数十辆高档轿车,文身馆里,数十位文身师穿着在为重要客人文身时才会穿的服装,双手垂在身前,低着头站在一边。他们都是一位师傅教出来的,他们用师傅教给他们的技艺混得风生水起。今天,他们之所以来到这里,是为了表达他们对已经金盆洗手多年却再次出山的师傅的爱戴。

数十双锃亮的皮鞋分成两排并列站着,红色的地毯在他们的脚边延伸着,延伸到数十米开外。长长的珠帘垂落,透过珠帘可以看到古香古色的屏风,屏风是用白色的苏绣拼接而成，白色的苏绣映出两道人影。

从艺多年，一些东西早已渗透到了那些文身师的骨子里，他们轻而易举地嗅出了，此时此刻，与其说是文身，倒不如说是一场仪式。

他们好奇屏风里的客人到底是什么样的身份，能让他们退隐多年的师傅再次操刀。

好的文身师可以把人们所想要的刻进他们的灵魂里，让刻在他们身上的印记变成崇拜，变成信仰，然后一针一针地融进骨血里，变成永远。

屏风里的人一定是带着那些来到这里的。

屏风里，白发苍苍的老者拿出了他珍藏已久的老伙计们，英俊的年轻男人坐上了文身椅。

时间静悄悄地流淌着。

人来人往的机场，栾欢站在那里，目送着李俊凯离开。那个男人频频回过头来，他回过头一次，她就对他笑一次。等到他不见了，栾欢才转过身去，抬起头，机场的电子屏在滚动着前往北京的时间。

机场广播也在播报着前往北京的旅客做好登机准备，栾欢捂住耳朵，低下头走着。她的脚步匆忙，和很多人擦肩而过。

最终，栾欢躲进了洗手间，关上了洗手间的门，背部贴在门板上，缓缓地滑落。

容允桢没有出现。

暮色来临。

栾欢把容允桢系在她手腕上的红色手链和婚戒丢到了机场外的垃圾桶里，来自四面八方的寒气把她的脸冻得生疼。

今年的圣诞节是栾欢遇到的最冷的圣诞节，比纽约还要冷。

栾欢抬起头看着漆黑的夜空，呵着气。

她所呵出来的气体连同她落于眼角的眼泪一起凝结成霜。

暮色来临，旧金山幽深的巷子，古老的厢房里，身材修长的男人站在镜子前。男人裸露着上身，透过镜子，他的目光聚焦在左边的第一根肋骨上。

幽暗的光线中，如烈焰般的色彩绽放在他的身上，像簇簇燃烧的火。

这年冬天，他在自己的第二根肋骨上文了一个女人的名字。

　　那个女人有着如烈焰般的色彩。

　　她的名字叫"欢"。

10 破镜重圆
C H A P T E R

（1）

　　几年后，巴西。

　　在圣保罗举行的南美杯赛上，一个进球，一次冲突，一次踩踏事件，让世界认识了一张面孔。

　　没有人清楚那张面孔具体是什么模样，人们只知道那是一张女人的面孔，确切来说，那是一张母亲的面孔。她趴在地上，头发盖住她整张脸，她用她的身体护住了她的孩子。慌乱的脚步不时从她的背上踏过，也有的从她的头上踏过，这一幕无意中被球场出口的摄像头记录下来，短短的五十秒里，有二十五双鞋从她身上踩过，其中有三个人直接从她的头上踩过。

　　这场踩踏事故造成了数百人受伤，庆幸的是这次事件没有导致人员死亡，而这次踩踏事件也让人们牢牢地记住了那位用身体紧紧护住自己孩子的母亲。虽然不知道她的长相、姓氏，但人们给予那位母亲最高的赞美，期间，也有电视台的记者企图找到那位母亲，但遗憾的是那位母亲仿佛凭空消失了一般。

　　短短的两天时间，这段视频快速在互联网传播，很快又从互联网蔓延到各大电视台。

　　周一，纽约，亚东集团总部，刚刚上任三个月的主席出现在集团的例行会议上。到场的股东们脸上呈现的是满意的表情，因为他们手中的股票又升值了，上任三个月的领导人让他们很满意。

　　在一派其乐融融的氛围中，会场大门忽然被打开，前集团主席容耀辉站在敞开的大门中间。

　　容耀辉打开电视，数分钟之后，电视上播放的是最近互联网大热的视频。

几分钟之后，镜头定格在一个披头散发的女人脸上，与此同时，一只穿着蓝黄色球鞋的脚从女人的头上踩过。让人动容的是被女人护在怀里的另一个小小的脑袋，长着黑色的头发，那女人也有着黑色的头发，她们在无数的尖叫声、无数匆忙的脚步中宛如雕像一般。

几分钟的视频让刚刚还坐在主席座位的人愣住了。

在场的人也不敢动，半晌，容耀辉轻轻地唤了一句："允桢，容允桢。"

被点名的人置若罔闻，自始至终他的目光都死死地盯着电视。

容耀辉叹了一口气，嘴里说着："看来我猜得没错，是她……"

他一边说着一边想去关掉电视。

"不要关，爸爸。"急促的声音响起。

容耀辉的手收了回来，目光落在自己的儿子身上。站在容耀辉旁边的股东从容耀辉的眼神里捕捉到一丝心虚，熟悉集团内部的股东在窃窃私语。

容耀辉和容允桢几年前父子关系出现裂缝，具体什么原因无从得知。

正当这些人在思索时，一个如游魂般的身影从他们的面前经过，容允桢一步步走向电视机。

他停在电视机前，伸出手，手掌在半空中缓慢地摊开。在做这个动作时，他的肩膀在轻微地抖动着，摊开的手去触碰巨大的电视屏幕，或许应该说是电视上的那张脸。他是那般小心翼翼，小心翼翼到让看着的人有种错觉，容允桢是如此害怕电视上的那张脸会因为他的触碰而消失不见。

他的手掌轻轻地贴在电视上的那张脸上，那一瞬间，会场安静极了。

显然，容耀辉的突然出现是一个突发事件，而这一个突发事件对于容耀辉父子来说具有很强的震撼力。就是这样的震撼力，导致他们忘了避嫌。

此时此刻，容耀辉这才意识到会议厅里有不少双眼睛在观察着他们。

容允桢的助手宣布会议到此结束。

最后离开会议厅的人听到容允桢像是在笑又像是在哭的声音，那个声音咯咯的，就像是坏掉的黑白键，在不停地重复着："她居然躲在这里，她居然会想到躲在这里……"

那个声音太过凄厉，导致最后离开的人忍不住偷偷去看，他能看到的也仅仅是容允桢的背影，和之前不同的是，贴在电视屏幕上的手换成了脸。

容允桢的脸贴在电视屏幕上，和电视上的那张脸紧紧地贴着，这是他遍寻不获的一张脸。

这张脸他一眼就认得出来。

那年圣诞，他丢了她。

容允桢以为那位叫栾欢的女人的脸会在他的心上淡去，就像这世界上所有的遗忘规律一样，因为太久了，记不住。也许记住她说过的话，记住她喜欢吃的食物，记住她的名字以及声音，然后有一天早上醒来，发现她的轮廓在记忆里已然模糊。

她离开他的第一年，一切还好，这一年他工作太忙了，没有多少时间去想念、去缅怀。偶尔他也参加聚会，兴趣来了，他也会挑一些合眼缘的姑娘，他的朋友们偶尔也调侃他，他带的女伴个个都是派对女王，集美貌、智慧于一身。逐渐地，这样的状况在八卦媒体口中变成了容允桢只和身材性感、脸蛋漂亮的姑娘约会。

容允桢具体也不知道和自己约会的姑娘是否脸蛋漂亮、身材火辣，他只知道那些女孩很合他的眼缘。和那些女孩相处时，容允桢也会带她们去旗舰店，给她们卡，给她们买珠宝，也送车给她们，可容允桢从来不和那些女孩过夜，他偶尔会在喝了酒之后亲吻她们的头发。

第一年圣诞，容耀辉强行给他三天圣诞假，那天老头子看上去很生气的样子，冲他说道："容允桢，你是一个成年人，一切都是你自己选择的，既然选择了，就要拿得起放得下。"

这话在容允桢的耳中有点儿无厘头，他对容耀辉说："谢谢，谢谢容先生给的假期，我会在三天的假期里好好玩。"

哦，对了，容允桢也不知道自己从什么时候开始更喜欢把容耀辉称为"容先生"。

容允桢还真的把他三天圣诞假期安排得满满的，他约了朋友，连续三天他和他的朋友们在芝加哥的私人会所里举行派对，出席派对的都是洛杉矶美艳的姑娘们。

第三天，容允桢在派对上遇到了那尾小美人鱼，真正的小美人鱼。

看到李若芸时，容允桢还有点儿头疼，这一年里，李家的三小姐就像是一张狗皮膏药一样，他已经让他的秘书对她下达了几十次逐客令。

穿着银白色礼服的李若芸朝他走来，停在他的面前，昂着头说："容允桢，我终于见到你了。"

容允桢怀里搂着一位他连名字都叫不全的女孩，听了李若芸的话，觉得好笑，他问道："李若芸，感谢的话之前我已经表达过了，我现在想不清楚我们之间还有什么见面的理由。"

李若芸一动也不动，她说："容允桢，你仔细看看，我都为你做了些什么。"

本着尊重女性的美德，容允桢听从了李若芸的话，他和她的距离在拉近，他仔仔细细地把李若芸的脸看了个遍。

容允桢发誓，他真的看得很清楚、很明白。他肆意地笑了，他的笑声和着周遭的靡靡之音。

或许他的笑容和他脸上的表情不是很协调，被宠坏的三小姐一张脸从期盼到苍白，再到骇然，她的声音有些难堪："容允桢，不许你这样笑，不许你这样笑。"

那晚酒喝得有点儿多，酒精让他的太阳穴很不舒服，容允桢按着自己的太阳穴，说道："小美人鱼，你怎么也学祝安琪干起蠢事来了？"

说起祝安琪，容允桢更头疼，让他想想，祝安琪现在应该在哪里呢？嗯，祝安琪现在应该在某个小岛，确切来说，祝安琪往后的日子都会丰衣足食，会老死在那座小岛上，那是他给她的惩罚。

至于眼前的小美人鱼……

容允桢收住了笑。

"李若芸，看在你曾经救过我，看在你姓李的分上，我给你一个忠告，停止你的荒唐行为，也不要以各种借口出现在我的面前，不然我会让你成为一个好莱坞式的笑柄。"

容允桢揽着怀里的姑娘离开了，因为李若芸的出现，他变得毫无兴致，而李若芸似乎并没有把他的忠告放在眼里。她跟在他身后，说着类似于"容允桢，我坚信我们的缘分，我救了你，你买走我的画，一定有特殊的意义。容允桢，我们只是错开了，我们……"这样的话。

烦死了，李若芸的喋喋不休让容允桢觉得烦躁，他停下脚步，回过头一伸手，恶狠狠地扣住了李若芸的手腕。

他一手扣住她的手腕，一手指着她眼角的泪痣："李若芸，你做了多此一举的事情。"

李若芸摇了摇头，说出让人倒胃口的话："容允桢，我并不认为自己是在做多此一举的事情。容允桢，我之所以这样做，是想让你知道，我也和小欢一样会为你做任何事情，小欢……"

那个久违的名字就这样猝不及防地传入了他的耳中，容允桢加大力道，让李若芸接下来的话卡在喉咙里。

那一瞬间，容允桢有一个念头——让李若芸一辈子再也说不出任何话来。容允桢很生气，这世界上的女人都是一群自以为是的生物，祝安琪是，李若芸是，那个女人也是。

明明那是一个很聪明的女人，明明她应该比谁都清楚，当她做出那样的事情就意味着她和他以后再无可能。

可她还是做了。

容允桢松开手，他和李若芸说："李若芸，怎么办？你以这种方式出现在我面前，我没有半点儿感动，相反，你让我觉得你就像一个小丑。你以为在眼角植上一个小黑点就变成了长泪痣的安琪吗？"

他摸了摸她的头发，告诉她，刚刚他只需要一用力，就可以让她一辈子永远说不出话来。

他的话还真的把李若芸吓到了，她没有再跟过来。

在电梯即将关闭时，一只穿着漂亮高跟鞋的脚挡在了电梯门口，高跟鞋的主人表情狰狞、声音凶恶，就像在垂死挣扎。

"容允桢，这世界上谁都有资格笑我，唯独你没有，在我眼里，你也是一个小丑，你现在做着和我一模一样的事情。"

真是可笑的女人。

容允桢手一伸，轻而易举就让李若芸跌倒在地上，李若芸的脸在缓缓合上的电梯门前消失。那时容允桢有种错觉，在李若芸睁得大大的眼睛里映着他的模样，有点儿陌生的样子。

容允桢靠在电梯墙上，酒精让他思想混沌，等到怀里的人出声抗议，他才发现电梯里还有人。

容允桢看着怀里的人，性感、十分美丽。

在这个世界上，有一个女人也像这个女人这般，看着就像是一朵带刺的玫瑰，可只有他知道，她有多么可爱。

在混沌的思想里，记忆挣脱束缚席卷而来，容允桢闭上了眼睛。

第二天，太阳照常升起，他和往常一样推开办公室的门，只是容允桢再也没有和那些女孩约会了。

容允桢再一次见到李若芸是在半年后，在芝加哥的一场应酬会上，李若芸见到他时显得很慌张。她慌慌张张地拉着她的男伴离开，容允桢看到揽着李若芸的那个男人脸颊上有着长长的酒窝。

容允桢觉得，如果不是那天突然听到那个消息，或许他会如计划中的那样，在日复一日的繁忙工作中渐渐地把那个女人的脸忘却，如活在这个世界上的所有人一样。

他无意中听到那个消息，是容耀辉和另外一个男人的窃窃私语，两个男人口中的那个名字一下子吸引了他。

听清楚谈话内容之后，容允桢跌跌撞撞地离开，他找到自己的车子，开着车拼命狂奔。心里越是慌张，车速就越快，最终他把车开到一号公路上，在车子冲向海里的最后一秒，他刹住了车。

栾欢不见了。

无所不能的容耀辉也找不到她，容允桢不关心容耀辉为什么会想找栾欢，他关心的是，容耀辉花了近一年的时间依然找不到栾欢。

怎么会不见了呢？

容允桢从来没有想过有一天栾欢会消失不见，他觉得栾欢应该在某个地方生活着，也像他一样，正在学习着怎样去遗忘。

第一次，容允桢对"消失不见"这四个字怀有深深的畏惧。第一次，容允桢意识到这个世界上所有的唯一也不过是七十亿分之一。

（2）

从这天起，容允桢开始在茫茫人海中找寻那个叫栾欢的女人。彼时，容允桢只是告诉自己，只要找到她，只要知道她住在什么地方，生活在什么样的环境就可以了。

她离开他的第二个圣诞节过去，容允桢依然没有找到栾欢，即使他使出最大的力气，依然一无所获。

新年来临时，容允桢去拜访李俊凯，他依然叫他爸爸，他说："爸爸，我只要知道她过得好不好就可以了。"

被他称为爸爸的男人摇头，从他黯然的神色，容允桢便知道，李俊凯没有骗他。

拜访完李俊凯之后，容允桢去见了李若斯，这一天，容允桢知道了一个秘密，关于栾欢的秘密。

原来栾欢并不姓李。

李若斯告诉他："先握过她的手的人是我，先吻过她的嘴唇的人是我，先碰过她……"

拳头先于他的思想挥向那张脸，牙齿和血从容允桢眼前飞过，嫉妒所催生出来的是盲目的挥拳。

是的，是嫉妒，不是被欺骗时的愤怒。

那一天，李若斯满脸是血地望着他，对他说："容允桢，我找不到她，我找不到她。"

这是容允桢第二次听到这样的话。

李若斯扯开了一个笑容，他说道："放开小欢的手时，有人告诉过我，总有一天会有另外一个男人取代我，去握住她的手。容允桢，现在我原话奉送，我希望你得到比我还强百倍的惩罚，因为小欢是那么爱你，爱得都不像她自己了。"

这样的话让容允桢选择仓皇而逃。

之后，在很深沉的夜里，容允桢做过光怪陆离的梦，他总是被梦里的情景惊醒，发现自己大汗淋漓。

她离开他的第三年，这个住着七十亿人的蓝色星球向容允桢展示了它的浩瀚和强大，他找不到她，她宛如人间蒸发了。

这一年里，容允桢会不由自主地把目光停留在自己的手指上，曾经他的手指触碰过她的眼泪，温暖、湿热，好像从她离开他的那一天起，属于她眼泪的温度一直留在他的指尖。

造物者把这个空间划分为白天和黑夜，渐渐地，容允桢开始害怕黑夜的到来，因为黑夜不能工作，想念总是游离。在不能工作的黑夜里，起初还可以克制，但随着时间的流逝，想念开始疯长，如影随行。

她离开他的第三个圣诞节，容允桢第一次问自己，找到她要怎么办？

"再也不让她离开。"

起初小小的声音做着试探性的回应，眨眼之间，这个声音宛如龙卷风过境，铺天盖地。

是的，找到她之后再也不让她离开。

后来，他穷尽所有的力量，依然没有找到她。

光阴有时候快得让他害怕，有时候也漫长得让他害怕，就怕那么一眨眼的工夫，他就变老了。当他白发苍苍时，他依然找不到她。就怕漫长的时间变成了一场煎熬，在还没有找到她之前，他就先死于心力交瘁。

所幸他的心是虔诚的，上帝怜悯着每一个虔诚的心灵，所以上帝指引着他。

脸紧紧地贴着电视屏幕上的那张脸，容允桢听到自己难听的笑声，终于，他找到了她。

找到她之后，他再也不让她离开。

"巴西，圣保罗……"容允桢喃喃地念着，他怎么也想不到栾欢会藏在他们敞开心灵的城市里。

是为了缅怀吗？不，当然不是的，或许她预知了有一天他会想她，他会因为想她而满世界找她，为了不让他找到她，所以她选择了那座城市，那是最佳的藏身之所。

为了找到她，容允桢在很多城市撒下大网，那些城市里唯独没有圣保罗。他一个月会有十天左右的时间在圣保罗办公，这座城市有属于她和他最甜蜜的时光。那些甜蜜时光随着分离变得痛苦，当天有多甜蜜，后来就有多痛苦，痛苦到容允桢不愿意去触碰，他以为她也像他那样。

"真是一个狡猾的女人。"容允桢喃喃地念着。

不仅狡猾，而且绝情，让他恨得牙痒痒的，绝情到他想匍匐在她的脚下，痛哭流涕请求宽恕。

"对不起，小欢，我真的不知道……"

容允桢怎么也想不到，栾欢离开他时已经怀有一个月的身孕，她什么都没有和他说，什么都没有！

几个小时后，容允桢拿到了栾欢在圣保罗的一切资料，外面的草坪上停着他的私人飞机，这架飞机将在十分钟后飞往圣保罗。

容允桢把护照和资料放进了旅行箱，容耀辉推开门进来时，容允桢连看都没看一眼。

容耀辉对他说："允桢，小欢怀孕的事情我也是后来才知道的。"

正因为知道了，容先生才有了恻隐之心，不管怎么样，被利用的女人肚子里怀的是容家的骨肉。

容允桢把最后一样东西放进旅行箱，拿起外套，擦着容耀辉的肩膀朝门口走去。

自知理亏的人在他即将打开房门时给出了建议："允桢，以小欢的性格，你要挽回她应该很难，如果你从孩子身上下手，效果会更好！"

顿了顿，容允桢回过头，他抓住了自己父亲的衣襟，说道："爸爸，您是一个浑蛋，所以生出了我这么一个浑蛋，我们都是浑蛋，我们都自私。"

是啊，是自私，即使那个时候知道她是为了他才那样做的，他还是把离婚协议书推到她的面前。他嘴上说得好听，是为了他们好才选择那条路，事实上，那是他给她的惩罚，是他亲手毁了他们在一起的机会。

一万米高空上，容允桢的手落在那叠资料上，手指从"栾小花"这个名字慢慢地移到了另外一个名字上。

那是一个名叫"玛卡"的女人的署名。

栾欢在他身上学了不少东西。

在圣保罗，有很多叫"保罗"的男人，也有很多叫"玛卡"的女人。

为了更好地隐藏自己，容允桢住在圣保罗时的名字叫"保罗"，而栾欢住在圣保罗时有一个很大众化的名字——玛卡。

"玛卡，对不起。"圣保罗某公立医院的病房里，男人垂着头对躺在病床上的女人说道，男人的声音充满愧疚。

　　躺在病床上的女人是他的未婚妻，他们两个星期前刚刚订婚，订完婚的第二个周末，他们去看了"南美解放者杯"比赛。事故来得很忽然，凭着本能，他第一时间护住自己的儿子。眨眼之间，男人就看到很多脚从自己未婚妻的背上踩过，她紧紧地护着她的女儿，就像他护着他的儿子一样。

　　此时此刻，站在病床前的男人知道了事态的发展，他知道她并不是因为喜欢他才和他订婚的。她和他订婚最大的原因是她的女儿，那天，那个小家伙骑在他肩膀上咯咯地笑着，笑声要多愉悦就有多愉悦，让小家伙的妈妈不由自主地咧开嘴。

　　几个小时之后，她答应了他的求婚，他给了她承诺："玛卡，我会把栾小花当成我的女儿，我会尽最大的力量去爱她。"

　　可是两个星期后，他的那句承诺在一场突发的踩踏事件中显得那么无力，他永远不会忘记那时她看他的眼神，那眼神充满了失望。于是他知道，他要失去她了。

　　"对我很失望吧？"男人的声音有些艰涩。

　　"现在没有了。"女人淡淡地开口，"我想那都是人的本能，那个时候换成是我，我也会和你一样，所以……"她缓慢地叫着他的名字，"程瑞，不要把这样的事情放在心上。"

　　程瑞心里越发难受了，他是真的很喜欢她，在她的身份是别人的妻子时，他就对她有好感。可他从来不奢望，她的男人优秀得让他不敢多看她一眼，后来他离开洛杉矶来到了圣保罗。

　　之后程瑞也有了自己的女友，那是一位韩国女孩，他和那个女孩相处过一段时间，后来因为性格不合分手了。分手差不多一年后，韩国女孩抱着一个孩子出现他的面前，告诉他孩子是他的。

　　就这样，程瑞带着自己的孩子在圣保罗生活。两年前，程瑞遇到曾经心仪的女人，再次遇见时，她有了新的名字，她叫玛卡，怀里抱着长相可爱的小女孩。

　　程瑞不问她为什么会叫玛卡，他毫不关心，他只要知道她目前是单身就行了。之后程瑞搬到了她家附近，和她做了邻居，他们的到来让她的孩子有了亲密的玩伴。因为这一点，她没有排斥他。一年后，他向她求婚，那时他的求婚还真的让她吓了一大跳。在情感方面，她是有些迟钝的女人，或许应该说，她的敏感和细腻只专属于另外的男人——她爱的男人。

"程瑞，我不会喜欢你。"她的回应很直接。

"我知道。"他笑嘻嘻地说道，"没有关系，我喜欢你就行了。"

在异国他乡，同样的肤色、同样的语言，还有生活习性，让他们如亲人般相处着。两年之后，她答应了他的求婚，为了他们的孩子，两个孩子需要一个正常的家庭。因为他们都来自于那个古老的国度，一些传统一代又一代地传承着，深入了他们的骨髓。

可程瑞的美梦只延续了短短的两个星期。

如果说最初踏进这个房间，程瑞还有那么一点点侥幸的话，那么接下来她的举动让他怀揣着的一点点侥幸烟消云散了。

栾欢摘下了两个星期前他给她戴上的那枚戒指，把戒指推到他的面前。

不需要言语，程瑞就明白了，或许他应该识相地收下，可终究还是有那么一点点念想。

他拿起戒指，把她的手掌摊开，把戒指放到她的掌心上，垂着头，目光落在她的掌心上，唤着那个他已经很久没有唤过的名字："欢，在你还是别人的妻子时，我就已经喜欢上你，为了那份喜欢，你能不能把这个当成纪念品留在你的身边？"

程瑞等来的是她的点头，还有那句"好"。

临离开时，她还告知他她要离开这座城市。

程瑞挤出笑容，和她说"一路顺风"，他隐约猜到她来这里是为了躲避一个人。那个人一定拥有很强的能力，所以从那段视频出现起，她就开始坐立不安。

"栾欢，一路顺风。"程瑞笑着和自己心仪的女人说道。

房门合上，病房重新回归了安静，许久，病床上的女人缓缓地伸手去触摸自己的脸，她有多久没听到有人叫她"栾欢"了？

在这座城市，所有人都叫她"玛卡"，久而久之，她都以为自己要变成住在圣保罗叫"玛卡"的女人了，就像是这座城市熟悉她的人所认知的那样：那是一名年轻的亚洲女人，她是一个单亲妈妈，她有一个三岁半名叫小花的女儿。她还有一家规模很小的艺术中心，她手头宽裕，她表面看着很淡漠，可心肠很好。她让一些热爱画画又交不起学费的孩子免费接受培训，她不喜欢出门，大多时间她都深居简出。

程瑞骤然叫出的那个名字让栾欢发了好一阵子呆，直到手机收到的短信提醒她，她的机票预订成功，栾欢才意识到现在不是发呆的时候。

几天前发生的那次踩踏事故让栾欢不得不住进医院，背部多处骨折，让她无法走动。终于，今天下午在医生的帮助下，她成功走了三百步。在她的计划里，她后天会离开这里，是的，她要离开这里，她要让一个人永远找不到她。

栾欢害怕自己被找到，因为她还做不到忘了他。栾欢想，等她有一天忘记他，她就不躲了。

医生进来警告她，现在的情况还不适合出院。

"好的。"她很配合地回答。

医生走后，栾小花打来电话，声音稚嫩："妈妈，我想您。"

隔着电话，栾欢亲吻了她的小花。

夜幕降临，栾欢的脑子里想着她要怎么从这里溜走。

夜幕更为深沉时，栾欢在半梦半醒中感觉有道灼灼的视线在盯着她，还有一个人的呼吸声和她偶尔会梦到的某种气息。

忽然意识到什么，栾欢想从床上坐起来，由于她的动作太猛，拉扯到她背部的伤口，疼得她大叫起来。

"怎么了？怎么了？"

慌慌张张的声音和她的大叫声同时响起。

想去打开床头灯的手无力地垂落下来——最终还是被他找到了。

与此同时，一只手环住她的腰，那只手在她的腰间停留之后就没有动，另外一只手小心翼翼地放在她的颈部，轻轻一带，就让她的头靠在他的肩膀上。

她的身体落入了那个已然变得陌生的怀抱中。

不太明亮的灯光照着相互拥抱的男女。

他说："你走的第二年我就开始找你，小欢真厉害，你让容允桢一筹莫展，整天只知道干着急，你让我每次都狠狠地大骂那些人是一群饭桶。"

他说："小欢，你知道全北美的私家侦探、寻人机构都在满世界找一个叫

'栾欢'的女人吗？"

他说："小欢，那个时候，那些脚踩在你的身上一定很疼，可我想，那些疼痛即使全部加起来，也不及那个时候我落在你脸上的那个巴掌疼。"

这个午夜，悄然而至的泪水缓缓地从栾欢的眼眶里落下，属于"栾欢"的泪水仿佛只为那个叫"容允桢"的男人而流。

他说："小欢，对不起。"

泪水在这个时候流到了她的嘴角，是海水般咸咸的滋味。

栾欢机械地开口："容允桢，我要睡觉了。"

"嗯。"他温柔地说道，小心翼翼地放平她的身体，借着昏暗的光看着她，眼睛都不眨一下地看着，他的声音透着巨大的喜悦，"欢，我终于找到你了。"

栾欢闭上了眼睛，移动着身体侧躺着。

几分钟之后，另外一具身体小心翼翼地往她的背部贴了上来，他双手环住她的腰，下巴搁在她的头顶。

栾欢一动也不动，任由他的身体紧紧地贴着她的身体。

终于，天空透亮了。

（3）

栾欢站在窄小的卫生间里，久久地望着镜子里的自己，门口站着容允桢带来的人。容允桢去给她办理转院手续了，这期间，栾欢做了一件事，她打电话给程瑞，她和程瑞说："程瑞，我需要你的帮助。"

卫生间外响起脚步走动的声音，脚步声停在卫生间门口，一个声音在试探地叫着："小欢。"

栾欢深深地吸了一口气，她把程瑞给她留作纪念的戒指戴回自己的无名指上，打开门。

站在门外的容允桢看到她，咧开了嘴。她又看到他长长的酒窝，目光从他的脸上移开，栾欢对容允桢说："容允桢，待会儿我会介绍两个人给你认识。"

看着容允桢乱蓬蓬的头发和皱巴巴的衬衫，栾欢在心里叹了一口气，栾小花心目中的爸爸可是天下最好看的男人。

"容允桢，你需要好好地打点一下自己，医院出门左拐有一家理发店，理完头发，你要弄一件像样的衣服。"

容允桢一愣，似乎意识到什么，他嗫动着嘴唇，过来紧紧地拥抱住她，说道："小欢，谢谢你。"

栾小花今天穿上了最漂亮的衣服，她每隔几分钟就问她的保姆："莲娜，我好看吗？"

莲娜不厌其烦地回答："是的，小花是最漂亮的孩子。"

栾小花心满意足地笑了，不久前妈妈来电话了，告诉她一些话，一些她做梦都想听到的话。

程瑞叔叔来接她，她坐在副驾驶座上，唱着她最近学的歌曲，她想要把这首完整的歌曲送给那个人当礼物。

很小的时候，栾小花老是问自己妈妈这样一个问题："妈妈，我们家为什么没有爸爸？是爸爸不要我们吗？"

妈妈回答道："等小花看懂了动画片，我就告诉你。"

后来，栾小花已经可以津津有味地看动画片了，妈妈告诉她："不是爸爸不要我们，而是爸爸和妈妈发现他们不能在一起玩。"

栾小花还是不大明白，妈妈又告诉她："如果爸爸妈妈勉强在一起，就会吵架，吵架吵多了，就会变得不快乐，连同小花也不快乐。"

栾小花有一点点懂了。

那天，妈妈指着报纸上的一个男人，告诉她那个男人是她的爸爸。报纸上的男人让她舍不得移开视线，她偷偷地把报纸上的爸爸介绍给她的朋友们，岁数比她大一些的人都说那个男人是一个大帅哥，栾小花捂着嘴偷笑，笑意蔓延到她的梦里。栾小花总是梦见那样的情景，报纸上的爸爸有一天走到她的面前，他让她坐在他的肩膀上，她在很高的地方看着风景。

栾小花想，她的爸爸终于从报纸上走下来了。

容允桢理发、换衣服用去半个小时，半个小时后他回到医院病房，三分钟后，程瑞拉着栾小花的手敲开了病房的门。

人都到齐了，栾欢指着容允桢，对一脸花痴表情的栾小花说："栾小花，他是你的爸爸。"

栾小花表现出来的蠢样子让栾欢感到头疼，她并没有上演扑上去喜极而泣的相认情景，她就那样捂着嘴偷偷地笑。显然，经过精心打扮的容允桢满足了栾小花的虚荣心，这下，她可以和她的小伙伴们炫耀，她的爸爸比报纸上看到的还要帅。

栾欢无奈地把目光从栾小花的身上移到容允桢的脸上。

即使那个男人心里已经有了某种准备，可近在眼前的小女孩还是让他措手不及。他站在那里，贪婪地看着那个和他一样长着长酒窝的小女孩。

片刻过后，容允桢缓慢地挪动着脚步，走到栾小花的面前，停下，再缓缓地蹲了下来，微笑地凝视着她。

栾小花的手怯怯地去触碰男人脸颊上的酒窝。

"原来你也有酒窝。"

住在报纸上的爸爸没有酒窝，他总是板着脸，好像总是很不开心的模样。

男人的酒窝更深，男人什么话也说不出来，他只是点头，是的，他也有酒窝。

"虽然妈妈没有告诉我，但是我知道有一天您会来见我们，所以我在心里早就准备着，等见到您时，我一定要对您好。"

"爸爸，我会对您好的。"

小女孩充满稚气的声音就像是一记重拳，让蹲在地上的男人一个趔趄，跌倒在地上。

男人就像是漏气的气球，他的手指插进了他的头发里，狠狠地揪着，刚刚很整齐的发型瞬间变乱。

小小的手掌小心翼翼地去触摸男人的头发。

下一秒，一大一小两人就这样紧紧地拥抱在一起。

栾欢抽了抽鼻子，走到程瑞身边，和程瑞一起悄悄地离开房间。栾小花是一个话痨，她一定有很多话和她的爸爸说。

中午，栾欢拒绝了容允桢提出的转院要求，她对他说："容允桢，不需要，我的事情程瑞会负责。"

说完，栾欢拉着程瑞的手。

"容允桢，我好像忘了和你说一件事。"她指着程瑞，迎着容允桢咄咄逼人的目光，"程瑞是我的未婚夫，我们两个星期前订婚了。"

即使在他拿到的资料上显示在她的身边有这么一个男人，还有这么一件事情，可真正从她的口中说出来，还是让他感觉万箭穿心。

不过，容允桢知道现在不是自己用强的时候，他的资源少得可怜。

他的手伸向了程瑞，说了一句"幸会，谢谢程先生这段时间帮我照顾她们母女"。

短短的一句话就让主动伸出手的男人反客为主，他的自信和从容跟他的话配合得淋漓尽致。

程瑞也伸出手："她是我的未婚妻，应该的。"

容允桢在笑，眼神却是冰冷的，而那笑容所呈现的是赤裸裸的嘲讽。

几分钟之后，程瑞接到从他的工作室打来的电话，是急电，他们即将在下个月举行的画展遇到问题了。

程瑞走后，栾欢冷冷地看着容允桢。

容允桢不为所动，在栾小花面前扮演着好爸爸的角色，把栾小花逗得眉开眼笑。

午饭过后，栾小花恋恋不舍地跟着保姆离开了。

病房里只剩下栾欢和容允桢两个人，简陋的条件让容允桢皱起眉头，第N次游说栾欢转院。

栾欢抱着胳膊，看着一直在说话的容允桢。容允桢说话的节奏很快，一些话也语无伦次地重复说着，终于在她的目光下，他垂下头、闭上嘴。

一会儿过后，他的表情变得尴尬，声音有些局促："我刚刚说的好像都是废话。"

说完，他叹了一口气，朝栾欢靠近一点儿，拉起她的手，指引着她的手指去触摸他的掌心。

栾欢在容允桢的手掌心里触碰到满手指的湿意。

他难为情地说道："小欢，你让我紧张，那种紧张就像是情窦初开的男孩面对着自己深爱的女孩。"

"是吗？"栾欢淡淡地说道，"容允桢，这些话如果放在几年前说，或许我会乐开花；这些话如果放在两年前说，我会生气地对你大喊大叫，会嘲笑你，会唾弃你，但这些话放在四年后的现在来说，我能给你的回应是遗憾。容允桢，我这样说，你懂吗？"

容允桢的脸色泛白，他沉默着。

"怎么？容先生听不懂？刚刚我所说的遗憾，是因为你的这些话让我的心里再也没有波澜。"栾欢的声音透着惆怅。

容允桢静静地看着她，栾欢回望着他。

半晌，他微笑起来，他的手掌贴上了她的脸颊："小欢，之前你骗了我那么久，现在怎么还在骗我？好了，我活该被你骗，我也心甘情愿让你骗，那么接下来你告诉我，我需要做什么？小欢，我要不要做一个很生气的表情来配合你？"

栾欢有点儿头疼，容允桢怎么和栾小花一样，很认真地在和她说话时，她总以为栾欢在和她玩，这真不是一个好习惯。

栾欢冷冷地说道："容允桢，我订婚了，如果不相信的话，我可以把那天参加那场订婚典礼的人都叫到你面前。"

"我知道你订婚了，两个星期前，订婚典礼有三十位嘉宾到场。"容允桢轻描淡写地说道，"栾欢，我不在乎你是不是订婚了，我也不在乎你和谁订婚，那对我来说毫无意义。"

"不在乎？毫无意义吗？"栾欢笑了起来，伸出手，戴在无名指上的钻戒流光溢彩，"没有哪个女人会随随便便在无名指上戴男人给她的戒指的，容允桢，你也知道我不是随便的女人。"

戒指反射的光芒从容允桢的眼前闪过，刺得他双目发疼，他只能眯起眼睛躲避那道光芒，他说："它在我的眼里只是一件漂亮的装饰物。"

容允桢的话让栾欢怒极反笑，她摘下了戒指，让容允桢看清楚："容允桢，你看清楚了，戒指上刻着的是L和C，而不是L和R。"

透过戒指，栾欢看到容允桢收敛了一直挂在脸上的笑容，下一秒，他的手伸向了她。眨眼间，戒指从栾欢的手里转移到了容允桢的手里，还没有等栾欢做出任何反应，戒指就从她的眼前飞过，飞向窗外。

栾欢扬起手，等容允桢的手垂下，栾欢的手掌结结实实地甩在容允桢的脸上。

容允桢白皙的脸上印上了五指印，清脆的巴掌声回荡在不大的空间里，又脆又响。

由于用力太猛，拉扯到栾欢背部的伤口，疼得她直吸气，

挨巴掌的人不以为然，他一边检查她的伤口，一边用无奈的口气责怪着她："笨蛋，要打也得伤好了再打，不然吃亏的人是你。"

检查完她的伤口之后，容允桢让她的头靠在他的肩膀上，就像哄孩子一样说道："等你的伤口好了，你想往我的脸上甩多少巴掌都可以。最好在我出席公共场合之前，大家问我脸上是怎么回事，我就告诉他们是孩子的妈妈打的，那时小欢多威风啊。"

容允桢的话刚说完，栾欢就狠狠地推开他。这个男人凭什么和她说这些话？

栾欢忍着疼，把病房里所有能摔的东西都摔了，偏偏容允桢这个时候还冒出这样一句话来。

"你看，你并不是像你说的那样对我没有感觉，生气也是感觉之一。"

栾欢拿起一个玻璃药瓶朝容允桢砸去，容允桢没有躲避，玻璃药瓶直接砸在了他的头上。

从容允桢的头发里渗透出来的血如蚯蚓般淌下，他没有去擦拭脸上的血，只是静静地看着她。这样的容允桢像极了做错事扮可怜的栾小花。

栾欢的目光从容允桢的脸上移开，她转过身背对着容允桢，冷冷地说道："滚！"

容允桢离开了房间，栾欢就像被拔去刺的刺猬，容允桢说得对，生气也是感觉之一。

栾欢比谁都清楚，她生气的背后包含着的是怨恨。

对于一对男女来说，怨恨是危险的。

栾欢默念："不要生气，不要怨恨，不能生气，不能怨恨。"

当晚，栾欢偷偷地溜出病房，离开时，容允桢还在病房的沙发上睡觉。沙发是傍晚时分容允桢让人搬进房间里的，他的意图很明显。对此，栾欢没有做出任何回应。

站在草坪上，栾欢打开手机照明，开始找被容允桢扔出窗外的戒指。程瑞希望她当纪念品保留着，栾欢不能给程瑞爱，但她希望程瑞对她的爱能被尊重。

　　背上的伤让栾欢找寻戒指时显得吃力，沿着戒指可能掉落的地方，栾欢一寸一寸地寻找。也不知道过了多久，栾欢直起腰来，想喘口气时看到了容允桢，他站在几步之遥的地方，路灯的光清楚地照出他面无表情的脸。

　　栾欢没有理他，低下头把注意力集中在草坪上，长时间弯腰让背部的伤口呈现出火辣辣的疼痛状态。栾欢拭去额头上的冷汗，手垂下时，容允桢的声音在她的头顶上响起："你回去，戒指我会找到的。"

　　栾欢依然弯着腰，下一秒，她手中的手机被抢走了。

　　"还给我！"栾欢冷冷地说道，这是继那句"滚"之后对容允桢说的第二句话。

　　"回去！"容允桢的声音比她的声音还要冷。

　　"还给我！"

　　回应栾欢的是沉默，沉默之中，栾欢似乎听到了男人骨节咯咯作响的声音，之后是悠长的叹息声。

　　叹息过后，容允桢声音低哑地说道："你甩在我脸上的巴掌，你打在我头上的玻璃瓶，你的那声'滚'，加起来都不及你在找那个刻有'L.C'的戒指让我难受。"

　　他就像在苦笑着："小欢，我好像受到惩罚了。"

　　就像是没有听到容允桢的话一样，栾欢依然维持着刚刚的姿势和口气："还给我！"

　　话音刚落，她的脚就离开了地面，她被搁在容允桢的肩膀上。容允桢双手环住她的腿，把她带离那片草坪。容允桢的脚步很快，一支烟的工夫，栾欢就回到病房里。

　　容允桢把她放在床上，只对她说了一句话："栾欢，你就在这里给我好好地待着。"

　　说完，他离开了房间，临走时，那扇门合上的声音让栾欢不由自主地捂住耳朵。

　　次日中午，那个刻有"L.C"的戒指重新回到栾欢的手上。把戒指交到她手上的人神色疲惫，眼睛周遭有淡淡的乌青。

　　"我怎么也想不到，有一天我会帮你找你和别的男人的订婚戒指。"

　　栾欢没有理会容允桢，把戒指戴回无名指上。

"不过……"容允桢提高了音量，"我相信过不了多久，我会让你心甘情愿摘下那枚戒指，戴上另一枚刻有"L. R"的戒指。"

（4）

容允桢刚说完，病房的门就被打开，栾小花穿着花裙子，很淑女地来到容允桢面前，毫不认生地叫了一声"爸爸"。

一个下午，栾小花赖着不走，即使栾欢努力不去注意在嬉闹的一大一小两个人，可偶尔她还是会看向那个笑得眼睛都快不见了人，目光会从那深深陷进去的酒窝转移到另外一张脸上，另外一张脸上的长酒窝若隐若现。于是，栾欢变得恍惚，恍惚之后是愤怒，愤怒之后再回归平静。

一个星期之后，医生宣布栾欢可以出院了，出院当天，说会来医院接她的程瑞临时来电话和栾欢说抱歉。这一个星期里，程瑞只来看过栾欢一次，还是深夜来的，匆匆忙忙地来，匆匆忙忙地走。一个月之后他和朋友即将举行的画展让他焦头烂额。

挂断电话后，栾欢对容允桢说："容允桢，够了！"

这一个星期里，在很多人面前容允桢都扮演着好爸爸、好丈夫的角色。栾欢还记得她的一位朋友来看她时露出讶异的表情，说道："原来你已经结婚了。"

看着在收拾东西的容允桢，栾欢努力把自己的语气调整到极为平静的状态："容允桢，你现在的身份是我的前夫。容允桢，我们离婚了，你忘了离婚还是你提出来的，你忘了没有出现的人是你。"

即使容允桢的头低垂着，栾欢还是清楚地看到他的脸色因为自己的话瞬间变得苍白。

拉上布包的拉链，他的手就伸过来握住栾欢的手。

"小欢，给我一次机会。"容允桢说道。

栾欢轻轻地抽出自己的手，一个字一个字艰难地说道："容允桢，你曾经让我望眼欲穿过，我给你的二十四小时过去了，我和自己说：'栾欢，到此为止吧，你应该走了。'可我仍然不死心，或许你正在赶来的路上，只是堵车了。我偷偷地躲起来等你，在我等你的那段时间里，有九千五百四十三人从你应该进来的地方进来。可容允桢，这九千五百四十三人中没有你，然后我哭了，眼泪比任何时候都要多，怎么擦也擦不干。"

说这些话时，栾欢看着容允桢，渐渐地，容允桢的脸宛如水中的倒影，眼泪溢出了她的眼角。

容允桢的手指轻轻地触摸她的眼角，她的视线重新变得清晰。她看到容允桢的那张脸，他的眼眸里有水光，那水光仿佛下一秒就会从眼眶里滑落下来。在即将滑落下来时，又长又密的睫毛抖了抖，他垂下眼帘，声音透着一丝痛楚："小欢，是我的错。"

"我和你说那些不是在追究谁对谁错。容允桢，女人和男人的心理结构不一样，一些男人认为可以一笑置之的事情，有时候恰恰是女人心里一道永远也迈不过去的坎，那叫伤害。

"容允桢，刚刚我和你说那些话，主要目的是想告诉你，我比谁都清楚，经历了那样的事情后，我和你已经……"

停在她眼角的手快速滑落，捂住栾欢的嘴，让她没有机会把剩下的话说完。

那一刻，她太过平淡的口气让容允桢的心里涌起了巨大的恐惧，她把她的悲伤说得就像是别人的悲伤，用说别人事情的语气说着："我比谁都清楚，在经历了那样的事情后，我和你已经……"

意识到她接下来要说什么，心里巨大的恐惧促使容允桢做出捂住她的嘴的动作，让她再也说不出那些话来。

这一刻，容允桢感觉回到了多年前，被告知他再也见不到他妈妈的孩童时期，惊慌失措。

她看着他，眼神好像在告诉他：即使你捂住了耳朵，那串被你拨动的铃铛依然会响，你听不到，可别人都听到了。"

他的手无力地从她的脸上滑落，容允桢说了一句："我们回家。"

此时此刻，容允桢的脑海里回想的是他来圣保罗之前他爸爸说的话："允桢，以小欢的性格，你要挽回她应该很难，如果你从孩子身上下手，效果会更好！"

栾欢回到家里，明白了容允桢说的那句"我们回家"的意思。用较为形象的说法来说，她感觉自己现在变成了一块夹心饼干，她住的地方右边挨着程瑞，而距离一墙之隔的左边住着容允桢。

知道情况之后，栾欢很想去揪住容允桢的衣领，大声吼道："容允桢，你想干吗？"

因为和容允桢握在一起的那只小手，以及那张小小的带着期待的脸庞，她抑制住想冲上去的冲动。

小花是个乖巧的孩子，明明年纪那么小，可是什么都懂。曾经，她指着电视上一家三口的画面问栾欢，为什么她们家只有两个人。那天晚上，栾欢也不知道怎么了，眼泪落了下来，那个孩子就用小小的手为她擦掉泪水，很认真地亲吻了她的额头，仿佛在做着某种承诺。

从那一天起，栾小花再也没有问过她"为什么我们家只有两个人"这样的问题。

栾欢深深地吸了一口气，松开紧紧握住的手，在心里默念：不要生气，不要怨恨，不能生气，不能怨恨。

那天晚上，栾欢和容允桢说过这样的话："容允桢，我会让你看清楚一些事实，我希望你不要去逃避你看到的事实。有一天你会意识到，你再也没有住在这里的必要。"

正在检查她家的防火设备的容允桢转过头来，对着栾欢笑了笑。

这样的情况一直在延续着，一个月过去了，半年过去了，容允桢依然没有半点儿搬家的念头。即使栾欢对容允桢的出现做了冷处理，不和他搭话，不对他生气，从不表达她的不满。偶尔她心情好时，会像普通邻居一样和他点头打招呼，更多的时候她会把他当空气。

对于栾欢的表现，容允桢不为所动，他和她过着相同的生活。大多时候容允桢都在她所能看到的地方，早上她打开门，通常会看到容允桢站在她家门口，用栾小花最喜欢的手势和她们打招呼，于是栾小花朝容允桢扑过去，再之后，一起把栾小花送到儿童中心就变成了顺其自然的事情。

栾欢出超市门口时也经常会碰到容允桢，即使她冷着一张脸，他还是会来接过她手中的购物袋。最初，栾欢当着容允桢的面把购物袋摔在地上，容允桢也不生气，只是当栾欢回到家半个小时之后，她会收到来自超市的包裹，里面的东西和被她摔掉的东西一样不差。类似这样的事情，在这半年里一直在栾欢的周围发生，容允桢总是有他的办法。

曾经，栾欢很多次故意把戴着订婚戒指的手在容允桢面前晃动，以此来告诉他，她现在的身份是别人的未婚妻，可效果好像并不理想。容允桢置若罔闻，而挂着栾欢未婚夫头衔的程瑞，在这半年里可谓是霉运连连。虽说他和他朋友的画展成功举行了，可半年来，他和朋友合开的工作室遭遇到了各种各样的麻烦事。极少见到程瑞的时间里，栾欢看到的都是他疲惫的样子，于是栾欢打消了让程瑞帮自己的念头。程瑞就像住在这片区域的普通人群一样，面临着各种各样的生活压力。

栾欢住在圣保罗西南方的区域，这片区域大多住的是中下层阶级的人。这里的人一个月的工资刚好够付房贷，如果每个月的月末他们去看一场球赛的话，就需要他们在周末加班。巴西是一个足球国度，为了拿到圣保罗俱乐部的入场门票，他们心甘情愿在每一个周末工作，所以，住在这里的人们一天到晚都在工作，而容允桢成了这片区域让人羡慕的人。这个叫保罗的男人不需要工作，有大把的时间对一个女人死缠烂打。这半年里，偶尔也有人盯着容允桢的脸说出这样的话："保罗先生，你很像一个人。"

这个时候，容允桢会一本正经地回答："没错，我就是你们说的那个人。"

那些人所说的"那个人"指的是在巴西拥有大片土地、叫"容允桢"的亚洲男人。因为那个买走他们土地的亚洲男人并没有和其他外来的资本家那样唯利是图，他把他所拥有的土地空出了若干用来修建足球场，他承诺，他所修建的球场永远免费开放。正因为如此，巴西人很喜欢他，只是那位先生不爱露面。

那些提出疑问的人得到容允桢这样的回答时，都会一哄而散。他们压根不相信那位容先生会为了一个姑娘住进这里，在他们眼里，住在这里长得像容允桢的男人只是一个有钱的花花公子。

随着容允桢逐渐融入这片区域，栾欢开始坐不住了，栾小花越来越依赖容允桢了。

最初，栾欢以为容允桢耗不起时间，可这半年里，容允桢用实际行动告诉栾欢，他可以和她耗时间。这半年里，亚东集团官网宣布集团一系列的事务由前集团主席代理，这期间不断传出高管跳槽到亚东集团的消息。随着这些消息一一被证实，亚东集团的股票稳步上涨，这样的讯息也代表着无需容允桢操心工作上的事情。

栾欢开始计划着离开圣保罗，她知道容允桢出现之后，她要离开并不是一件容易的事情，可她还是想试试。

年末，容允桢出现之后的第七个月。这一天深夜，圣保罗下起了倾盆大雨，倾盆大雨中夹杂着雷电，雷电破坏了附近的通信设备，突然高烧的栾小花让栾欢六神无主。她披上了雨衣，把栾小花紧紧地搂在怀里。一直喊着"妈妈，我难受"的栾小花让她现在什么事也做不了，她现在需要一名司机，往右是程瑞，往左是容允桢。栾小花越发微弱的声音迫使栾欢按下了容允桢家的门铃。

"允桢，小花从来不生病的，可是怎么办？现在小花生病了。"栾欢对来开门的男人说道。

男人伸手把她和栾小花搂在了怀里，说道："接下来的事情全部交给我。"

这是一个让栾欢措手不及又糊里糊涂的晚上，第一次，她感觉自己并没有想象中的那般强大。

容允桢开着车在雨夜中穿行，每一次，闪电撕开夜空都让她瑟瑟发抖，仿佛这辆在黑夜中行驶的车怎么也到不了医院。

开着车的男人平静地告诉她："小欢，把眼睛闭上，我答应你，当你再次睁开眼睛时，我们就到了医院。"

"容允桢，你说明天小花还会叫我妈妈吗？"栾欢颤抖着声音问道，栾小花已经有一段时间不说话了，怎么叫她，她都没有回应。

对于死亡，栾欢是恐惧的，她妈妈离开她也就是眨眼间。她睡眼惺忪地打开门，那些人告诉她，她妈妈死了。

"当然，而且我可以向你保证，明天会是小花喜欢的好天气。"他空出一只手，贴在她的手背上。

这个时候，那只贴在她手背上的手有着让人信服的力量，栾欢闭上了眼睛，巨大的雷声在车顶不停地响着。

就像是容允桢说的那样，她再睁开眼睛时，他们的车子已经到了医院。就像是容允桢所保证的那样，第二天是栾小花喜欢的出太阳的好天气。

在阳光充足的正午，栾小花用她的手挠了挠栾欢的手掌心，话说得老气横秋："妈妈，您被我吓坏了吧？"

"是啊，栾小花把妈妈吓坏了。"栾欢喃喃地说道。

栾小花冲着栾欢身后的人笑道："爸爸，谢谢您。"

这还是栾小花从容允桢成为她们邻居之后第一次当着栾欢的面叫他爸爸，已经年满四岁的孩子有着敏感的心思，所以她不在栾欢面前叫容允桢爸爸。倒是好几次，栾欢在无意中听到栾小花叫容允桢爸爸，那声"爸爸"叫得又甜又脆。

栾小花叫完"爸爸"后想起什么，她避开了栾欢的目光。栾欢握住栾小花的手，小家伙这才如释重负地笑了。

被叫"爸爸"的人在身后回答："小花是个乖孩子，我猜你是怕妈妈害怕，所以一直在努力睁开眼睛，对吧？"

被说中心思的栾小花躲到被子里了。

栾欢回过头去看容允桢，刚刚容允桢说话时嗓音嘶哑，从昨晚栾欢按下他家的门铃开始，他就没有休息过。

容允桢身上穿着昨晚的衣服，那衣服还是湿的，栾欢心里叹了一口气。容允桢一早就给自己带来了衣服，他催促她换下湿衣服，倒是忘了换下他自己的衣服了。

当晚，栾小花办理了出院手续，这一晚，栾小花躺在了栾欢的怀里，和她撒娇。

"妈妈，您能对爸爸好点儿吗？妈妈，我观察了好久，发现了一件事情，您笑的时候，爸爸就跟着您笑。您笑的时间只是一小会儿，可爸爸笑的时间是好长一会儿。妈妈，您知不知道，您皱眉的时候爸爸都在心里偷偷叹气。妈妈，您不要不相信，我真的听到爸爸在心里叹气的声音……"

（5）

在很多姑娘眼里，住在半山腰的那个叫玛卡的中国女人是一个幸运儿，她有一个不错的未婚夫，还有相貌、身材都是世界级的追求者。在那些姑娘的眼里，那个中国女人的表现有点儿欠揍，她戴着一个男人送的戒指，又和另一个男人搞暧昧，表面是这样的，可只有栾欢知道这背后又有多少暗涌，这些暗涌都来自于容允桢。他把她的生活圈变成一个无形的笼子，她给谁打过电话他都知道，包括她给那个叫卢西奥的巴西男人打电话他都知道。卢西奥是典型的拿钱办事的人，栾欢第一次打通了卢西奥的手机号，第二次她就没有打通那个手机号，至此，栾欢知道她的第一次出逃计划泡汤了。在暗中进行的事情，栾欢相信容允桢知道，只是她和他都故意装作不知道。

日子在风平浪静的氛围里过去，圣诞节过去，新年来临，一月末，容允桢住到这里刚好满一年。

一月份的周末，栾欢以程瑞未婚妻的身份和他一起参加他朋友的婚礼，栾欢告诉程瑞，她会在二月中旬离开巴西。二月中旬最后三天是巴西狂欢节，栾欢采用传递字条的方式花了一万美元拟定离开圣保罗的计划。栾欢会借着带栾小花去参加狂欢节的机会离开圣保罗。

回家的路上，微醺的程瑞把她抱在怀里，他什么话也没有说，只是亲吻她的发鬓。栾欢没有躲开，这是属于她和程瑞的告别仪式。

程瑞的唇刚刚触及她的发鬓，一个拳头便朝程瑞的头上砸去。程瑞一个踉跄，手松开了。第二次拳头过来时，栾欢挡在程瑞的面前，拳头收住，她的眼睫毛几乎要触到原本挥向程瑞的拳头。

栾欢对想还手的程瑞说道："程瑞，你回去，我不想明天听到两个男人为我大打出手的闲话，在这里，我的名声已经很糟糕了。"

程瑞离开之后，狭小的巷子里就只剩下栾欢和容允桢两个人。容允桢身上有酒味和烟草味，小巷不太明亮的灯光照出容允桢阴郁的神情，他恶狠狠地盯着她，栾欢回望着容允桢。

容允桢说："在你陪他参加婚礼的这一个半小时里，我喝了半瓶酒，抽了十三根烟。"

喝了半瓶酒的男人也不再装大度了，他口无遮拦道："在这一个半小时里，我告诉自己，以后再也不会让你待在他身边，哪怕一分钟也不许。"

栾欢淡淡地说道："容允桢，我猜你刚刚打程瑞的那一拳一定不轻，所以我明天会陪程瑞去医院验伤，我会作为目击者和程瑞一起到警察局录口供。"

栾欢的话惹得容允桢发笑，他笑着捏住她的下巴："怎么？心疼了？"

"当然！"栾欢咬着牙，朝容允桢微笑，"他是我的未婚夫。"

被捏住的下巴因为她那句"未婚夫"，仿佛要碎裂似的。

阴郁的神情转变成浓浓的嘲讽，容允桢嗤笑道："知道我是怎么看待你和程瑞的未婚夫妻关系吗？听过'过家家'吧？嗯？"

"不是过家家，容允桢。"疼痛使得栾欢不断吸气。

"你一直强调的未婚夫妻关系就是过家家，而程瑞在我眼里充其量也只是一个傀儡，一只陪着你玩的小猫小狗。他能陪你玩多久，就要看我的忍耐力。"容允桢说道。

这个狂妄的男人！

"容允桢！"栾欢一字一句地说道，"我们拭目以待！"

"拭目以待？"容允桢的笑声越发轻蔑，"你是指有一天你会和他结婚吗？栾欢，有一件事情我要告诉你，如果你敢动一丝和程瑞结婚的念头，我会向法院提出诉讼。我不能让我的女儿有一个有暴力倾向的继父，我会让程瑞的前女友出庭作证，说出在她和他交往期间她所遭受的虐待。不需要担心没有证据，只要我想，不需要我动任何心思，自然会出现大量的证据。小欢，不要把我这些话当成玩笑。"

栾欢当然不敢把容允桢的这些话当成是玩笑，她知道这个男人绝对有那样的实力。

这个时候，栾欢想推开容允桢的脸，无名指上的戒指从容允桢的脸上滑过，在他的鼻梁上划出一道痕迹。戴着戒指的那只手被抓住，他强行从她的手上摘下戒指，高高地抛起。钻石的光芒在夜空中画出了一道如流星般的弧线，然后坠落。

"这次我不会去捡回来，那玩意让我烦透了。"容允桢恶狠狠地警告道，"栾欢，你给我听着，我不想再看到你傻乎乎地去找那见鬼的戒指。如果让我看到的话，我会立刻向法院申请小花的抚养权。"

终于，容允桢把念头动到小花身上，那是栾欢的软肋。被揪住软肋的栾欢开始瑟瑟发抖，她向后面退去，让自己的背部紧紧地贴着墙，想以此来支撑自己，让自己有力量把口水狠狠地吐到容允桢的脸上。

可最终她说道："容允桢，你放过我们吧。"

在栾欢的理解里，那句"我们"是指她和栾小花两个人，可这一刻，那句"我们"在那个被酒精支配的男人的耳朵里变成了三个人，第三个人是程瑞。

容允桢低下头，狠狠地吻住她的唇。

仿佛过了一个世纪那么久，他放开她，低着头观察着她。栾欢抬起头去看容允桢，眼神仿佛在说：看吧，容允桢。

栾欢说道："容允桢，有没有感觉到你刚刚吻的是冰冷的机器？"

捏住她下巴的手滑落，向左，巨大的拳风从栾欢的耳边吹过，转瞬间传来了玻璃碎裂的声响。

容允桢用拳头打碎了挂在墙上的公共电话箱。

又是本能，又是该死的本能，该死的本能促使着栾欢第一时间去捧住容允桢的手。

她捧住他的手时，容允桢在她的耳边轻笑出声，说道："小欢，一点儿都不疼，相反，我很高兴，因为我知道你还在关心我。"

栾欢触电般地放开容允桢的手，喃喃地说道："容允桢，你是一个疯子……"

栾欢拉上房间的窗帘，此时此刻容允桢就站在她的房间外。在栾欢的想象中，容允桢现在是笑着的，笑得和栾小花一模一样。

背靠在墙上，栾欢有种心力交瘁的感觉，只有她知道，在那个小巷里她用了多大的力气，才没有在容允桢吻住她时去环住他的腰。

如果说因为栾小花对圣保罗依然恋恋不舍，所以栾欢对离开圣保罗的计划产生了一丝犹豫，那么随着二月初洛媒爆出号称是重磅炸弹的新闻，那丝犹豫也烟消云散了。

二月初的第一个周一，洛杉矶各大媒体集体刊登容允桢和前妻复合的消息，在醒目的标题下，还配着栾欢和容允桢出现在圣保罗街道的照片。让栾欢心急如焚的是，她和容允桢在一起的画面上还出现了栾小花。栾小花笑得很开心，一些人也从画面中推断出那个有着和容允桢一模一样的长酒窝的小女孩是容允桢的孩子，也就是说栾小花的存在暴露在世人面前了。

容允桢是谁？容允桢的孩子将会遭遇到什么？栾欢比谁都清楚。

这个周一，栾欢拿着报纸推开容允桢家的门，显然，容允桢比她更早得知这个消息。

栾欢一进入容允桢的家，就感受到了那种严峻的气氛。容允桢正在打电话，不大的房间里站着数十位身材强壮的男人。

栾欢站在那里等着容允桢打电话，容允桢的通话内容大约是说他不想看到关于他私事的报道。

等容允桢讲完电话，栾欢扬起手，当着那些人的面狠狠地甩了容允桢一个巴掌。此时此刻，她知道自己是蛮不讲理的女人，她把这一年来的怨恨借着这一巴掌发泄出来。

栾欢指着容允桢说道："容允桢，我猜你是故意让那些人知道的，怎么？不耐烦了？耗不起时间了？"

那些人低着头离开，房间里就只剩下栾欢和容允桢。容允桢背光站着，表情都隐藏在阴影里。

栾欢昂着头，她知道她有些不可理喻，只是这个早晨，栾小花呼呼大睡的模样让栾欢觉得揪心。

"容允桢，你知道我为什么给她取名小花吗？我希望我的孩子平凡普通，像很多孩子一样单纯地长大，可你的出现把这一切都变成了泡影，都是你……"

这个早上，栾欢说了很多恶毒的话，就像是泼妇一样骂着容允桢。她看着容允桢，因为她的那些话，他的眼神越来越暗淡。

她骂累了，容允桢让她靠在他的肩膀上，说："小欢，对不起，我没有做过那样的事情。"

是的，栾欢知道容允桢不会做出那样的事情，她只是慌张，是那种无处宣泄的慌张。她想起了眼角长着泪痣、怎么也叫不醒的安琪。

栾欢想起几天之后的巴西狂欢节，那些人告诉她，她大约有百分之四十的机会离开圣保罗，因为她想摆脱的男人是容允桢。现在，栾欢有着极为清醒的意识，她必须把百分之四十的机会提升到百分之百，她现在需要做的是顺水推舟。

她的手缓缓地环上了容允桢的腰，表现得就像是六神无主的母亲，嘴里说着无助的话："容允桢，我很难过，我不想小花变成那种出入有汽车接送，去游乐园时后面跟着一大堆保镖的孩子。"

他的手掌放在她的头上，温柔而又坚定地说道："不会的，小欢，我向你保证不会一直那样，你要相信我。"

栾欢点了点头："允桢，刚刚那些骂你的话是因为我很害怕，我怕小花……"

"嘘！"容允桢轻声说道，"小欢，你什么也不需要担心，我们的小花会像你希望的那样成长，我发誓！"

几个月之后，栾欢一直在想，如果当时她能相信容允桢，那该多好！

关于容允桢的新闻在几个小时之后消失了，当晚，栾欢躺在容允桢的怀里。容允桢告诉她接下来的计划，容允桢希望越快离开圣保罗越好。

圣保罗乃至整个巴西的治安环境一直是一个顽疾，在这里什么事情都会发生。

栾欢安静地听着，最后她说道："允桢，我们能不能等狂欢节后再走？我答应小花今年带她参加狂欢节。"

听到她的话，容允桢捧着她的脸，看着她的眼睛。

栾欢回望着他，之后看到容允桢点头了。

容允桢把栾欢送到家门口，在昏黄的灯光下，栾欢踮起脚亲吻容允桢的唇。

对不起，容允桢，又一次欺骗了你，再见了，容允桢！

次日，一切都按照栾欢所想的进行着，两辆黑色房车把栾欢和栾小花送到广场。

容允桢的肩膀上坐着栾小花，他空出一只手握住栾欢的手，他们身后站着数十名保镖。广场上人挨着人，在圣保罗文化官员的宣布下，一年一度的巴西狂欢节即将开始。人们大声欢呼，坐在爸爸肩膀上的栾小花兴奋地跟着广场上的人手舞足蹈。

栾欢也挥舞着黄蓝小旗，跟随着载歌载舞的人群，沿着狂欢节的路线走动。终于能坐在爸爸的肩膀上看风景的栾小花咧开嘴，咯咯地笑着，那笑声让栾欢不忍心听。

经过弯道，栾欢扯着容允桢的衣角，指着路边的煎饼摊，说道："容允桢，我饿了。"

为了表现得逼真，栾欢早上没有吃早餐，此时此刻她所呈现出来的状态就是被饿坏了。

容允桢的脸朝她凑近，栾欢的脸颊微微泛红。

她泛红的脸颊在那个男人的眼里是另一种意思，孩子妈妈真的是饿了，不信，她的肚子都在打鼓呢。

栾欢如愿以偿地从容允桢的手里接过栾小花。

把栾小花交到栾欢手上后，容允桢眼里满是溺爱，说道："还是玉米味，外加一个煎蛋？"

栾欢点头说道："还是玉米味，外加一个煎蛋！"

若干年前，她和他也来过这个地方，站在这个街角，身上没有带钱的她用她的吻和容允桢换来一个玉米饼外加一个煎蛋。

突如其来的泪水溢满了她的眼眶，泪眼蒙眬中，栾欢目送容允桢拨开人群走向对面。在街道中央，他停了下来，回过头。

栾欢对着他挥手，他对她微笑，笑容和得到嘉奖时的栾小花一模一样。

停在半空中的手垂落下来，容允桢转过头，栾欢的手更紧地握住栾小花的手，看向一个地方，对着站在西北方向的男人点头。

接下来的一分半钟，栾欢完成计划中的所有事情。在那个男人的指示下，和她身材差不多、穿得和她一模一样的女人，借着人群的掩护取代栾欢站着的位置。换位的瞬间，栾欢从另外一个人手上接过假发和面具，低下头戴上了假发，把面具戴在栾小花的脸上。

之后，栾欢迅速在自己的脸上涂上油彩，拉着栾小花的手转身往回走。就这样，她和容允桢的那些保镖擦肩而过。

十步，一百步，一千步，栾欢记不清自己和多少人擦肩而过，她一手拉着栾小花，一手拿着手机和那个男人保持联络。

按照男人指定的路线，终于，栾欢看到那辆停在角落的车，那是将带着她们离开圣保罗的车。栾欢松了一口气，低下头想说一些逗栾小花高兴的话。

这一低头，栾欢魂飞魄散，那句"小花"硬生生地卡在喉咙里。她手里牵着的不是栾小花，取代栾小花的赫然是一个身高和栾小花差不多的陌生女孩。

舔着冰激凌的女孩告诉栾欢，不久前有一个女人买了冰激凌给她，让她按照那个女人说的那样做。

那天，圣保罗的天空湛蓝得让栾欢头晕目眩，她瘫倒在地上，看着空空如也的手发呆。

那被涂成绿色的眼睫毛在她的眼前不停地扇动着，栾小花不见了，怎么回事？小花不见了……

尾声 许你一世花开 ♥
E P I L O G U E

身材修长的男人在宛如海市蜃楼的迷幻场景中朝她狂奔而来，在她面前停下，紧紧地抱着她。

真傻，为什么她要逃跑呢？如果不逃跑的话，小花还在那个人的肩膀上看风景。

栾欢对容允桢说道："允桢，小花不见了，我把小花弄丢了。"

男人淡淡地应答："嗯，知道了，小欢，别怕，我会把小花找回来的。"

说完，容允桢的手机响了。

挂了电话，容允桢把栾欢从地上抱起来。栾欢紧紧地揪住容允桢的衬衫，什么话也说不出来。

容允桢低下头，一字一句地说道："我们回家，你太累了，你需要好好睡一觉。我保证，等你一觉醒来，你会看到小花，看到一根头发都没有少的栾小花。"

打容允桢电话的是来自意大利最令人闻风丧胆的帮会，那些人永远只为钱服务。那些人受雇于某一个人，绑架了栾小花，其绑架目的不明，他们唯一的要求是见容允桢，他们要容允桢孤身赴约。

栾欢被容允桢带回了戒备森严的别院，她被带到一个单独的房间，容允桢让两个穿着某著名雇佣公司工作服的女人看住她。

透过门板，栾欢听到外面有人不停走动的声音，那些脚步声中还混合着男人们的窃窃私语声。栾欢想听清楚说话的内容，可她什么也听不到。

容允桢打开房门进来时，栾欢正揪着自己的头发。

他走过去，拿下她的手，他的手托住她的后脑勺，让她的脸埋在他的怀里，他说："小欢，即使不是你，小花也会被弄丢的。不过，也没有什么大不了的，我最终都会把她找回来。"

"真的会找回来吗？"栾欢木然地问道。

"当然，我现在就要去把小花找回来。"容允桢口气轻松地说道。

不是说容家的人不接受任何谈判吗？在他们举行婚礼前，容允桢的话言犹在耳。栾欢的脸离开容允桢的怀抱，细细地去观察他的脸。容允桢脸上所呈现出来的是云淡风轻，就像那些人只是在和他玩一场捉迷藏的游戏一样。

"小欢。"容允桢叫她时就像在哄着小猫小狗，"听我说，现在你要做的就是好好睡一觉，等你醒来，我保证你会见到栾小花。"

栾欢摇了摇头，她怎么可能睡得着？

栾欢死死地盯着容允桢，说道："带上我！"

容允桢摇了摇头。

"允桢，我做不到，我要和你一起去找小花。"栾欢半跪在床上，手紧紧地揪着容允桢的衣领。

容允桢低下头看了看她的手，缓缓地说道："小欢，你要听话！"

容允桢的话音刚落，房门再次被打开。看清楚进来的人后，栾欢的心在不断往下坠落，她开始求容允桢："允桢，求你，不要……"

容允桢拉下揪住他衣领的手，那两个人同时按住栾欢，戴着手套的女人从医药箱里取出了针筒。

那些人给她强行注射镇静剂时，自始至终栾欢都死死地盯着容允桢，自始至终容允桢的脸都转向另外一边。

做完他们应该做的事情，那些人离开了房间，容允桢来到床前，看着她，低下头吻在她的额头上。

容允桢想离开时，栾欢用尽所有力气去拉容允桢的衣摆，对着他的背影，她艰难地开口："容允桢，现在轮到你给我听着，如果……如果你让栾小花少一根头发的话，你将永远得不到我的原谅。"

她的话让他停下了脚步，镇静剂开始发挥它的威力，栾欢的手缓缓垂落。容允桢没有回头，走向房门的背影模糊不清。

之后，栾欢很多次这样想，如果那个时候她亲吻他的嘴唇，和他说"允桢，我会在家等你"，如果那时她那样说该多好。

房门被轻轻地带上，眼皮变得沉重如山，栾欢用尽全力抵抗着睡意，模糊的意识中，有汽车远去的声音，房间外依然有很多人来回走动的声响。

黑夜来临了，圣保罗夜空上的星星开始闪烁，蓝色的曙光撕破了厚厚的夜幕，太阳冲出云层，释放出万丈光芒，那光芒刺得她眼睛疼。

小小的声音稚嫩且纯真，唤着："妈妈。"

曾经有一个男人告诉过她：小欢，你醒来时就可以见到小花，我保证！

栾欢吃力地睁开重重的眼皮。

第二声"妈妈"响起，小小的手指在触摸着她的脸颊，那个声音很着急地说着："妈妈，您快醒来。"

那是小花的声音，栾欢用力睁开眼睛。

模糊的场景中，一大一小两个身影就像倒映在波光粼粼的湖面上。栾欢努力睁大眼睛，面前的影像逐渐清晰，她的意识也恢复了，也不知道从哪里生出来的力量，她从床上一下子坐起来。

定了定神，栾欢去触摸面前那张小小的脸。

当触摸到那张脸上温热的泪水时，栾欢松了一口气。那口气还没有落下，栾欢的心又开始揪起来，大片鲜红的血染红了栾小花白色的衣服。

那红色血印刺得栾欢眼睛生疼，她抬起头，脸对着容允桢，在一片混沌的意识中，对容允桢脱口而出："容允桢，你不是说不会让栾小花少一根头发吗？"

栾小花"哇"的一声大哭起来，她的声音充满了责怪："妈妈，不要对爸爸那么凶，那些血是爸爸的血。"

什么是爸爸的血？栾小花到底在说什么？

栾欢木然地看着容允桢，他不是好好的吗？你看，他还在对着她傻乎乎地笑，只是他的脸色比平常更白而已，还有他的唇色也比平常白一点儿，确切说是惨白。

她的目光从容允桢的唇上移开，无意识地停在他胸前，他的胸前有一块印记，深色的衣服让那块印记看起来就像是水渍。栾欢伸手去摸，手指触及的是湿漉漉的东西。

收回手，栾欢看到手掌心沾满了红色的液体。

"本来我想换件衣服再来看你，可我……"容允桢的声音显得极小，好像每从他口中吐出一个字都需要很大的力气似的。

"允桢……"

栾欢看着手掌，喃喃地说着。

此时此刻，临近正午，房间一片亮堂，有一片阴影正在缓缓地朝她移过来。

栾欢下意识地伸出双手。

下一秒，她和他的身体重重地砸在了床上。

栾欢有些茫然，她不明白发生了什么，她环住了容允桢的腰，叫他："允桢。"

"嗯。"他回答着，他的声音变得更小了，小得就像是秋天的叶子在叹息，"我本来想换件衣服再来看你的，可我怕换完衣服之后再也没有办法来看你。"

他的手摸索着找到她的手掌，他的手指在她的手掌心上写字，一笔一画地写着。他在她的手掌上写了三个字，低声问她："小欢，你读懂了吗？"

是的，她读懂了。

栾欢侧过脸亲吻着他的太阳穴，她说："允桢，我懂。允桢，我也爱你。"

栾欢温柔地环住那具正在颤抖的身体，对他说："允桢，我妈妈离开了我，索菲亚也离开了我，你不能再离开我了，知道吗？"

"知道！"

"你保证你不会离开我。"

"我保证，容允桢不会离开栾……欢！"

那个时候，栾欢想，为什么不原谅他呢？为什么不在他出现时主动伸出手，让他牢牢地握住她的手呢？

三天后，栾欢第一次走进无菌病房，她对安静地躺在床上的容允桢说："容允桢，你是个骗子。"

是的，容允桢是一个骗子，他和她说的最后一句话是："小欢，我一会儿就好，我保证一会儿就好起来。"

骗子，容允桢没有一会儿就好起来，而且医生告诉栾欢，可能容允桢一直都好不了。

有过几个这样的案例，对麻药免疫的人在经历大手术时，因为难以抵抗疼痛而自动屏蔽脑意识功能。自动屏蔽脑意识功能可以抗拒生理上的疼痛，但这样造成的后果就是长时间和外界断开联系，类似于进入脑死状态。年少时容允桢做过一种手术，手术过后容允桢就开始对麻药免疫。

那几个案例中只有一个人在八十九天之后醒来，剩下的，有的现在依然处于昏迷状态，其中一位去年执行了安乐死。

栾欢低头看着容允桢，就像那时她在那个水晶房间看到的容安琪一样，容允桢也像是在睡觉。

应该很累吧，一个人从很多人手中带回了栾小花。

栾欢在容允桢的耳边低声说道："允桢，我猜你现在一定很累，那么你就好好休息，等休息好了，你一定要回到我身边，听到了吗？"

离开无菌室，走廊上很安静，栾欢蜷缩在角落里，捂住嘴，不敢让自己哭出声。

容允桢一定很疼，那颗射进他身体的子弹把他折磨坏了。

成功从那些人手中带回栾小花的容允桢，在开着车回家的途中遭遇了那些人的疯狂堵截。有人爬到他的车顶，对着车里射击。容允桢用他的身体护住栾小花，有两颗子弹分别射中他的小腿和胸膛，射进他胸膛的那颗子弹距离他的心脏只有三厘米，幸好那个时候容允桢的人赶到了。

医生告诉栾欢，她可以效仿在第八十九天醒来的病患案例，那位病患是一位钢琴师，他陷入昏迷期间，他的女儿每天早上都会弹钢琴。一般早上是思想最为活跃的时候，钢琴师的女儿孜孜不倦地弹奏着父亲喜欢的钢琴曲，终于，在第八十九天，女儿完成她的钢琴曲时，回头看到自己父亲溢满泪水的双眼。

闭上眼睛，栾欢好像听到那位女儿的钢琴声。她深深地吸了一口气，站起来，挺直脊梁来到容耀辉面前，深深地鞠躬："爸爸，请把允桢交给我。"

从这一刻起，栾欢开始和时间赛跑。医生告诉她，一名陷入昏迷的病患最佳状态出现在头三个月，这三个月，病患和外界会出现一种潜意识联系形态，他的潜意识会接收外界的声像。

从这一天起，栾欢每天很早就起来，她化了淡妆，穿上了典雅的衣服，她的小花问她："妈妈，您这是要去哪里？"

"妈妈要到教堂去祈祷，祈祷小花越来越漂亮，祈祷小花的爸爸快点儿忙完工作接我们回家。"栾欢亲吻着睡眼惺忪的孩子。

"嗯。"栾小花乖巧地点头。

一向都不骗人的妈妈告诉小花，说爸爸的公司出了点儿事需要他去解决，三个月之后爸爸就会回来接她们回家。栾小花坚信，三个月后，爸爸一定会接她和妈妈回家，然后就像妈妈说的那样，每一个周末都像别的孩子一样一家三口一起去游乐场。

四月一号，容允桢昏迷的第十三天，在西方，十三是不吉利的数字。这一天，圣保罗的天空布满了阴霾，栾欢穿着桃红色的小礼服，她一边给容允桢擦脸，一边问他："允桢，我今天的衣服漂亮吗？允桢，你知道吗？这一路上很多男人都在偷偷地看我。"

五月一号，容允桢昏迷的第三十三天，这一天圣保罗有万丈日光，栾欢把用手机拍的日出照片放到容允桢面前，对他说："对不起，允桢，我今天迟到了三分钟，你一定等得不耐烦了。允桢，今天的日出美极了，我光顾看了，所以才会迟到。"

六月一号，容允桢昏迷第六十三天，栾欢穿着印有国际妇女联合会标志的T恤，她对容允桢说："允桢，我今天要提前五分钟离开。允桢，今天是儿童节，待会儿我会和小花一起去买礼物，和孤儿院的孩子一起玩。允桢，我们的小花很棒，她把偷偷存的零花钱全部交到我的手上，她说'妈妈，我也要给小朋友们买礼物'。"

六月二十一号，容允桢昏迷的第八十三天，栾欢坐在容允桢的床前给他读《太阳照常升起》。清晨的日光从西南方向投射进来，落在容允桢修长白皙的手指上。

栾欢放下书，缓缓地把脸贴在容允桢的手掌上，低声哀求着："允桢，已经过去很多'一会儿'了，你睁开眼睛看看我……"

这一天距离三个月还有七天。

十八岁那年，容允桢沿着圣保罗长长的海岸线一路向北，进入了亚马孙丛林。

被丛林包围的那个世界很安静，湿漉漉的泥土所散发出来的水气在日光的照射下变成了挂在树叶上的露水，晶莹剔透，就像少女的泪滴。

容允桢喜欢站在树下，闭着眼睛，微风一吹，挂在树上的露水从叶子上掉落，若干落入泥土里，悄无声息；若干落在水面上，会发出小小的声响。

这一年，容允桢来到亚马孙，是为了那场会在十月来临的流星雨。他如愿看到那场流星雨，他假装眼角下长着泪痣的少女就站在他身边，他假装那场双子座流星雨十分绚烂。

离开时，容允桢想，或许有一天他还会来到这里，他喜欢这个丛林里的世界，安静，可以不被打扰地睡大觉。

若干年后，他重新回到了亚马孙丛林，那个世界依然很安静。他站在了挂满露珠的树下，抬起头，一个小小的声音告诉他："孩子，你应该休息了，你闭上眼睛就不会疼痛。"

容允桢坐在树下，在露珠落到水面上时闭上了眼睛。

真的没有疼痛，容允桢很高兴。

睡梦中，有一双手握着他的手，握着他的手的女人还是他儿时看到的模样，美丽温柔。

"妈妈。"他叫她。

她触摸他的头发，请求他不要离开。

"好的，妈妈。"

他的头搁在她的膝盖上，沉沉地睡去。

在他沉睡的时候，一个声音让他有点儿烦，那个声音总是在喋喋不休，偶尔他侧耳倾听时却什么也听不见。

渐渐地，他的掌心有了温度，很熟悉，熟悉得让他心慌、心疼，好像他把很重要的东西忘掉了。

容允桢开始想，混沌的世界里，那个声音开始变得清晰，那个声音在叫他："允桢，允桢……"

"允桢，这是三个月的最后一天了，我在爸爸和小花面前夸下了海口，我让爸爸把你交给我，我和小花说你三个月之后就会接我们回家。"

这个声音仿佛来自遥远的地方。

"允桢，我把那些人的新闻稿撕掉了，全部撕掉了，他们凭什么代表你发表声明？允桢，我和那些人说，我会让我的丈夫狠狠地教训他们，所以允桢，你快点儿醒来帮我教训他们。"

那句"丈夫"不知道为什么让他的心里有融融的暖意，就像是冬日午后的阳光，让他忍不住想睁开眼睛伸个懒腰。

"允桢，距离零点只有五分钟了。允桢，还记得栾欢献给容允桢的五分钟吗？"

安静的雨林里，微风在扰乱他的心，那些不知道什么时候在心里埋下的种子在蠢蠢欲动。

栾欢，五分钟！是的，安静的走廊里，表情倔强的女人说："容允桢，我爱你。"

透明的玻璃屋里，女人的声音十分悲伤，那五分钟是她用来和科尔多瓦平原上的青年说再见的。

他想睁开眼睛，想发出声音，想用他的手抚摸她的头发，说"记得"。

伸展的肢体像是被什么束缚住了，眼角长有泪痣的少女在他耳边不停地唠叨着："陪我在这里看流星雨，陪我在这里看流星雨。"

另外一个很遥远的声音传来。

"容允桢，我再给你五分钟。"

"容允桢，如果你在五分钟内不睁开眼睛的话，我就去找程瑞给我的那枚戒指，而且我一定会找到，我发誓一找到它就马上戴上。"

你敢！

心里的那个声音恶狠狠地吼出，天知道他有多讨厌那个刻有"L.C"的戒指。那个恶狠狠的声音好像赶走了所有束缚他的东西，一直在他耳边唠叨着的声音也消失不见，另外一个声音出现了。

容允桢抖动睫毛，可好像力气还不够。

那个声音钻进他的耳中。

"容允桢，你快醒来，你不能让我一个人去参加小花小学、中学、大学的毕业典礼。"

刚刚还说要戴上别的男人的戒指呢！不过这话他喜欢，容允桢扯了扯僵硬的嘴角。

"允桢，我很难过，对不起，我嘴里说爱你，可我发现我根本不知道你喜欢哪一首歌，你喜欢的电影，你喜欢的演员，你喜欢的歌手，你喜欢的颜色，你喜欢吃的食物，这些我都不知道。允桢，我不知道你具体喜欢什么。所以，现在我一点儿办法都没有，我不知道该用什么样的方式让你睁开眼睛。"

想睁开眼睛时，却因为她下面的话打消了念头。

"允桢，我昨晚看了一本童话书，据说，爱人的吻能让沉睡中的人醒来，所以我要吻你了，你要醒来。"

容允桢想，他之所以在树下沉睡了那么久，或许就是为了这样的时刻，这最后的五分钟。

　　栾欢献给容允桢的第三个五分钟，在长长的岁月河流里被铭刻在他们的心上，变成了他们共同的财产。

　　在栾欢献给容允桢的最后五分钟里，他尝到了她眼泪的滋味。